Cycy Anne Foyle

Sans ailes, un ange vole moins bien

Éditions Dédicaces

J - Sans ailes, un ange vole moins bien, par Cycy Anne Foyle

Dépôt légal :
Bibliothèque et Archives Canada
Bibliothèque et Archives nationales du Québec

Un exemplaire de cet ouvrage a été remis
à la Bibliothèque d'Alexandrie, en Egypte

Éditions Dédicaces inc
675, rue Frédéric Chopin
Montréal (Québec) H1L 6S9
Canada

www.dedicaces.ca | www.dedicaces.info
Courriel : info@dedicaces.ca

Cycy Anne Foyle

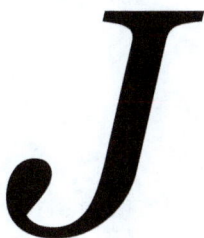

Sans ailes, un ange vole moins bien

Remerciements

A ma petite, mais infaillible, famille qui a fait de moi ce que je suis,

A tous les anges de ma vie qui me soutiennent et m'inspirent chaque jour qui se lève,

A mes démons, aussi, pour m'avoir faite chuter et m'avoir endurcie,

Et à tous ceux qui m'ont tendu la main, d'une façon ou d'un autre, pour rendre possible la réalisation de mon rêve.

CYCY ANNE FOYLE

Prologue de la morte sans cervelle

Choisir judicieusement sa mort, la rendre utile, était un exercice difficile qui révélait une volonté d'acier mis au service d'un but si supérieur qu'il commandait de commettre un acte résolument contre nature. Louise était faite de ce bois exceptionnel et elle était bien décidée à réussir ce prodige. Elle avait accepté le fait que sa mort serait plus intéressante que sa vie et que les autres retiendraient plus sa fin que son commencement. Bien que ce constat l'avait rendue fort triste, tout d'abord, la satisfaction grisante de la vengeance acquise avait chassé de son esprit le doute et la peur.

Car, elle avait eu peur. Au début. C'était inné chez elle. La peur avait marqué sa naissance et toute sa vie ensuite. Sa mère l'avait mise au monde, la peur au ventre, elle l'avait élevée dans son culte, et tout ce que Louise avait entrepris l'avait été sous son commandement impérieux. La peur avait été le sentiment le plus familier de son histoire. Ni l'amour, ni la colère, ni la joie, juste la peur. Le jour où Louise avait cessé de ressentir ce frisson désagréable à la naissance de sa nuque, elle s'était crue malade. Elle avait vécu cette libération comme une torture. Et pourtant, comme elle avait apprécié ces moments de répit lorsqu'elle ne fut plus habitée que pas l'amour et l'excitation de la rage des combattants. Elle était en guerre. Elle l'était depuis qu'elle avait compris qu'elle avait une chance de protéger ceux qu'elle aimait.

Assise sur son lit, les mains jointes sur sa jupe de soie sauvage couleur sapin, que retenait-elle de sa vie au seuil de sa mort ? Sans nul doute, le visage de son époux bien aimé qui lui avait donné deux merveilleux enfants. Elle se souvenait encore de la maladresse de ce grand gaillard aux cheveux roux quand il l'avait abordée sur les bancs de la faculté. Il n'était pas de son monde mais il disposait de toutes les qualités qui lui avaient permis d'être autorisé à l'épouser. Elle n'aurait jamais dû avoir d'enfant : les médecins avaient été formels. Mais près de quinze ans après leur rencontre, leur amour avait produit l'impossible : des jumeaux. Deux beaux garçons, nés avec son teint de pêche et la rousseur de leur père. De sa vie, elle ne retenait finalement que les couleurs éclatantes d'un tableau parfait. Et cela avait rendu le choix de sa mort si difficile.

Elle avait su qu'il n'y avait pas d'autre alternative lorsque ces mêmes médecins lui avaient certifié que l'un de ses fils ne serait jamais « normal ». Personne n'était censé savoir ce qu'est la normalité pour un être humain dont le propre est d'être un individu unique. Sauf qu'elle n'était pas de ce monde-ci, elle n'était pas comme les autres. Et pour elle, ne pas être normal signifiait le drame, la douleur, et la fin. Car dans son monde, celui dans lequel avaient vécu ses parents avant elle, ses grands-parents encore et ainsi de suite depuis près de treize siècles : ne pas être normal était inconcevable. Elle ne pouvait donc avoir donné naissance à un enfant qui n'était pas parfait au regard de leurs critères objectifs. Il s'agissait d'une malencontreuse erreur comme il en arrive parfois. Mais une erreur pouvait toujours se corriger. Ce principe avait assuré la longévité de l'organisation de son monde. Ils souhaitaient donc rectifier le problème, et cela, elle n'avait pu le supporter. La force d'une conviction politique, ou religieuse, était bien peu de chose au regard de celle du lien biologique qui liait la mère à l'enfant. Lorsque le jugement des siens avait été rendu et ainsi scellé le sort de son fils, son cœur avait manqué plusieurs battements. A cet instant, elle sut qu'elle passerait le reste de sa vie à tenter de le sauver. Mais cerclée des barreaux de sa prison invisible, elle n'avait hélas qu'un seul choix : mourir.

Encore fallait-il bien mourir et rien n'était plus difficile que réussir sa mort. Il était d'ailleurs aussi difficile de réussir sa vie que sa mort, sauf qu'il existait bien moins de livres qui expliquaient et conseillaient la bonne marche à suivre en la matière. Alors, elle réfléchit longtemps et finit par conclure qu'une bonne mort était une mort efficace. C'est-à-dire une mort qui visait un but précis. Le sien consistait, non seulement en la mise à l'abri de son enfant, mais aussi à s'assurer que son monde ne pourrait reproduire le même cercle vicieux pour contraindre d'autres mères aux mêmes extrémités. Sa mort allait donc être guerrière et suffisamment exceptionnelle pour que l'autre camp comprenne le message. Elle avait mis près d'un an à l'organiser dans le plus grand secret et avait tiré de cette planification clandestine une fierté pleine et entière. Car elle n'avait jamais rien pu posséder, pas même le plus petit secret, la plus petite ombre au tableau. Elle leur appartenait corps, et surtout, âme. Ceux-là ne souffraient aucune vie intérieure indépendante de leur dogme.

Elle inspira et regarda une dernière fois l'heure sur le petit réveil digital de sa table de nuit. Si elle était convaincue de faire ce qui devait être fait, elle ne pouvait s'empêcher de porter en elle une lourde tristesse. Elle partirait sans doute avec. Quitter quelque chose dont on s'est lassé rend le départ facile. Mais lorsqu'il faut laisser quelque chose qui rend heureux alors le départ, même nécessaire, même salutaire, est toujours douloureux. Bien plus certainement que l'impact de la balle qui, dans quelques minutes, allait lui fendre le crâne et en extirper près de la totalité de la cervelle. Ayant peur d'oublier de penser à l'important, lorsque le moment serait venu, elle se força à visualiser le visage de son époux et de ses enfants. Elle voulait être connectée à leur souvenir quand elle les quitterait. Les autres, ses tortionnaires, avaient voulu lui faire croire que l'humanité n'était rien par rapport aux évènements qui allaient se produire, bientôt, mais ils mentaient. Aucun événement, aucun caprice de l'histoire de la Terre, ne valait l'amour et la conscience d'être relié à d'autres êtres. C'était sa victoire sur son endoctrinement.

Le bruit d'une vitre qu'on brise annonça sa fin. Pas de larmes, elle n'en disposait plus depuis longtemps, pas de cri car le silence avait guidé toute sa vie. Elle fixa la photo de sa famille juste à côté de son réveil. Il en était décidé ainsi. Une coquetterie conseillée par l'exécuteur, lui-même, qui avait une grande habitude de la mort des Hommes. Ainsi, l'attention fixée ailleurs que sur le canon de l'arme, tout serait plus facile. Et tout le fut, effectivement. La détonation, emportant comme convenu une grande partie de la cervelle de Louise qu'elle répandit harmonieusement sur le mur et le lit moelleux, sonna la fin de cet acte et le début du suivant. Son corps élégant cintré dans son tailleur préféré s'écroula sur l'édredon nuancé. Ses yeux, couleur de noix, grands ouverts et fixés sur la photo, étaient à présent vidés des étoiles de la vie.

Chapitre 1

Parce qu'il y a des démons au milieu des Hommes…

L'art culinaire, tout comme les congés payés, les UV, ou les lunettes 3 D, étaient des inventions d'origine démoniaque. Et Abigor, grand général de Satan et maître incontesté de près d'une centaine de légions infernales, n'en était pas peu fier. Tandis qu'il attendait qu'on lui serve son plat de gnocchis faits maison, il prenait le temps de scruter les mines désespérément ignorantes des humains qui peuplaient le petit restaurant vénitien qu'il affectionnait tant. La survie et l'entente cordiale entre les différentes espèces du monde interdisaient que les démons ne se fassent trop remarquer auprès des Hommes. Pourtant, Abigor se surprenait parfois à vouloir braver ce commandement sacré pour jeter à la face de cette humanité bien ingrate, que l'Enfer avait peut-être tous les défauts imaginables, mais que ce n'était pas aux anges à qui on devait le tire-fesse et les massages thaïlandais. Non, aux anges, on leur devait le mariage, le système fiscal et Chronopost. Dans tous les cas, leurs inventions étaient contestables et très moyennement efficaces.

Pour Abigor, Venise était un lieu de méditation et de recueillement. Il s'y rendait chaque fois qu'il éprouvait le besoin de faire le point. Il se souvenait, avec un plaisir et une nostalgie immenses, de la grande salle de réception officielle du palais des Doges et de ses étages sinueux dédiés à l'incroyable système administratif de la cité. Il entendait encore les plaintes et les airs tristes fredonnés par les prisonniers qui transitaient par le pont des soupirs pour ne pas céder à la panique. Par tous les diables, qu'il avait aimé et aimait cet endroit !

Il était près de treize heures, lorsqu'en ce jour d'automne doux et parfumé des effluves d'eau stagnante brûlée par plusieurs mois d'un soleil d'été écrasant, il laissa s'échapper ses pensées hors de tout contrôle. La plus ancienne des serveuses du restaurant venait juste de le reconnaître et transmit immédiatement sa commande sans même la lui avoir demandée. Tout en laissant traîner ses yeux de vieil or sur les nombreuses toiles à l'huile qui tapissaient les murs, tout autour de lui, il repensait aux évènements récents qui avaient ébranlé nombre de ses convictions ainsi que son sens inaltérable, du moins le croyait-il, du bien et du mal. C'était la première fois qu'un lendemain de guerre le perturbait autant. C'était la première fois, aussi, qu'il avait eu l'impression de changer de camp en plein milieu du conflit. Pire, il était incapable de dire dans quel camp il s'était finalement retrouvé : le bon, le mauvais, le sien ou celui des autres. Or, il était essentiel qu'une guerre demeure une affaire rationnelle avec un code, des règles, une procédure. Tout le monde avait voulu s'en mêler sans jamais rien dire aux autres et le résultat avait été une guerre aussi bordélique qu'une chambre d'adolescent pendant les vacances d'été. Et pourquoi ? Qu'avaient-ils tous retiré de ces évènements ? Une pauvre jeune femme sacrifiée sur l'autel des ambitions dévorantes d'un maître des Enfers qui ne prenait même plus la peine d'informer ses généraux du déroulement de ses plans, un chef spirituel qui ne faisait plus confiance à sa propre armée, et un énorme chaos idéologique qui risquait de priver les Cieux et les Enfers de toute structuration et de toute stabilité. Ah, il était beau le résultat ! A présent, les démons ne savaient plus si Lucifer avait encore l'intention de s'appuyer sur eux et les archanges devaient, depuis, vivre dans le doute qu'un de leurs plus grands chefs les ait trahis.

Tout ceci était mauvais pour le business. Le business des anges et des démons, c'était la lutte d'influence indirecte sur Terre. Les anges tentaient de tirer l'humanité d'un côté et les démons faisaient la même chose de l'autre. Le monde matériel n'était que le produit de ce tiraillement et c'était ce qui avait fait la perfection et l'intérêt de cette partie de l'univers. A supposer, bien sûr, que de part et d'autre du terrain de jeu, on reste fair-play. La fourberie spirituelle devait respecter quelques limites. Or, selon lui, on était très au-delà de ces limites. Et depuis, personne n'osait aborder la question qui fâche : qu'est-ce qu'on en tire comme conséquence ? C'était comme si après les faits, le monde s'était empressé de paraître le plus normal possible. Mais rien n'était normal, rien ne pouvait plus être normal. Envisager, même avec la plus grande précaution et retenue intellectuelle, que Lucifer : grand chef d'en bas, ait pu avoir des contacts rapprochés avec Métatron : grand chef d'en haut, aurait dû faire dresser queues, cornes, plumes, et auréoles de tous bords. Seulement, son monde, celui des créatures désincarnées, était passé maître dans l'art de l'ignorance des faits et de l'hypocrisie globalisée. Ce qui ne se voyait pas n'existait pas. Logique simpliste qui fonctionnait, bon gré, mal gré, depuis des temps immémoriaux. Cependant, il était un vieux démon majeur et la guerre n'avait plus de secret pour lui. Quelles que soient les espèces en présence, les règles étaient toujours les mêmes en la matière. Ce n'était pas parce qu'un conflit n'éclatait pas au vu et au su du public qu'il ne s'aggravait pas. Et pour régler définitivement une guerre, il fallait trouver, puis défaire le nœud du problème.

Il laissa filer un soupir d'aise lorsqu'il mit quelques gnocchis dans sa bouche. Ces petites boules roulées de pommes de terre nappées de fromages odorants justifiaient à elles seules qu'on en fasse autant pour sauver la Terre. Les anges ne mangeaient pas assez pour en être pleinement conscients, il était là le cœur du problème. Comment communiquer raisonnablement avec des créatures qui ne devaient se nourrir que de produits laitiers bio basses calories ? Impossible.

— T'avais pas dit que tu allais lever le pied sur les calories ?
Il ferma les yeux. Pourquoi fallait-il que, parmi tous ses talents, Asmodée n'exerce que celui d'arriver comme un cheveu sur la soupe à un moment où il était toujours le moins bienvenu.

— Hep ! Interpella le déchu, ma jolie, la même chose, merci.
Il tira la chaise placée en face de celle d'Abigor et s'assit lourdement. Quelques regards gourmands de femmes installées plus loin le confortèrent, s'il en était encore besoin, dans l'idée qu'il était bien un magicien des phéromones.

— Que fais-tu là, Asmodée ? Tu détestes Venise.
Le déchu tendit au démon un petit papier avant de se caler à nouveau dans le fond de son siège. Abigor le déplia mais n'y vit qu'un étrange dessin cabalistique tracé pile en son centre.

— C'est ? Fit-il avec précaution.

— Un écusson céleste. Depuis que Tsadkiel a découvert le concept de publicité et de marketing, il est à fond sur les logos. Ceci est l'écusson d'une des plus importantes fêtes célestes, si ce n'est la plus importante.

Abigor dressa inconsciemment son sourcil droit avant de poursuivre le plus calmement du monde.

— Et ?

— Ce trou pourri qui sent l'eau fermentée t'a gélifié le cerveau. C'est évident, pourtant, nous sommes invités.

— J'ai peur de ne pas suivre.

— Sans rire.

— Asmodée, dit Abigor un peu plus fermement pour canaliser l'énergie tourbillonnante de son acolyte. Reprenons depuis le début, pourquoi les archanges nous inviteraient-ils chez eux ? Ne sommes-nous pas de l'autre bord ? Je veux dire : d'un côté, il y a eux et de l'autre, nous. Deux bords ne sont pas censés se mélanger sinon, il n'y en aurait pas deux mais un.

— Il est là, le problème. Il n'y a plus aucun bord ! On s'est retrouvé dans le même camp que les volatiles divins parce que, nous, on a eu assez de jugeote pour réaliser que Lucifer, et qui que ce soit derrière lui, faisaient n'importe quoi et allaient tous nous mettre en danger. Aux Cieux, ils ont beau être totalement abrutis, ils ont bien dû finir par s'avouer que, sans nous, ils auraient été droit dans le mur. En nous invitant, ils veulent nous remercier, nous montrer qu'ils ont apprécié le geste.

— Tu aurais dû m'écouter. Une guerre a des règles, on ne fait pas n'importe quoi avec une guerre.

— Attends, j'ai l'air de m'éclater dans cette histoire ? Tu te rappelles de mon titre ? Je suis déchu. Je ne me suis pas pris les pieds dans le tapis des Cieux, un beau matin de printemps. Je me suis cassé de là-haut et j'ai pas oublié pourquoi.

Ledit — qui ne s'est pas pris les pieds dans le tapis des Cieux — soupira bruyamment pour appuyer ses propos.

— Toute cette histoire est un merdier sans nom, poursuivit-il en faisant pivoter distraitement le verre entre ses doigts gantés de rouge.

— Que voulais-tu faire ? Répondit Abigor sans cesser de déguster son repas. Si Lucifer avait eu ce nouveau messie exception-nel, les anges n'auraient plus eu aucune influence sur Terre et résultat : les récoltes de nouvelles âmes préposées à l'élévation auraient fini par disparaître. Sans libre arbitre, ni les deux camps, on aurait fait de la Terre une succursale des Enfers. Si je voulais être tout le temps en Enfer, je ne m'incarnerais pas sur Terre.

— Il faut qu'on fasse attention, même chez nous, parce qu'il est impossible de savoir si les créatures qu'on rencontre sont avec ou contre Lucifer. On n'est même plus sûr de notre propre guide. Pour savoir où nous en sommes, nous allons être obligés de garder un lien avec tous ces messieurs d'en haut.

— Je ne suis pas certain que Mikhaël et Raphaël soient bien plus au courant que nous, nota le démon majeur fort judicieusement. Dans cette histoire, ils ont débarqué après la fête et ils ne savaient guère plus que nous à quoi s'attendre avec leur leader : Métatron.

Ils marquèrent un silence pesant, qui n'empêcha pas Abigor de faire un signe de connivence à la jolie serveuse pour qu'elle lui apporte un autre plat de gnocchis. L'angoisse et l'ignorance creusaient.

— Asmodée, tu veux vraiment répondre à cette invitation ?

— Est-ce qu'on a le choix ? Non, on ne l'a pas. Et tu sais pourquoi, on ne l'a pas ? Parce qu'à part nous, personne n'a l'air de

14

paniquer à l'idée que Lucifer ait fait ami-ami avec Métatron. Cette histoire n'est pas réglée. Tu crois peut-être que, têtu comme il est, Lucifer renoncera à ses projets alors qu'il a trouvé un nouveau copain de jeu plus puissant et plus intéressant que tous les autres avant lui ? Crois-moi, s'il n'a pas fait plus parler de lui après avoir perdu toute chance de récupérer son messie, c'est qu'il a trouvé autre chose. On devrait chercher des réponses et non pas faire dans la mondanité. Ça, c'est typique de la culture céleste. On est face à la catastrophe, mais on s'y précipite avec une tasse de thé et des macarons !

— Donc, on va y aller, résuma Abigor qui disposait toujours d'un excellent esprit de synthèse, particulièrement depuis qu'il côtoyait son compagnon d'armes.

— Évidemment qu'on va y aller ! On ne peut pas ignorer les signes. Pour le moment, personne aux Enfers ne nous aidera parce que personne ne sait plus s'il est encore sous les ordres de Lucifer ou s'il a été déclaré traître à sa cause.

Abigor laissa passer un long moment d'observation tandis qu'il finissait sa deuxième assiette. Le grand démon n'était pas un bavard parce qu'il était convaincu qu'une pensée claire n'a pas besoin d'une surenchère de mots pour être comprise. On pense simplement, on dit simplement ce qu'on pense et on fait clairement ce qu'on a pensé et dit simplement. État d'esprit qui, dans le fond, convenait très bien à Asmodée car lui, en revanche, avait beaucoup de mal à saisir la signification du mot simplicité. Abigor replia sa serviette, qu'il posa à côté de ses couverts, alors qu'Asmodée faisait déjà signe au personnel d'apporter l'addition. Ils étaient d'honnêtes démons, après tout.

— Qu'est-ce que nous sommes censés porter à ce genre de fête? Demanda Abigor sur un ton anodin.

Le déchu marqua un silence pour être sûr d'avoir bien compris la question.

— Quoi ?

— Oui, qu'est-ce qu'on porte ? Persista le démon. Tu as dit que c'était une fête importante. Alors je me disais que, peut-être, il y avait un protocole à respecter, y compris pour les vêtements : des codes couleurs, des tissus ?

La question avait bien été comprise.

— On s'en fout de comment tu vas t'habiller pour aller à cette sauterie! Railla Asmodée. Viens à poil, si tu veux, ça fera toujours plaisir aux anges.

Passablement énervé, Abigor émit un grognement, ce qui fit tressaillir les personnes à côté de lui et les firent chercher vainement la présence d'un gros chien sous la table.

— D'accord, soupira Asmodée en voyant qu'il avait fortement contrarié son ami, mets quelque chose de simple et d'élégant qui ne fasse pas trop démon.

— Hmm… qui ne fasse pas trop démon.

— Tu évites le cuir, les chaînes et les clous.

— Je ne porte pas de chaînes, ni de clous.

— Tu me désespères. C'était une plaisanterie ! Bon allez, payons et allons-nous en, s'il te plait.

— Je n'ai pas encore pris mon dessert, résuma le démon encore une fois.

— Il y a des choses plus urgentes et plus importantes que de prendre ton dessert, crois-moi.

— Non.

◆◆◆

L'affaire était tendue. Évidemment, il n'était pas dénué de cœur : un meurtre était toujours une affaire tendue. Mais il y avait certainement une échelle de valeur en matière de tension. Et dans le cas qui l'intéressait, il allait atteindre des sommets de tension. Il fixa l'arabesque rouge que le sang de la victime avait composé sur l'édredon. Il avait beau exercer son métier depuis près de trente ans, il prenait toujours quelques secondes de recueillement à chaque vie ainsi kidnappée. Personne ne devrait mourir de cette façon. Personne ne devrait mourir, tout court. C'était un sale business.

— Henri ? Tout va bien ?

Eric, son adjoint depuis maintenant six ans, était un gentil garçon. Un peu trop gentil, peut-être, pour ce rude métier. Il avait plus à perdre en illusions et en humanité qu'un autre qui aurait ménagé son empathie.

— Comment ça se passe en bas ? Dit le vieux commissaire de police.

— Pas terrible. Je dirai que tu disposes de deux heures avant d'avoir à gérer le procureur, la presse, la famille, le chef de bureau, l'adjoint au ministre et le ministre.

Le jeune lieutenant passa la main sur son crane rasé et contourna le lit.

— Ça va être l'enfer.

C'était rien de le dire. Louise Château Montrosier était l'épouse de Jacques Château Montrosier, actuel ministre de la culture. Contrairement à la majeure partie de la classe politique, cet ancien directeur du conservatoire de la ville de Lyon, puis de Paris, avait bénéficié tout au long de son ascension politique d'une réelle sympathie de la part de l'opinion publique. Pour les policiers, il cumulait donc tous les défauts car ladite opinion publique allait se laisser facilement manipuler par une presse toujours plus avide de sujets vendeurs. Et l'épouse d'un ministre aimé, assassinée dans sa chambre d'une balle dans la tête, était évidemment de l'or en barre pour la mediasphère. Dans les conditions de tempête médiatique que la nouvelle allait nécessairement provoquer, conduire une enquête, de façon rationnelle et indépendante, allait relever de l'impossible. Henri racla sa gorge comme à chaque fois qu'il ne sentait pas une situation, et autant dire qu'il ne sentait pas du tout celle-ci, et ouvrit à nouveau le gros carnet qu'il tenait dans ses mains.

— C'était à la victime ? Interrogea Eric en continuant de faire le tour des tiroirs.

— Oui. C'est son agenda. Il y a beaucoup de papiers importants qui sont coincés entre les pages. Elle semblait garder tout ce qui comptait au même endroit. Il y a des copies de contrats au nom de son mari, des relevés de comptes particuliers, des ordonnances. C'est classé par date, apparemment. Elle avait l'air plutôt maniaque cette dame.

— J'ai commencé à interroger son mari quand il a été prévenu. Ça n'a pas donné grand chose, comme tu t'en doutes, il est sous le choc. Il la laisse un soir pour amener ses enfants à un spectacle de patinage artistique et c'est, pile, le soir où elle se fait assassiner.

— Ouais. Pas de chance, ironisa le commissaire. Pauvres gosses. Un de ses gamins est attardé mental, tu le savais ?

— Je me souviens d'articles de presse.

— C'est bizarre, grogna-t-il dans sa barbe tout en feuilletant encore et encore les pages du carnet.

— Quoi ?

— Dans son agenda, elle a entouré en rouge plusieurs rendez-vous à l'institut Humanité.

— Quel institut ?

— C'est une école catholique ou orthodoxe, je ne sais plus, ultra privée et spécialisée dans le gosse de riches hyperactif et précoce. Ça fait quelques années qu'elle fait vraiment parler d'elle parce qu'elle reçoit le gratin des stars. C'est à la mode de confier ses enfants à des écoles élitistes qui pratiquent un enseignement, soi-disant religieux, en même temps que les matières plus classiques. Une belle devanture pour des fondamentalistes religieux qui font dans le « people », si tu veux mon avis. Ce dernier mois, elle a noté en rouge pas moins de sept rendez-vous, et rien qu'en feuilletant rapidement, j'ai au moins cinq lettres de refus pour l'intégration de l'un de ses fils. Et je suppose que c'est le petit handicapé.

Il marqua une pause et sembla réfléchir intensément.

— Je réalise. Faudra vérifier mais je crois bien qu'ils ont mis l'autre gamin dans cette école. C'est bizarre, cet acharnement, elle devait bien savoir que c'est le genre d'école dont le fond de commerce est l'excellence des parcours professionnels de ses élèves sortants, alors les débiles, ils les dégagent vite fait.

— Ben, alors pourquoi insistait-elle ? Des dessous de table insuffisants, tu penses ?

— Je ne sais pas. Je pense que leur réputation n'a pas de prix et que rien n'aurait pu faire entrer dans leurs rangs parfaits un pauvre handicapé. Pourquoi donc a-t-elle autant insisté malgré les lettres de refus ? Elle a encore marqué le nom de l'institut et de son directeur sur plusieurs pages, le mois prochain, et elle a sacrément appuyé en l'entourant. La page est presque déchirée.

— Pourquoi tu bloques autant sur ce carnet ? S'étonna Eric.

— Une intuition. Oh, je dois me faire vieux, du coup je m'attarde sur des détails.

— Allez, ne m'oblige pas à te supplier, vieux pépé.

— C'est rien. Je trouve juste que ça fait série télé.

— Comment ça ?

— Le père et les enfants qui partent seuls à une soirée, la maman qui reste à la maison parce qu'elle est indisposée. La jolie chambre, le tailleur impeccable, la posture du corps, les couleurs, l'agenda rempli à ras bord de documents qui racontent une histoire. Tout fait scénarisé.

— T'as vu trop d'affaires, fit le jeune lieutenant en souriant de façon mutine.

— Ça doit sûrement être ça. Quoi qu'il arrive, ce ne sera pas une affaire simple. Une balle tirée à bout portant dans le crâne d'une personnalité, ce sera forcément compliqué ou glauque. Voire les deux. Alors, comme d'habitude, mets l'équipe sur l'entourage, les comptes, l'ordinateur, les placards, la cave et tout le reste. Qu'ils passent tout au crible. Dis-leur de se montrer plus discrets que d'habitude, je n'aime pas trop ménager les victimes selon leurs origines mais, enfin, on touche du ministre cette fois. C'est une espèce à part.

— Ça marche. Comme tu ne t'es pas inclus dans l'équipe en disant « on », je suppose que tu as prévu autre chose ?

Henri déplia d'une main l'une des lettres de refus envoyée par l'institut.

— Quelle heure est-il ? Demanda ce dernier, l'air un peu absent.

— Quatre heures trente.

— Bon, alors je vais prendre quelques cafés et puis j'irai faire l'ouverture de cette école. Tu vas m'accompagner.

— Tu crois vraiment qu'il y a un lien ?

— Oh je n'en sais foutre rien, reconnut le commissaire dont la mine paraissait de plus en plus contrariée à mesure que les minutes s'écoulaient. Mais, avec le temps, je me dis que les morts savent nous raconter des choses pour peu qu'on les écoute.

— C'est le moment où je dois m'inquiéter ?

— Ce que je veux dire, c'est que j'ai l'impression que cette petite dame nous dit quelque chose avec cet agenda laissé bien en vue, avec ces ronds rouges rageurs qu'elle a fait autour du nom du directeur de l'institut, et avec toutes ces lettres. Alors, ça ne coûte pas grand chose d'aller vérifier auprès de celui qui a signé les courriers.

— Et comment s'appelle ce monsieur ?

— Robert Duval. Paraît qu'il est prêtre ou quelque chose dans le genre.

Henri referma l'agenda en faisant une moue dubitative qui donna à son visage potelé les traits d'un poisson lune. Il pencha à nouveau la tête vers la morte et fixa son regard vide. Il était convaincu que, d'une certaine manière, elle essayait de lui parler.

Sauf qu'elle n'essayait pas. Elle était en train de le faire et c'était bien, là, sa plus grande victoire et la plus efficace des morts.

Chapitre 2

...Et des anges dans le ciel

La grande salle bleue, située dans l'aile ouest du Temple, était pleine d'ondes électriques. Le silence imposé par la présence de nombreux archanges ne parvenait pas à faire taire cette sorte de frémissement palpable qui émanait de tous les anges du premier niveau convoqués à cette assemblée.

C'était la grande cérémonie d'attribution des rectorats. Après l'accomplissement de leur première mission réussie sur Terre, les anges, ceux qu'on appelait familièrement les novices, quittaient l'enseignement angéologique commun pour intégrer les rectorats des différents archanges. Ceux-ci choisissaient leurs troupes selon les capacités et les talents naturels que les novices avaient spontanément développé au cours de leur mission.

Les archanges avaient tenu à conserver, en l'état, le cérémonial des Cieux et les rites de passage au niveau supérieur pour maintenir un semblant d'ordre et de paix dans un contexte qui avait pourtant, de quoi instaurer un vrai climat de panique. Malgré le fait que les archanges de puissance étaient encore presque tous occupés à soigner les anges, qui avaient été gravement blessés lors de l'altercation avec l'armée de Lucifer, Raphaël avait tenu à faire les choses dans la plus pure tradition. Avec le concours de Tsadkiel, dont la lumière était un peu moins vive en raison de l'énergie qu'il déployait à soutenir le rétablissement des anges blessés, l'archange, recteur des Archanges, avait mis les petits plats célestes dans les grands.

Dans la plus imposante salle du Temple, flottait un air chargé d'embruns exotiques comme si un océan, lointain et chaud, avait léché les premières marches conduisant à l'amphithéâtre. Les murs de la pièce se devinaient à peine, comme en trompe l'œil, derrière la luminosité douce et reconstituée d'un ciel de printemps grec. On pouvait distinguer dans le fond de la salle, sorte d'horizon artificiel, des vallées et montagnes comme si on avait pu saisir le relief divin du mont Olympe. L'auditoire était assis sur des bancs de marbre qui n'en avaient pourtant ni la dureté, ni la froideur. On pouvait compter une bonne cinquantaine de rangées et ceux qui s'étaient assis, tout en haut, pouvaient pleinement apprécier le relief et la grandeur des goûts de

Raphaël en matière de décoration intérieure. En face de ces gradins, se trouvait l'immense estrade circulaire où siégeaient les principaux archanges chargés des rectorats. Celle-ci était, non pas posée sur le sol, mais légèrement en suspend de sorte que tous les gradins, même ceux situés aux coins de la salle, pouvaient les voir sans trop de difficultés. Elle semblait être proche, et loin à la fois, comme une image en relief qui donne l'impression de changer ou de se déplacer selon l'angle sous lequel on regarde.

Gabriel, en tant que recteur des Anges, prit la parole en premier et fit un petit discours de félicitations d'usage. Plus ou moins subtilement, il éluda l'affaire de la guerre en Ecosse et aux portes de l'Ethéménental. Ceci était un jour de recueillement, de communion et de fête. Et excepté Mikhaël, qui était toujours aussi engageant que l'entrée d'un trou noir, l'estrade au complet joua le jeu. Après sa brève introduction, Gabriel présenta chacun des rectorats auquel les anges novices pouvaient prétendre. Puis, Kamaël se leva à son tour et rejoignit Gabriel, un énorme registre dans les bras, dont la couverture semblait être recouverte d'une sorte de poudre aux reflets d'argent. Après tout ce temps, aucun des anges présents dans l'hémicycle n'aurait su dire à quoi pouvait vraiment servir Kamaël. Il ne parlait presque pas, et où qu'il aille, il s'instaurait naturellement autour de lui un silence monacal, presque carcéral. Le sourire discret et énigmatique qu'il portait sur les lèvres, en marque de naissance reconnaissable, participait encore davantage au mythe. Néanmoins, les novices avaient pu remarquer qu'à chaque fois que quelque chose d'important se déroulait aux Cieux, Kamaël était là pour le consigner dans d'énormes registres.

Le silence envahit donc l'espace tandis que l'archange des Puissances ouvrait le livre et tournait les pages qui, à chaque mouvement, exhalaient des volutes de poussière légères et opalescentes. Une fois la page trouvée, il désigna les lignes, puis retourna s'asseoir à côté de Mikhaël qui soupira discrètement. Gabriel toussa légèrement pour s'éclaircir la voix puis commença à annoncer des noms d'anges pour le rectorat des Dominations de Tsadkiel.

A chaque nom prononcé, un étrange halo apparaissait juste au-dessus de la tête de l'élu. A l'apparition du premier, l'assemblée émit un soupir d'admiration fébrile car ce halo n'était pas n'importe quel halo. Il s'agissait de l'auréole mystique que les humains, qui avaient jadis eu la chance de la voir au détour d'une apparition céleste, avaient stylisée dans leurs œuvres en une sorte de cercle de lumière au-dessus de la tête des saints et des anges. En réalité, cette lumière signifiait que l'ange était définitivement rattaché à la nation des êtres célestes. En d'autres termes, la période d'essai était close. Mylène avait tenu à préciser à ses amies, qu'après cette cérémonie, elles seraient toutes "pluggées" au monde des Cieux et à la conscience collective de l'Ethéménental. Ce halo, ou auréole, n'était visible que par les anges confirmés et non par les novices. Il servait aussi de signalétique de rattachement aux différents rectorats. Chaque chœur, ou maison, disposait en effet de sa propre couleur. Ainsi, l'auréole d'un ange garantissait son identité et renseignait l'interlocuteur sur son rang et le rectorat auquel il appartenait.

Pour la première fois, Soffia laissait transparaître sa nervosité. Ses doigts bougeaient inconsciemment sur ses cuisses et ses dents faisaient un bruit de grincement de vieille porte mal entretenue. Les examens la rendaient encore plus nerveuse que tout le reste. Vivante ou morte, humaine ou ange, rien n'avait changé, elle en était toujours autant malade d'angoisse.

— Soffia, chuchota Mylène, calme-toi, avec l'électricité que tu dégages, tu pourrais alimenter une ville comme New-York. Tout va bien se passer. On a été brillante et je dis ça en toute humilité. C'est nous qui avons sauvé le monde, alors notre auréole, ils auraient dû nous la donner d'office. Regarde : est-ce que je m'inquiète ? Est-ce que Juliette s'inquiète ?

Mylène tourna la tête sur sa gauche pour regarder celle dont elle venait de citer le nom afin d'appuyer sa brillante démonstration. Mais ce n'était pas vraiment le meilleur choix à faire. Depuis son retour aux Cieux, Juliette semblait absente, distraite, et peu concernée par ce qui l'entourait. Ses amies avaient mis ça sur le compte de la mort de sa protégée, Elvire, et de son épuisement spirituel lors de cette bataille. Mais elles pressentaient, toutes, que quelque chose d'autre s'était produit, cette nuit-là. Quelque chose, qu'elles ignoraient encore, avait asphyxié cette étincelle irrévérencieuse qui, jusque-là, faisait danser les pupilles de leur amie.

— Hein, Juliette ? Ju-li-ette.

Mylène donna une légère tape sur l'arrière du crâne de la rouquine qui sursauta violemment, comme tirée d'un profond coma.

— Aïe, mais quoi ?

— Oh mon dieu, mais elle est vivante ? Fit l'ange blond sur le ton d'une tragédienne grecque. Ce n'était donc pas qu'une grosse peluche rousse...

— Je suis morte de rire, répondit Juliette la mine blasée.

— Soffia angoisse à propos de la cérémonie.

— Pourquoi ? Tout le monde sait où tu vas aller.

Mylène et Soffia échangèrent un regard de gallinacé surpris.

— Ah non, moi, je ne sais pas, claqua Soffia un peu brusquement. Et comment ça ; tout le monde ? Qui : tout le monde ? Je suis pas au courant, et pourtant, je fais aussi partie de tout le monde.

— Je ne sais pas, dit Mylène qui se sentit visée. Sur ce coup, même moi, je ne suis pas au courant.

— Enfin, il faut pas être sortie de la cuisse de Jupiter pour deviner. Soffia et toi, vous allez directement dans le rectorat de Gabriel.

— Ça, ça m'étonnerait, murmura Mylène en se calant sur le dossier du banc et en croisant ses bras sur sa poitrine.

— Comment le sais-tu ? Poursuivit Soffia en ignorant la remarque de Mylène.

— Ne me regarde pas comme si j'étais une collabo, s'indigna Juliette aussi fortement que si elle avait été accusée d'un crime à tort. Je ne le sais pas vraiment mais je m'en doute. Gabriel est l'archange des effets spéciaux. Toutes les manifestations liées au contrôle des énergies physiques, c'est chez lui que ça se passe. Vous deux, êtes des championnes dans ce domaine. Soffia, tu contrôles naturellement les éléments et il a pu le constater dans les plaines écossaises avec tes tempêtes infernales, et Mylène, tu peux matérialiser des monstres de plus en plus gros. Si ce ne sont pas des effets spéciaux, je ne sais pas ce que c'est.

— Je suis moyennement convaincue.

— Tu n'es jamais convaincue de rien, Soffia, poursuivit la rouquine sans se démonter. N'empêche que considérant vos aptitudes naturelles à toutes les deux, aptitudes qu'ils ont prises en pleine figure dans la lande écossaise, il faut bien le reconnaître, je ne sais pas ce qui pourrait l'empêcher de vous recruter. Et, donc, si on con…

— Attends, attends ! Chut, c'est l'annonce du rectorat de Mikhaël.

— Mylène, est-ce qu'il t'arrive de m'écouter ? Ce n'est pas que je veuille briser tes élans mais tu sais, aussi bien que moi, que tu n'as pas les dons attendus par Mikhaël. Ça n'enlève rien à tes qualités, c'est juste qu'elles sont plus en adéquation avec ce que recherche Gabriel. Avec cette histoire de Mikhaël, je trouve que tu es … comment dire… Ne m'aide surtout pas, Soffia.

— …Obsédée ? Tenta donc d'aider cette dernière.

— Voilà, obsédée par Mikhaël. Je ne voudrais pas que du fait de tes illusions, tu sois déçue par le résultat, tu comprends. Et…Mylène ? Mylène, tu m'écoutes quand je te parle ?

Non, elle n'écoutait plus du tout depuis l'instant où Gabriel avait prononcé ces mots : "le rectorat des Vertus, dirigé par Mikhaël, accueille à présent". Elle était comme hypnotisée. Juliette et Soffia échangèrent un regard navré pour leur amie qui se berçait de douces et cruelles illusions. Mais Mylène se moquait bien de leurs regards, son cerveau venait d'être branché directement sur l'aura brute et aride de Mikhaël et rien n'aurait pu détourner son attention de cette contemplation. Juliette soupira et fit signe à Soffia d'attendre que la liste soit complète, et qu'on passe au rectorat suivant, avant d'essayer de renouer le dialogue avec leur amie. Elle jeta un petit coup d'œil tendre à la jolie blonde, qui était en apnée depuis quelques minutes déjà, et lui replaça une boucle de ses cheveux blond pâle derrière l'oreille quand, soudain, un halo couleur de lever de soleil apparut au-dessus de sa tête. Soffia fit un bond sur le côté et presque tous les anges qui connaissaient Mylène firent le même bond sur le même côté.

— Présente ! Lança Mylène comme si Gabriel avait fait l'appel dans une classe. C'est moi, Mylène, c'est moi…

Il y eut un léger moment de flottement dans l'assemblée, lors duquel Mikhaël se leva vivement de son siège pour rejoindre Gabriel et lire, lui-même, les noms sur la liste. Les lèvres de Gabriel s'étirèrent en un sourire jubilatoire qui aurait aisément pu faire trois fois le tour de sa tête et lui indiqua, d'un doigt revanchard, le nom de Mylène inscrit en belles lettres sur le registre.

— C'est une plaisanterie ? Murmura l'archange des Vertus sans desserrer les dents.

Il se tourna vers celui qui était responsable de tous les registres sacrés, Kamaël, qui le fixa avec son flegme et son silence habituels qui voulaient dire : " je ne me trompe jamais, les registres ne se trompent jamais, et je n'ai pas de blanc correcteur pour effacer le nom des personnes inscrites dessus".

— Il y a forcément une erreur, Kamaël, change ça, s'il te plait. Elle n'a rien à faire dans mon rectorat. Elle était censée aller dans celui de Gabriel.

— Je te trouve un peu gonflé, ne manqua pas de s'offusquer discrètement le recteur des Anges. Alors, toi, tu aurais le droit de changer les noms quand tu veux, mais quand c'est moi qui en fais la demande, c'est toujours non.

— Parce que tu sélectionnes les anges sur leur physique, précisa Mikhaël sans se laisser duper par la comédie de son interlocuteur.

— C'est un mode de sélection comme un autre.

— Là, c'est différent, il s'agit d'une dangereuse erreur qu'il faut réparer.

Gabriel fit un "oh" silencieux et exagérément outré.

— Tu insinues que Kamaël aurait commis une erreur ? Continua-t-il avec emphase. Kamaël ? Sache que je suis profondément choqué par ces propos. De là à dire que nous sommes au bord d'un incident diplomatique, il n'y a qu'un battement d'ailes et…

— La ferme, Gabe.

Mikhaël continua de fixer Kamaël avec insistance. Rien à faire, ce dernier resta stoïque. Il était intraitable avec les registres sacrés et tous connaissaient ce fait indéniable : Kamaël ne commettait jamais d'erreur. Le recteur des Vertus regarda l'assemblée des anges qui s'impatientait du flottement procédural auquel ces derniers ne comprenaient pas grand chose. Mais un battement de paupières autoritaires et un froncement de sourcils contrarié d'archange suffirent à calmer tout le monde et à réduire l'auditoire à l'état de dociles statues de sel.

Mikhaël retourna rapidement à son siège et s'y assit avec la délicatesse d'une charge de buffles. Raphaël massa légèrement sa tempe droite et fit un signe discret à Gabriel afin qu'il poursuive pour ne pas créer un autre drame.

Sans surprise, lorsque Gabriel énonça sa propre sélection, Soffia put enfin respirer. Elle n'était pas laissée de côté, elle n'était pas abandonnée et ses capacités, qu'elle n'expliquait pas, ni ne contrôlait, avaient enfin trouvé quelqu'un pour les apprécier. Cette convaincue pathologique de la théorie du complot, et de la solution du pire, allait vivre quelques jours de répit avant de plonger dans l'angoisse nouvelle de n'être pas à la hauteur des attentes de Gabriel.

Presque tous les rectorats furent passés en revue et l'assemblée commença à présenter les signes d'une certaine impatience à vouloir sortir et crier haut et fort les résultats. Juliette qui, jusque-là, ne semblait guère montrer d'intérêt pour toute cette cérémonie, comme si savoir ce qu'elle allait faire ensuite n'entrait plus dans ses priorités, commença cependant à fixer l'estrade avec un léger malaise. D'après ses savants calculs, qu'elle avait appris à dompter tout au long de son cursus universitaire, elle aurait dû être prise dans le rectorat de Gabriel ou, au pire, dans celui de Mikhaël, considérant la douceur de tracto-pelle avec laquelle elle avait abordé sa mission. Or tous les grands rectorats, tout au moins les plus connus, étaient à présent au complet. Une soudaine crainte viscérale se diffusa dans son corps comme un poison violemment injecté. Et si Asmodée n'avait pas tenu sa langue fourchue, et si finalement les archanges savaient, s'ils avaient décidé de la radier des Cieux et de la précipiter dans quelque gouffre d'oubli et de néant ? Elle était tellement absorbée par ces douloureux question-nements qu'elle ne remarqua pas l'apparition d'une légère lumière, couleur or, au-dessus de sa tête. Ce fut, en fait, l'expression parfaite-ment hébétée de ses deux amies qui attirèrent brusquement son attention.

— Je… Je suis où ? Demanda-t-elle avec une certaine appré-hension et sans oser lever les yeux.

— On t'aime très fort, dit Mylène sur le ton d'un infirmier en service psychiatrique.

Juliette écarquilla ses yeux clairs.

— C'est quoi le nom du rectorat ? ? C'est quoi le nom du rectorat !!

— Kamaël, lâcha finalement Mylène avec consternation.

— Quoi ? ? ! ! Cria la rouquine au point d'attirer l'attention de toute l'estrade.

— Chuuut, fit Soffia. Tu vas te faire remarquer.

— Mais je ne veux pas aller chez Kamaël ! Il ne peut pas avoir de rectorat, il n'a pas… il n'est pas normal, il est… enfin c'est… c'est Kamaël, je ne vais pas apprendre le mouvement des astres de l'univers tout le reste de mon existence ? Je m'y oppose.

Mylène passa le bout de ses doigts sur le front de Juliette avant de poser ses mains pâles de part et d'autre de son visage.

— Ecoute, tenta l'ange blond en articulant lentement, je suis vraiment désolée de te dire ça, mais tu ne peux pas t'opposer à une décision prise par les archanges. C'est comme ça. Il faut t'y faire. Tout est écrit.

— Ils peuvent se tromper, non ? Tu n'étais pas censée aller chez Mikhaël, même toi, tu dois le reconnaître.

— Oui, et que s'est-il passé ? Poursuivit Mylène. Rien. C'est comme ça.

— Comment a-t-il pu faire ça ? Comment ont-ils pu me faire ça ? Combien y a-t-il d'anges novices qui sont rattachés à la maison de Kamaël ? Trois, peut-être quatre ?

— Justement ! Cela veut dire que c'est un rectorat qui pratique l'élitisme, Juliette. Ils doivent rechercher des anges aux dons particuliers.

— Ils veulent me punir ! Finit par lâcher Juliette, la voix légèrement cassée.

— N'importe quoi, pourquoi voudraient-ils faire ça ?

— Parce qu'ils m'en veulent pour l'histoire en Ecosse, ils croient que tout est de ma faute ! C'est une façon de me le faire savoir et de me punir. Ils vont me coller chez Kamaël, je ne sortirai plus de sa bulle spatiale, et dans quelque temps, plus personne ne se rappellera que je suis coincée chez lui, à étudier le mouvement des astres. Pourtant… Pourtant, ce n'est pas ma faute, n'est-ce pas ? J'ai tout fait pour sauver Elvire, je me suis… nous nous sommes toutes battues jusqu'au bout pour la tirer des griffes de Lucifer. Ce n'est pas ma faute…

Soffia et Mylène échangèrent un regard triste. Au travers des mots un peu brutaux, et lâchés rapidement dans l'âtre sacré, comme on vomit une bile brûlante et acide, elles venaient de comprendre ce qui rongeait leur amie depuis ces tragiques évènements. Et quoi faire, quoi dire ? La culpabilité avait ceci d'horrible, pour celui qui en était victime, qu'elle trouvait forcément la faille dans le raisonnement pour éclater à la conscience comme une parfaite et inébranlable évidence. Si on se sentait coupable, c'était parce qu'on l'était au moins un tout petit peu. La culpabilité sapait les fondements du libre arbitre. Pour ses amies, il ne faisait aucun doute que Juliette n'avait pas tué sa protégée et qu'elle n'avait pas, non plus, convoqué Lucifer et toute son armée cette nuit-là. Mais il n'en demeurait pas moins qu'après ces évènements, Elvire n'était plus, son bébé n'était plus, l'espoir n'était plus. C'étaient les faits dans leur dramatique objectivité.

— Je t'interdis de dire une chose pareille ! Lança Mylène de façon étonnement autoritaire. Personne ne t'en veut pour Elvire, tu entends ? Et tu ne devrais pas t'en vouloir non plus. On a fait tout ce qu'on pouvait, tout ce qui était du domaine de l'envisageable et on a même tenté l'impossible. Mais dans une lutte, il faut un perdant et un vainqueur, c'est une loi immuable sur Terre, comme aux Cieux, aux Enfers, et comme au fin fond de la planète Neptune. Tu ne portes pas ça seule, Juliette, nous étions là aussi, ils étaient tous là. Nous avons échoué. Crois-moi, personne ne pense, une seconde, que tu es responsable de sa mort. Tu as sauvé la Terre, je ne veux rien entendre de plus.

Le beau visage aux contours antiques de Juliette se figea en une expression inquiétante. Sa peau un peu trop pâle, même pour un ange, prenait lentement l'aspect du verre fin. Mylène crut y distinguer sur sa surface l'apparition de fines striures comme sur la glace d'un lac qui se fissure selon un dessin reptilien aléatoire. Il y avait autre chose, elle en était maintenant convaincue et elle ne put s'empêcher de se demander vainement ce qui avait bien pu se produire dans cette maison.

Juliette ferma les yeux et fit un mouvement sec du menton pour s'extraire de l'étreinte de son amie. Elle se leva brusquement et se faufila entre les travées de la rangée pour sortir rapidement de l'amphithéâtre. Ce geste, même relativement discret, n'échappa pas aux archanges qui, bien décidés à ne pas gâcher cette journée, firent semblant de ne rien remarquer.

Mais leur culpabilité chevaucha leur silence et leur indifférence feinte.

◆◆◆

Dès qu'elle avait réussi à s'extirper de la grande salle bleue, Juliette s'était mise à courir. Elle ignorait pourquoi le corps se mettait en état d'hyper activité lorsqu'il était sur le point de se rompre. Sans doute une façon pour lui de conserver un semblant de contrôle. Un pas devant l'autre, même spirituel, de plus en plus vite : c'était le secret de la vie. Les violents mots, qui ne demandaient qu'à sortir, s'étaient agglutinés contre sa gorge et liquéfiés sous la pression Comment leur dire ? Comment le leur hurler ?

J'ai tué Elvire : ma protégée, mon âme pure !

Rien de leur discours si doux, si ignorant, si pétri de bonnes et insupportables intentions, ne pouvait changer ce fait : elle avait appuyé l'oreiller sur le visage de l'innocente et s'était couchée sur elle en faisant de son corps le cercueil de sa propre conscience. "Allez-y donc!" soufflaient les tréfonds de sa raison pour attiser sa douleur : "Justifiez cela!". Elle aurait voulu courir plus vite, sortir de cet espace, ne plus voir ce ciel bleu et sa tyrannie de couleurs éclatantes et sans nuances.

Quand elle eut l'impression d'être assez loin pour ne plus entendre le froissement de leurs ailes et le chuintement léger de leurs plumes, elle stoppa finalement sa course. Elle avait gravi la petite butte qui ceinturait naturellement le bâtiment central du Temple, là où se devinait une forêt aux contours un peu flous, comme si le peintre créateur n'avait pas eu le temps, ou l'envie, d'en terminer les détails. Elle passa les mains dans ses cheveux couleur de lave rampante, lissant nerveusement, voire avec rage, ses boucles lâches qui résistaient, autant que possible, à la discipline imposée. Elle s'adossa contre le tronc d'un arbre et se laissa glisser au sol. A présent, tout dans ce monde sonnait faux et creux à ses oreilles meurtries. Depuis qu'elle était revenue aux Cieux, elle ne parvenait plus à entendre le chant léger des oiseaux imaginaires de Tsadkiel, ni le bruissement des feuilles des arbres de Raphaël. Elle n'entendait qu'une sorte de bourdonnement sourd, comme le son du moteur d'une machine infernale, et de temps à autre, elle était presque certaine de percevoir des sanglots et des soupirs. De qui venaient-ils ? D'Elvire ou d'elle ? Elle tourna à nouveau le visage vers la silhouette imposante du Temple et froissa l'arc esthétique de ses sourcils du bout d'un doigt pâle et frémissant.

Elle était allée en Enfer, cette nuit-là, et quelque chose d'elle y était resté.

Juliette renversa sa tête en arrière pour la caler contre le tronc et essaya de respirer lentement, très lentement, comme si elle avait voulu se préparer à ne plus jamais respirer.

— Il n'y a jamais eu d'air ici.

Elle sursauta violemment. L'ombre étrange, et étonnement oppressante, de Kamaël la recouvrait presque entièrement. C'était la première fois qu'elle l'entendait parler. Enfin, le verbe « parler » était d'une utilisation sémantique un peu simpliste le concernant. C'étaient plutôt des sortes de sensations et d'images qui la pénétraient et que son esprit désincarné reconstituait en mots intelligibles. Des picotements très étranges chatouillaient l'intérieur de ses côtes comme si des papillons dansaient tout autour de son cœur. Les pupilles de l'archange, d'un noir d'encre sans reflet, semblaient absorber toute luminosité. Elles la perçaient de part en part avec la même précision que le scalpel d'un chirurgien plastique. Pourtant, rien dans l'attitude de l'archange ne trahissait l'autorité ou l'agressivité.

— Je…Balbutia-t-elle, et c'était bien la première fois que cela lui arrivait. Je suis désolée.

— Pourquoi ? Exhala-t-il en laissant à son interlocutrice une impression de neutralité absolue.

— D'être partie comme ça. C'est pour ça que vous êtes là ? Je suppose qu'aucun ange n'a jamais quitté ce genre de cérémonie comme je l'ai fait ?

— Il y a beaucoup de choses que tu fais et qui n'ont jamais été faites auparavant. Et faire ce qui est logique de faire, en pareille situation, serait donc aller à l'encontre de ta nature. Je ne crois pas que l'élévation doit mener à des actes contre nature.

— C'est peut-être la preuve que mon élévation a été une erreur, fit-elle tout en fuyant le regard impassible de Kamaël.

— J'ignorais que tu connaissais les raisons qui nous poussent à choisir et à enseigner à certains d'entre vous et non à d'autres.

Juliette tordit sa bouche gourmande en une grimace de gêne enfantine puis, d'un soubresaut de menton, pivota la tête sur le côté.

— Qu'est-ce que je fais ici ? Lâcha-t-elle, finalement, après quelques secondes d'une révolte intérieure vaine.

— Tu réalises qui tu es.

— Non, je voulais dire : qu'est-ce que je fais dans ce Temple, dans votre rectorat ? Pourquoi m'avez-vous choisie ?

— Parce que je suis le seul qualifié pour t'aider à réaliser qui tu es.

Les yeux d'aigue marine de l'ange roux s'arrondirent autant qu'ils purent pour lui donner l'expression d'un raton laveur.

— Je suis désolée mais je ne comprends rien. En fait, pour être totalement honnête avec vous, je n'ai jamais compris un traître mot à vos cours. Enfin, en même temps, vous n'avez jamais parlé. Tout ceci me dépasse. Votre attitude me dépasse. Cela prouve bien que je n'ai rien à faire dans votre rectorat.

— Je n'ai jamais donné de cours aux novices.

— Heu... ben... Si. Votre cours sur le mouvement de l'univers, le truc des astres... qui bougent...

— Qui t'a dit que c'étaient des cours ?

— Ça n'en était pas ?

Juliette leva les yeux au ciel en une expression de soulagement.

— Je le savais ! Triompha-t-elle. Elles ne voulaient pas me croire mais je savais que ça ne pouvait pas être des cours. C'était trop bizarre pour être un cours digne de ce n... je veux dire, pas bizarre, mais juste... bizarre. Vous voyez ? Ce n'est pas pour vous manquer de respect ni... Mais alors, si ce n'était pas des cours, c'était quoi ?

— Un test de recrutement.

— C'est une plaisanterie ?

— La plaisanterie est un jeu de l'esprit humain et je ne l'ai jamais été, Juliette. Tu as passé le test comme les autres et c'est, donc, en toute logique que je t'intègre dans mon rectorat.

Elle passa la main sur son front. Elle étouffait. Elle n'était pas l'élite des anges, elle n'avait rien à faire chez Kamaël. Comment le lui dire ? Comment lui faire comprendre, qu'en réalité, elle était totalement pourrie à l'intérieur, juste sous le pli de son cœur astral. Aucune paire d'ailes ne tiendrait jamais sur elle, elles allaient brûler, ou fondre, ou se putréfier dans la minute de leur apparition. Elle n'aurait jamais assez de force pour supporter la supercherie : elle n'était pas un ange, peut être même ne l'avait–elle jamais été. Elle sentit l'émotion l'envahir à nouveau, et cette fois, elle ne put la contenir. Les larmes se bousculèrent au coin de ses pupilles de pierre précieuse puis dégrin-golèrent lentement sur l'arrondi diaphane de ses joues. Elle ignorait pourquoi mais il lui était impossible de contenir cette vague débordante qui s'extrayait d'elle comme les eaux d'un lac après la rupture d'un barrage. Elle cacha son visage entre ses mains.

— Vous ne comprenez pas, murmura-t-elle à bout de souffle. C'est trop dur. C'est trop dur… Ce que vous voyez n'est pas réel. Je ne suis pas à ma place… pas à ma place.

Kamaël s'accroupit lentement pour se placer à sa hauteur. Il tendit la main et la posa sur l'avant-bras de Juliette. Elle exhala un soupir douloureux comme si elle reprenait enfin sa respiration après une longue apnée. La main de l'archange n'était ni chaude, ni froide. Juliette ne percevait que son poids léger sur son épiderme. Par ce simple contact, elle eut l'impression qu'il l'entourait toute entière. Le feu dans ses veines, celui qui la dévorait, tantôt avec délectation, tantôt avec fureur, et qui l'avait toujours définie, sembla s'asphyxier peu à peu. Il avait fait jaillir en elle une violente bourrasque qui avait forcé les portes de son inconscient pour laisser entrer un air frais et renouvelé. Elle respirait fort et vite comme si elle avait eu peur de ne plus jamais pouvoir le faire. Elle saisit la manche du manteau clair de Kamaël pour se retenir de tomber dans un abîme imaginaire. Les pupilles en trou noir n'étaient, soudain, plus effrayantes car si elles absorbaient toute lumière, alors la violence, la douleur, le feu et le chaos des émotions allaient suivre dans la spirale. Ne restait plus que le vide. Un vide qui, pour la première fois depuis cette nuit tragique, n'était pas son ennemi.

— Sais-tu qui je suis, Juliette ?

Elle ne put s'empêcher d'étirer ses belles lèvres en un sourire amer et tragique qui la caractérisait tant. Bien sûr que non, elle ne le savait pas. Personne, d'ailleurs, ne le savait. Elle mima un « non » silencieux et sincèrement navré.

— Je suis l'archange de la lumière mais aussi de l'ombre. Toute chose dans l'infini de l'univers est portée par une énergie. C'est une notion bien large pour parler de ce qui est le souffle de Dieu.

— Dieu ? Il existe ? Fit-elle la voix fragile.

— Dieu est l'Energie. Il est l'Impulsion première, celle qui crée, la seule qui existe et qui permet à chaque chose ; de la constellation la plus étendue à l'atome qui compose la matière, de réaliser sa nature. C'est le fil invisible qui lie tous les composants qui se mêlent et se superposent au gré des mondes, de la matière, de la non-matière, de l'ombre, et de la lumière. Il existe autant d'Impulsions et d'Énergies primaires qu'il existe de créatures ou de choses. Dieu, Juliette, n'est ni bon, ni mauvais. Il n'a pas de conscience, il n'a pas de parole. Il est juste l'Origine, la première mise en mouvement, le choc électrique unique qui permet à l'univers de s'étendre et d'exister.

Je suis l'ange de cette Énergie originelle et de ce Flux Divin. J'étudie ce mouvement sacré, je le garde, je l'observe, je veille sur lui. Je peux l'influer, je peux révéler son talent et sa force. Je veille à ce que rien, ni personne, ne puisse entamer ce Souffle Originel. Rien ne doit jamais tarir cette source car cela signifierait la fin de tout. Ainsi, Juliette, ton Impulsion, celle qui t'a produite, commande ton existence et c'est pour cela que je t'ai choisie. Je te vois dans ta lumière et dans ton ombre et ceci te rend précieuse.

— Précieuse ? Hoqueta-t-elle soudain. Comment pourrai-je l'être après... après ce que j'ai fait ?

— Dieu n'est jamais que le prétexte au mouvement des choses. Il est l'acte de Création pure. Mais ce que la créature décide ensuite de faire, ou de ne pas faire, n'est que le résultat de son libre arbitre. Pour les humains, cet ensemble de choix constitue leur âme et leur histoire. L'archange marqua une pause en ménageant un suspense étrange et angoissant.

— Et dans le flux constant des Impulsions que Dieu crée, poursuivit-il enfin, il arrive parfois qu'Il laisse s'échapper des résidus de son énergie divine qui flottent dans l'infini jusqu'à ce qu'ils trouvent des porteurs, des créatures qui, tels des aimants, attirent et recueillent sans le savoir ces résidus de la Création Divine. C'est ce que nous appelons : les Vaisseaux de Lumière. Leur nature est d'être des éclats de l'essence de Dieu. Ils véhiculent une parcelle de Son énergie pure. Ces Vaisseaux sont la voix de Dieu et cette voix doit s'utiliser à bon escient.

— Je suis désolée, gémit-elle presque, je ne comprends rien.

— Je sais. Un jour, tu comprendras. Un jour tu sauras pourquoi tu as fait ce que tu as fait dans cette chambre en Ecosse. Un jour, tu verras alors que tous les autres demeureront aveugles. N'en doute pas une seconde, Juliette. L'erreur et le mauvais choix, que tu crois avoir fait sur Terre, ne sont que l'expression de ta nature. Je suis là pour te l'enseigner. Je vais t'apprendre quelle est ta vraie nature et quel est ton don.

— Un don de mort ?

Kamaël esquissa ce qui pouvait s'apparenter à un sourire même si Juliette aurait bien été incapable de dire s'il était bienveillant ou non. Il se rapprocha lentement de son visage. Elle pouvait sentir une étrange odeur de sucre et de brioche, quelque chose qui rappelait l'innocence et la gourmandise de l'enfance, quelque chose de nostalgique et de privilégié comme une sorte de paradis de quiétude perdu

— Je vais te dire quelle est ta vraie nature, Juliette.

La joue de l'archange frôla presque celle de l'ange. Sa chaleur anormale pénétra lentement le corps astral de Juliette et reconstitua un circuit veineux qui desservit chacun de ses organes célestes. Les lèvres de Kamaël s'entrouvrirent lorsqu'elles furent tout contre l'oreille de Juliette pour lui murmurer directement à l'âme, à l'énergie, à l'éclat infime de Dieu qui se trouvait encore en elle. Et dans un souffle unique qu'elle suspendit à jamais, incarcérée dans cette révélation dont elle ne pourrait parler à personne, Juliette écouta chacune des paroles distillées en venin brûlant et irréversible par le serpent sacré des Cieux. La connaissance est la liberté, la connaissance est le pouvoir. Pour Juliette, la connaissance fut la fin et le commencement.

— Orange ? Dit Soffia sur un ton presque outré. Ce n'est pas une couleur. Même aux Cieux, ce n'est pas une couleur.

Mylène soupira avec force et humeur, pas moins de deux fois de suite, pour être certaine que le message passait bien auprès de tout le monde.

— Écoute, Soffia, il est vrai que je n'ai pas beaucoup de talents, en général, mais le sens de la mode et de la couleur, c'est mon don à moi. Peut-être que tu n'aimes pas l'orange, mais l'orange t'aime.

— Eh bien j'ai le droit de décliner son offre. Il propose, je dispose, et il est hors de question que je porte une tenue orange.

— Là, je craque. Juliette ! Dis-lui, toi, que cette robe est magnifique sur elle !

Juliette sursauta. Elle n'avait pas suivi le début de la conversation et était bien en peine de la poursuivre. Elle fixa ses deux amies et leur sourit un peu bêtement.

— Oui, elles sont parfaites.

Mylène ouvrit la bouche en grand pour signifier sa totale désespérance concernant le manque de discernement esthétique de son entourage, ainsi que son absence de sérieux et d'implication dans l'événement qui allait marquer, à jamais, leur jeune existence d'ange : le grand bal des rectorats. Du fait de son échec lors de sa première mission, Mylène n'avait pas pu y assister mais cette fois était la bonne et rien, ni personne dans l'univers des créatures célestes, démoniaques, terriennes ou martiennes, ne lui gâcherait son bal. Soffia contourna Mylène et se rapprocha de Juliette qui était assise sur une belle méridienne en velours rouge dans le pur style baroque. Créer un univers personnel qui concrétiserait le lieu de vie privée de chaque ange était l'une des premières choses que les novices apprenaient à faire. C'était un exercice qui présentait le double avantage de développer à la fois leur concentration spirituelle, mais aussi, de les rassurer par la reconstitution d'un environnement familier. Mylène avait le goût décoratif résolument anglais et résolument ostentatoire. Soffia s'assit sur le bord du fauteuil, ce qui fit gémir de douleur la propriétaire des lieux. Céleste ou pas, incarnée ou pas, c'était quand même une tenue magnifique qu'elle avait mis des heures à matérialiser. Et même si elle ne pouvait pas se froisser, n'étant donc qu'une projection astrale comme tout ce qui se trouvait en ces lieux, c'était un vieux réflexe que Mylène avait gardé depuis qu'elle avait compris qu'elle pouvait créer quasiment toutes les collections de haute couture dont elle pouvait se souvenir.

— Juliette, es-tu sûre que ça va ? S'enquit Soffia avec toute sa retenue habituelle. Est-ce que tu penses toujours à cette histoire de rectorat de Kamaël ?

Bien sûr que non. Soffia n'était pas une spécialiste des relations humaines, ni même angéliques, mais elle n'était pas stupide. Elle savait bien que quelque chose avait changé dans l'attitude de son amie. Elle venait d'être sacrée ange, comme si elle avait mené sa mission à son terme. Et quel terme, en vérité ! Elle devait avoir l'impression de voler sa participation au bal et de voler son passage au second cycle parce que celui-ci était justifié par le sang d'une innocente. Soffia pouvait aisément le comprendre, elle qui ne s'était jamais totalement sentie à sa place nulle part. Quand elle parvenait à se souvenir de son enfance terrienne, elle entendait encore les mots de sa mère qui avaient été gravés dans son cœur aussi sûrement que sur une tablette de marbre : « tu n'étais pas prévue ». Elle avait toujours trouvé ces mots très étranges quand on les rapportait à l'être humain. On prévoyait une sortie, un plan de carrière, un restaurant, ou le paiement d'une facture. Mais comment pouvait-on prévoir, ou ne pas prévoir, un enfant ? Soffia avait si bien intégré ces mots qu'elle avait grandi avec la conviction qu'elle n'avait rien à faire dans ce monde puisque ses parents, et donc tous les autres individus par déduction naïve, ne l'avaient pas prévue. Rien d'étonnant, en conséquence, que ce monde ne soit pas fait pour elle. Elle avait amorcé sa vie d'adulte en choisissant des études qui n'étaient pas faites pour elle, un métier pour lequel elle n'avait aucune passion et un amoureux qu'elle n'aimait pas. Alors le regard voilé d'indifférence de Juliette, qui n'était qu'une façon d'aborder un monde qui sonnait faux, Soffia le connaissait bien. Elle voyait le même dans le miroir.

— Non, bien sûr que non, répondit l'ange roux de façon automatique. Tout va bien. C'est juste que, bientôt, je vais suivre ses enseignements et que je suis un peu perplexe. Tu comprends, ça m'angoisse, je me demande à quelle sauce je vais être mangée.

Juliette sourit mais le caractère artificiel et emprunté du mouvement le tourna en une étrange grimace. Bien qu'elle ne fût pas dupe, Soffia ne releva pas. Son amie avait le droit de garder ses douleurs et ses doutes pour elle. C'était son choix et il était important de l'accepter le plus respectueusement possible. Quand elle serait prête, elle leur parlerait.

— Bon, peut-on se concentrer sur ce qui est important, s'il vous plait ?

Les brusques interruptions de Mylène avaient le don extra-ordinaire d'entraîner dans leurs sillages toutes les consciences, même les plus lourdes. Elle savait en jouer quand l'atmosphère se chargeait de peines et de peurs statiques. Le mouvement était la clé de la vie. Mylène en était convaincue. Tout comme elle était convaincue qu'elles vivaient un moment exceptionnel. Car non seulement il s'agissait de la célébration du renouveau des rectorats mais, en plus, elle avait entendu dire qu'il y aurait des invités surprise. Bien entendu, Mylène n'avait aucune idée de ce que les mots : « invités surprise » pouvaient bien vouloir dire lorsqu'on se trouvait aux Cieux. Elle avait essayé de s'imaginer Brad Pitt ou Jude Law débarquer en clous du spectacle comme de jolies streap-teaseuses qui sortiraient d'une rocambolesque pièce montée. Mais, à bien y réfléchir, elle avait fini par trouver l'idée, sinon très alléchante, du moins totalement irréalisable. Peu importait, finalement, seule la fête comptait vraiment.

L'évènement faisait systématiquement suite à la cérémonie d'attribution des rectorats et c'était la seule festivité connue des anges de niveau inférieur. Par le biais de ces réjouissances, les archanges célébraient le renouvellement et l'enrichissement des rectorats par de nouvelles âmes qui étaient le signe de bonne santé et de pérennité des Cieux. Tout était fait pour rassurer les jeunes anges quant au merveilleux monde céleste. Depuis quelques heures, le Temple s'était paré de petits points de lumière qui dansaient autour des colonnades grecques comme autant de lucioles magiques. Le ciel avait pris une belle nuance de bleu nuit perlé d'éclats plus ou moins gros. Les étoiles, réelles ou supposées, personne ne le savait vraiment, semblaient enrober toute la colline sur laquelle reposaient les bâtiments du Temple. Elles se mouvaient, lentement, pour proposer à la vue de tous de nouvelles arabesques harmonieuses. Il y avait de la poésie dans ce ciel. Les fontaines de connaissances nimbaient les jardins de leur lueur phosphorescente et plongeaient les reliefs dans une semi obscurité vert pâle. Les couleurs pastel qui avaient envahi l'Ehéménental paraissaient sorties d'une aquarelle qui aurait pu illustrer un conte des mille et une nuits. Il ne manquait plus que les odeurs des épices lointaines et du sable malmené de températures radicalement fluctuantes.

Un sentiment d'excitation festive, et presque puérile, avait saisi les Cieux. Même les archanges semblaient d'humeur plus légère ces derniers temps, si on exceptait celle de Mikhaël, qui devait risquer l'implosion mystique à chaque sourire, seule explication à peu près plausible au fait qu'il n'exprimait jamais rien d'autre sur son visage qu'une dureté froide et austère. Chaque ange aguerri était libre de modifier son apparence, soit en couleur d'ailes, soit en couleur d'auréoles. C'était le nec plus ultra de la coquetterie angélique. Les novices ne disposaient pas encore de cette capacité. En revanche, ils pouvaient s'en donner à cœur joie concernant les toilettes. Et pour ce qui était de cet emballage de tissus et de soieries, Mylène excellait. Surtout dans l'orange.

Soffia capta le regard sans appel de cette dernière et se leva à nouveau pour venir se placer devant le miroir fatal. Elle devait reconnaître que la couleur décriée relevait avec élégance son teint légèrement halé et sa longue chevelure de tahitienne.

— Va pour l'orange, finit-elle par céder.

— Yes ! Triompha Mylène avec emphase. Je le sa…

Soudain, elles entendirent un bruit sourd dans les étages inférieurs puis des pas marteler les escaliers avec force et rapidité. En plus du reste, Mylène avait le culte de l'escalier. Pour quelqu'un qui était mort en dévalant des marches étroites, poursuivi par un convertible, ce tic avait tout de la névrose post-traumatique. Mais l'ange blond préférait parler de psychanalyse reconstructrice du mal par le mal. Carrie ouvrit brusquement la porte de la grande chambre.

— Vous ne devinerez jamais ce que j'ai appris ! Dit-elle essoufflée.

— Il y aura un buffet ? S'empressa de demander Mylène, comme si mourir de faim était une préoccupation angélique.

— Q… Quoi ? Bien sûr qu'il y aura un buffet, pourquoi cette question ?

— Parce que j'ignorais qu'il y en avait un ! Rétorqua-t-elle avec une moue boudeuse. Tu ne nous as jamais rien expliqué, madame l'ange du second niveau qui n'avait pas le droit d'en parler à ses amies. J'imaginais que, pour l'occasion, les archanges allaient encore nous pondre un commandement du genre : « vous êtes des consciences désincarnées, et recréer la nourriture, comme toutes les choses à connotation terrienne, vous empêchent de vous acclimater à votre nouvelle condition ».

— Et c'est pourquoi, ce n'est pas Mikhaël qui s'occupe de l'organisation de la fête, nota Soffia sur le ton neutre et métallique d'un ordinateur de bord.

— Bon, puis-je vous raconter le scoop de radio potins célestes, oui ou non ? S'impatienta l'ange du troisième cycle.

— Nous t'écoutons, nous ne faisons même que ça.

A la suite de quoi Mylène éclata de rire, ce qui fut communicatif, même pour Juliette.

— Très drôle. Bon alors, après avoir enquêté dans les milieux hostiles des anges du rectorat de Tsafkiel — ce qu'ils peuvent être prétentieux à ce propos — tout ça parce qu'ils sont anges de puissance et non anges de guerre…

— Carrie ? Reste avec nous, cadra Soffia soucieuse de la bonne marche des débats.

— Oui, bref, j'ai réussi à savoir quelles personnes importantes étaient invitées exceptionnellement au bal. Et vous allez tout simplement halluciner.

— Jude Law ? Persista Mylène.

— Je ne suis pas certaine qu'il soit mort, précisa Carrie sans vraiment savoir pourquoi elle en éprouvait le besoin.

— Il devrait.

— Certes, mais il s'agit d'Asmodée et d'Abigor.

Silence consterné.

— Quoi ? Lança Soffia un peu fort. Tu veux rire ?

— Absolument pas ! Claqua Carrie, non sans une pointe de fierté totalement déplacée et d'une excitation largement dispropor-tionnée, si l'on considérait sa retenue habituelle.

Juliette s'était enfin décidée à se lever et s'était rapprochée de ses amies. A l'évocation du nom d'Asmodée, une vague d'émotions contradictoires et violentes la submergea. Des images s'imposèrent à elle avec violence comme tirées d'une scène de film d'horreur qu'elle aurait été forcée de regarder. Elle se souvenait de son arrogance, de son orgueil triomphant, de sa superbe, et bien entendu, elle se souvenait de la chambre dans le manoir. Elle se souvenait que lui savait. Il savait ce qu'elle avait dû faire cette nuit-là.. Son cœur battait d'une angoisse irrépressible. Il allait parler. Bien entendu, il allait parler. Il parlait tout le temps. Pourquoi diable les Cieux avaient-ils décidé d'inviter deux démons ? Et la stricte séparation des pouvoirs, la bonne vieille alternative du bien et du mal ? Tout fichait vraiment le camp dans ce monde.

— Ce sont des démons, nota Soffia très justement.

— Cela n'a pas eu l'air de les gêner beaucoup, fit Carrie avec une pointe d'humour presque provocatrice. Juliette ? Tout va bien ? J'aurai cru que tu allais hurler en sachant que ton grand ami, Asmodée, serait de la fête.

— J'intériorise, bougonna l'interpellée.

— Cela ne me paraît pas si choquant, poursuivit Carrie qui ouvrait le placard pour récupérer sa robe dos nu couleur des étoiles. Après tout, ils ont fait beaucoup pour nous. Ils nous ont aidé, et sans eux, reconnaissez que nous n'aurions pas été si efficaces. Nous n'aurions peut-être pas pu sauver tout le monde. Enfin… Oh pardon, Juliette, je ne voulais… Quand je veux dire sauver tout le monde, je voulais dire…

— Ça va, répondit cette dernière. Il n'y a pas de problème. Je comprends ce que tu veux dire. Mais pourquoi nous ont-ils aidés ? Quelqu'un s'est-il seulement posé la question ?

— Parce que ça les arrangeait, conclut Soffia les mâchoires crispées.

— Précisément, continua l'ange roux avec un air de vieux détective. Seul leur intérêt compte. Hier, leur intérêt était de nous prêter main forte, mais aujourd'hui, et demain ? Nous ne pouvons pas leur faire confiance. Ce sont des démons, c'est dans leur code ADN, ils ont un gêne trahison. Et je me dis que c'est très imprudent de la part des archanges de les faire venir ici, au Temple. C'est un peu comme si nous faisions entrer deux loups au milieu d'un troupeau de moutons. Et même si, pour l'occasion, ils portent des costumes de mouton, au final, ils n'en restent pas moins des loups.

— Sauf que si nous voulons être vraiment justes, il n'y a qu'un seul loup, à proprement parler. Abigor est bien un loup mais Asmodée? Du fait de sa déchéance, ce serait plutôt une sorte de mouton noir : un mouton qui serait passé du côté obscur de la Force.

— Avec toi, Mylène, tout passe forcément par Alien ou Star Wars, soupira Soffia.

— Ce que je veux dire, poursuivit l'ange blond avec entêtement, c'est que peu importe qu'ils viennent ici. Asmodée connaît déjà la maison, il y a vécu. Or nous savons, toutes, que l'Ethéménental ne bouge pas, il est immuable. Les archanges n'ont jamais été des chantres de la réorganisation et de la modernisation. Que voulez-vous qu'il apprenne qu'il ne sache déjà ? Et ce qu'il sait, Abigor le sait. D'ailleurs, vu comme Asmodée parle à tort et à travers, il est probable que tout l'Enfer le sait aussi. En fait, ce qui m'étonne le plus, c'est qu'ils aient accepté.

— Parce qu'ils préparent un mauvais coup, c'est simple. Raphaël est une grosse colombe et quand il se sera fait bouffer par le chat, il ne faudra pas venir se plaindre.

— Juliette, tu es de mauvaise foi, tint à souligner Carrie. Moi, je trouve cela excitant !
Silence outré.

— Non, enfin pas excitant, reprit-elle rapidement en tentant vainement de contraindre son air enjoué au plus profond de son être. Juste, relativement excitant, non ? C'est peut-être l'aube d'une nouvelle ère de collaboration et de paix. Si vous saviez comme je me suis ennuyée à mon bal d'intronisation au rectorat de Mikhaël.

— Non, claqua sèchement Mylène, justement nous ne le savons pas.

— Parce qu'à ce bal, expliqua Carrie avec emphase, tu dois prêter serment de ne pas révéler son déroulement aux novices suivants et ainsi de suite. C'est la tradition. En fait, je ne m'étais pas tellement liée avec les autres. Alors mon bal a surtout consisté à observer ceux qui s'amusaient. Mais là... Enfin, réalisez ! Un démon majeur, chef de plusieurs centaines de légions infernales, et un déchu, qui sont invités à une grande cérémonie des Cieux, ça n'est pas arrivé depuis...Cela n'a jamais dû arriver. Nous assistons à un fait historique, mes amies.

L'auditoire imposa à nouveau un silence pesant, l'ensemble de ses yeux braqué sur la silhouette élancée de Carrie.

— Comment sais-tu qu'il est chef de plusieurs centaines de légions infernales ? Demanda Juliette.

— Pardon ?

— Oui, tu m'aurais demandé qui est Abigor, continua-t-elle, je t'aurais juste dit : c'est le grand balèze qui suit toujours Archmed.

— Asmodée, nota Carrie même si, d'instinct, elle sut que c'était une très mauvaise idée de le relever.

— Je l'appelle comme je veux, grogna la rouquine avec la plus grande des mauvaises fois.

— Eh bien, je suppose qu'il me l'a dit, s'entêta Carrie en s'enfonçant un peu plus. J'ai tendance à m'intéresser aux gens qui nous aident et nous sauvent la vie.

— Moi aussi. Et Abigor, c'est juste le grand balèze.

— Bon, puis-je savoir ce que tu... non, ce que vous sous-entendez, toutes ?

— Rien, intervint Soffia, si ce n'est, qu'effectivement, ton intérêt pour le sujet est un peu trop... Comment dire : précis.

— Si nous arrêtions de tourner autour du pot, intervint Mylène avec sa brusquerie naturelle. Il te plaît, tu as envie de passer du temps avec lui, histoire de voir de plus près son impressionnant appendice démoniaque, pas de quoi défenestrer un chat.

— Mylène ! ! ! Clama tout l'auditoire.

— Je parlais de sa queue.

Disant cela, la jolie blonde dut se rendre à l'évidence : ledit auditoire ne la suivait toujours pas.

— Du truc qui dépasse des vêtements, continua-t-elle sur un ton consterné, et fait de grands mouvements circulaires dans son dos : sa queue de démon. Q-u-e-u-e. Chochottes.

— Il ne me plaît pas du tout ! S'offusqua Carrie avec force. Se poser la question est proprement contre-nature.

— Justement, ergota Juliette en tournant autour d'elle comme un avocat pénaliste autour d'une plainte pour acte de torture et de barbarie. Je ne suis pas très au fait du règlement intérieur de l'Ethéménental mais il n'est pas très difficile d'imaginer que fricoter avec un démon, même patron de je ne sais pas combien de légions infernales, est très, très, mal vu.

— Oh je crois même que c'est interdit, appuya Soffia. Disons qu'en signant, c'est un peu compris dans le packaging angélique : les ailes, l'auréole, les chœurs célestes et ne pas coucher avec un démon.

— Mais je n'ai pas l'intention de coucher, ou de faire quoi que ce soit d'autre d'ailleurs, avec lui. Je ne crois même pas qu'on puisse l'envisager.

— Ah si, on peut, précisa Mylène.

L'expression atterrée de ses amies ne manqua pas de l'amuser et elle ne fut pas peu fière de son petit effet de manche théâtral.

— Allez, ne jouez pas les innocentes, railla-t-elle. Nous étions toutes des adultes quand nous sommes mortes et ce n'est pas parce que nous sommes de jeunes anges que nous sommes privées de certaines pulsions ou de certains souvenirs. Il faut bien appeler un chat, un chat.

Mais ses interlocutrices, loin d'être convaincues par l'explication, semblaient toujours sous le choc.

— Bande de petites hypocrites ! Que celle qui en s'incarnant ne s'est jamais retournée sur un homme, n'a plus jamais ressenti cette sorte de petit battement d'ailes de libellule dans le cœur, me jette la première pierre mystique. Vous êtes pétries de clichés religieux auxquels vous vous raccrochez pour expliquer l'incroyable. Mais nous sommes des créatures vivantes, et comme toutes créatures vivantes, nous sommes mues par le désir d'être épanouies et de nous reproduire. C'est une loi immuable qui régit toutes les espèces.

— Tu l'as déjà fait en étant… risqua Juliette.

— Désincarnée ? Non, j'avoue que, même si je meurs de curiosité, je n'ai encore pas trouvé le bon partenaire. Celui qui sera vraiment exceptionnel et unique. Cela ne fait pas de nous des délinquantes ou de mauvais anges que de ressentir les pulsions qui nous définissaient lorsque nous étions encore des êtres humains. Les archanges, eux-mêmes, nous répètent qu'on ne doit pas renier la part de nous qui est restée sur Terre et l'attachement qu'on aura toujours pour le monde qui était le nôtre.

— Oui, mais cela t'a quand même valu de repiquer ta première session, précisa Soffia de son ton de maîtresse d'école. Nous sommes les gardiens des consciences humaines, je ne suis pas sûre que, d'un point de vue déontologique, ce soit bon de mélanger les genres.

— Je pense que vous prenez cela bien trop au sérieux, fit Mylène en haussant ses fines épaules. Nous sommes dotées d'un cœur, au sens noble du terme, au sens mystique du terme même, je ne vois pas pourquoi nous devrions nous fermer à ce qui fait la grandeur de notre espèce : l'amour. De toute façon, un jour, il vous tombera dessus et vous serez bien en peine de tenir à nouveau ce genre de discours. Enfin, bien entendu, ce que je raconte exclut forcément de l'équation tout rapprochement avec un démon majeur, chef de je ne sais pas quoi.

— J'ai compris le message, conclut Carrie sur un ton un peu pincé. Pourrait-on parler d'autre chose ou avez-vous vraiment décidé de m'empêcher de m'amuser à ce bal ?

— Tu as raison, changeons de sujet, lança Mylène en reprenant sur un ton excité. Que penses-tu du orange Carrie ?

— Que la personne qui l'a inventé était un grand malade.

Chapitre 3

Entracte apocalyptique

Le vieux commissaire émit un gémissement de soulagement lorsque les portes de l'institut Humanité s'ouvrirent enfin. Déjà deux bonnes heures qu'il patientait dans la voiture avec son coéquipier, et plus les années avançaient, plus le temps passé à scruter un paysage statique, coincé sur des sièges peu confortables, lui était insupportable. Sa sciatique se réveillait, et lorsqu'il sortait de la voiture, il y avait toujours un moment où il se demandait s'il allait pouvoir se redresser et marcher sans boiter comme un centenaire. Il aurait vraiment dû épouser la kyné qui lui avait fait du gringue vingt ans plus tôt. A présent, la concurrence sur le marché de la séduction était très clairement en sa défaveur.

Le gardien du bâtiment de la prestigieuse école fut très surpris de constater qu'une voiture se trouvait stationnée de si bonne heure devant le portail. Son étonnement fut plus grand encore lorsqu'il comprit que les deux individus étaient des représentants de l'ordre qui souhaitaient rencontrer le directeur de l'établissement. Considérant qu'il n'était pas assez payé pour les faire changer d'avis, il les amena jusqu'au hall d'entrée de l'élégant manoir, restauré à grands renforts de largesses de parents riches, soucieux d'assurer à leur progéniture un traitement privilégié. Le hall était à l'image de tout le reste : baroque et orgueilleux. Ici, on formait une élite financière et intellectuelle alimentée par les plus gros comptes bancaires d'Europe. Tout était bon pour rappeler aux moins bien nés qui s'égaraient ici qu'ils se trouvaient clairement dans un autre monde.

— C'est pas censé être chapeauté par un ecclésiastique ? Siffla Eric en arrondissant des yeux de gamin étonné. Question humilité, on a fait mieux, j'ai jamais vu autant de marbre ailleurs que dans une salle de bain d'un hôtel cinq étoiles.

— Pas un vrai religieux, ou en tout cas, pas aux yeux de l'église catholique. Cette congrégation se revendique orthodoxe, je crois, mais c'est pas très clair cette histoire. C'est ni plus, ni moins, qu'une secte qui se donne des allures d'enseignement religieux pour faire encore plus dans l'élite. Te poses pas plus de questions, c'est un monde qu'on ne pourra jamais comprendre parce qu'on n'est pas nés du bon côté de la barrière.

Une jolie hôtesse, perchée sur des escarpins dont la hauteur valait bien la démesure des lieux, vint les rejoindre et les accueillit avec toute la politesse exagérée due au mépris des classes moyennes.

— Bonjour mademoiselle, commissaire Henri Charlenoir, voici le lieutenant Eric Davent, nous souhaiterions voir monsieur Duval.

La jeune fille se pencha sur la carte professionnelle que lui présentait l'agent des forces de police puis accentua encore son sourire appliqué.

— Je suis navrée, messieurs, monsieur Duval est en visio-conférence. Il est très occupé, peut-être pourrions-nous convenir d'un rendez-vous ultérieur ?

— Ou alors, nous allons attendre ici, dans le hall, le temps qu'il faudra. Mon collègue et moi-même en profiterons pour poser quelques questions aux parents des enfants scolarisés qui viendront les déposer ce matin. A défaut de pouvoir interroger le saint patron de cet établissement, nous aurons l'avis des usagers de vos services. D'autant qu'il s'agit d'un meurtre, les gens sont toujours friands de ce genre d'histoire.

L'hôtesse tordit légèrement ses jolies lèvres maculées d'un gloss ostentatoire. Sa tentative de diversion avait lamentablement échoué et si ces deux oiseaux de malheur importunaient les parents, et leur si fragile susceptibilité, c'était des retraits de scolarité que l'école ne pouvait se permettre. A plus de cent cinquante mille euros, l'année, un parent vexé était un cataclysme comptable. Elle soupira assez fort pour qu'ils notent son exaspération et la douleur qu'ils lui infligeaient puis tourna les talons.

— Je vous en prie, suivez-moi.

Les deux policiers obtempérèrent après avoir échangé un petit regard de triomphe complice. Ils empruntèrent un très large escalier en vieux marbre qui déroulait une galerie impressionnante de vieux portraits peints à l'huile. Ils rendaient hommage aux précédents chefs de file de cet établissement, et considérant la nature des peintures, cela couvrait des siècles.

— A quand remonte la création de cette école ? S'enquit Henri.

— Sous sa forme moderne, l'école a été créée en 1825 mais la congrégation religieuse qui, au départ, était plutôt spécialisée dans la conservation de documents historiques rares et dans la formations des élites politiques européennes, a été fondée en 1207.

44

— Ça explique les objets anciens qu'on voit un peu partout. Il s'agit de la collection privée de l'école, j'imagine.

— Exactement. Notre bibliothèque contient une partie musée que nous ouvrons au public lors des journées du patrimoine. Nous avons une très grande collection de parchemins et quelques versions de l'ancien testament fort rares. La congrégation a le culte de l'archivage.

Elle s'arrêta devant une jolie et imposante porte en bois et leur fit signe d'attendre dans le couloir. Elle pénétra à l'intérieur et, quelques minutes après, leur ouvrit. Le sésame avait été donné.

— Il va vous recevoir.

— Et nous lui en sommes infiniment reconnaissants, glissa le commissaire de façon doucereuse et cynique.

Même Henri avait ses limites quand il s'agissait de subir la condescendance de ses congénères. Elle les introduisit dans un grand bureau qui avait effectivement tout d'un musée. Les murs étaient couverts de vieilles étagères étouffées de livres anciens et le peu d'espace qui se trouvait entre les meubles était occupé par d'innombrables toiles. Un homme d'une petite soixantaine d'années, à la stature haute et empreinte d'une élégance aristocratique, vint à leur rencontre. Il était habillé d'une austère redingote cintrée noire avec un col qui imitait celui des religieux.

— Bonjour, messieurs, je suis Robert Duval, je vous en prie, asseyez-vous, leur suggéra-t-il en leur désignant une table ovale cerclée de confortables fauteuils. Je vous présente Jeanne, mon assistante.

Les policiers remarquèrent la présence d'une petite femme au regard dur et à la silhouette arrondie qui leur servit un bref sourire crispé et nerveux. Ils prirent place dans les fauteuils.

— Je suis très surpris par votre visite car ma secrétaire m'a dit que vous étiez là à propos d'un meurtre ?

— C'est exact, répondit le commissaire sur un ton égal. Connaissez-vous Louise Château Montrosier ?

L'homme prit quelques secondes pour répondre et roula ses yeux dans ses orbites comme s'il cherchait dans les tiroirs de sa mémoire un document perdu.

— Je connais plutôt son époux. Mon Dieu, s'agit-il d'elle?

— C'est très étrange, parce qu'en fouillant ses affaires, nous nous sommes aperçus qu'elle vous avait souvent appelé et échangé beaucoup de courriers avec vous.

— Oh vous savez, cela n'a rien d'étonnant. Nous avons énormément d'enfants de personnalités politiques. J'imagine qu'il s'agissait de cela : une demande d'inscription.

— D'après les courriers, poursuivit Henri sur le même registre, il s'agissait plutôt de recours. Elle souhaitait que vous intégriez son second fils. D'après son agenda, elle a eu plusieurs rendez-vous avec vous et s'apprêtait à en avoir un autre dans quelques jours.

— C'est très étonnant, en effet, reconnut Robert en faisant une moue d'incompréhension discrète. Je ne me souviens pas avoir reçu cette dame. Peut-être mon adjointe ? Nous avons beaucoup de demandes, et malheureusement, les murs de ce bâtiment ne sont pas extensibles. Cela nous contraint à une sélection extrêmement sévère des candidats même si nous souhaiterions pouvoir accueillir favorablement toutes les demandes.

— Vous aviez déjà intégré son premier fils, intervint Eric. Il est scolarisé chez vous depuis un an. Si vous prônez l'excellence, je suppose que votre sélection se base sur les notes de l'enfant.

— Bien entendu. Notre réputation est bâtie sur nos résultats, et chaque année, nous avons la fierté de voir nos sortants réussir de brillantes études supérieures et embrasser de belles carrières. Nous étudions avec une grande attention et une grande vigilance le dossier de chaque enfant. Ceci ne s'arrête pas uniquement aux notes, nous regardons son comportement, ses centres d'intérêts, ses motivations. Nous formons des élites et nous considérons l'élite comme un ensemble de qualités intellectuelles, morales et physiques.

— Ce que vous êtes en train de dire, continua Eric l'air sciemment naïf, c'est que si mon gamin ne pratique pas plusieurs sports, n'a pas des notes excellentes et n'est pas issu d'une riche famille, il n'a aucune chance d'être pris ici.

Robert Duval sourit poliment, de la même façon que celle de l'hôtesse.

— Comprenez que la sélection doit bien se faire sur des critères. Nous laissons aux autres écoles la fonction de ne pratiquer aucune discrimination. Les parents qui déposent leur dossier sont bien conscients de la pression que subira leur enfant.

— On peut supposer alors, reprit le commissaire, que madame Château Montrosier était parfaitement au courant de ce règlement, étant donné que l'un de ses fils avait déjà passé la sélection.

— Je suppose, oui.

— Sachant cela, à votre avis, pourquoi a-t-elle proposé la candidature de son second fils qui est très sérieusement handicapé ? C'est un peu idiot comme démarche, non ?

Le soi-disant prêtre racla sa gorge à la manière d'un homme politique face à des journalistes insistants.

— Je l'ignore. Peut-être pensait-elle qu'ayant scolarisé l'un de ses enfants, nous ferions une exception pour le deuxième.

— Une exception ? Répéta Eric un peu plus sèchement. C'est un enfant qui a besoin de soins constants et d'un personnel correctement formé. Son handicap n'est pas que moteur, il est aussi intellectuel.

— Écoutez, je ne peux pas vous répondre. Nous avons certainement dû lui expliquer tout cela par courrier. Si son enfant est si atteint, elle était peut-être désespérée. Je ne peux qu'imaginer la détresse et, surtout, la déception que peuvent éprouver les parents d'enfants de ce genre.

— Un enfant de ce genre ? Répondit le jeune lieutenant au ton de mépris profond que dissimulait mal le directeur.

— Je me suis mal fait comprendre. Ce que je veux dire, c'est que chaque parent souhaite le meilleur pour son enfant, qu'il réussisse, qu'il soit indépendant. Or, un enfant handicapé va demander beaucoup plus d'attentions et de soins. Sans oublier qu'il sera toujours à la charge de quelqu'un.

Il fit une pause et fixa les deux policiers avec insistance.

— Je suis sincèrement navré pour cette personne, j'espère que vous pourrez trouver celui qui a fait cela. Je ne vois pas très bien dans quelle mesure l'école pourrait vous apporter plus d'aide mais, si vous avez besoin d'autres renseignements, mes services collaboreront évidemment avec les forces de police. Si vous n'avez plus de questions, je me permets de prendre congé de vous. Nous parrainons une vente aux enchères au profit de la création d'une école en Afrique du Sud, et comme vous pouvez vous en douter, cela demande une organisation presque militaire.

Robert Duval élargit son sourire et se leva. En matière de langage non verbal, cela signifiait que l'entretien était à présent terminé et que, s'il devait se prolonger, cela ne serait possible qu'au vu d'un ordre légal. Les deux policiers n'en furent pas dupes et se levèrent à leur tour en prenant congé de leur hôte de la façon la plus polie et hypocrite qu'ils purent.

Une fois devant le portail, Henri jeta un dernier regard de chien d'arrêt en direction du bâtiment.

— Alors ? Demanda Eric pour la forme.

— Alors, on va mettre le nez dans leur paperasse administrative. On va essayer de dresser une liste de tous les dossiers de refus et voir s'il n'y a pas des points communs. Selon ce qu'on trouvera, on ira interroger les familles des recalés.

— Tu penses vraiment qu'il y a un lien entre la mort de cette femme et cet établissement ?

— Je pense que Louise était loin d'être une femme stupide. Avoir un enfant handicapé pousse à l'ingéniosité, au sens de la bataille, du sacrifice, et au surpassement. Alors, qu'elle ait fait tout un foin pour forcer un règlement intérieur aussi ancestral et élitiste, en dépit du plus simple bon sens et de la plus évidente des logiques, ça me paraît trop bizarre pour être fortuit. Elle a voulu nous dire quelque chose et elle est morte avant de le dire assez fort. Et moi quand un cadavre pointe un truc du doigt, j'ai tendance à aller voir de plus près ce que c'est.

♦ ♦ ♦

— Mais quelle idiote ! Ragea la secrétaire de Robert Duval tout en pliant et repliant le même document depuis plus de cinq minutes.

— Du calme, Jeanne, ce n'est pas la première fois dans notre histoire que nous avons à faire aux forces de l'ordre.

— Comment cela a-t-il pu se produire ? Un assassinat ?

— Oh, je n'y crois pas une seconde et ce commissaire, non plus.

— Que voulez-vous dire, vous savez quelque chose ?

— Louise est venue plus d'une fois. Plus les années passaient, plus elle montrait des signes d'instabilité. La fermeté de notre position la rendait folle. Je crois qu'elle a réellement cru que, par fidélité et reconnaissance envers sa famille, nous ferions une exception pour son second fils. Quand elle a compris que, malgré tous ses efforts, la décision était irrévocable, elle a commencé à menacer de nous faire du mal. Or quelle est la chose qui permet d'assurer l'exécution de notre plan, depuis notre création ? Notre discrétion. Elle s'est arrangée, je ne sais pas exactement comment, pour braquer sur nous les projecteurs de la police. C'est bien vu de sa part. Quel dommage qu'elle ait employé cette énergie à cette entreprise au lieu de la déployer pour soutenir notre cause.

— Elle n'avait pas le sens du sacrifice et elle avait perdu la foi, gronda Jeanne, le regard hargneux de petit rongeur. Nous aurions dû régler le problème, nous-mêmes, au lieu de lui permettre de se débarrasser volontairement de l'enfant quand il est né. Nous avons été laxistes et, maintenant, nous le payons. Jusque-là, nous avons toujours éradiqué ceux qui ne pouvaient prétendre à la Résurrection. La main d'une mère peut trembler quand il s'agit de reprendre la vie qu'elle a donnée. Voilà, pourquoi, nous devons le faire à sa place.

— Ceci a peut-être été une erreur de jugement. Louise était si prometteuse, elle était l'une de nos disciples les plus dévouées. Nul ne pouvait prévoir qu'elle choisirait de renoncer à nous et à sa foi. C'est son amour maternel qui l'a détournée de nous et qui a scellé son avenir. Elle a choisi son fils attardé contre celui qui allait être sauvé. C'est une bien curieuse prise de décision.

Il fixa, soudain, un vieux livre qui trônait sur un pupitre en bois sculpté.

— Tout ceci ne doit pas nous dévier de notre route, reprit Robert avec l'emphase d'un doctrinaire. Nous sommes si près du but et de la délivrance. La police, son enquête, l'opinion publique, le monde en son entier, sont sur leur fin. Il nous faut tenir le cap jusqu'aux derniers jours et jusqu'à la Grande Délivrance. S'ils savaient comme leur existence est à présent vaine. Parfois, Jeanne, je me surprends à avoir de la pitié pour leur ignorance. Ils vivent, ils sont gonflés d'espoir, d'envies, de passions, tout en ignorant que, d'ici peu, ils disparaîtront comme tout ce qui fait leur monde. Laissons-les croire qu'ils ont découvert quelque chose et qu'ils vont faire leur travail, nous ne devons pas nous laisser déconcentrer. Tout ce qui compte, c'est Sa parole. Nous devons Le servir sans faille et penser que tous nos ancêtres, ceux qui ont œuvré si fort sans pouvoir récolter le fruit de leur dévotion, nous regardent et jugent nos actes. Par respect pour eux, nous ne devons pas échouer si près du but. Le grand architecte des Flamboyants, le Saint Patron du Feu Divin, nous a choisis pour être les rescapés de son bûcher ardent. Quel honneur que le nôtre, ma chère.

Elle s'avança et lâcha un petit soupir de délectation en regardant, elle aussi, l'ouvrage.

— L'avez-vous entendu récemment ?

— Tout le temps. Il ne me quitte pas. Le grand maître de l'évolution de la création de Dieu Tout-Puissant me murmure Ses ordres à chaque heure et chaque seconde du jour et de la nuit. Il a une telle confiance en nous, Il est si fier de ce que notre congrégation a accompli depuis tous ces siècles. Il dit que la fin des temps va nous récompenser de notre dévotion.

Robert posa sa main noueuse sur le cuir fatigué de l'ouvrage.

— Oh Jeanne, je peux sentir Sa puissance rien qu'en touchant ce livre. Il est partout, à présent. Il nous faut accélérer les préparatifs car tout va s'enclencher bientôt et Il a besoin que nous soyons forts pour Lui. J'ai tellement hâte que tout s'embrase, que tout prenne fin, pour que nous puissions goûter à notre nouvelle utopie. Sentez-vous cette excitation, vous aussi ?

Jeanne glissa sa main sur celle de Robert. En nouant ses doigts aux siens, elle caressa presque sensuellement les anciens caractères en relief de la couverture qui traçaient, avec élégance, les lettres sacrées et dont la lecture appelait le grand Métratron.

Chapitre 4

De retour au paradis et à ses petits fours.

— C'est joli toutes ces petites lumières bleues. La lumière, c'est ce qui nous manque aux Enfers.

— Tu as raison, Abigor, quand on sait que la plupart des démons des cercles inférieurs sont photosensibles, ça manque, en effet.

Le grand démon, général de plusieurs centaines de légions infernales, si besoin était de le rappeler, ignora la remarque acerbe d'Asmodée et continua de contempler l'architecture du Temple avec un plaisir clairement affiché. Le bal post attribution des rectorats, auquel ils avaient été conviés, était sur le point d'ouvrir ses portes. Tous réglaient les derniers détails avec plus ou moins d'efficacité mais avec un enthousiasme constant et indéfectible.

— Qui fait tout ça ? Finit par demander Abigor en regardant les allées et venues des anges.

— Si ça n'a pas changé, et ça m'étonnerait, c'est Tsadkiel qui s'occupe de l'emballage. Raphaël s'est conservé quelques attributions comme la bibliothèque et certains jardins.

— C'est très festif et aéré. Un mélange de style babylonien des jardins suspendus et de techniques paysagistes anglaises.

— Et tu imagines à l'époque où Lucifer avait aussi son mot à dire ? Le mélange des genres donnait l'impression d'être en permanence sous LSD.

— Je ne sais pas pourquoi tu as tenu à ce que nous arrivions beaucoup plus tôt que prévu. Si nous étions arrivés à l'heure, nous aurions eu un comité d'accueil.

— Pour voir Raphaël en faire des tonnes sous l'œil agressif de Mikhaël ? Très peu pour moi, merci. Je connais la maison par cœur, pas besoin d'un guide. Suis-moi.

Ils pénétrèrent par l'entrée principale de l'aile ouest du bâtiment, celle-là même qui permettait d'atteindre la grande salle de verre, habituellement réservée aux importantes cérémonies. Cette pièce avait été baptisée ainsi en raison des immenses baies vitrées qui constituaient la presque totalité des surfaces des murs. L'ensemble donnait aux convives l'impression de n'être ni tout à fait à l'intérieur, ni tout a fait à l'extérieur de la salle. Le dôme central, lui aussi en verre, offrait un très beau panorama sur la voûte céleste que Tsadkiel avait décidé de montrer cette nuit-là.

Etrangement, Asmodée garda le silence lorsqu'ils remontèrent le large couloir menant à la salle de réception. Tout lui semblait si familier : les odeurs, le son de ses pas sur la pierre blanche du sol, le crissement de quelques plumes mystiques qu'on pouvait percevoir au loin, et enfin, les cliquetis cristallins si reconnaissables des fontaines de connaissances. Impossible de réfréner le flot d'émotions et de souvenirs contradictoires qui l'assaillaient. Chaque pierre, chaque herbe, chaque relief lui renvoyait une image des temps jadis, des temps de paix et d'apaisement. Il se remémorait un jeune archange, disputant la vedette à son alter ego, Gabriel, tandis que Mikhaël s'évertuait à les couvrir en cas de problèmes. Et l'univers entier savait, à quel point, il avait dû les couvrir. Il ne s'en rendit pas compte mais un léger sourire flotta sur ses lèvres sensuelles, comme le relent d'une mélancolie calme et réconfortante. Jamais il n'aurait pu se l'avouer mais tout son être lui soufflait des regrets lancinants chaque fois qu'il laissait venir à lui ces images. Si seulement…Si seulement, les Cieux n'avaient pas été si bornés. Mais avec des « si », on pouvait mettre l'univers tout entier en bouteille.

Alors que le bruit d'une musique douce et étouffée lui parvenait aux oreilles, Asmodée sentit qu'on lui saisit un peu brusquement le bras. Il fit volte face et se trouva nez à nez avec Juliette, littéralement sortie de nulle part.

— Juliette ? Lâcha-t-il, vexé de ne pas l'avoir entendue arriver.

— Il faut que je te voie.

— Voilà, tu me vois, nargua-t-il en croisant nonchalamment ses bras sur sa poitrine.

Juliette fronça ses fins sourcils roux et resserra sa poigne sur le bras d'Asmodée, avant de le tirer assez violemment pour un ange de sa corpulence.

— Je voudrais te parler maintenant ! Fit-elle de manière autoritaire et non négociable, comme chaque fois qu'elle s'adressait à lui.

Les pupilles d'Asmodée s'arrondirent de surprise. Mais pour qui se prenait-elle pour s'adresser à lui comme s'ils avaient gardé les cochons célestes ensemble ? Il ne sut pas exactement ce qui l'empêcha de l'envoyer paître quelques mètres plus loin, mais il se surprit à faire signe à Abigor d'avancer sans lui, le temps de remette les pendules à l'heure de cette dinde farcie de bêtise. Il la suivit un peu à l'écart, derrière les colonnades qui soutenaient le long couloir, puis s'adossa contre leur surface dans une posture naturellement désinvolte.

— Tu as une façon un peu brutale de proposer un rencard, mon ange.

— Je n'ai pas envie de rire ! Feula-t-elle avec humeur et angoisse. Pourquoi… Mais enfin pourquoi es-tu venu ici ? Tu détestes les Cieux et tout ce qui s'y trouve. Et voilà que tu acceptes une invitation à un bal ? Comme si tu étais le genre à faire dans la bienséance et la mondanité.

— Ah, j'ai au moins autant le genre que toi.

Elle le fusilla de ses yeux pâles qu'elle avait cerclés d'un léger khôl noir. Elle fit quelques pas nerveux devant lui comme si elle cherchait des mots auxquels elle n'avait pas réfléchi.

— Pourquoi es-tu venu ? Demanda-t-elle plus aimablement, cette fois, même si l'intention était clairement artificielle.

— Parce que j'ai des choses à dire à tes supérieurs et que je préfère que la conversation se déroule en dehors des oreilles indiscrètes.

Elle pâlit soudain. Sa peau diaphane devint presque transparente et se teinta d'un léger bleu emprunté à la nuit qu'on devinait derrière les fenêtres. Leur parler ? C'était exactement ce qu'elle craignait. Il ne fallait surtout pas que Raphaël, ou Mikhaël, puisse savoir ce qu'elle avait fait à Elvire. Kamaël avait bien spécifié qu'il était prématuré de le leur dire. Tout devait rester secret, définitivement clos derrière sa petite conscience naissante d'ange, quitte à imploser, quitte à fondre totalement.

— Ça va ? Demanda-t-il en se penchant un peu plus vers son visage.

Elle sursauta lorsqu'il envahit très clairement son espace vital. Son parfum de fougère glacée d'un givre tenace nappait les extrémités de son visage. Elle crispa sa mâchoire par un réflexe qu'elle n'expliquait pas alors qu'elle découvrait, pour la première fois, les nuances sanguines très étranges des pupilles du déchu. Elle recula encore un peu jusqu'à cogner l'arrière de sa tête contre un pilier en marbre ou assimilé.

— Ça… ça va.

Les pupilles nimbées d'un sang rouge perlé de fins éclats d'or semblaient voir en elle avec la plus sauvage des indécences. Elle se dégagea de cette emprise insupportable.

— Non, ça ne va pas ! Fit-elle en levant le ton malgré elle. Ça te plait de me voir paniquer et perdre mon calme. C'est ça en vérité, n'est-ce pas ? C'est bien toujours ta haine viscérale des anges qui te pousse à prendre du plaisir à leur détresse. Bien, sois heureux, je suis en pleine crise d'angoisse rien qu'à l'idée que tu pourrais dire ce qui s'est passé en Ecosse, avec Elvire. Je suis morte de trouille. Satisfait ?

Submergée par l'émotion et la douleur, elle se tut. Elle n'y pouvait rien, la simple évocation du prénom d'Elvire lui perçait l'âme comme autant de longues aiguilles. Asmodée resta un moment silencieux, ce qui était assez inhabituel pour en devenir perturbant.

— Il ne s'est rien passé cette nuit-là, à part l'improbable partie de polo des anges et des démons dans la vallée, finit-il par lâcher sur un ton anodin.

Juliette prit une bouffée d'air pour se lancer dans une longue tirade musclée, digne d'un chauffeur routier alcoolique, mais elle ne put laisser filer qu'un hoquet de surprise.

— Rien, répéta-t-elle un peu bêtement.

— C'est ça.

Il s'en-suivit une longue minute d'observation mutuelle et intense. Elle ignorait s'il parvenait réellement à lire en elle comme dans un livre mais l'inverse était définitivement impossible.

— Pourquoi tu m'aides, Asmodée ?

— Juste pour le plaisir de t'obliger à ne pas écorcher mon nom quand tu t'adresses à moi.

Juliette piétina le sol comme si elle avait été piquée par une vive.

— Je ne sais pas pourquoi je persiste à vouloir avoir une conversation rationnelle avec toi.

Elle tourna les talons puis s'éloigna rapidement en direction de ses quartiers. D'un regard mutin, Asmodée suivit une seconde la démarche trop en colère pour être élégante de l'ange. Il reprit ensuite le chemin de la grande salle, un léger sourire se distinguant à peine aux commissures de ses lèvres.

Il finit par apercevoir Abigor qui s'était arrêté juste à l'entrée de la grande pièce de réception. Sans bruit, il se glissa derrière lui et jeta un œil amusé sur le visage émerveillé de son ami. Lui, savait que les Cieux gardaient en eux une part de magie et de féerie, qui touchait au plus profond de chaque être, comme l'écho familier d'une enfance heureuse. Même le plus endurci des démons ne pouvait rester insensible à l'esthétique céleste. Sous leurs yeux, s'étalait le savoir-faire de Tsadkiel et de Raphaël qui se révélait en touches de lumières dansantes et chaleureuses dont l'entrelacement et le frôlement conféraient à l'espace une légèreté toute festive. Les immenses baies vitrées qui semblaient ne pas avoir de matérialité laissaient entrer des éclats d'étoiles nimbés de brumes nocturnes jusqu'à ce qu'ils se fassent happer par l'éclairage des grands lustres flottants. Tout semblait glisser sur un air porteur, si bien que, meubles et lueurs se mouvaient lentement et de concert pour donner une impression de jeux de sorcellerie. Point d'orchestre, et pourtant, chacun percevait une musique étrange qui venait de partout et de nulle part comme si elle émanait de tout ce qui se trouvait dans la salle.

— Quelque chose à déclarer ?

Abigor tourna ses yeux d'or vers son compagnon et fit une moue un peu fataliste.

— Je comprends pourquoi Versailles t'a laissé insensible.

— Suis-moi, allons subir notre moment de mondanité obligée.

Il ouvrit la voie et longea l'une des baies vitrées caressée par intermittence de légers voilages pâles et irisés. Droit devant eux, Raphaël et Gabriel étaient en grande conversation. Le recteur des Archanges aperçut les invités et ne put dissimuler sa profonde surprise.

— Asmodée, Abigor, lâcha-t-il avec empressement. Nous ne vous attendions pas si tôt.

— Tu sais bien que je n'arrive jamais quand on m'attend, répondit le déchu, un sourire carnassier et revanchard sur les lèvres. Ce n'est pas grave, comme c'est sa première fois, je lui ai fait faire un petit tour. Tsadkiel est toujours aussi poète. Où est-il d'ailleurs ?

— Il est demeuré auprès des anges blessés fit Raphaël en toute confidence. L'intégrité de l'Ethéménental a été sérieusement affaiblie. Aussi, nous avons besoin de toute sa puissance pour reconstituer ses forces. Il passera peut-être un moment s'il s'en sent la force.

Durant quelques secondes, Asmodée déroba son regard à celui de Raphaël qui avait le don de cacher derrière une voix feutrée et apaisante un caractère tout aussi intransigeant et difficile que Mikhaël.

— Je suis désolé pour tout ça, souffla le déchu.

— Je sais. C'est pourquoi, tu : vous, êtes là ce soir. Je n'ignore pas que nous vous devons beaucoup et je tenais à ce que vous en soyez bien convaincus. Les divergences de point de vue ne doivent pas occulter les aides et efforts de chacun qui nous ont permis de surmonter cette dure épreuve.

— Et je suis bien content que tu en parles car, si Abigor et moi avons accepté ton invitation, c'est pour t'entretenir justement de cette affaire. Il y …

— Nous verrons cela plus tard, trancha le recteur des Archanges lorsque des anges glissèrent soudain, non loin d'eux, en se disputant quelques points de lumières dansants. Pour l'instant, il est plus important de célébrer notre survie et notre épanouissement, Asmodée.

Le déchu leva les yeux au ciel et souffla avec humeur. Discuter avec Raphaël était toujours un exercice difficile surtout quand il avait décidé que ce n'était ni le lieu, ni le moment.

— J'en suis conscient, poursuivit Raphaël comme s'il avait entendu ses pensées. Mais je t'en prie, ne sous-estime pas la nécessité du symbolisme dans l'intégrité d'une nation. Ce soir, c'est le temps du rassemblement et de la communion. Nous avons, ils ont, besoin de ressentir leur appartenance à un monde qui, s'il perd la confiance de son peuple, n'a plus de raison d'être. Je te demande juste un peu de patience, mon ami.

Asmodée acquiesça d'un léger mouvement de tête très peu convaincu. Quand Raphaël disait non, c'était non. Il ne fallait surtout pas y voir un : « mais peut-être, éventuellement ».

— Bien, reprit Raphaël, en bonne hôtesse d'accueil, si Asmodée connaît déjà les installations, peut-être pourrai-je te montrer le lieu des festivités en son entier, Abigor.

Ce dernier jeta à son acolyte un œil un peu trop étoilé pour être totalement décent, même pour un démon.

— Vas-y, je vais… Je ne sais pas, trouver quelque chose à manger avant de tomber d'inanition. Profite de la balade.

Le démon fit un bref mouvement de menton, toujours imprégné de rigidité militaire, puis suivit Raphaël qui l'entraîna, par-delà la grande salle, dans les alcôves qui permettaient aux convives de s'isoler en petits groupes pour apprécier la contemplation du ciel ou une bonne conversation. Gabriel se rapprocha stratégiquement.

— Si on m'avait dit qu'un jour je verrais ça. Nous vivons des temps bien étranges.

Il marqua un silence gonflé de sous-entendus et se mit à fixer Asmodée avec une insistance pesante.

— Je t'en prie, dis-moi que tu trouves tout cela aussi bizarre que moi.

— C'est rien de le dire, résuma le déchu en ravissant un petit four des mains de son ancien frère. C'est un peu comme avec les gens qui divorcent. Quand ils continuent de se fréquenter après, c'est forcément malsain. On ne se sépare jamais pour rien.

— Je te rappelle que ce n'est pas nous qui sommes responsables de ce mélange des genres. Visiblement, tout ceci s'est décidé bien plus haut et sans notre consentement. Tu sais, ici, personne n'en parle. Je crois qu'ils ne savent pas quoi faire de cette idée.

— Ce que vous pouvez être timorés. Ça n'a pas changé. Appelle un chat ; un chat, Gabriel. Il est question de Lucifer et de Métatron. Ton boss et le mien, dans le même bateau. Comment veux-tu qu'on sache quoi faire de ça ?

Gabriel se déplaça pour se mettre en face d'Asmodée comme s'il avait voulu le cacher aux yeux des anges qui circulaient dans la grande salle.

— Ce ne sont que des présomptions, Asmodée. Je ne veux pas dire qu'il n'y a pas un grave problème, d'accord, mais je pense, qu'en l'état actuel des choses, on ne sait finalement rien.

— Trouver des preuves de leur contact n'est pas déjà assez alarmant pour toi ?

— Non, ce que je veux dire, c'est que nous ignorons pourquoi. Nous sommes bien en train de nous rencontrer. Je m'explique : nous recevons un démon majeur et un déchu et nous ne le faisons pas forcément dans un esprit de fin du monde. Maintenant, je ne suis pas naïf, ni borné, quoi que tu en penses. Je sais très bien que, connaissant Lucifer et Métatron, s'ils se sont trouvés au même endroit, au même moment, ce n'est certainement pas pour faire des cocottes en papier.

Gabriel s'arrêta de parler et laissa filer un soupir un peu crispé. Il passa sa main dans ses cheveux pour masquer son réel embarras.

— Puisque nous en sommes à ce genre de confidences, dit-il plus bas, disposes-tu de plus d'informations ? Comment ça se passe aux Enfers ?

— Mal. Je suis censé être un proche de Lucifer, et depuis la bataille en Ecosse, je n'ai même plus accès à ses quartiers. Par ailleurs, personne ne le peut, excepté ses lèches bottes habituels. Je m'attendais à voir Belial, au moins, jubiler d'être son seul favori mais même lui demeure introuvable.

Asmodée marqua un silence chargé d'hésitation. Il se rapprocha de l'archange et baissa encore le volume de sa voix légèrement cassée.

— En fait, pour être totalement franc avec toi, c'est le bordel aux Enfers. Chacun regarde l'autre avec suspicion et la même question nous brûle tous les lèvres : qui fait quoi et qui est avec qui ? Norma-lement, après la déroute subie par Lucifer, et la perte de son nouveau messie, nous aurions dû être convoqués. Nous aurions dû prendre une rousse mémorable pour n'avoir pas réussi à exécuter son plan.

— Tu crois qu'il a décidé de faire un nouveau ménage dans ses rangs et se prépare à vous bannir ?

— Je ne pense pas. Concernant une entreprise aussi complexe et sensible que le choix d'un messie, Lucifer pouvait bien décider de ne mettre dans la confidence qu'un nombre restreint de ses favoris, mais il aurait dû le faire savoir avec force et bruit. Dès le lendemain de sa défaite, ou même de sa victoire, tous ceux qui n'avaient pas été au courant du plan auraient dû être convoqués et publiquement désavoués. Il a toujours fonctionné comme ça. Aux Enfers, le commandement est tyrannique, mais limpide. Tout le monde sait toujours qui se trouve dans les bonnes grâces du prince noir et qui ne s'y trouve pas. Mais là, rien.

— Qu'essayes-tu de me dire ? Tu penses que Lucifer a une idée derrière la tête et qu'il la prépare en secret sans ses hommes ?

— Oh non, je pense à bien pire que ça. Si Lucifer n'a rien dit depuis ce qui, pourtant, apparaît comme une défaite et s'il n'a pris aucune sanction, ni aucune décision, c'est tout simplement parce que, contrairement à ce qu'on croit, il n'a pas échoué et il continue d'exécuter son plan.

— Je vais aimer la suite, je le sens, souffla Gabriel en massant sa nuque.

— Je pense qu'il n'y a que nous pour croire qu'il a subi une défaite avec la mort de son messie. Je pense que tout cela fait partie d'un plus grand plan et qu'il ne s'agissait que d'une phase d'exécution comme une autre, une sorte de diversion. Lucifer n'a aucune raison de donner suite à ce qui s'est passé en Ecosse parce que tout s'est déroulé comme il le souhaitait. Elle est là la véritable explication. Il n'a plus qu'à continuer selon ce qu'il avait décidé, dès le départ, et avec les personnes qu'il a choisies. Voilà pourquoi il ne réagit pas. Voilà pourquoi nous n'avons eu aucun retour, ni aucun bruit venant de ses quartiers. Crois-moi, j'ai retourné le problème dans tous les sens et c'est la seule explication qui me vient à l'esprit.

Gabriel ouvrit légèrement la bouche, mais pendant quelques secondes, aucun son n'en sortit.

— Que peut-il manigancer qui impliquerait la propre destruc-tion d'un messie ? Il y a si peu d'occasion dans l'histoire humaine de détecter un élu, alors pourquoi le sacrifier ?

— Créer un nouveau messie, le manipuler, et faire croire à son existence par le plus grand nombre, ont toujours été ce qu'on a fait de mieux dans le genre plan démoniaque, ou céleste. C'est l'arme absolue dans la lutte d'influence que nous nous livrons sur Terre. Alors le fait d'envisager que, cette fois, ce n'est peut-être qu'une étape dans la réalisation de quelque chose de plus grand encore, qui impliquerait d'une façon ou d'une autre la participation de Métatron, me glace le sang. Et plus j'y pense, plus je me dis que c'est possible. Je ne sais pas, c'est comme une sorte d'intime conviction qui me prend aux tripes.

Gabriel fixa le petit four, niché au creux de sa main, l'air un peu bête et conclut avec beaucoup moins de panache qu'il ne l'aurait souhaité.

— Voilà, dit-il, maintenant je suis sûr qu'on va passer une super soirée.

— Savoir mettre l'ambiance, c'est un don chez moi.

Carrie lissa machinalement sa robe, d'un vieux rose argenté, du bout de ses doigts graciles. Ce n'était pourtant pas son premier bal mais c'était tout comme. Celui-là comptait forcément bien plus puisqu'elle le vivait avec des êtres auxquels elle se sentait connectée. Elle avait l'impression que le son de ses appels à l'aide avait enfin trouvé un écho favorable. C'était précieux. Les Cieux ne dispensaient pas du sentiment de solitude et d'isolement. A croire que certaines émotions étaient universelles, nul besoin d'être un humain pour les ressentir. Ange ou femme, cela n'avait pas importance car les deux états restaient soumis à l'emprise des sentiments. Qu'avait-elle gagné à l'élévation ? Ni plus de sagesse, ni plus de recul. Juste un peu plus d'assurance dans l'espoir d'appartenir à une véritable famille, à une nation solidaire, qui lui avait tant fait défaut lorsqu'elle était humaine. Au bout du compte, et même avec une auréole plantée au-dessus de la tête, la créature transcendantale qu'elle était devenue en était toujours au besoin primaire, et tellement humain, d'appartenance à un groupe.

Elle posa sa main blanche sur le verre chaud de la baie vitrée et la fit coulisser pour l'ouvrir totalement. Le mouvement naturel des feux follets en amena quelques uns dans l'alcôve qu'elle venait de choisir pour elle et ses amies. Il fallait les réserver tôt car il y avait beaucoup d'anges. La presque totalité des sessions étaient confondues ce soir. Carrie avait été chargée du repérage et de la réservation de la salle tandis que Mylène s'était autoproclamée traiteur officiel du groupe pour la soirée. Le jeune ange passa la tête dans l'embrasure des baies et ferma les yeux. Ce n'était peut-être pas le paradis au sens biblique du terme mais, en cette seconde, cela y ressemblait fortement.

— Je n'avais pas encore vu cette salle.

Carrie sursauta et se retourna non sans une bien singulière appréhension. Elle croisa les bras dans son dos et prit, inconsciemment, l'attitude clairement austère et figée que Mikhaël imposait à ses troupes. Le grand démon se trouvait face à elle dans une posture tout aussi peu détendue que la sienne. Après quelques fractions de secondes, dédiées à une scrupuleuse observation réciproque et bien trop attentive pour être totalement honnête, elle fit un pas vers lui.

— Bonsoir, dit-elle moins assurément qu'elle ne l'aurait cru.

Abigor courba son impressionnante stature en signe de salut qu'il voulut moins cérémonieux que celui qu'il réservait au reste des archanges. Le silence s'invita à nouveau entre eux, crispant les secondes et l'air ambiant.

— Vous… vous êtes tout seul ? Hésita Carrie. Enfin c'est étrange, non ? Cela doit vous paraître bizarre de vous trouver là.

— Raphaël est retourné à ses occupations, répondit-il de façon aussi festive qu'il pût, ce qui n'alla pas chercher bien loin. Je pense que c'est bizarre pour tout le monde. Pour être totalement franc, je ne sais pas exactement ce que je fais ici. J'imagine qu'Asmodée en a une idée bien plus précise.

— N'est-ce pas en raison des temps de crise que nous vivons ? Dans ces périodes, nous sommes contraints à l'inédit et à l'extraordinaire. Enfin, je suppose.

Elle sourit légèrement, bien qu'elle ne sût pas exactement pourquoi car la conversation ne s'y prêtait pas vraiment. Elle le fit spontanément, ce qui n'était pas non plus dans sa nature. Ils laissèrent filer à nouveau le silence qui s'étendit sans contrainte dans toute l'alcôve malgré le bruit étouffé de la grande salle qu'ils percevaient sans peine. D'un geste trop rigide pour être à propos, l'ange fit signe à Abigor de s'asseoir sur le banc en face d'elle. Il s'exécuta en posant ses fesses sur le bord de la surface et posa ses mains à plat sur ses cuisses.

— Je tenais à vous…te remercier encore pour tout ce que tu as fait pour nous, fit-elle en nouant doigts sur la soie de sa robe.

— Merci. C'était juste.

Elle toussa pour s'éclaircir la voix, ce qui était une façon pour elle de dissimuler son étonnement à entendre un démon parler de justice. La stigmatisation était bien toujours le pire ennemi de la communication entre espèces, quelles que soient les espèces. Qui avait décrété que les Cieux disposaient du monopole de la notion de justice, de bien, de cohérence, et de paix ? Après tout, il s'agissait de deux camps qui luttaient pour leur survie et leur épanouissement. Qui pouvait réellement dire si l'un était plus moral que l'autre et pouvait-on parler d'éthique quand il s'agissait de survie des espèces ?

— Peut-être. En tout cas, merci encore, persista-t-elle avec une obstination qui la rendit charmante.

Elle baissa la tête puis regarda au dehors. Le malaise du silence avait peu à peu laissé place au sentiment de quiétude. L'absence de langage ne la gênait plus, Abigor semblait le rendre normal et agréable.

— Cela ne doit pas être facile pour toi, dit-il soudain sur son ton habituellement un peu rude.

— Pas plus que pour tous les autres anges. Je n'ai pas été trop blessée.

— Non, je voulais dire, pour toi, qui fais partie de l'armée de Mikhaël. Je ne le connais que par les histoires rapportées qui circulent sur lui mais, en le rencontrant, il m'a bien paru aussi peu ouvert qu'Asmodée le décrit. Or savoir que, ce soir, ses anges et l'Ethéménental en général, accueillent des démons doit le rendre fou.

Il mettait le doigt sur une vérité criante et douloureuse. Mikhaël avait largement durci le ton depuis la guerre en Ecosse. Elle avait eu peu d'entraînements avec lui, car il lui avait fallu un peu de temps pour se remettre du sort de Prométhée, mais cela avait suffit pour lui faire sentir que les anges entraient dans une nouvelle ère de discipline et de labeur accrus. Et les inconscients, qui avaient eu le malheur de montrer un peu de légèreté à l'approche des festivités, regrettaient encore ces moments d'égarement. Pire, pour le recteur des vertus, les mots ; fête, bal, réception, étaient devenus tabous. Chacun avait bien compris que ce qui lui posait problème n'était pas tant la cérémonie en elle-même, puisqu'en tant qu'archange il était associé à cette décision, mais bien les invités exceptionnels. Pour une raison que Carrie ignorait, que tout le monde ignorait, Mikhaël ne voulait pas entendre parler de l'autre bord. Pourtant, sans cet autre bord, Carrie serait morte, Juliette aussi et combien d'autres encore ? Mikhaël pouvait-il vraiment s'enorgueillir d'avoir pris les risques qu'Asmodée et Abigor avaient pris dans le fait de choisir d'aider l'autre camp ? Il était plus facile d'être héroïque lorsqu'on se trouvait à la bonne place.

— Ce n'est pas évident, en effet, soupira Carrie avant de reprendre, la voix plus ténue. J'ai l'impression, parfois, d'avoir fait quelque chose de mal dans cette histoire. Je me trompe peut-être, sûrement même, mais j'ai l'impression qu'il arrive à Mikhaël de me le reprocher. Enfin, il n'a jamais rien dit de tel, c'est juste une sensation. Et je me sens très mal, vis à vis de cela, parce que, malgré tous mes efforts, Elvire n'a pas été sauvée.

Abigor se leva de son siège puis s'approcha d'elle. Il s'accroupit de sorte de se placer à sa hauteur. Elle n'esquissa aucun geste de recul et demeura parfaitement immobile en laissant son regard de bois exotique plonger dans les pupilles couleur de miel du démon. D'un geste lent, il posa sa large main brune sur le bras pâle de Carrie qu'il emprisonna doucement et fermement. La chaleur que dégageait son épiderme était bien plus marquée que celle des anges. Elle irradia rapidement la totalité de son bras puis envahit son cou et sa poitrine. Elle eut l'impression que quelque chose pénétrait son corps astral pour se mêler à sa propre énergie. La brûlure engourdit ses craintes et la plongea dans un étrange cocon protecteur. Ainsi lovée au cœur de la pression chaleureuse, rien ne pouvait lui arriver.

— Tu es un soldat, dit-il sur un ton un peu moins rude, et tu as bien servi ton chef. Archanges, démons, c'est la même chose : nous sommes des chefs de guerre, et quand l'un de nos soldats monte au front pour sauver tous les autres, alors il nous fait honneur.

— Abigor, mais où ét...

Asmodée s'interrompit immédiatement en voyant le spectacle et resta planté sur ses jambes, aussi rigide qu'un piquet.

— Tu devrais t'écarter d'elle, claqua-t-il sèchement.

— Asmodée, que vas-tu imaginer ? Répondit Abigor en retirant rapidement sa main.

— Rien, espèce de gros débile. Faut-il que je te rappelle qu'il suffit d'un contact pour que les radars de Mikhaël se mettent en alerte? Autant lui dessiner une croix sur le front à ton ange et puis signer de ton sang pour être sûr que tout le monde voit à qui elle s'est frottée.

— Mais, balbutia Carrie, nous ne faisions rien de mal.

— Mon petit ange, il y a deux ou trois trucs que tes patrons ne t'ont visiblement pas expliquées et que le don juan qui se trouve en face de toi a oublié. Démons et anges ne sont pas censés fricoter ensemble de quelque manière que ce soit. Les signatures spirituelles des deux espèces sont si opposées que si elles se mélangent, ou se frôlent, elles se voient comme le nez au milieu de la figure. Il pose sa main sur la tienne et tous les archanges de guerre vont voir les résidus démoniaques sur ta belle chair d'ange. Le fait qu'on soit là, tous les deux, a déjà dû faire bondir certains archanges qui seraient ravis de pouvoir nous imputer un incident diplomatique. Enfin, mais où avais-tu la tête, Abigor ?

Ledit Abigor avait bien une petite idée de l'endroit où il avait égaré sa tête mais comme le déchu avait, hélas, parfaitement raison, il conserva un silence penaud.

— Carrie, désolée d'être en retard, mais impossible de remettre la main sur Mylène et du coup je…

Juliette s'arrêta précisément au même endroit qu'Asmodée, une expression de surprise sur ses traits réguliers, toutefois un peu moins intelligente que celle du déchu. Elle tenait dans ses bras une jolie vasque pleine d'ambroisie.

— Du coup, reprit-elle excessivement lentement, je venais en éclaireur. Elle saura bien où nous retrouver.

Elle fixa de ses yeux clairs, aussi ronds que des balles de golf, le grand démon, son amie puis le déchu et refit le circuit, en sens inverse, plusieurs fois de suite, et de plus en plus vite.

— J'interromps quelque chose, non ? Dit-elle la mâchoire un brin crispée.

— Non, tu n'interromps rien du tout, répondit Asmodée trop vite pour être crédible.

— Pourquoi est-il accroupi alors ? Continua Juliette sur un ton d'agressivité et d'impatience contenues. Et pourquoi ai-je le sentiment d'interrompre quelque chose ? Vous avez tous l'air d'avoir été interrompus, donc, ma question est : est-ce qu'il y avait quelque chose à interrompre ? Parce que si jamais c'est le cas, je crois qu'il faudrait qu'on en parle, même si je croyais que nous en avions déjà par…

D'un geste bref, le déchu, qui ne cessa de bénir ce statut, claqua fermement sa main sur la bouche de Juliette et une autre tout aussi impérieuse à l'arrière de sa tête. Ainsi enserré dans cet étau inflexible, l'ange roux ne put faire autrement que de ravaler la fin de sa phrase en la transformant en une sorte de grognement guttural.

— C'est pour ça que je porte toujours des gants, conclut-il non sans une pointe de triomphe évident. Ecoute moi bien, Juliette, nous sommes face à un léger problème d'ordre diplomatique. Carrie a besoin de nous, et bien que cela me coûte de le reconnaître, tu peux l'aider. Je vais maintenant retirer ma main de ta bouche et tu seras face à deux options. La première, la plus naturelle chez toi, sera de te mettre à hurler, ce qui me forcera à t'arracher ta jolie langue. La seconde consistera à écouter sagement et nous aider. Je ne te cache pas que l'une de ces deux options a largement ma préférence.

Il fixa sa prisonnière avec une insistance pleine de sous-entendus parfaitement compréhensibles, même par la plus mauvaise des fois. L'ange, dont la peau habituellement diaphane se colora d'un léger rouge de haine, fut contrainte à l'approbation silencieuse. Asmodée inclina de force son visage en un acquiescement rigide et contre-nature. Il desserra ensuite très lentement son étreinte et retira ses mains d'elle.

Un grondement de chaton contrarié émana d'elle quand elle fit quelques mouvements de mâchoire comme pour vérifier que celle-ci n'avait subi aucun dommage. Elle passa rageusement sa main sur sa bouche afin d'essuyer les traces invisibles, car inexistantes, que le déchu aurait pu laisser sur elle. L'atmosphère était si crispée qu'il devenait difficile de respirer. Chaque protagoniste semblait attendre que quelque chose se passe pour les tirer de ce dramatique arrêt sur image. Abigor s'était redressé et avait fait trois pas en arrière tandis que Carrie, droite comme un "i", n'osait plus bouger du tout.

— Quel est le problème ? Feula Juliette après un long soupir.

— Ils ont eu un contact physique tous les deux, si bien que Carrie porte sur elles des traces résiduelles démoniaques qui sont détectables par tous les archanges de guerre. Si nous ne voulons pas que cette soirée finisse en carnage et que ta copine n'ait de douloureux comptes à rendre à son patron, il faut que nous la sortions d'ici discrètement.

Juliette resserra l'étreinte sur la vasque qui aurait pu se rompre sous la pression, si elle n'avait pas été si solide.

— Un contact ? Tenta-elle de répéter sur un ton qu'elle voulut le plus banal mais qui, dans sa bouche, avait tout de l'annonce de l'Apocalypse.

— N'en fais pas non plus toute une histoire, il lui a touché la main, il ne la pas retournée sur la banquette.

L'ange roux ferma les yeux en essayant de chasser de son esprit l'image horrible qu'Asmodée venait de lui implanter dans le crâne.

— Et si je cachais mon bras ? Demanda Carrie. Quelqu'un me prête une veste ou une étole, je cache mon bras et je sors.

— Ce n'est pas une marque sur ta peau, expliqua le déchu, c'est plutôt une sorte de couleur ou de halo que tu dégages. Ça passe à travers les tissus. Il faudrait une signature énergétique bien plus forte que les vôtres réunies pour que ça passe inaperçu aux yeux de Mikhaël.

Juliette ouvrit soudain grand ses yeux.

— J'ai un idée ! Ne bougez pas, je reviens.

Sans plus d'explication, elle traversa la petite alcôve, passa par la baie vitrée et s'enfonça dans le jardin. Asmodée ouvrit légèrement la bouche de surprise mais ne trouva aucun bon mot à dire. Il grogna et s'élança à sa suite, non sans avoir fusillé du regard les deux coupables, qui demeurèrent tous deux figés dans un silence désolé mais néanmoins heureux. Il rejoignit Juliette qui s'était arrêtée vers une fontaine de connaissances. Elle vida la vasque sur la pelouse puis s'avança vers la fontaine et plaça le récipient sous le flot d'énergie. Asmodée croisa les bras sur sa poitrine et demeura silencieux.

— Quoi ? Lâcha-t-elle en sentant le poids de son regard dans son dos. Je suis à côté de la plaque, c'est ça ? Pourtant, ce que dégage ces fontaines est bien plus puissant encore que les auras des anges et des démons, non ?

— Si. C'est une excellente idée. C'est bien ça qui me perturbe.

— Très drôle. Tout ça, c'est de ta faute, murmura-t-elle avec émotion.

— C'est-à-dire que si tu faisais une liste de ce qui n'est pas ma faute, on perdrait moins de temps.

— Tu n'avais qu'à refuser cette invitation !

— Je te signale qu'invitation ou pas, ça n'aurait rien changé entre eux. Et si tu n'étais pas si coincée et aride à l'intérieur, tu comprendrais qu'il y a des sentiments qu'on ne peut pas taire aussi facilement.

Juliette se redressa les bras chargés de la vasque pleine du liquide phosphorescent. Elle lui lança un regard plein de sa rage habituelle.

— Aride à l'intérieur ? Aboya-t-elle fort peu élégamment. Moi, aride à l'intérieur ? Tu ne me connais pas, tu ne sais pas qui je suis, je t'interdis de porter ce genre de jugement de valeur ! Si vous n'étiez pas constamment après nous, peut-être…Peut-être que Carrie aurait pu l'oublier, c'est tout.

Elle baissa la tête et soupira. Même si elle ne croyait pas une seconde à son discours. Mais il fallait bien qu'elle donne le change, il fallait bien essayer de se convaincre.

— Tu veux que je t'aide ? Dit-il finalement après quelques seconde de silence.

— Ca va aller… Mais merci de proposer, finit-elle par reconnaître, le museau boudeur planté au-dessus du récipient.

Ils se dirigèrent à nouveau vers la petite alcôve dans laquelle Carrie et Abigor n'avaient pas bougé d'un poil.

— Vous avez trouvé une solution ? Demanda Carrie avec empressement.

— Elle a trouvé et je pense que ça va marcher, répondit le déchu au moment où Mylène pénétrait à son tour dans la petite pièce.

L'ange blond eut à peine le temps de saluer tout le monde qu'elle vit Juliette prendre son élan et jeter le contenu de la vasque sur Carrie, nappant tout son corps du fluide phosphorescent et un peu gélatineux. Cette agression inhumaine arracha à Mylène un cri de douleur. Impuissante, elle ne put qu'assister au saccage d'une robe de toute beauté. Carrie cracha avec une réelle élégance le reste de produit qu'elle avait malencontreusement avalé. Elle n'avait pas vu le coup partir, ce qui fut une erreur fatale.

— Pardon, Carrie, murmura Juliette réellement navrée pour elle.

— Ça va aller, c'était une excellente idée, lui répondit-elle en constatant que non seulement le liquide n'état pas bon du tout mais, qu'en plus, il collait.

— Non mais c'est quoi votre problème ? Cria Mylène consternée.

Juliette sursauta en apercevant son amie sur le seuil de la porte.

— Mylène, ce n'est pas aussi grave que ça en l'air…

— Pas aussi grave ? Pas aussi grave ! ! ! Est-ce que tu sais combien de temps il m'a fallu pour confectionner cette tenue ? Non, bien sûr, parce que c'est débile de préparer des robes, sûrement que c'est inutile !

— Ce… C'est sa faute, dit Juliette en désignant d'un doigt sentencieux la silhouette d'Asmodée.

Il leva les yeux au ciel mais s'amusa réellement de la scène.

— Oui je dispose du forfait fautes illimitées, railla-t-il avant de bailler légèrement.

— Comment ça, sa faute ? Reprit Mylène avec une insistance qui frôlait la crise psychotique.

— Disons que si tu as une faute à imputer, tu me la colles sur le dos, il n'y aura pas de supplément.

Mylène snoba la réponse du déchu et s'avança un peu plus vers Juliette.

— Alors ?

— Ecoute Mylène, les apparences sont trompeuses…

— Ah ? Donc tu ne viens pas de ruiner ma robe ?

— D'accord, elles ne sont pas trompeuses. Ce que je veux dire c'est qu'il y a une explication rationnelle à tout ceci. D'ailleurs, quand tu vas la connaître, tu trouveras ça vraiment comique.

Mais quand il s'agissait de mode, Mylène n'avait plus aucun sens de l'humour.

— Ou pas, souffla Juliette avec un désespoir navré. Crois-moi, cela aurait pu être bien pire, continuait de s'enfoncer Juliette.

— Ah oui ? Et bien pire que quoi ? Pour une fois qu'on peut disposer d'un peu de légèreté dans ce fichu monde pétri de règles et d'interdictions, pour une fois qu'on peut profiter d'une certaine superficialité, tu gâches tout ! Tout le monde ne s'épanouit pas dans la déprime et ce n'est pas parce qu'on s'amuse dans un bal, qu'on devient une horrible créature. On a gagné le droit d'être futile ce soir. Qui sait quand on pourra l'être à nouveau ?

— Mylène, calme-toi, intervint Carrie. Si elle a fait ça, c'est parce que je lui ai demandé.

L'ange blond s'effondra sur le canapé comme frappé d'un coup au cœur.

— Tu... tu n'aimais pas ma robe ?

Carrie s'avança vers elle en dégageant un bruit subtil de succion.

— Pas du tout. Je vais t'expliquer.

— Abigor, coupa Asmodée en faisant un signe de la tête à son compagnon, laissons-les entre elles. Le fluide de la fontaine couvre largement ton empreinte, elles n'ont plus besoin de nous.

— Tu es sûr ? Tenta le démon sur un ton aussi professionnel qu'il put. Parce que nous pourrions...

— Non, nous ne pourrions rien du tout, tu en as assez fait.

Asmodée sortit de la pièce non sans laisser traîner un étrange regard sur les anges puis s'assura qu'Abigor sorte bien aussi avant de lui emboîter le pas. Carrie s'agenouilla en grimaçant chaque fois que quelque chose sur sa peau collait, et tout collait, puis posa ses mains sur celles de Mylène. Après plusieurs minutes très tendues, elle parvint à résumer la situation à son amie qui se détendit aussitôt après l'évocation du mot « contact ». Mylène savait plus qu'aucune autre ce que voulait dire un amour impossible même si, dans son cas, l'amour n'était ni réciproque, ni même connu, et encore moins assumé. Son cœur d'artichaut fut bouleversé par le récit pourtant très sobre de Carrie. Elle tendit soudain les bras pour serrer ses deux amies contre elle. Elle se confondit en excuses pour avoir injustement blâmer Juliette qui avait bien agi alors qu'elle n'avait sûrement pas dû être aidée par ce vil Asmodée, cause de tous les malheurs de l'univers, si besoin était de le souligner.

— Ah vous voilà, lança Soffia, étonnement joyeuse, lorsqu'elle pénétra l'alcôve.

Elle stoppa vite son mouvement quand elle vit ses amis dans un état lamentable, toutes serrées les unes contre les autres.

— Tout va bien ? S'alarma-t-elle.

— Oui, très bien, répondit Carrie.

— Vraiment ? Poursuivit-elle.

— Oui, reprit Juliette. C'est juste… Enfin la présence de démons entraîne forcément quelques incidents. Rien de bien grave, comme tu le vois, Carrie a juste besoin d'un bon bain et dans quelques heures, il n'y paraîtra plus. Nous n'allons pas les laisser nous gâcher la soirée, n'est-ce pas ?

— Certainement pas, rétorqua Soffia avec un air naturellement toujours un peu outré. Nous sommes ici chez nous, en sécurité, et nous devons nous réjouir de l'être. Profitons de ce moment, nous l'avons bien mérité. Ce ne sont pas quelques personnalités démonia-ques isolées qui vont remettre en cause ces festivités et notre bonheur d'être tous ensembles !

Chapitre 5

Sans transition, la suite des actualités démoniaques.

La musique et les rires de la fête n'avaient pris fin que de longues heures plus tard. Les feux follets s'étaient alors lentement dissous dans la brume de l'aube que Raphaël avait fini par distiller dans l'Ethéménental pour convaincre les convives d'aller se reposer. Le bal avait été une grande réussite sans doute parce que la conscience des invités, ravivée de s'être sentie aussi vulnérable, avait apprécié d'autant plus de participer à la célébration.

Immédiatement après l'évènement, l'Ethéménental avait repris ses réflexes routiniers et son calme un peu figé. Ainsi les anges, nouvellement intégrés à leur rectorat, ceux-là même qui avaient été les rois et reines du bal, étaient à présent presque tous en mission sur Terre. C'était un préalable obligé qui permettait à leur nouveau recteur de les observer avant de corriger leurs erreurs une fois de retour au Temple. Juliette et ses amies avaient donc quitté, pour un temps, l'atmosphère éthérée des Cieux afin d'influer sur un humain, judicieusement et secrètement, choisi par les archanges.

Mylène s'inquiétait beaucoup pour Juliette car elle se demandait si ce n'était pas encore trop tôt pour son amie. Comment ne pas faire le parallèle entre le premier contact qu'elle avait eu avec Elvire et celui qu'elle allait avoir avec son nouveau protégé. Pourtant, l'ange roux semblait avoir pris la nouvelle avec beaucoup de dignité et de sang froid. Elle n'avait parlé de rien, n'avait manifesté aucune angoisse à l'idée d'inspirer une nouvelle âme terrienne. Personne n'était dupe de cette pudeur forcée mais, par respect pour ce silence tendu, aucune de ses amies n'avait plus abordé le sujet relatif à Elvire. Tout se passerait forcément bien cette fois car la foudre apocalyptique ne pouvait frapper deux fois au même endroit.

Une nouvelle vague d'anges novices était arrivée au Temple. Bien que sensiblement moins nombreux, ils paraissaient très prometteurs. Gabriel, et surtout Raphaël, s'étaient immédiatement attelés à leur accueil et se concentraient sur leur première formation. Tout était bon pour les occuper et les confronter le plus tard possible à la criante vérité : les Cieux avaient souffert et souffraient encore de la récente bataille. Les nouvelles recrues, cantonnées à certains jardins et certains amphithéâtres, ne pouvaient voir les corps meurtris des anges blessés lors de l'affrontement avec l'armée de Satan. Et pour cause, leur guérisseur, Tsadkiel, les gardait au calme et à l'abri dans des résidences éloignées du Temple. A l'aide de tous les anges de son rectorat, il veillait sur l'infirmerie céleste qui n'avait pas fonctionné depuis la Scission. Tant de mauvais souvenirs traumatiques demeuraient encore coincés entre les cloisons de ces bâtiments. Il avait beau aménager l'intérieur, plonger les blessés dans des rêveries merveilleuses et les anesthésier de douces musiques, il ne pouvait parvenir à faire oublier qu'il s'agissait d'un hôpital planté au milieu des Cieux comme un pieu dans son cœur.

Même s'il ne l'aurait jamais reconnu, Tsadkiel avait regretté de ne pas assister au bal des rectorats. C'était un moment qui lui procurait toujours beaucoup d'émotions et dont il était particulièrement fier. Lorsque les Cieux s'étaient reconstruits, il avait beaucoup réfléchi au sens de la civilisation et aux rituels qui définissent une nation évoluée. Il était convaincu que le sentiment d'appartenir à une histoire venait en grande partie de la qualité de ces rituels. Les fêtes en faisaient incontestablement partie et c'est pourquoi, en tant que recteur et gardien de la cohésion des habitants des Cieux, il s'était fortement investi dans l'organisation de presque toutes les festivités de l'Ethéménal. Mais l'altercation récente avec les armées de Lucifer l'avait contraint à se consacrer entièrement à l'autre de ses tâches primordiales : la restauration de l'intégrité des Cieux qui passait par le soin porté aux blessés. Cela faisait des jours qu'il s'attelait à cette mission éprouvante pour ses forces et qui ne lui avait pas fait quitter le chevet de ses anges affaiblis. Cette nouvelle journée s'annonçait parfaitement identique à la précédente, si ce n'était qu'elle aggravait un peu plus encore la lourdeur de sa lassitude.

Il entrouvrit ses yeux d'un azur changeant et lumineux puis soupira sur son fauteuil placé dans la salle, juste à côté de celle où se trouvaient les lits des malades. Il était seul mais appréciait cependant le silence qu'impliquait cet état. Sa fatigue imposée par l'affliction de ses forces spirituelles lui laissait de moins en moins de répit. En tant qu'archange de puissance, recteur des Dominations, il était la Foudre Divine, l'incarnation du grand clairon céleste qui sonnait la puissance élevée. Il assurait les liaisons entre tous les anges, comme un phare dans l'immensité obscure de l'univers immatériel. Grâce à lui, les portes de l'Ethéménal demeuraient accessibles. Il soupira encore. Son souffle était douloureux tant il était marqué dans sa chair par toutes les peines des anges allongés près de lui. Relié à eux par la toile céleste, chaque rupture, chaque déchirure, emportait une part de lui-même. Il y avait tant d'âmes qui étaient revenues d'Ecosse lourdement mutilées et tant d'autres qui avaient succombé aux coups démoniaques alors qu'ils tentaient de préserver l'entrée de leur précieux monde. Personne n'avait vu venir cette soudaine attaque de la part des Enfers et tous payaient l'incommensurable étendue de leur orgueil. C'était une culpabilité toute nouvelle que Tsadkiel portait au plus profond de son être en une tâche d'ombre sur son épiderme de nacre.

Mais à présent, les âmes blessées pouvaient se reposer à l'ombre de ses lumières afin d'attendre des jours meilleurs. Car il veillait sur leur salut et leur sommeil comme une mère veille les paupières fébriles et closes de ses enfants. Il se concentra un peu plus fort. Son énergie spirituelle suintait par tous ses pores pour se répandre dans l'air de l'Ethéménental et consolider, réparer, nourrir, tous les esprits célestes. Sa force mystique envahissait les allées de l'infirmerie et tout était plongé dans une étrange sérénité.

Mais le Malin se moqua bien de cette sérénité quand il fit glisser son ombre rampante entre les couloirs.

L'attaque fut fulgurante. Un flot d'énergie brutale et lugubre venant de l'extérieur envahit soudain la pièce en pulvérisant la porte. Tsadkiel n'eut pas le temps de réagir que cette déflagration l'avait décollé de son siège et cloué au mur d'en face. La puissance de l'agresseur écrasa le corps de l'archange en le maintenant immobile à un mètre au-dessus du sol. C'était comme si une main géante et invisible s'était plaquée contre lui en étranglant dangereusement tout son être. Tsadkiel suffoquait. Il tenta de lutter contre la pression douloureuse qu'il subissait mais rien n'y faisait. Ses forces spirituelles affaiblies ne parvenaient à s'opposer efficacement à la vague de puissance et sa poitrine comprimée l'empêchait même d'hurler assez fort pour donner l'alerte. Tandis qu'il essayait de conserver son calme, il chercha d'un regard inquiet, et pris de court, l'origine de l'agression. Et soudain, il l'aperçut juste en face de lui, d'abord en ombre chinoise éclairée par la lumière du dehors, puis lentement l'ennemi prit forme. Pour la première fois depuis longtemps, Tsadkiel eut peur car il réalisa que la bête immonde responsable de l'attaque le tenait entre ses griffes comme un oiseau de proie redoutable.

— Allons, qui voulais-tu que ce soit ! Répondit la créature ennemie en enjambant les débris de la porte fracassée et comme si elle avait entendu la question muette de l'archange. C'est bon de sentir à nouveau ton lait originel nourrir si généreusement ces pauvres anges malades.

Tsadkiel frissonna de tout son être. Comment avait-il pu oublier le son infini de cette voix ? Comment avait-il pu s'en passer et combler le vide du silence que le premier des déchus avait laissé traîner derrière lui comme une condamnation au manque. La pression exercée sur la gorge de l'archange se fit soudain plus légère, ce qui lui permit, à défaut de pouvoir hurler, au moins de pouvoir murmurer. La créature meurtrière était joueuse, elle l'avait toujours été.

— Que fais-tu là ? Demanda le recteur des Dominations à l'Ombre dont l'énergie répandue atteignait déjà les consciences endormies des anges blessés.

— Je travaille, Tsadkiel, dit la créature sur un ton agacé et condescendant. Cela n'a rien de personnel, ce n'est que du business. Tu es un rouage si important des Cieux, tu devais bien te douter que tu occuperais rapidement toutes mes pensées.

— Je t'en prie, ne fais rien que tu ne finisses par regretter. J'implore ce qui te reste de raison. Vois plus loin que tes désirs, vois l'horreur que tu pourrais infliger à nos deux mondes.

L'assassin délicat et envoûtant caressa lentement le bout des ailes de l'archange. Les effluves de son énergie empoisonnée remonta, en volutes ondulantes, le long des plumes couleur d'aube.

— Pourquoi, claqua l'agresseur d'une voix pleine de théâtralité, n'avez-vous jamais pu comprendre que ma vision de notre monde est meilleure que la vôtre, ou tout au moins, une alternative intéressante qui méritait votre étude ? Vous vous plaignez, tous, de la menace que je fais planer sur vous mais ne trouves-tu pas que c'est un reproche inutile ? Vous avez peur de quelque chose que vous avez, vous-même, créé ! Ma logique, mon obstination, toute mon énergie ne sont que le résultat de vos actes. Alors, sais-tu pourquoi je suis là ?

Le souffle du plus noir des abysses frôla les oreilles et le visage de l'archange pétrifié.

— Je ne peux pas le croire, dit ce dernier tout bas avec une crainte grandissante. Sans la lumière, il n'y a pas d'ombre. Toi, qui voues un culte à ta propre intelligence, il est impossible que tu ne le comprennes pas.

— Nous verrons, mon bel archange. Tu n'imagines pas à quel point cela me remplit de fierté. Pour l'instant, toi et les tiens n'avez pas encore réalisé ce que j'étais sur le point de faire mais lorsque vous comprendrez, alors la bataille fera rage. Et j'ai tellement hâte d'en découdre. Il y a quelque chose de formidablement excitant dans l'idée de mesurer la force de conviction de ma vision des choses à la vôtre !

— Mais il n'y a que toi qui penses que nous sommes en guerre ! Pourquoi ne peux-tu pas simplement envisager que nous puissions créer l'équilibre et l'harmonie ? C'était le sens du Pacte et c'était le sens de nos comportements depuis la Scission.

Le grand Malin frissonna d'une brutale impatience.

— Voilà qui va signer votre perte à tous : l'immobilisme ! Tonna-t-il avec une véhémence indécente. Vous refusez les évolutions, le mouvement, et pourtant, ce mouvement est précisément la vie. Vous rejetez donc cette vie alors pourquoi aurais-je des scrupules à précipiter finalement votre suicide que vous planifiez depuis des millénaires. Il suffit ! Tsadkiel, sois honnête avec moi, quelle impression as-tu de cet instant précis ?

— De quoi veux-tu parler ? Risqua l'archange dont l'angoisse était accentuée par le ton soudain doucereux de l'ennemi.

— Eh bien, je parle de l'instant où tu réalises que tout va s'arrêter pour toi et que tu vas mourir. La mort n'est pas un sentiment qui va de soi pour nous autres, créatures immatérielles, car peu ont le pouvoir de l'infliger. Alors comme nous n'avons jamais eu l'utilité de créer une fantasmagorie rassurante, concernant un au-delà bienfaiteur, ou toute autre chose qui nous attendrait après la vie, je me demandais ce que tu pouvais ressentir au seuil du grand passage. Si nous sommes déjà dans l'au-delà, crois-tu qu'il existe encore quelque chose d'autre après notre trépas ?

Tsadkiel était un fervent disciple de Kamaël, à ce titre, il pensait que l'univers était fait de telle façon que rien ne se perdait jamais et tout se recyclait. La mort, la vie, n'étaient que des vérités relatives, du moins aima-t-il s'en persuader en cette seconde figée. Mais il ne put s'empêcher de se laisser envahir par une immense tristesse et une culpabilité viscérale d'être sur le point d'abandonner ses frères et sœurs dans une tourmente dont il devinait à peine l'étendue. Peu importait ce qui pouvait lui arriver, peu importait que son âme et tout son être se trouvent avalés par quelques méandres infinis, il aurait tout donné, jusqu'au salut de son éternité entière, pour pouvoir alerter les autres ; leur hurler que le danger avait bien forcé leurs portes et s'immisçait dans leurs rangs. Au lieu de cela, il allait mourir en silence en emportant avec lui l'horreur de sa révélation et en laissant son peuple, les flancs grands ouverts, à la morsure vorace du Malin.

— Je déplore la lâcheté à laquelle ta sournoiserie me contraint, conclut Tsadkiel avec un soupir de renoncement tragique au bout de chacun de ses mots. Si tu avais mené ta guerre avec loyauté, celle que ta naissance est censée te commander, j'aurais pu mourir l'arme au point et tenter de défendre ceux que j'aime. Sache que si je me suis fait prendre par ma naïveté et mon optimisme, et que je vais le payer de ma vie, les autres te verront venir. Nous sommes peut-être figés dans l'immobilisme de nos valeurs mais, lorsqu'il s'agira de sauver notre monde, alors les agneaux, que tu crois voir en nous, retrouveront leurs crocs et leurs griffes de lion.

— L'avenir nous le dira, mon frère, triompha l'ennemi juré avec une provocation glacée. Mais toi, absent, je pense que la seule chose qui puisse sauver les anges est d'inventer une autre façon de vivre et nous savons bien, tous les deux, qu'ils en sont incapables.

— Tu étais l'archange le plus brillant d'entre nous, le plus couvert de dons, comment une âme si puissante et chérie de l'univers a-t-elle pu en arriver à haïr son propre peuple au point de vouloir le détruire ? S'il te reste un tant soit peu de raison, ne brise pas les Cieux, car tu vas te briser toi-même.

L'Ombre s'éloigna de Tsadkiel et cessa de câliner, par caprice vicieux, son auréole mystique. Elle concentra alors toute son énergie qui fit tressaillir le sol et les murs. L'archange sentit tout son être vibrer de terreur en voyant la fin si proche tandis qu'il ne pouvait s'empêcher de se demander à l'instar de tant d'humains : et s'il n'y avait que le néant après ? La déflagration soudaine et redoutable de l'énergie du Malin ouvrit une plaie béante qui marqua mortellement la chair de Tsadkiel. Ainsi percées de part en part, ses entrailles laissèrent jaillir ses forces vitales hors de son corps. Un ange de puissance était assez facile à tuer, pour peu qu'il soit déjà affaibli et que le tueur soit un archange de même rang. Les flancs spirituels de Tsadkiel avaient été tranchés avec autant d'aisance que s'ils avaient été faits de beurre. Il avait juste fallu attendre les bonnes circonstances. Un simple éclair, une simple frappe, unique et brève, à pleine puissance, et il en était fini du grand recteur des Dominations ; le saint patron de l'intégrité des Cieux, le maître des fontaines de connaissances et le père protecteur des anges blessés. L'archange s'accrocha de toutes ses forces à l'étincelle de vie fuyante comme s'il avait souhaité disposer d'assez de temps pour prévenir les autres. Mais l'Ombre l'avait à nouveau paralysé pour le rendre impuissant.

— Je te pardonne, Lucifer, car je ne suis déjà plus. Mais eux, ne te pardonneront pas et leur courroux, quand il s'éveillera, sera terrible. L'énergie de Tsadkiel, pulvérisée par l'ennemi, s'étiola lentement au fur et à mesure que disparaissaient les dernières bribes de son pouvoir spiriturel. Il ne resta plus qu'un léger halo de lumière, un ultime résidu de grandeur et de charisme, qui déforma l'air quelques instants avant de passer de l'autre côté, celui du néant, celui de l'oubli.

— Comme si le courroux des Cieux me faisait peur ! Feula Lucifer non sans une certaine brutalité dans la jouissance.

— J'aurais cru que ce serait plus impressionnant et plus difficile, fit Bélial qui suivait son maître partout et en toutes circonstances comme un bon familier.

Le grand démon des luxures s'avança dans la pièce à présent vidée de tout archange et parvint jusqu'à son roi ténébreux. Il boitait encore sévèrement et portait sur son visage récemment balafré les séquelles de sa rencontre avec Juliette sur l'île de Lewis. Il avait fait les frais de l'absence de contrôle de l'ange qui avait rendu sa riposte si imprévisible et, donc, si dangereuse. Lui, le magicien des illusions trompeuses, des séductions tyranniques et des luxures vénéneuses, était contraint de déployer quantités d'énergies infernales pour dissimuler aux autres la marque encore rougeoyante de ses blessures. Mais il était patient. L'ultime remède viendrait de sa vengeance et elle serait parfaitement proportionnée aux douleurs infligées.

Il baissa la tête, quand il fut assez proche du Grand Malin, pour sentir les effluves sucrées et suaves de sa terrible aura. C'était un opium divin dont il ne pouvait se passer mais son image abîmée le plongeait dans la honte et son geste trahit l'envie qu'il avait de ne pas montrer à la créature qu'il vénérait, au-delà de toutes limites, son imperfection physique. Il se laissa imprégner par la puissance qui suintait toujours des reliefs changeant du corps de Lucifer. Car l'apparition du maître de toutes les ombres était unique pour celui qui en était témoin. Il était tantôt expression virile du plus parfait des mâles : poète mystérieux, brutal et rustre, ou doux et fragile, tantôt sensualité envoûtante d'une image féminine : belle, fatale et somptueuse. Lucifer était l'archange de la beauté dans ce qu'elle avait de multiple et de nécessairement subjectif. Caméléon des fantasmes et des désirs, il n'était jamais le même, ni jamais totalement différent aux yeux des autres. Sa seule constance consistait en la matérialisation de l'envie de ceux qui le contemplaient. Pour Bélial, dont la fantasmagorie était riche et tourmentée, Lucifer était tour à tour le père protecteur et puissant, la mère inaccessible et sanctifiée, l'amant brutal et passionné, ou la maîtresse toute puissante dans sa séduction impérieuse. Il était toutes ces figures iconographiques, et pourtant, il était toujours lui : le Grand Malin.

— Et pourquoi cela aurait-il dû être difficile ? Répondit le Mal sur un ton de miel exquis. Tsadkiel était épuisé par les efforts qu'il a déployés pour sauver les anges blessés par mes armées. Il faut se réjouir du parfait timing, Bélial, et en aucun cas d'avoir tué un archange moins puissant que moi. J'ai dû sacrifier un messie pour les pousser à la guerre. Tu ne réalises pas à quel point j'ai attendu cet instant. L'instant où je pourrai atteindre Tsadkiel. L'instant où toutes les circonstances seraient réunies en une parfaite opportunité. Et à présent qu'une bonne fée veille à ma réussite et que nous disposons de ses redoutables alliés, je vais exaucer tous mes fantasmes.

Lucifer pivota sur lui-même en un mouvement précieux et élégant qui tranchait avec la brutalité précédente. Il se dirigea vers la sortie avec autant de nonchalance que s'il était simplement venu faire une visite de courtoisie.

— Ah, soupira Lucifer avec un soudain maniérisme, je donnerais bien la totalité de mon empire pour voir la tête de Mikhaël quand il comprendra que sa ligne de défense m'a permis de frapper le seul être qu'il fallait protéger, le seul être sans lequel rien ne fonctionne aux Cieux.

— Devons-nous achever les anges qu'il soignait ? Demanda Bélial avec une infinie précaution dans la voix et tout en désignant les corps inertes dans la pièce d'à côté.

— Non, économise-toi, mon ami, tu es déjà si diminué. Inutile de prendre des risques et d'abîmer, un peu plus encore, ce visage qui fut jadis le plus beau de tous.

Le Malin fit signe à son fidèle chien de se rapprocher de lui. De sa main diaphane, il saisit le menton de Bélial avec une grande douceur et lui pencha la tête en arrière. Il prit le temps de l'observer tel un scientifique qui étudie un animal exotique.

— Tu ne comprends pas ce que j'ai fait, n'est-ce pas ? Poursuivit-il avec une sensualité malsaine. Ce n'est pas grave, comment pourrais-tu le comprendre ?

— Je vous en prie... Transmettez-moi ce savoir, je ne demande qu'à le partager avec vous. Je ne souhaite que parler votre langue, mon maître.

— Soit, dit Lucifer plus sèchement et en s'éloignant de son démon. Je viens d'arracher les ailes de tous les anges. Et un ange qui ne vole pas, qu'est-il donc ?

Rien.

◆◆◆

— Qu'est-ce qu'un ange ? Demanda Raphaël à l'assemblée de ses jeunes recrues suspendues à ses lèvres depuis le début de son exposé. Un ange est avant tout un…

Il cessa brusquement de parler. Il se figea comme s'il avait été frappé par un sort foudroyant. Une douleur aiguë lui scia les jambes et le fit s'effondrer sur lui-même. Il eut l'impression qu'on lui arrachait une partie de son âme, emportant avec elle son souffle de vie. Sa vue se troubla tandis qu'il voyait au travers d'une brume grandissante les mines paniquées de ses élèves qui s'agitaient autour de lui en un essaim désorganisé. Il entrouvrit les lèvres mais aucun son n'en sortit. Il lui était impossible de communiquer car la souffrance occupait toutes ses forces. Il n'avait jamais éprouvé un tel désespoir et un tel sentiment d'anéantissement intérieur.

Non, en vérité, c'était faux. Sa mémoire violemment sollicitée lui renvoya de vieilles images qu'il avait oubliées. Des images de mort, de désolation, et de destructions vaines. Elles envahissaient son esprit troublé en ajoutant un peu plus au saccage interne qu'il subissait. C'était il y a si longtemps. La Scission, cette fulgurante guerre fratricide avait éventré les Cieux en deux monts opposés et avait été à l'origine de la création d'un monde alternatif, responsable de l'organisation actuelle des créatures immatérielles. Ce fut, à l'époque, comme si la nature avait obligé leur monde, cellule unique originelle, à la mitose pour développer les deux faces d'un miroir, identiques, mais inversées. Rien ne pouvait être pire que cette cassure.

Rien. Excepté… Excepté si le stade suivant de cette évolution était la destruction de l'un des deux mondes ou même des deux. Et tout devint alors clair dans son esprit en décombres : les paroles d'Asmodée, les évènements étranges qui venaient de se dérouler sur Terre, la supposée rencontre entre Lucifer et Métraton. Les Enfers souhaitaient emporter la prochaine étape de l'évolution de leur espèce, ils voulaient détruire leurs frères de lumière qu'ils considéraient comme inutilement concurrents. Rien à voir avec la suprématie de l'un sur l'autre, ils n'avaient que faire de cette guerre d'influence qu'ils livraient depuis la Scission. Ils avaient dû réaliser qu'à présent, ils étaient assez forts pour envisager la compétition des espèces et la sélection de la plus forte par l'anéantissement de la plus faible. Comment les Cieux avaient-ils pu oublier la plus importante des règles de la vie ? Il laissa filer un gémissement déchirant alors que les cris des anges alertèrent tout le Temple et répandirent leur angoisse.

L'aile du grand rectorat des Vertus, uniquement accessible par les anges dûment auréolés par cette école, comme pour tous les autres rectorats, était plongée dans le silence le plus concentré. L'immense salle dédiée à la communauté des élus de Mikhaël, et dont les ornements de chaque pilier témoignaient de l'imposante réputation de ce saint patron, accueillait l'examen de contrôle continu des élèves sur les lois sacrées de la stratégie militaire. C'était une épreuve que vivait la quasi totalité du cheptel de Mikhaël, tous niveaux confondus, et qui devait sanctionner leur assiduité et leur capacité de concentration. Les Vertus avaient la réputation d'être le plus dur et le plus austère des rectorats. Mais c'était aussi le plus fastueux. Tout à l'intérieur révélait la puissance de celui qu'on nommait avec beaucoup de révérence : le tueur de dragons. La double tête de cet animal mystique légendaire s'affichait en écusson sur presque toutes les portes et les murs des salles composant le bâtiment. Normalement, les anges de chaque rectorat ne pouvaient faire entrer dans leur école aucun autre ange qui n'en faisait pas partie, si bien qu'en théorie, ce qui se passait à l'intérieur des institutions rectorales demeurait secret. Sauf que la curiosité des anges avait entraîné quantité de manœuvres de détournement, plus imaginatives les unes que les autres, afin de satisfaire leur soif de connaissance. Pour autant, les archanges n'étaient pas dupes de ce manège mais ils toléraient le jeu de cache-cache bien compréhensible.

Tandis que Mikhaël scrutait les têtes penchées sur leur copie avec beaucoup d'insistance, il fut brusquement alerté par l'un de ses chefs de section. Ne laissant pas ce dernier finir sa phrase, il se précipita hors de la salle juste après avoir entendu les mots « Raphaël a un problème » et fila en direction de l'aile du rectorat des Archanges. Il ne s'annonça pas et ouvrit avec violence les doubles portes couleur de lapis lazuli caractéristique de ce rectorat. Il remonta le large couloir clair fait d'un semblant de marbre lumineux et tourna sur la gauche, là où il entendait le plus de bruit. Une fois dans salle, et dès qu'il aperçut le corps inerte de Raphaël, il imposa le retour au calme en hurlant aux anges de lui faire de la place et de cesser de s'agiter de la sorte. Il se saisit de son ami et le transporta hors de la pièce pour l'étendre sur l'un des larges bancs du couloir. Les anges avait cessé de crier et de respirer, par la même occasion. Ils échangeaient des regards consternés et attendaient que le recteur des Vertus leur donne une explication. Sauf que ledit recteur était bien en peine de leur expliquer un fait résolument improbable : aucun archange ne tournait jamais de l'oeil. Il ordonna qu'on ouvre les immenses baies vitrées qui bordaient le côté droit du couloir central. Il examina méticuleusement le corps de son ami mais ce dernier ne présentait aucune blessure apparente, ce qui le plongea dans une perplexité encore plus grande. La double porte d'entrée s'ouvrit à nouveau brusquement et Gabriel les rejoignit en courant presque. Il vociféra des choses que Mikhaël fut incapable de comprendre sur le moment. En temps de crise majeure, le recteur des Anges avait visiblement tendance à la dyslexie et à l'incohérence verbale. Mikhaël soupira fortement et se pencha à nouveau sur Raphaël. Il se mit à l'appeler plusieurs fois pour l'enjoindre à reprendre conscience, encore et encore, mais tous ses efforts demeurèrent vains. L'archange de puissance était bel et bien évanoui.

— Je ne comprends rien à ce que tu dis, Gabriel, de quoi tu parles ? ! Interrompit le recteur des Vertus.

— Kamaël vient d'avoir un malaise ! Et je venais prévenir Raphaël. Et voilà que je tombe sur… Mais que se passe-t-il ? !

Mikhaël feula violemment et ferma les yeux pour entrer en contact avec le recteur des Puissances, ou tout autre archange de même nature, afin de vérifier qu'ils n'étaient pas tous dans le même état. Mais rien. Il lui était impossible de localiser ses compagnons avec précision comme si ses sens avaient été brouillés. Il rouvrit les yeux, et pour la première fois dans l'histoire personnelle de ce redoutable seigneur de guerre, il laissa filtrer derrière ses pupilles une émotion de stupeur et d'angoisse.

— Alors ? Répéta Gabriel un peu brusquement.

— C'est comme si notre capacité à communiquer les uns avec les autres était en train de disparaître, lâcha Mikhaël d'une voix blanche. Je sens les autres mais je ne peux plus me connecter à eux.

— Mais c'est impossible, nous sommes des archanges, cette capacité fait partie de nous, on naît avec.

— Je sais b…

Mikhaël fut brusquement frappé d'une horrible évidence qui s'imposa à lui avec la violence d'un coup de massue divine.

— Non, Gabriel, nous ne naissons pas exactement avec. Ce sont les archanges de puissance qui naissent avec cette faculté et qui nous la transmettent pour que l'on s'en serve.

— Et alors ?

— Alors ? Tu ne t'es jamais demandé ce qui se passerait si ces archanges étaient soudain hors jeu ? S'ils étaient indisponibles ? Raphaël et Kamaël sont inconscients, deux archanges de puissance, et pas des moindres, en même temps ! Tu ne trouves pas cela étrange ?

L'instinct de guerrier du recteur des Vertus lui hurla immédiatement à la conscience que tout ceci ne pouvait être une coïncidence et que le drame était bien trop efficace pour ne pas avoir été savamment pensé.

Haniel fixait son homologue, l'air un brin navré. Raziel était peut-être le plus ancien archange de puissance et, de réputation, le plus sage d'entre tous, il n'en demeurait pas moins un bien piètre orateur chaque fois qu'il s'agissait d'expliquer des choses pourtant fort simples. Haniel supervisait le rectorat très « glamour » des Principautés, résolument porté sur le sens héroïque et romanesque de l'existence, ce qui lui avait valu quantité de moqueries de la part des autres archanges de guerre dont elle faisait pourtant partie. Ayant des prérogatives qui s'apparentaient au rectorat des Chérubins que gérait Raziel, ils avaient tous deux pris l'habitude de faire régulièrement des sessions d'élèves communes pour certains enseignements. L'un des plus importants de ces enseignements consistait en l'art de voler. Si la technique du battement d'ailes était de la compétence de Gabriel, l'art subtil du vol des anges était de celle de Raziel et d'Haniel. Il était de coutume que les premiers essais de vol par les anges, nouvellement ailés, se fassent dans le bâtiment du rectorat des Principautés sous le double regard de ces deux archanges. En effet, la partie nord du Temple, dédiée à ce rectorat, avait été dotée d'une sorte de rampe de lancement et d'atterrissage parfaitement adaptée à cette technique typiquement angélique et que les démons, bien moins efficaces en la matière, avaient toujours enviée.

L'archange des Principautés attendait donc patiemment que Raziel ait fini sa longue tirade sur les différentes natures d'ailes qui existaient aux Cieux et sur ce qu'on pouvait ou non en faire. Haniel ne pouvait s'empêcher de sourire en voyant les mines frustrées des élèves qui s'étaient réveillés, un matin, avec ces nouvelles extensions mystiques magnifiques et qui n'en avaient strictement rien à faire de savoir que quatre paires d'ailes donnaient droit à tel forfait angélique. Ils voulaient juste voler. Elle passa sa main sur sa nuque et remit une mèche de ses cheveux, blond vénitien, derrière son oreille. Raziel semblait en avoir enfin terminé avec son monologue de vieux philosophe et elle allait pouvoir passer à la démonstration pratique, avec laquelle, elle avait toujours énormément de succès. Tandis qu'elle s'avançait pour prendre la parole, elle vit soudain Raziel s'effondrer sur lui-même. Elle retint son souffle et se précipita vers lui pour tenter de le redresser. Peine perdue, Raziel était parfaitement inconscient. A l'aide de quelques anges, elle installa son ami plus confortablement et son second réflexe fut d'entrer en contact avec Raphaël. Tentative encore vaine qui acheva de la plonger dans une profonde panique. Elle ordonna qu'on veille sur Raziel et sortit du bâtiment à toute vitesse. Elle traversa les allées du Temple au pas de course et après s'être renseignée auprès de quelques anges croisés sur le chemin, elle put localiser Mikhaël et Gabriel. Elle s'engouffra dans le couloir du rectorat des Archanges et s'arrêta à la hauteur de ses compagnons, en manquant de glisser sur le marbre du sol. Elle était hors d'haleine et la vision du corps inanimé de Raphaël ne calma pas ses craintes.

— Par toutes les forces de l'univers, haleta-t-elle, je venais vous chercher. J'étais avec Raziel quand il a soudain eu une sorte de malaise. Depuis il est inconscient et... Mais enfin, que leur arrive-t-il à tous ? Où sont les autres ?

— Je parie que Tsadkiel est dans le même état, jeta Mikhaël sur un ton à nouveau glacial et militaire. Comment a-t-on pu s'en prendre simultanément à tous ces archanges ?

— Tu penses à une attaque ? Fit Haniel en passant par réflexe sa main fine et dorée sur les traits figés de Raphaël. Mais qui pourrait être assez puissant pour pénétrer les Cieux et les frapper sans que personne ne s'en aperçoive ?

— Il suffit d'en frapper un, répondit le recteur des Vertus avec une soudaine fatalité dans le son de sa voix. Ils sont tous étroitement dépendants les uns des autres.

— Va au bout de ton raisonnement, s'impatienta Gabriel fortement contrarié par l'inaction et l'impuissance.

— Au bout de mon raisonnement ? Reprit Mikhaël plus durement. Je pense à Lucifer, voilà le bout de mon raisonnement.

Gabriel et Haniel échangèrent un regard atterré.

— Enfin, s'exclama Haniel, comment aurait-il pu s'approcher assez de nos portes pour attaquer ses anciens frères ? L'entrée est gardée !

— Parce qu'on lui a ouvert nos portes ! Nous sommes des imbéciles, trancha Mikhaël. Tout a été prévu depuis longtemps. Son attaque sur Terre et celle dirigée contre le Temple n'étaient qu'une diversion. Bon sang, comment ai-je pu me laisser berner à ce point ? ! Vous ne comprenez pas ? Tout ceci n'est qu'une stratégie d'agression qui vise à saper nos fondations et à provoquer notre anéantissement. Lucifer vient de nous déclarer la guerre.

— D'accord, coupa Gabriel qui risquait d'imploser s'ils ne se décidaient pas vite à agir. Avant toute chose, il faut trouver et rassembler tous les archanges de puissance afin de les mettre à l'abri si jamais ce n'est pas fini. Ensuite, j'envoie nos armées aux frontières célestes. Si Lucifer et ses démons sont encore dans les parages, nous les trouverons. Enfin, il faut absolument qu'au moins un d'entre eux reprenne conscience et contacte les séraphins pour qu'ils nous aident à tous les rétablir.

Raphaël fut soudain secoué de convulsions qui interrompirent immédiatement la conversation de ses compagnons. Mikhaël tenta de le calmer en l'appelant plusieurs fois. Le recteur des Archanges parvint à ouvrir péniblement ses yeux pâles. Son regard exprimait tant de souffrances que ses compagnons n'osèrent plus rien dire.

— Tsadkiel est mort, lâcha Raphaël en articulant à peine et avant de perdre à nouveau connaissance.

Un silence sentencieux frappa l'auditoire avec tant de force qu'il ébranla leur carcasse céleste. Il ignorait ce qui était le plus dramatique : la prise de conscience brutale de la mort de l'un des siens, ou l'effrayante révélation que, sans lui, le liant qui agrégeait ce monde avait disparu.

— Ce... Ce n'est pas possible, finit par murmurer Haniel.

Elle regarda Gabriel avec une expression de supplique muette. Elle se sentait comme une souris de laboratoire, désorientée et prise de panique, qui se heurte aux parois d'un labyrinthe incompréhensible. Or, Gabriel, qui avait toujours été un roc inébranlable, demeurait dramatiquement silencieux.

— Tsadkiel est... était l'archange des Dominations, poursuivit Haniel puisqu'elle semblait être la seule à avoir conservé la faculté de parler. Notre capacité à ressentir la présence de chacun, en quelque lieu que nous nous trouvons, cette conscience collective qui définit notre peuple et assure la rapidité de nos réactions, tout vient de lui. Ce... C'était sa fonction.

Mikhaël ne put s'empêcher de laisser se dessiner sur ses lèvres étroites un sourire amer.

— Comme c'est intelligent de sa part, dit-il plus bas. Pour nous atteindre, Lucifer nous prive du seul moyen que l'on connaisse de communiquer entre nous et de coordonner nos décisions. Il nous force à l'improvisation donc à l'urgence et à une plus grande probabilité d'erreurs. Il nous a arraché nos ailes, voilà, ce qu'il a fait !

— Mais qui aurait pu nous trahir et lui ouvrir les portes ? Parvint enfin à dire Gabriel avec une colère grandissante. Lucifer ne pouvait pas savoir que Tsadkiel centralisait cette fonction de communication et de lien spirituel. Après la Scission, on a tout réorganisé et sa déchéance l'a privé de notre contact.

— Métatron, répondit Mikhaël sur un ton d'évidence tragique. A présent, vois-tu se dessiner le grand puzzle au centre duquel Lucifer rit bien de nous ? Il lui a fallu une frappe, une seule, et nous sommes en déroute. Des millénaires qu'il cherche à nous atteindre et, à présent, il a les moyens de le faire.

— Mais Métatron est l'un des nôtres, intervint Haniel d'une voix faible. Si nous mourons, lui aussi ?

— Je n'ai pas la prétention de savoir pourquoi il fait ça, Pourquoi ils ont fait ça, précisa Mikhaël les sens de plus en plus échauffés. Je ne suis qu'un militaire. Je constate des faits et j'en tire des conséquences. Haniel, tu vas sillonner l'Ethéménental et tu vas ramener tous les archanges guerriers dans l'amphithéâtre bleu pour un conseil extraordinaire. Nous ne pouvons plus communiquer instantanément, certes, mais nous pouvons encore nous déplacer et crier nos ordres. Nous rassemblerons nos armées, ange par ange, à la force de nos voix, s'il le faut. Les archanges de puissance hors jeu, il va nous falloir trouver le moyen de rétablir le lien qui nous unit, sinon nous sommes tous morts.

— Et où comptes-tu trouver la solution pour les soigner ? Lança Haniel avec une légère panique dans la voix.

— J'en fais mon affaire. Gabriel, nous avons besoin de tous les anges, même les novices. Plus question d'en laisser traîner un sur Terre. Lucifer ne va pas faire de pause dans sa stratégie d'anéantissement et nous devons les mettre à l'abri rapidement.

Gabriel acquiesça avec énergie, soulagé qu'ils se mettent enfin à faire quelque chose. Il fit volte-face quand, soudain, il prit une expression tragique.

— Qu'y a-t-il ? Demanda Mikhaël en voyant la mine de son ami.

— La plupart des anges sont sur Terre, répondit Gabriel le souffle coupé.

— C'est ce que je t'explique : il faut les rapatrier immédiatement.

— Et comment ? Sans Tsadkiel, il n'y a plus d'accès aux Cieux pour eux. Ils ne peuvent plus, non plus, nous contacter ni même communiquer entre eux. En d'autres termes, ils sont coincés sur Terre et ils sont seuls…

…Avec une cible dessinée sur le front.

Chapitre 6

Que reste-t-il de l'ange ?

— Prends ce téléphone, s'il te plait, prends ce satané téléphone et compose ces malheureux petits numéros, qu'on en finisse, et que je puisse rentrer. Allez, ce n'est pas compliqué : tu appelles, tu lui pardonnes, et tout le monde sera heureux dans le meilleur des mondes.

La jeune femme crispa ses doigts sur l'élégant combiné téléphonique puis le reposa sur la table un peu brusquement comme s'il lui avait brûlé les doigts. Elle soupira avec force et se dirigea vers la porte fenêtre qui donnait sur sa jolie terrasse. Le jardin était coloré bien qu'il trahissait la nonchalance certaine de la propriétaire des lieux en matière de technicité botanique. Une petite voix insistante lui soufflait de l'appeler et de tenter de renouer le dialogue pour en finir, une bonne fois pour toutes, avec une histoire qui la rongeait depuis plus d'un an.

— Oh, c'est pas vrai ! Je ne te demande pas d'effacer l'ardoise. Coucher avec l'une de tes sœurs, c'est rude, je le reconnais. Mais il faut que tu sois en paix avec le père de tes enfants pour pouvoir parler ensuite à tes sœurs et aller de l'avant. Une âme haineuse et pleine de regrets amers et de désillusions ne peut pas s'élever. C'est marqué, en toutes lettres, dans le manuel. Alors si tu n'appelles pas, je vais continuer à hurler de plus en plus fort à ton inconscient, et c'est pas moi qui me lèverai tous les matins avec une migraine de vieil alcoolique. Mais appelle, nom de Dieu ! Non, pas nom de Dieu, désolée : jurer, c'est mal. Ne jure surtout pas. Tu écoutes tout ce que je t'ai dit avant mais pas la partie où je jure.

— Nom de Dieu, lâcha tout haut la jeune femme comme une conclusion à ses questionnements internes. Je ne vais quand même pas appeler…

— Tu as vraiment décidé de n'écouter que ce que tu veux. Tu as été un homme dans une vie antérieure, non, ou un chat peut-être ? Bien, Mylène, concentre-toi : a p p e l l e – l e. Tu prends le combiné, tu composes le numéro, et tu parles avec ton futur ex mari. Vide ta colère, fais le ménage dans tes émotions pour te libérer de ta douleur et envisager le futur avec sérénité. Si tu veux l'insulter au passage, ne te gêne pas, ça restera entre nous car, à ta place, je ne suis pas sûre que je n'en serais pas venue aux mains. Ce n'est pas parce que je suis, à présent, un ange gardien que j'ai oublié que j'ai été une femme. Mais par pitié : appelle.

La jeune femme posa la tête contre la surface fraîche de la vitre. Tout se mélangeait en elle. Les sentiments se bousculaient à la porte de sa conscience avec la violence d'un mouvement de foule en colère. Cette insurrection émotionnelle faisait vibrer tout son être. Elle ne savait plus où elle en était. Elle sentait bien qu'elle ne pourrait jamais aller de l'avant si elle ne réglait pas cette histoire. C'était primordial pour sa vie de femme, et surtout, sa vie de mère. Aucun être humain ne pouvait survivre à tant de colère contenue, étouffée, ou à tant d'amertume coincée dans la gorge. Il fallait bien que cela cesse à un moment ou à un autre. Il la harcelait depuis des jours, maintenant, elle ne pouvait pas continuer à ignorer la confrontation.

— Bon ça suffit maintenant ! Ragea l'ange au fond de la conscience de l'humaine. Je ne peux pas me permettre de perdre plus de temps, j'ai d'autres âmes à inspirer, moi ! Tu vas appeler ton mari parce que, si tu ne le fais pas, tu vas finir par réaliser qu'avoir pris vingt cinq kilos en deux ans, qu'être partie huit mois par an depuis cinq ans pour vacciner des enfants au Kinshasa, et revenir défigurée pendant les quatre mois restant à cause des boutons de moustiques, alors que tes sœurs sont de vraies bombes, n'ont sans doute pas aidé à la fidélité de Robert. Tu vas appeler parce que, si tu ne le fais pas, tu continueras à te jeter sur les cookies au beurre de cacahuète pour compenser et à t'éloigner de tes enfants par rancune envers eux et toi. Tu finiras par t'isoler totalement, tes enfants préféreront la compagnie de leur père qui refera sa vie avec tes sœurs, ou n'importe quelle autre jolie blonde avec un cul digne de ce nom quand on a, à peine, trente ans. Alors, tu auras laissé filer trois ans de plus, tu seras obèse et moche, parce que le sucre donne des boutons et tu seras obligée de travestir ton profil sur les sites de rencontres en envoyant la photo de ta nièce qui a vingt ans. Tu erreras de déceptions amoureuses en désillusions sexuelles, puis tu passeras la quarantaine, on te découvrira du diabète, et en plus d'être …

— Allô, Charles… C'est… C'est Marie. Je sais, tu as essayé de me joindre plusieurs fois. Et je suis d'accord, on ne peut pas continuer de s'éviter. Il faut que nous parlions des enfants…

— Yes ! Et c'est pourquoi, j'adore mon boulot.

Mylène glissa dans les interstices invisibles de l'atmosphère de la pièce puis s'éleva dans les airs pour surplomber Paris. Elle n'avait plus qu'à garder un œil sur sa Marie mais l'essentiel du travail était fait et bien fait. Sa mission avait duré quelques jours interminables et les Cieux lui manquaient, son chez elle lui manquait, ses amies lui manquaient. Lors de la première mission des anges gardiens, alors qu'ils n'étaient encore que des novices, il fallait veiller sur les humains et les protéger. Mais la partie la plus intéressante venait avec le passage de grade qui permettait aux véritables anges gardiens, dûment titularisés et labellisés par la grande administration céleste, d'influencer les humains et de les inspirer. Mylène adorait murmurer à l'inconscient des Hommes parce qu'elle avait l'impression d'agir plutôt que de rester dans l'observation lointaine et conceptuelle. Elle se sentait, enfin, investie d'un pouvoir qu'elle maîtrisait, et pour lequel, elle n'était pas si mauvaise. Elle sourit et jeta, une dernière fois, un œil bienveillant et attendri sur l'immeuble qu'elle venait de quitter. Elle se concentra ensuite et fit vibrer ses énergies spirituelles pour rentrer au Temple.

Et rien ne se produisit.

Elle se concentra à nouveau. Toujours rien. Elle demeurait coincée, entre ciel et terre, sous sa forme d'énergie pure et désincarnée, flottant dans l'air comme un parfum léger, une volute persistante et suspendue entre deux souffles. Habituellement, lorsque les anges se concentraient, ils pouvaient voir le fil lumineux se dérouler devant eux pour les ramener aux Cieux. Un instant, ils l'ignoraient et l'instant d'après, pour peu qu'ils se concentrent, ils le voyaient. Quelque chose, ou quelqu'un, leur permettait de savoir comment revenir aux Cieux, quand ils en émettaient le souhait. Sauf que, dans le cas présent, Mylène avait beau le souhaiter très fort, elle ne décollait pas. Elle se demanda comment cela était possible, si ce genre d'interruption des programmes était chose concevable, ou si, au contraire, le problème venait d'elle. Peut-être n'y avait-il personne de « l'autre côté » bien que cette idée lui parut immédiatement saugrenue.

Elle chercha, alors, les traces spirituelles de Juliette de sorte à pouvoir la rejoindre. A deux, on était plus fort et plus ingénieux. Forcement. Mais l'écho mystique de Juliette demeurait introuvable. Elle tenta de se connecter à Carrie, puis à Soffia, mais en vain aussi. Elle était seule et isolée comme si elle avait été le dernier ange encore en vie dans ce coin de l'univers. Elle fut prise de panique. Il n'y avait rien qui déstabilisait plus l'ange blond que de se sentir justement seul et isolé. Elle tenta de calmer ses esprits et attendit avant de réessayer d'enclencher le wi-fi céleste. Elle se laissa flotter au gré des courants d'air ascendants et descendants, jouant sur les tonalités changeantes des couleurs du coucher du soleil, puis compta les étoiles. Elle perdit le fil de son décompte lorsque le lever du soleil atténua la lumière des astres de nuit et qu'elle put distinguer le relief de la ville. Elle essaya de se connecter aux autres, à tous les autres, afin d'obtenir des réponses mais le résultat fut exactement le même. Cette fois, elle ne put raisonner sa panique. Il y avait un problème avec elle et elle ignorait lequel. Alors Mylène, qui jouissait d'un esprit résolument pragmatique et logique, prit les choses en main. Elle se rappela le lieu d'intervention de Juliette et fila la rejoindre. Si elle ne pouvait plus utiliser la bonne vieille méthode angélique pour communiquer, alors elle se rabattrait sur la méthode artisanale, et donc humaine, de l'enquête sur le terrain.

Elle glissa au travers des nuages et des composants atmosphériques changeants, droit vers le Japon, droit vers Kyôto. L'air se réchauffa lentement et s'alourdit de plus en plus. Même désincarnée, elle pouvait sentir le changement dans le souffle qui la portait. On était au mois de septembre et l'été mourant donnait encore du fil à retordre au système de climatisation qui avait envahi la moindre parcelle couverte de ce pays. Mylène adorait le Japon, elle aimait sa démesure, sa contradiction, ses bruits et ses silences, ses vides et ses surcharges, ses forêts et ses gratte-ciels. Elle se délectait des lumières dansantes et agressives des néons commerciaux qui striaient les villes asiatiques, en général, et le Japon, particulièrement. Elle riait de la totale inhibition vestimentaire des japonais qui mélangeait relents médiévaux des kimonos et sacre irréel des uniformes tirés de jeux vidéo. Cette addiction particulière avait, sans nul doute, expliqué, que pour cette fois, elle avait été particulièrement attentive lorsque Juliette lui avait parlé de sa mission. Et ce miraculeux concours de circonstances lui permettait, aujourd'hui, d'avoir une chance de retrouver sa sœur céleste.

Elle parvint à se faufiler entre les fils électriques suspendus aléatoirement, et en dépit du bon sens technique, entre les maisons serrées de Kyôto. Cependant, il restait le plus dur à faire : localiser Juliette avec précision. Or, même si elles se trouvaient, toutes les deux, à deux courants d'air près, impossible, pour Mylène, de sentir sa consœur. Elle continuait d'être totalement aveugle. Il fallait donc prendre le problème en sens inverse : si elle ne pouvait pas trouver Juliette, il fallait qu'elle trouve l'humain qu'elle devait protéger. Une fois l'heureux élu identifié, il ne resterait plus qu'à entrer en contact avec lui car, où qu'il se trouve et quoi qu'il fasse, il était étroitement surveillé par son ange gardien. Le but de la subtile manœuvre résidait bien en cela : Juliette comprendrait qu'il se passait quelque chose de grave en voyant son amie au Japon. Ce plan était parfait, du moins Mylène en était-elle totalement convaincue comme, par ailleurs, de tous ses autres plans. Et fort heureusement pour la jolie blonde, elle avait une mémoire sélective extrêmement efficace. Certes, il lui était bien impossible de se rappeler le contenu du dernier cours de Gabriel mais elle se rappelait, exactement, le nom de la personne que Juliette devait inspirer en ce moment. Or, s'il y avait quelque chose que l'ange savait parfaitement faire, c'était utiliser les ressources modernes de la société humaine. Elle se laissa dégringoler entre les odeurs de mochi et de glace à la vanille des ruelles du centre ville, puis pénétra le courant d'air ultra climatisé d'un magasin de figurines et de jeux vidéos. Ayant à supporter un réel problème d'espace, le Japon avait renoncé à l'installation des rangées de boutiques étalées à l'horizontale dans les rues pour préférer la solution de l'empilement à la verticale. Les magasins se superposaient sur des dizaines d'étages, et au gré des arrêts d'ascenseurs, l'accro du shopping découvrait des enseignes, diverses et variées, qui n'avaient souvent que peu de choses à voir les unes avec les autres.

Elle se laissa donc porter par les respirations des visiteurs nonchalants qui se pressaient dans les escaliers étroits puis finit par atteindre une jolie petite boutique de mode, au style légèrement connotée lolita. Mylène glissa vers une des cabines d'essayage, se concentra sur une des tenues qu'elle avait vue quelques vitrines plus loin, et s'incarna sans difficulté. Elle en fut réellement soulagée. Cette option marchait encore et lui permettait d'envisager, avec enthousiasme et positivisme, la suite de son génial plan. Elle sortit de la cabine et passa devant le miroir afin de vérifier sa mise impeccable et parfaitement en phase avec la tendance vestimentaire du moment. L'art de l'incarnation était, aussi et surtout pour elle, une question de parfaite adaptation de l'habillement à l'environnement.

Trois choses, au moins, rendaient l'incarnation infiniment pratique pour les anges. Tout d'abord, et quoi qu'il arrive, la taille 36 devenait soudain à votre portée tout comme le généreux 95D de tour de poitrine qui remplissait Mylène de fierté, elle qui avait, toute sa vie durant, atteint douloureusement, et à grand renfort de rembourrage, le 90 B. Ensuite, il y avait des questions dont on ne se souciait plus du tout, au nombre desquelles, se trouvait la question de l'argent. Enfin, il y avait une dernière option fort appréciable qui consistait en l'art de l'influence. Et plus l'ange devenait fort, plus il s'élevait dans les niveaux, plus l'influence était efficace. La nature était, donc, bien faite parce que cette singulière capacité assurait la parfaite discrétion des anges gardiens qui, s'ils étaient pris en flagrant délit d'angélisme par un être humain, pouvait toujours manipuler ce dernier de sorte qu'il oublie les faits ou qu'il les comprenne autrement. Ainsi abusé et maintenu artificiellement dans un aveuglement absolu, l'Homme oubliait, depuis des siècles, les interventions pourtant récurrentes, et pas toujours très discrètes, du peuple des Cieux et des Enfers. Mylène avait, très tôt, compris tout l'intérêt de ce pouvoir, si bien qu'elle s'était mise à beaucoup le pratiquer. Sortie de sa cabine, et le plus naturellement du monde, elle gratifia donc la jolie vendeuse d'un beau sourire manipulateur qui valut toutes les explications du monde quant à la présence soudaine d'une étrangère dans la cabine d'essayage. Elle dévala, ensuite, les escaliers le plus rapidement que ses escarpins, spirituellement contrefaits d'une grande maison, le rendait possible puis emprunta la rue principale qui allait la mener jusqu'au grand centre commercial tout près de la gare de Kyôto. Nul doute qu'elle y trouverait ce qu'elle cherchait : un cyber café.

Après quelques errances dans les nombreux étages du temple dédié au plus agressif des mercantilismes, elle atteignit son but. Mylène adorait tout ce qui était nouvelles technologies de communication, elle ne se souvenait plus exactement si elle avait été informaticienne durant son existence humaine, ou quelque chose en rapport avec les ordinateurs, mais toujours était-il qu'une fois morte et « angélisée », elle était passée maître dans l'art du cyber langage. Cette sensibilité l'avait rapprochée de Soffia avec qui elle partageait cette passion et elle en avait été la première surprise. Soffia paraissait toujours si austère, si inaccessible, que rien ne semblait l'émouvoir ni la toucher. En toute logique, la spontanéité débordante, pas toujours très subtile, de Mylène avait souvent heurté Soffia et les deux anges, s'ils se vouaient un grand respect mutuel, avaient un mal fou à communiquer.

C'était sans compter sur Internet et ses réseaux communautaires. Cette passion commune avait permis de nouer un dialogue virtuel, là où, le dialogue réel n'existait pas. C'était même devenu une sorte de jeu tacite entre elles : quelles que soient leurs missions sur Terre, dès que l'une s'incarnait, elle laissait une trace sur la toile que l'autre devait trouver puis relancer par le même message et ainsi de suite. Et ce qui n'était, au départ, qu'un simple amusement allait se révéler extrêmement pratique en cet instant de crise majeure.

Mylène se connecta donc aux différents forums qu'elles affectionnaient avec Soffia et laissa plusieurs messages se résumant à :

« je suis dans la mouise ». Une fois sa bouteille jetée dans l'océan du cyber espace, l'ange s'attela à trouver l'être humain que protégeait Juliette. Avec un nom, un prénom, un peu de dextérité derrière un écran, une pointe de chance, et beaucoup de méticulosité, il était possible de pister une personne sur le web. Par chance, Saeko Nakatomi était une accro du shopping et s'était inscrite sur de nombreux sites commerciaux et forums dédiés à la mode. Elle disposait, aussi, d'un facebook professionnel à son nom, et au fil de la lecture des différents posts, qu'elle avait semés un peu partout sans trop de précaution, Mylène finit par connaître presque tout de sa vie, et notamment, là où elle travaillait. Il fallait remercier la formidable addiction à l'exhibitionnisme qu'entraînait la multiplication des blogs, et autres interfaces du web, et qui permettait aux curieux malsains de reconstituer la vie d'un individu sans avoir à décoller leurs fesses de derrière leur écran.

Mylène regarda sa montre et décida de ne prendre aucun risque. Elle quitta le cyber café, l'adresse du magasin de cosmétiques dans lequel Saeko travaillait en poche, et décida d'attendre simplement la fermeture de l'échoppe pour la suivre discrètement jusque chez elle. En général, les anges gardiens intervenaient lorsque la personne se trouvait seule et dans un espace familier. Ils évitaient, ainsi, tous les polluants extérieurs afin que la petite voix qu'ils distillaient au creux de l'inconscient puisse être correctement décryptée. C'était tout un art d'inspirer un humain car il fallait le faire tout en respectant la conscience, l'inconscient, et le libre arbitre de l'individu. Il n'était pas question de leur faire faire quelque chose contre leur nature mais bien d'anticiper leurs désirs profonds, ceux qu'ils n'assumaient pas encore, ou ceux qu'ils s'obstinaient à ignorer, pour les mettre sur la voie de leur épanouissement personnel. Ceci n'était pas chose facile, car l'être humain était tout sauf un cahier sur lequel on pouvait barrer les mentions inutiles et réécrire les passages ratés.

Mylène pénétra dans un nouvel immeuble qui regroupait sept étages d'échoppes sans aucun rapport les unes avec les autres et dont l'un des niveaux était entièrement consacré à la nourriture, comme c'était souvent le cas dans ces immenses shopping mall. Même si l'envie la démangea, elle manquait de temps et il n'était pas question qu'elle prenne le risque de salir les belles dentelles de sa robe de poupée en engloutissant dans la précipitation un udon pimenté. Après avoir erré un bon moment, elle finit par trouver la petite enseigne de cosmétiques au centre de laquelle s'affairaient deux jeunes filles au physique assez semblable. Il n'y avait rien qui ressemblait plus à une jeune japonaise à la pointe de la mode qu'une autre jeune japonaise à la pointe de la mode. Elles lisaient toutes les mêmes magazines qui leur dictaient la bonne marque de faux cils, de faux ongles, de soutiens gorges rembourrés, d'extensions, de décolorants qu'il convenait de porter, ou d'utiliser. Bref, de quoi constituer autant de jolies figurines artificielles parfaitement identiques. Mylène allait devoir trouver le moyen de les différencier pour éviter de suivre la mauvaise à la fin de la journée.

Après quelques hésitations liées au choix de la stratégie d'approche, Mylène se faufila dans les rayonnages, et quatre fonds de teint, deux blush lumière, trois gloss, et un crayon khôl noir dont elle n'aurait aucune utilité, plus tard, elle se dirigea enfin vers la caisse. Sa nature d'ange la faisait spontanément agir par un absolu mimétisme humain, ce qui induisait qu'en toutes circonstances, elle parlait toujours la même langue que la personne à laquelle elle s'adressait. Gabriel avait expliqué, qu'à l'aube des grandes civilisations, tous les humains parlaient la même langue, à quelques accents locaux près, mais qu'après une subtile manœuvre de sabotage, imputée à Bélial, et à un vague problème de copropriété d'une résidence appelée Babel, la diversité du langage était finalement devenue la règle sur Terre. D'après lui, cela avait considérablement ralenti l'évolution des civilisations et cela avait largement desservi les Cieux au profit des Enfers qui, eux, ratissaient toujours bien plus large en période d'ignorance institutionnalisée et d'obscurantisme généralisé.

— Excusez-moi, demanda l'ange sur un ton artificiellement pincé mais parfaitement japonais, avez-vous cette couleur en rouge à lèvres mat ?

La jeune fille, derrière la caisse, lui prit le gloss des mains et s'excusa de devoir l'abandonner pour aller vérifier dans les rayons. Elle revint et s'excusa, encore, de le faire puis s'excusa de ne pas avoir cette couleur autrement qu'en gloss. Un japonais s'excusait autant qu'il respirait. C'était fort agréable lorsqu'on était un usager du service mais cela faisait perdre un temps fou en discussions et en négociations. Mylène prit un air outré très convainquant.

— Oh, mais cela ne m'arrange pas du tout, piailla-t-elle avec beaucoup de conviction, parce que j'avais bien fait attention de vérifier sur Clover, j'adore ce magazine, que ce produit était mis en vente dans toutes les bonnes boutiques de cosmétiques. Mais vous n'êtes peut-être pas une bonne boutique ?

Nouvelle salve d'excuses de la part de la jeune femme pour n'avoir pas lu cette bible, pour être incompétente, et pour avoir le culot d'exister quand même.

— N'y a-t-il pas moyen de commander l'article ? Persista l'ange. Je peux repasser. Peut-être pourriez-vous m'indiquer votre responsable ?

La vendeuse s'excusa de ne pas être la responsable et de n'avoir pas pensé à la lui présenter immédiatement puis glissa vers la seconde vendeuse en lui chuchotant la nécessité urgente d'aller s'occuper de la cliente. La seconde vendeuse s'avança vers Mylène, s'excusa de quelque chose dont elle seule avait conscience et se présenta.

— Bonjour, je suis Akka, je suis la responsable du magasin, Saeko vient de m'expliquer votre problème. Si nous pouvons commander le rouge à lèvres, nous le ferons bien entendu.

Bingo ! C'était bien l'autre poupée chétive et masochiste.

— Merci, c'est très gentil, fit Mylène hypocritement apaisée. Je vais donc repasser avec mon magazine et je vous montrerai la référence. Bonne journée.

Cette dernière quitta le magasin, sous un flot d'excuses navrées de n'avoir pas su matérialiser ledit rouge à lèvres, et disparut au coin du couloir afin de se soustraire à leur vue. La bonne japonaise était celle qui portait les lentilles bleues, et non celle qui portait les lentilles marrons avec des étoiles. Mylène répéta plusieurs fois cette phrase dans sa tête parce que, trois heures et quatre plats de gyoza plus tard, elle ne se souvenait déjà plus de la couleur de leurs vêtements, seul critère réellement notable de différenciation. Alors qu'à mesure que la journée avançait, la musique crispante du centre commercial devenait de plus en plus insupportable, Mylène se rapprocha stratégiquement de la boutique et attendit que la vendeuse aux lentilles bleues finisse de fermer sa caisse. Elle lui emboîta le pas lorsqu'elle quitta le bâtiment pour se diriger vers le métro le plus proche. Mylène eut beaucoup de chance que le japonais lambda dorme systématiquement dans les transports en commun, eu égard à ses douze heures moyennes de travail journalières, car la jolie blonde était loin de passer inaperçue au milieu des rangs serrés de têtes brunes. Question filature, ce n'était pas encore au point. Fort heureusement pour elle, Saeko somnola très vite, affaissée sur elle-même et suspendue à la poignée de l'habitacle, à l'instar de tous les autres, comme un improbable étalage d'opossums pendus à une même tige de fer.

Quarante minutes plus tard, soit juste un peu avant que le train n'atteigne la bonne station, la jeune femme s'éveilla. Le réflexe conditionné par une habitude biologique avait quelque chose de fascinant. Pour suivre Saeko, Mylène prit autant de distance que nécessaire sans risquer que celle-ci n'hurle au harcèlement. Après dix minutes de marche, elles arrivèrent devant une petite maison de ville de deux étages, située à l'angle d'une étroite ruelle encombrée de vélos, et de fils électriques qui reliaient entre elles les résidences en une toile d'araignée bien singulière. La jeune femme pénétra dans le petit vestibule qui séparait l'entrée de son salon par deux portes en bois coulissantes. A ce moment, et en toute logique, les choses devaient sensiblement se compliquer. Juliette allait sûrement intervenir dans la maison, il fallait donc que Mylène trouve le moyen d'entrer, elle aussi, afin de se faire remarquer par l'ange désincarné. Mais comment ? Elle ferma les yeux, et se concentra, ce qui n'était pas forcément de bon augure. Elle rouvrit brusquement les yeux après avoir défini une nouvelle stratégie d'attaque. Il devait exister une solution bien meilleure, qu'elle aurait sans doute trouvée si elle avait disposé d'un peu plus de temps mais, sur le moment, elle dût se contenter de la seule idée qui lui vint à l'esprit et qui, même pour qui n'était pas très difficile en matière d'idée, était loin d'être glorieuse. Elle réajusta sa jolie robe kimono courte à dentelles et lissa de ses mains sa belle chevelure lumineuse.

— Haut les cœurs, Mylène, tout ce que tu as à faire, c'est gagner le plus de temps possible. Je t'en prie, Juliette, ne tarde pas trop à faire ton travail.

Elle s'avança vers la maison puis sonna. A voix basse, elle répéta les quelques phrases qu'elle avait décidé de dire avec le plus de conviction possible, quand elle fut interrompue par l'ouverture de la porte et la mine étonnée de la jeune japonaise.

— Heu … je… Salut, bafouilla Mylène en lui servant le sourire le plus large qu'elle pouvait faire sans risquer de se froisser un muscle facial.

Saeko la fixa quelques secondes avec une étrange curiosité dans le regard puis elle plissa légèrement ses yeux déjà étroits.

— Je vous reconnais, vous êtes passée à la boutique dans la journée, n'est-ce pas ?

— Oui, c'est ça, quelle mémoire ! En même temps, vous ne devez pas croiser beaucoup de grande blonde dans la journée. C'est vrai, question tourisme, on ne peut pas dire que le Japon soit très ouvert, non ? Pourtant votre pays est vraiment magnifique, j'adore Tôkyô, si je pouvais je m'y installerai.

— Pardonnez-moi, mais... Est-ce que je peux faire quelque chose pour vous ?

— Oh oui, si vous saviez, murmura Mylène entre ses dents. En fait...

La jolie blonde ferma les yeux comme si elle avait eu besoin de se concentrer.

— En fait, je vous ai suivie.

— Pardon ?

— Oui, je sais, ça a l'air totalement dingue, dis comme ça, mais je vous jure que je ne suis pas une sorte de psychopathe ou une tueuse en série. D'ailleurs, statistiquement, il y a très peu de femmes qui soient vraiment des tueuses en série. Enfin, si je vous ai suivie c'est que... c'est que vous me plaisez.

— Q... Quoi ?

— J'ai eu comme une sorte de coup de foudre ! J'étais partie pour acheter un rouge à lèvres, et soudain, vous m'êtes apparue, derrière votre petite caisse et je ne sais pas, ça a été comme une révélation. Enfin, pas concernant le fait que j'aime les femmes parce que, bien sûr, j'aime les femmes sinon je ne vous aurais pas trouvée attirante et je ne serai pas venue jusqu'ici. Ce serait totalement dingue, non ? Bref, je vous ai trouvée tellement douce et fragile. Vous allez penser que je suis stupide, et surtout, gonflée de vous avoir suivie. Quoique, peut-être, un peu audacieuse ? Cela prouve que j'ai de la ressource et de la motivation pour avoir fait tout ça. Non ? Tout ce que j'essaye de vous dire, c'est qu'il faut me laisser une petite chance de vous connaître, et inversement, car en général, je suis plutôt quelqu'un de sympathique et d'attachant. Je n'attends rien, bien entendu, juste la possibilité de passer un moment avec vous et puis, ensuite, vous déciderez si vous voulez q...

— Entrez.

— Hein ?

— Ne restez pas dehors, suivez-moi, dit la jeune femme en lui souriant discrètement.

— Vous êtes lesbienne ? Lâcha Mylène avec des yeux arrondis comme des prothèses de silicone. Trop cool...

L'ange incarné se déchaussa et pénétra dans le salon étroit mais agencé avec soin. Saeko lui fit signe de s'asseoir près de la table où elle s'était servie un thé puis alla dans le coin cuisine pour sortir une autre tasse. Mylène leva les yeux au ciel et regarda dans tous les coins du plafond en murmurant de façon à peine audible le prénom de Juliette. Elle toussota quand elle vit Saeko revenir vers elle et s'asseoir juste en face.

— Je ne suis pas …

— Pas quoi ? fit Mylène en écho tandis qu'elle prenait délicatement la tasse entre ses mains.

— Vous savez je ne suis pas …

— Lesbienne ?

— Oui.

— Ah, c'est pas grave. Nul n'est parfait, acheva l'ange pour tenter de détendre l'atmosphère.

— Mais ce n'est pas un problème.

— Pardon ?

— Même si vous parlez parfaitement notre langue, et que j'en conclus que vous devez vivre ici depuis quelque temps déjà, vous êtes une étrangère. C'est difficile d'expliquer cela à quelqu'un qui n'est pas une japonaise. De nos jours, les relations, hommes femmes, dans notre pays sont extrêmement compliquées. Je crois que, pour beaucoup d'entre nous, il est impossible de trouver un homme qui nous comprenne. Nous voulons des hommes romantiques, doux, attentionnés, et surtout, qui nous montrent leur affection avec respect. Mais la jeune génération masculine est très loin de cette image. Je crois qu'ils ne nous comprennent pas. Alors, nous sommes de plus en plus nombreuses à préférer ne pas nous marier mais, de ce fait, nous nous condamnons à la solitude. Et la solitude pèse au bout d'un moment surtout quand on n'a pas, ou plus, de famille.

Mylène avait cessé une minute d'appeler silencieusement Juliette, en fixant tous les coins et recoins des murs, et s'était attardée à considérer cette étrange et fataliste jeune femme. Elle fut touchée par son discours et même si elle n'était pas désincarnée, et donc pas en mesure de voir les couleurs et la luminosité de son âme, elle sut pourquoi un ange gardien devait se pencher sur elle.

— Je n'ai jamais été spécialement attirée par les femmes, reprit plus lentement encore la japonaise, mais je n'en éprouve aucun dégoût, ni aucune répulsion, non plus. En fait, je me suis déjà demandée si je ne devrai pas envisager cette… voie. Si, en réalité, ce choix ne m'apporterait pas le bonheur d'une relation tendre et affective, là où, toutes les autres ont échoué. Pourquoi pas, après tout? Qui a dit qu'être heureux dans un couple impliquait nécessairement le sexe opposé ? Vous êtes… enfin, vous êtes une très belle femme, vous avez l'air gentille. Je ne sais pas. Personne n'avait jamais rien fait de spécial parce qu'il me trouvait jolie. Et vous, vous m'avez attendue toute la journée et vous m'avez suivie jusqu'ici. C'est bizarre mais je trouve ça romantique et touchant. Comment vous appelez-vous ?

— Mylène.

— C'est beau. Moi, c'est Saeko.

L'ange sentit un pincement au cœur qui lui rappela le goût âcre et amer de la culpabilité et du mensonge. Elle se surprit à penser qu'elle aurait vraiment souhaité avoir fait tout ça parce qu'elle la trouvait attirante. Saeko paraissait si douce et si attachante, n'importe quel homme digne de ce nom aurait dû le voir et le lui dire. L'ange posa sa tasse sur la petite table basse puis s'avança pour poser sa main sur celle de la jeune femme.

— Les hommes sont tous des imbéciles. Croyez-moi, je suis très bien placée pour vous dire qu'ils ne voient jamais rien même quand on leur colle la femme de leur vie exactement sous leur nez. C'est comme ça, c'est dans leurs gènes.

La jeune femme acquiesça avec une légère mélancolie dans le hochement de la tête.

— Vous avez des petits gâteaux ? Coupa finalement Mylène avec l'immense sourire un peu naïf et contagieux qui lui était propre et qui permettait d'alléger toutes les atmosphères.

Un peu soulagée par cette désinvolture, Saeko se redressa et dirigea ses pas vers un large placard mural.

— Alors d'où venez-vous exactement ? Etes-vous d'origine américaine, ou anglaise ?

— Française, mentit admirablement l'ange.

— Vraiment ? J'adore la France, votre architecture, votre culture, votre art culinaire. J'adorerai visiter Paris.

— C'est gentil, bien qu'entre nous, l'architecture est un peu surfaite. Il y a un vrai problème d'escaliers trop étroits, partout. Par contre, en matière culinaire, je n'ai pas peur de dire que nous sommes de loin les meilleurs, même si j'adore vos sushis.

— C'est incroyable. Vous parlez vraiment sans le moindre accent. On jurerait que vous êtes japonaise.

— Dès qu'il s'agit de langues, je suis très douée.

— Depuis quand êtes-vous installée au Japon ?

— Depuis…

Le son mélodieux de la sonnette retentit soudain en rompant la conversation un peu brutalement. Saeko posa la boite de gâteaux qu'elle venait d'extraire du placard puis alla ouvrir la porte de son vestibule. Elle revint quelques minutes plus tard, tandis que Mylène commençait à avoir des crampes d'estomac à force de loucher sur les mochi.

— Mylène, quelqu'un souhaite...

La jeune japonaise s'interrompit comme rendue muette par l'incongruité d'une situation qui la dépassait totalement. Mylène leva les yeux vers elle et vit Juliette emboîter le pas à Saeko assez brusquement.

— Juliette ! ! ! Je désespérais. Tu en as mis un temps, qu'est-ce que tu fabriquais ?

— Moi, j'ai mis du temps ? Que fabriques-tu ici avec ma prot.... avec.... avec elle ?

— Qui êtes-vous ? Interrompit Saeko dont il n'était pas pourtant dans la nature de s'immiscer dans une conversation, même surréaliste.

La question heurta visiblement l'assemblée puisque ses deux invitées se turent presque en même temps.

— C'est mon ex, trancha Mylène sur un ton un peu plus théâtral que ce qu'elle aurait souhaité.

— Quoi ? Répondirent, en un parfait chœur, les deux autres jeunes femmes.

— Elle a dû me suivre aussi. C'est très compliqué. Elle est un peu... Enfin, notre histoire s'est terminée brutalement, je suis partie, elle ne l'a toujours pas accepté. Je suis désolée pour tout ça, je pensais cette histoire totalement réglée.

— Mylène ? Demanda l'ange, une veine révélatrice apparaissant sur sa tempe.

— Juliette ? Il faut que tu passes à autre chose à présent. Nous deux, c'est fini. J'essaye de reprendre le cours de ma vie et j'apprécierais que tu me laisses au moins essayer. Saeko, je suis navrée et tellement gênée. Je...je vous demande un petit moment, je vais régler toute l'histoire avec cette psychopathe récalcitrante et je vous promets que je reviendrai. Je sais où vous habitez maintenant.

Mylène lui fit un léger sourire qui ne sembla pas tellement rassurer Saeko. Elle se saisit du bras de Juliette et l'entraîna au dehors en s'éloignant suffisamment pour être sûre que personne n'entende leur conversation.

— Une psychopathe récalcitrante ?

— Juliette, je suis tellement soulagée de te voir, si tu savais.

L'ange blond prit son amie dans ses bras et la serra fermement.

— Tu me fais peur, Mylène. Que se passe-t-il au juste ? Pourquoi es-tu venue ici ? Si tu voulais me voir, tu n'avais pas besoin de t'incarner et d'aller parler à ma protégée. On travaille sous couverture, tu te souviens ? Enfin, tu le sais, nous sommes censées inspirer et guider nos humains, pas discuter avec eux en prenant le thé. Attends ! Mais bien entendu, c'est cela, je sais ce qui se passe : tu pensais que je ne serais pas capable de m'en sortir et tu es donc venue vérifier qu'elle allait bien, n'est-ce pas ?

— Bien sûr que non, ce n'est pas ça du tout, tu ne comprends pas.

— Ce que je comprends, c'est que tu as traversé toute la planète pour venir voir comment je gérais ma nouvelle protégée. Tu ne me fais pas confiance ! Ce n'est pas parce que... enfin parce que, tu sais, pour Elvire... Eh bien, ce n'est pas à cause de ça que je v...

— Juliette, je t'en prie, mets sur pause et écoute-moi. As-tu essayé de rentrer aux Cieux récemment ?

— Récemment, pas spécialement. Enfin, la dernière fois que j'y étais, c'était avec toi, juste après le bal et avant de partir en mission. Pourquoi ?

— Bon alors, essaye de faire l'aller-retour.

— Maintenant ? Hoqueta Juliette qui ne comprenait rien au délire de son amie. Et si tu me disais plutôt quel est le problème ? Tu débarques ici en étant incarnée, tu parles à ma protégée, et maintenant, tu me demandes de rentrer aux Cieux. Cela ne me dérange pas de faire des choses débiles mais j'aimerais, au moins, savoir pourquoi.

— Je ne parviens plus à retrouver mon chemin.

— Quoi ?

— Je n'arrive plus à rentrer aux Cieux ! S'exclama Mylène en levant les mains au ciel. Je me concentre, comme d'habitude, mais rien ne vient et si je me suis incarnée ici, c'était pour que tu me voies. Parce que je suis incapable de trouver ta trace sous ma forme d'ange. C'est un peu comme si mon réseau ne captait plus celui des autres.

Juliette ouvrit la bouche en l'arrondissant assez pour passer pour une carpe qui chercherait de l'eau.

— D'accord, ne bouge pas, je reviens, fit-elle pour calmer l'hystérie latente de Mylène.

La silhouette de l'ange roux s'estompa dans l'air pour disparaître totalement.

— Non, mais prends ton temps, avec ces talons, je ne peux pas courir bien loin de toute façon.

Les minutes qui s'écoulèrent parurent une éternité. Mylène s'était assise sur le trottoir et avait retiré ses chaussures. D'ici quelques heures, elle serait mûre pour faire la manche. La silhouette de son amie finit par réapparaître, d'abord en image brouillée et humide, puis clairement matérialisée.

— C'est une catastrophe ! Cria presque Juliette aussi blanche qu'un linge de mariée. Tu as raison, je… je suis incapable de rentrer. J'ai essayé de contacter Soffia et Carrie mais je ne sais même pas où elles se trouvent !

— Voilà, tu comprends le problème. Bon écoute, pour Soffia et Carrie, ça peut s'arranger. J'ai laissé un message sur les forums que fréquente Soffia. Je sais qu'en mission, elle les consulte au moins aussi souvent que moi. Je lui ai donné rendez-vous devant le shopping mall de la gare de Kyôto aux premières lueurs du jour, demain matin, puis aux dernières, le soir, et ainsi de suite, sur trois jours. Comme ça, impossible de la rater. Et Soffia étant presque toujours avec Carrie, je pense qu'elle la trouvera plus facilement que nous. On peut compter sur elle, les catastrophes, c'est son truc.

— Non mais j'ai l'impression que tu ne réalises pas. Que va-t-on devenir ?

— Je ne sais pas ! Et encore, estimons-nous heureuses d'être ensemble. On est assez proches pour savoir où l'autre se trouvait. Mais les anges qui sont plus solitaires, ceux qui n'ont dit à personne où ils partaient en mission, ceux-là, vont se sentir bien seuls quand ils vont réaliser qu'ils ne peuvent pas rentrer.

— Ils doivent être affolés.

— Ils doivent grave paniquer, répéta Mylène comme un robot.

— C'est ce que je dis.

— Peut-être... Peut-être que ça marche comme sur Terre, peut-être que c'est juste une sorte de panne mystique généralisée qui a fait planter tout le réseau angélique. C'est sûrement temporaire, d'ici quelques heures, tout rentrera dans l'ordre.

— Tu oublies que le temps, aux Cieux, n'a pas le même sens qu'ici, répondit Juliette avec une suspicion grandissante. Qui te dit que "temporaire" pour un archange, c'est le même "temporaire" que sur Terre ? Qui nous dit que nous n'allons pas rester coincées, ici, des semaines, voire des mois ?

— J'ai l'air de connaître les réponses ?

L'ange roux soupira et resserra, par réflexe nerveux, sa queue de cheval haute qui dégageait son cou de cygne et mettait en valeur son visage antique.

— Bon, écoute, décida finalement Juliette en se tournant vers la grande rue. Inutile de rester là à suer par quarante degrés à l'ombre vu, qu'en plus, il n'y en a pas. Allons dans un salon de thé climatisé en attendant la nuit et espérons que Soffia est aussi accro au Net que tu le penses.

Sur la base de cette première véritable décision intelligente, les deux âmes égarées en terre des Hommes reprirent leur chemin et se dirigèrent vers la gare. Il était inutile de rester dans la petite bourgade alors que le rendez-vous était à Kyôto. Pendant le temps du trajet, qui parut infini à des êtres qui avaient l'habitude d'emprunter les couloirs des airs et de glisser sur la courbe de la lumière, elles furent complètement muettes. Elles avaient l'air sonnées comme deux boxeuses après un match. Tellement de questions assaillaient leur conscience qu'elles étaient incapables de faire le tri pour pouvoir les poser à l'autre. Aussi, le silence était pour l'instant leur meilleure alternative de communication. Lorsque le train s'arrêta en gare, elles descendirent en se frayant un passage dans le flot discipliné et dense de la foule qui se pressait en ce début de soirée. Juliette marchait à côté de Mylène avec un pas de retard. Elle la fixait avec insistance.

— Mylène ?

— Quoi ?

— Je trouve ça nul que tu n'aies pas eu assez confiance en moi pour m'avouer que tu préférais les femmes.

Chapitre 7

Un ange bien mort doit mourir deux fois.
Dix huitième principe démoniaque

De douloureux frissons secouaient son épine dorsale comme les décharges électriques infligées par un bourreau. C'était la première fois qu'il prenait conscience du bruit de sa respiration. Elle sonnait creux, elle sonnait vide. Il marchait rapidement dans les rues de Paris, et où que se porte son regard fragile et triste, il n'y avait qu'inconnu et sinistre. Après avoir correctement rempli sa mission, dont il avait tiré une réelle fierté, car c'était sa première du second cycle, il avait voulu rentrer chez lui, rentrer à l'Ethéménental. Mais il avait oublié le chemin et il lui avait été impossible de retrouver la voie céleste. Alors il avait repris forme humaine en désespoir de cause parce que, flottant dans les limbes de l'air irisé de la dimension immatérielle, il craignait le silence et encore plus l'isolement. Dans l'ombre de l'atmosphère, qui pouvait dire quels démons et quels monstres pouvaient lui tomber dessus ? Ainsi travesti en être humain, il espérait qu'il passerait inaperçu aux yeux de l'autre monde, celui des Enfers. Et après ? Après, il ne restait plus que l'espoir irrationnel en un miracle qui l'autoriserait enfin à rentrer auprès des siens. C'était le vrai sens de la foi : croire en l'improbable, espérer malgré l'ignorance totale, et garder en son cœur la certitude que l'irrationnel peut se transformer en salut. Il devait être fort, il le savait. Car la condition sine qua non de la foi consistait en l'éradication du doute, malgré le noir et le silence, pour continuer de fixer l'horizon en étant convaincu que la lumière finirait par apparaître. Il ne pouvait en être autrement. Comment expliquer, sinon, l'impossibilité pour un ange de pouvoir retourner aux Cieux ? Il était dans la nature de l'ange d'appartenir au ciel. L'alternative, quelle qu'elle soit, ne pouvait être envisageable.

Alors pourquoi avait-il si peur ? Pourquoi ne profitait-il pas de cet interlude pour prendre du temps pour lui et apprécier les avantages matériels qu'induisait sa nature éthérée ? Au contraire, le voilà qui errait dans les rues du treizième arrondissement de la capitale française avec les mêmes stigmates qu'une bête traquée. Peut-être… Peut-être parce qu'il était réellement traqué ? Le frisson n'était pas là pour rien. Son corps communiquait avec lui en actionnant son alarme interne comme un animal dresserait, soudain, les oreilles en fixant ce qui demeure invisible pour tous les autres. Il réfléchit. Cette traque supposée avait commencé quelques heures auparavant, s'il se référait à l'apparition de ces étranges frissons inconscients. La première fois, il les avait ressentis alors qu'il était désincarné. Quelque chose dans les striures de l'air, comme une impression d'observation lugubre, avait attisé ses craintes.

Il n'en eut pas conscience mais son pas s'accéléra encore. A présent, il courrait. Son cœur battait irrégulièrement et saccadait son souffle déjà court. Le frisson se transforma en tressaillement, le tressaillement en spasme, tandis qu'il avait acquis la conviction que l'ombre à ses trousses pressait aussi le pas. Ses supplications inté-rieures restaient closes derrière sa bouche. A quoi bon crier ? Il ne voyait toujours rien, n'entendait rien, mais l'intime conviction qu'on en voulait à sa vie demeurait obstinément ancrée en lui. Cette terreur diffuse découlait peut-être de l'incapacité qu'il avait à rentrer aux Cieux et à communiquer avec eux. Que devenait un ange privé d'ailes sinon qu'une bulle d'énergie ballottée dans l'air, chaud et froid, coincée entre les éclats de rire et de sanglots des Hommes, sans que ceux-ci, jamais, ne se doutent de son existence. Autrement dit, et avec moins de métaphores, l'ange n'était plus rien.

Il heurta quelqu'un qui stoppa sa course assez violemment.

— Pardonnez-moi, s'excusa-t-il poliment auprès de l'obstacle.

— Êtes-vous sûr que tout va bien, monsieur ?

L'ange prit le temps de considérer les circonstances qui lui avaient fait perdre le fil de sa course et de sa panique. Et lesdites circonstances prenaient les traits d'une jolie jeune femme aux cheveux bouclés blonds, presque blancs, et aux traits rendus exsangues par une maigreur un peu trop prononcée. Les boucles contraintes en chignon haut encadraient en un halo lunaire un visage de craie ovale. Des pupilles noires et brillantes, comme deux boutons plantés dans cet épiderme soyeux, étaient fixées sur l'ange avec une expression inquiète et navrée.

— Vous avez l'air à bout de souffle. Venez vous asseoir une minute sur ce banc. Je suis infirmière.

— Oh c'est gentil de votre part mais ça va aller, je vous assure.

Tout en disant cela, l'ange se laissa conduire vers le banc en question. La rue était déserte, à force de courir, il était incapable de savoir où il se trouvait exactement. Au bout de la rue, il y avait un petit square avec des balançoires colorées et minuscules pour le plaisir des enfants. Mais il n'y avait pas d'enfant.

— Vous avez l'air d'un homme qui a la mort aux trousses.

— Non, enfin disons que… Que j'ai cru que quelqu'un me poursuivait. Je vous remercie de votre sollicitude, quel est votre nom ?

— Faustina. Faustina Fogg. Enchantée de vous connaître.

Restée debout, la jeune fille se retourna et tendit son cou étroit vers la gauche puis vers la droite.

— Je pense que si une personne vous suivait, elle a arrêté de le faire car je ne vois rien.

— Merci. Ce n'était peut-être qu'une impression. Parfois, l'esprit nous joue des tours.

Faustina vint s'asseoir à côté de lui. Elle joignit ses jambes en un mouvement élégant et discipliné. Les dentelles noires se dévoilaient sous les manches de sa fine redingote et le choix de ces tissus lui donnait un style suranné.

— Pardonnez-moi d'être aussi directe, reprit-elle sur un ton de parfaite élève. Mais vous avez l'air vraiment effrayé. Peut-être serait-il plus sage de faire appel à quelqu'un de votre entourage pour qu'il vienne vous chercher ?

L'ange affaissa ses épaules et baissa la tête.

— Non, il n'y a personne. Je suis seul ici.

— Seul ?

— Oui.

— Comme cela doit être difficile à vivre. Perdu dans une ville aussi grande. Tant de monde qui grouille en son cœur, et pourtant, rien ne saurait empêcher le sentiment si douloureux d'être égaré. Ils sont tous devenus sourds, c'est le problème.

— Pardon ?

— Eux. Ils sont sourds, à présent, ne l'avez-vous pas remarqué? Nous avons été discrets, il est vrai.

Avant que l'ange n'ait pu réaliser que ce que la jeune femme cherchait dans la grande poche de son manteau était un long couteau, la lame dure et fine sciait déjà sa tendre gorge. Quelques secondes à peine suffirent à emporter dans l'abîme sa détresse et son incompréhension tandis que son regard restait bêtement tourné vers cette étrange créature dont la mine semblait profondément se satisfaire du spectacle. Pourquoi ? Que pouvait bien lui procurer sa mort, lui qui n'était rien qu'un ange ? Son corps s'engourdit rapidement, nappé du tablier de sang collant qui avait couvert tout son buste et qui vidait sa gorge du souffle de vie. Il ferma les yeux et perdit sa conscience matérielle pour se désincarner de force. Lorsqu'un ange était incarné, il était soumis aux mêmes contraintes physiques que les êtres humains.

Il était tout aussi simple de le tuer. Et lorsque le cœur s'arrêtait et que le corps matériel mourait, l'ange était obligé de se désincarner violemment. Le choc était si grand qu'il s'en trouvait profondément désorienté pendant un long moment. Dans sa forme désincarnée, il était ainsi vulnérable et incapable de se défendre en cas d'agression démoniaque.

Ce qui fut le cas. Car un fait largement établi démontrait que les circonstances étaient souvent bien faites pour les méchants de l'histoire.

Il n'avait pas rêvé : la menace était bien derrière sa nuque, invisible, mais oppressante. Lorsqu'il fut renvoyé à sa condition d'ange immatériel, son essence fut prise en étau entre deux démons qui l'attendaient. A peine le temps de réaliser qu'il venait de subir sa mort humaine que les griffes infernales étranglaient son corps astral avec autant de facilité que s'il avait été fait de sucre. L'infime laps de temps suspendu, lors duquel il comprit qu'il allait disparaître, lui fit prendre conscience de l'horreur qui attendait tous les siens. On leur avait arraché les ailes pour être certain que les chasseurs des Enfers puissent les cueillir aussi aisément qu'une fleur blanche au milieu de mauvaises herbes. Privé de lien solidaire avec tous les autres, l'ange n'était plus rien entre les crocs des démons. Nulle espérance ne pouvait lui faire croire en l'existence d'un paradis des anges. Maintenant qu'il se sentait englouti dans les abysses de l'oubli, sous les regards de délectation des esprits démoniaques, il pleura car c'était tout ce qui lui restait à faire. Il pleura sur lui-même et sur tous ses frères et sœurs qui, il en était certain, allaient subir le même sort. Une fraction de seconde plus tard, la mort désincarnée emporta son dernier sanglot meurtri.

Les deux démons assassins prirent forme humaine quand ils furent assurés qu'il ne restait rien dans l'air qui ressemble à un résidu angélique. La jeune femme essuyait consciencieusement la lame de son couteau contre un linge pris spécialement pour le sombre ouvrage. Elle ne sembla pas troublée le moins du monde par l'apparition soudaine de deux grands gaillards à la peau brune. Être une nonne satanique conférait un sens irréprochable de l'imprévu et du sang froid. Et Faustina avait une grande expérience des manifestations infernales. Sa mère avait été une sataniste et sa grand-mère avant elle. Ce fut donc tout naturellement que la petite Faustina avait découvert, dès l'âge de huit ans, les us et coutumes de l'église du Grand Malin. Elle avait prononcé ses vœux à l'âge de treize ans et avait admirablement commis son premier meurtre un an plus tard. Sa détermination et son zèle professionnel lui avaient valu l'honneur de prendre directement contact avec des démons de moyen cercle, là où, toutes les autres devaient se contenter de prières et de vagues transes et autres possessions. Elle avait été rapidement associée à des opérations démoniaques d'envergure. Sa dernière mission avait été sa consécration dans l'ordre de l'Église sombre. Elle avait été placée dans la maison de retraite de Blue lake pour surveiller et influencer la nourrice des enfants de Sir Landshyre, le dernier poulain consacré de son maître noir. Ce n'était pas rien sur un CV satanique.

Le reste de l'affaire avait été parfaitement maîtrisé, et quand la grande bataille avait eu lieu, elle avait été rappelée à Paris pour mettre en place la suite des opérations : l'éradication de tous les anges incarnés sur Terre. Jamais, cependant, elle n'aurait cru cela possible. Elle, une nonne démoniaque, une humaine, assassinait des anges. Elle ignorait la façon dont son maître était parvenu à rendre ce prodige possible mais les faits parlaient d'eux-mêmes : les anges étaient incapables de s'enfuir et de se défendre. Il suffisait de les débusquer sous leur forme humaine, alors qu'ils se terraient dans les rues des villes, de les traquer, de les tuer, et ses acolytes démoniaques finissaient le travail après désincarnation. Car un ange, bien mort, était un ange qui devait mourir deux fois. Un peu laborieux mais, finalement, très vite routinier. Si, avec tout cela, elle ne gagnait pas sa damnation éternelle, c'était à désespérer de la logique de gestion des ressources humaines pratiquées par les Enfers.

— J'ai failli attendre. Un peu plus et il nous échappait, dit-elle d'un ton un peu pincé, tandis qu'elle s'éloignait du banc, en abandonnant la carcasse vide de l'ange qui finit par disparaître, privée de son énergie angélique créatrice. L'ange désincarné ne laissait jamais de traces matérielles derrière lui, ce qui était une loi physique fort appréciable, en vérité.

— Ça va, répondit le plus grand des deux démons. On voulait s'amuser un peu. Depuis qu'ils sont coincés sur Terre, c'est comme si on chassait des lapins handicapés moteur. Ça devient trop facile, même pour nous. Quand ils paniquent, au moins, ça ressemble un peu plus à du sport.

— Du sport ? Répéta-t-elle de façon clairement méprisante. Charmante comparaison. Cependant, je rappelle qu'il faut éradiquer un maximum de ces créatures et non pas jouer avec. Je ne suis là qu'en renfort et pour jouer les rabatteuses. Je ne peux pas faire tout le travail.

Diable, qu'ils pouvaient détester les nonnes sataniques et leur moralité infernale qui leur faisait donner des leçons à tout bout de crime.

— Avons-nous terminé ici ? Demanda-t-elle en boutonnant et déboutonnant le haut de sa redingote.

— Oui, pour ce qui est de cette ville. Nous devons nous rendre au Japon.

— Au Japon ? Lâcha Faustina non sans une certaine excitation qui fit briller ses yeux noirs. Autre avantage du métier de sataniste, les adeptes voyageaient beaucoup et quasi exclusivement en classe affaires. L'entreprise d'en bas savait motiver ses commerciaux.

— Une commande spéciale qui concerne un ange en particulier.

— D'où viennent les ordres ? Du grand malin ?

Les yeux de la jeune femme prirent vie l'espace d'une seconde.

— De celui qu'il faut, Faustina, c'est tout ce que tu as besoin de savoir.

Elle pinça ses lèvres pâles et légèrement bleuies par les jeûnes répétés. Elle tourna les talons pour prendre le premier métro et s'en alla à l'aéroport de Roissy Charles de Gaule, sachant bien que des bagages étaient déjà enregistrés à son nom et qu' au moment où elle en aurait besoin, elle trouverait les billets d'avion dans sa poche.

L'administration satanique était une machine bien huilée.

Chapitre 8

Sous le soleil levant, exactement

L'aurore flamboyante de l'Erèbe, la zone tampon et relativement peu fréquentée en périphérie des Enfers, était à l'apogée de sa luminescence. D'ordinaire désertées, les vallées régulières et encombrées de forêts sombres et sinueuses, étaient parcourues de hordes de démons de tous les cercles qui se croisaient mais hésitaient encore à se mêler. C'était comme si, ordre et hiérarchie, pourtant chers à Lucifer, avaient quitté les Enfers. L'anarchie la plus impérieuse régnait dans les rangs inférieurs et moyens des cercles infernaux. L'autorité militaire et la discipline stricte qui régissaient la vie des démons semblaient avoir disparu, ou tout au moins, apparaissaient largement entamées. Des cohortes de soldats infernaux attendaient de leurs chefs de guerre des ordres qui n'arrivaient pas. Pire, la plupart ignoraient où étaient passés leurs généraux. Dans le doute et l'incertitude, dans la crainte d'être accusés à tort d'avoir trahi des commandements qu'ils ne recevaient pas, ils s'étaient réfugiés dans cette partie excentrée des Enfers.

L'Erèbe, de par sa position proche des territoires protégés des anges, assurait une relative discrétion aux démons qui s'y aventuraient. Car personne, pas mêmes les créatures des Cieux, ne souhaitait vraiment occuper ces lieux moyennement accueillants. Ainsi, loin des guerres d'influence que pouvaient se livrer les grands généraux dans la course à la flatterie de Lucifer, les itinérants comptaient attendre que l'horizon politique se dégage et qu'une majorité autoritaire émerge dans le haut commandement des Enfers. A n'en point douter, quelque chose d'important se tramait dans l'ombre du palais du Grand Malin et occupait toutes les créatures noblement nées. Toutes, ou presque. Car, pour qui s'intéressait aux potins démoniaques, il était évident que certains grands généraux, pourtant renommés, n'étaient clairement pas associés à l'affaire en cours. Et ce n'était, hélas, pas les pires qui étaient laissés de coté mais, au contraire, les meilleurs.

Chaque démon des cercles savait précisément ce qui distinguait un bon général d'un mauvais. Un bon général prenait soin de ses armées, il était ferme mais juste, cruel quand il fallait pour ne pas perdre la main, généreux dans les victoires, disposant de colères saines et franches, ne mâchant jamais ses mots, ni ses exemples et devait prendre plaisir à batailler parmi ses soldats. Un bon général aimait son métier. Lorsqu'il arrivait qu'un démon pense à un nom pour incarner toutes ces qualités, celui d'Abigor revenait de façon systématique. De l'opinion générale, Abigor était l'un de ces brillants chefs de guerre. Il savait concilier la dureté du commandement, l'intransigeance de la discipline militaire, ainsi que l'empathie réelle pour ses hommes. Abigor était, d'une certaine manière, la star des généraux. Et il n'allait jamais sans Asmodée bien que, de raisonnement pratique et rationnel de démon, il n'était pas ce qu'on pouvait appeler une bonne fréquentation. Son problème majeur venait du fait qu'il était déchu. Et un déchu n'était pas quelque chose de naturel. Asmodée était un franc tireur et ostensiblement ingérable et imprévisible. Certains pensaient même que Lucifer n'avait jamais eu de prise sur lui et qu'il ne faisait partie d'aucun monde. Or, ceci était un fait inconcevable : on ne pouvait pas ne pas faire partie d'un monde.

Installé à la table d'une taverne nomade sédentarisée depuis quelques jours sur les flancs est de l'Erèbe, Abigor sentait bien le poids des regards interrogatifs, voire suppliants, des démons tout autour de lui. Tandis qu'il attendait Asmodée, il siffla un incube et lui demanda un autre verre. Les incubes et les succubes formaient le secteur tertiaire des Enfers. Ils n'étaient jamais intégrés aux armées, ne décidaient de rien, et vouaient leur existence au service des démons guerriers. Plus le démon était haut placé dans la hiérarchie et plus il disposait d'incubes. La réussite et la sécurité de ces créatures se mesuraient à la qualité du maître qu'ils servaient. Certains avaient même réussi à gravir les échelons dans le plus grand secret politique. Les rumeurs, controversées et sulfureuses, soufflaient d'ailleurs, qu'en des temps reculés, Bélial avait été l'un des leurs avant d'être le mignon du prince noir. D'autres incubes étaient parvenus à filer entre les mailles du système hiérarchique, du carcan de la société infernale, et avaient gagné une sorte de liberté clandestine. Quelques uns, parmi eux, avaient eu la chance d'être oubliés sur Terre et exerçaient leurs talents dans le commerce, la bourse et la communication. Enfin, quelques autres avaient eu, assez tôt, l'idée de venir dans ce coin périphérique des Enfers afin d'y établir des échoppes et des tavernes qui séduisaient toujours bon nombre de démons de passage. Et c'était justement cette utilité sociale reconnue qui assurait la tolérance des chefs de guerre, eux-mêmes particulièrement consommateurs d'alcool d'hydre et de baisers du diable, les spécialités les plus courues de ces établissements officieux et ambulants. Chacun venait pour y trouver quelque chose : la solitude, la compagnie, les ragots ou les bagarres amicales. Car, dans ces tavernes régnait un saint principe : tout ce qui se disait et se faisait entre leurs murs, demeuraient entre leurs murs. Pour un observateur aguerri à l'étude politique, il s'agissait sans doute de ce qui se rapprochait le plus d'une démocratie spontanée. Il n'y avait plus de classes, plus d'espèces, plus de différences et plus de censure. Ce privilège durait le temps de vider un verre ou d'avaler une pâtisserie, et durant cet instant, on touchait du doigt l'esprit vif de la liberté d'expression. Preuve en était qu'il pouvait se nicher partout.

Abigor commanda un nouveau baiser du diable, sorte de petites galettes fourrées de crème et d'écorce de hêtre rouge et fronça légèrement ses sourcils blonds. Asmodée était parti depuis un moment déjà, et compte tenu des circonstances, tout retard paraissait suspect. Déçu du débat infructueux avec les archanges lors du bal, le déchu avait décrété que si l'information ne parvenait pas jusqu'à lui, il parviendrait jusqu'à l'information. Or, connaissant ses métaphores souvent alambiquées, Abigor avait craint pour la suite des évène-ments. Dès leur retour aux Enfers, Asmodée l'avait planté sans crier gare et était parti aussi rapidement que s'il avait eu le feu aux ailes. Et depuis, Abigor attendait dans la taverne sous les regards de chiots à adopter des démons qui s'y trouvaient déjà. Il n'était pas vraiment contrarié par la notoriété que lui témoignaient ces créatures actuelle-ment au chômage infernal technique, cependant, même si une armée n'était jamais assez pourvue, il se demandait sincèrement ce qu'il aurait pu en faire en pareilles circonstances. Il n'avait plus aucune idée de la nature du haut commandement des Enfers, tous ses hommes avaient été démobilisés par un ordre obscur dont il avait été incapable de déterminer l'origine. En résumé : depuis les évènements survenus en Écosse, il avait été officieusement démis de toutes ses anciennes responsabilités. Il était un général sans commandement, un militaire sans armée, un démon sans allégeance. Et le fait de ne pas être le seul dans ce cas ne lui remontait pas spécialement le moral. Ce qui l'étonnait fortement était de savoir que les esprits malins, équivalents infernaux des anges gardiens, se trouvaient, eux aussi, sans ordre. Or de mémoire démoniaque, ce n'était jamais arrivé. Les esprits malins étaient toujours occupés sur Terre et il se trouvait dans leur nature profonde d'être perpétuellement en activité. Cette partie de la population était particulièrement chère au cœur de Lucifer qui voyait en eux autant de redoutables fers de lance de la propagande satanique.

Qui pouvait, pourtant, se passer des muses damnées ?

Perdu dans ses sombres pensées, la moindre contrariété mettait les nerfs d'Abigor à rude épreuve. Asmodée était en retard et il ignorait pourquoi. C'était déjà une contrariété de trop. Mais il fut soulagé lorsque la porte s'ouvrit un peu brusquement et que la silhouette élancée du déchu apparut dans l'embrasure. D'un geste familier, et peu discret, il enjoint Abigor à quitter les lieux et à le suivre à l'extérieur. Le démon majeur se saisit des restes de sa pâtisserie et obtempéra. Une fois dehors, il vit Asmodée s'éloigner à grandes enjambées pour s'enfoncer plus largement dans les bois. La brise irrégulière, en s'engouffrant dans les branches noueuses et les troncs creux, créait une sorte de murmure mélodieux comme une chanson que des esprits mélancoliques auraient pu fredonner. Le feuillage dense, rouge et or, donnait à l'environnement une lumière chaude et un peu agressive, comme si la forêt toute entière avait pris feu. Et pourtant, l'ombre était grande ainsi répandue à terre par la largeur des feuilles hexagonales. Après quelques minutes d'une marche sinueuse, Abigor aperçut le corps d'un démon allongé sur le sol.

— Asmodée ? Dit-il en croisant ses bras puissants dans son dos et sur un ton assez impérieux pour que l'interrogation soit sans ambiguïté.

— Asmodée, il était à court d'idées, alors il a décidé de ramener un des rouages du service de renseignements le plus efficace.

— Parce que tu imagines qu'il va nous dire ce qu'il sait.

— Je n'ai pas beaucoup d'imagination, feula le déchu en ajustant ses gants, en revanche, j'ai quelques certitudes. Et je sais qu'il va tout nous dire. Azriel est un des intendants de Bélial qui, sauf erreur de ma part, est bien toujours dans les bonnes grâces de Lucifer. Alors si quelqu'un est au courant de quelque chose, c'est bien lui. Or, que crois-tu que la fonction d'intendant recouvre quand on est au service du démon de toutes les luxures, de la paresse et de l'oisiveté ? Cette créature n'a pas dû voir un champ de bataille depuis des décennies et encore moins la dureté des coups qu'on y prend généralement. Alors crois-moi, à la première question que nous allons lui poser un peu rudement, il va couiner plus fort qu'un roquet.

Sur la base de cette brillante déduction, le déchu asséna un violent coup de pied dans le flanc du démon, jusque-là resté inerte après son kidnapping sauvage. En reprenant conscience, Azriel sursauta de douleur et lâcha un juron étonné et nerveux. Quand il aperçut à nouveau le visage du déchu, il fit un brusque bond sur ses jambes pour tenter de s'enfuir. Peine perdue pour ce bureaucrate, Asmodée était un guerrier agressif et efficace qui étouffa dans l'œuf ses velléités de fuite. Il lui attrapa le bras et lui tordit assez pour

110

réduire le démon à l'état d'une marionnette maintenue dans la position à genoux.

— Couchée ma jolie, dit-il en maintenant la torsion dangereuse du bras. Nous n'avons pas vraiment le temps pour les préliminaires, aussi tu me pardonneras la brutalité de l'entrée en matière.

Il crocheta deux doigts de la main de l'intendant qui expectora un autre grognement insultant qui témoigna de sa frustration de ne pouvoir bouger.

— Je ne sais pas ce que tu cherches à faire, Asmodée, mais s'il m'arrive quoique ce soit, Bélial te le fera payer, sois en certain !

— Je suis mort de peur. Abigor aussi. N'est-ce pas que tu es mort de peur, mon ami ?

— Absolument, répéta le général sur un ton neutre.

— Au cas où ta perte de connaissance t'aurait aussi privé de mémoire, prit le temps d'expliquer Asmodée, permets-moi de te rappeler que je me suis introduis dans les quartiers de ton bien aimé maître, que je suis parvenu jusqu'à toi sans que la garde ne le remarque et que, pour finir, je t'ai enlevé au nez et à la barbe de tes propres hommes. Fort de ce petit tour de passe-passe, et tu me pardonneras d'en tirer quelque fierté, je peux me foutre au plus haut point de tes menaces de représailles. Cela étant dit, et j'espère compris, passons à la suite. Tu vas me dire ce que Bélial, et donc Lucifer par extension, sont en train de tramer en ce moment même.

— Tu peux toujours rêver Asmodée ! Je ne trahirai jamais Bélial, encore moins le Malin.

— Abigor, pourrais-tu me rappeler combien il y a d'os dans un démon, disons basique, avec le minimum d'options ?

— Deux cent douze.

— Merci. Nous allons donc voir à combien d'os, tu estimes ta fidélité à tes maîtres.

Un craquement sec, suivi d'un ronflement guttural tendu et douloureux, sonnèrent le début de l'interrogatoire et l'impossibilité pour le démon de se servir de deux de ses doigts. Asmodée, crocheta les deux suivants et leur appliqua le même traitement avec une détermination froide et nonchalante. Il fallu près de douze fractures, qui comprirent l'ensemble des doigts ainsi que les deux avant-bras, pour que la loyauté du démon change de camp et aille dans le sien : celui de la survie. La respiration haletante et crispée du supplicié rendait ses phrases un peu moins cohérentes qu'espéré.

— Il… a donné l'ordre qu'on tue…tous les anges sur Terre. Nous… les élus de Lucifer… les avons massacrés par… centaines… une véritable… hécatombe…

— Tu mens ! Claqua le déchu dans un grondement rauque. Les archanges n'auraient jamais laissé sacrifier leurs enfants et les auraient rapatriés immédiatement, quitte à abandonner les Hommes. Trouve autre chose, je vais passer aux épaules !

Le démon se recroquevilla sur lui-même, en une position fœtale, pathétique et vaine.

— Non, non ! ! Je t'en prie… je dis la vérité ! C'est une hécatombe. Lucifer nous… l'avait dit. Il a dit que rien ne pourrait les aider, ni les sauver. Et Il avait raison. Les anges restent plantés sur Terre et ne se défendent pas. Je… je sais pas pourquoi… Je le jure. Bélial a juste dit qu'Il leur avait fait quelque chose pour qu'ils soient des cibles faciles.

— Et que leur aurait-il fait ? Réponds !

— Je… je ne sais pas ! Il a juste dit que plus aucun ange ne pourrait nous échapper, que ce serait le début de leur fin et que les Cieux ne se remettraient jamais d'un pareil coup. Il a dit qu'ensuite, on pourrait marcher sur l'Ethéménental. Asmodée, je te jure, c'est tout ce que je sais, je ne suis qu'un intendant, je ne suis pas dans le secret des grands. Laisse-moi… par pitié… laisse-m…

Un ultime craquement, à présent familier aux oreilles des protagonistes, coupa la parole d'Azriel. Les mains gantées de cuir rouge profond du déchu lâchèrent le visage du démon à qui elles venaient d'appliquer une rotation fatale.

— Qu'a-t-il voulu dire ? Demanda Abigor en fixant avec insistance son compagnon d'armes. Tu penses à quelque chose, je le sais.

— Il n'y a que deux choses qui pourraient expliquer que les anges se font allumer comme des lapins dans un champ de foire : ils sont coincés sur Terre ou ils ne peuvent plus communiquer entre eux pour coordonner leur riposte.

— Impossible. Ce sont des anges, ils n'ont qu'à se replier aux Cieux, ils seraient déjà moins exposés que sur Terre et protégés par les archanges.

— Et s'ils ne le pouvaient pas ? Fit Asmodée en passant sa main sur sa nuque crispée.

— Comment ça ?

— S'ils ne pouvaient pas rentrer aux Cieux ? Il l'a dit, lui-même, c'est une hécatombe car ils ne se défendent pas, pourquoi ne rentrent-ils pas, pourquoi ne se rassemblent-ils pas ?

— Je… Je l'ignore, reconnut Abigor en fixant la cadavre d'Azriel qui ne risquait pas d'en savoir plus. Tous les anges peuvent rentrer aux Cieux : ils sont des anges, où pourraient-ils bien aller ?

— Laisse-moi réfléchir une minute, dit le déchu en marchant de long en large. Les anges ne connaissent pas le chemin qui mène aux Cieux. Ils n'ont pas la capacité de créer le pont pour rejoindre cette réalité immatérielle. Cette passerelle a été créé par les séraphins. Ils sont à l'origine des ponts entre les différentes réalités et la possibilité de communiquer avec tout le monde au-delà des réalités. En quittant notre plan astral, ils ont laissé derrière eux les clés aux neuf archanges de puissance, ce sont eux qui font la maintenance depuis. Lucifer était un archange de puissance, quand il est parti des Cieux, ils ont redistribué les tâches de chacun. Donc si les anges se laissent massacrer, c'est que quelque chose est arrivé aux archanges de puissance qui les empêche de faire leur boulot.

— Quelque chose comme quoi ?

— Comme une frappe stratégique qui viserait l'archange plus particulièrement chargé de la connexion des anges entre eux.

— Pour cela, il aurait fallu que Lucifer pénètre les défenses de l'Ethéménental. Or, il a toujours échoué.

— Sauf…

— Sauf ? Rétorqua Abigor.

— Si le seul moyen de foutre en l'air tout le réseau des Cieux, c'est d'éliminer l'archange qui en est spécifiquement en charge, ça veut dire que Lucifer a trouvé le moyen de le faire.

— Comment ? En toquant à la porte des Cieux ?

— Et voilà que Métatron entre en scène, tonna Asmodée sur le ton d'un premier acte de tragédie grecque.

— Métatron s'est désintéressé des affaires des Cieux juste après la Scission. Si je suis ta logique, il ne connaît pas plus que Lucifer la nouvelle organisation des Cieux.

— Et tu crois que le grand archange, ancien recteur des Séraphins, serait parti sans avoir laissé traîner derrière lui un ou deux petits disciples bien forcenés et trop heureux de l'aider dans l'exécution de son plan ?

— Quelqu'un aux Cieux aura livré l'information à Métatron qui l'aura transmis à Lucifer ? C'est du suicide.

— Ah oui c'est vrai que les disciples forcenés sont rationnels, c'est même une de leur qualité première. Personne ne sait ce que Métatron a fait depuis tout ce temps. La trahison n'est pas que l'apanage des Hommes et des démons ! Je n'ai pas toutes les réponses, Abigor, mais tout ce que je constate, c'est que les anges sont coincés sur Terre et ils ne peuvent l'être que parce que l'archange de puissance chargé d'assurer la liaison entre les mondes ne fait plus son travail. Je pense qu'il est urgent de réagir parce que privée de sa mère patrie, et de sa conscience commune, la nation céleste court un très grave danger.

— Carrie, dit Abigor sur un ton sentencieux.

— Quand je parlais de la nation céleste, je ne pensais pas exclusivement à elle mais, en effet, si elle est sur Terre et qu'elle n'est pas encore morte, ce n'est qu'une question de temps.

— Allons-y !

Abigor tourna les talons puis sortit de la forêt. Asmodée demeura immobile comme s'il avait voulu prendre le temps d'analyser la situation. D'un bond leste, il s'élança sur les pas de son ami.

— Comment ça : allons-y ? Lança-t-il avec surprise. Mais non, n'y allons pas ! Il y a des choses plus importantes à faire et…

— Il n'y a rien de plus important. On y va, on les sauve, on rentre et on passe à la suite de ton plan. Ce n'est pas négociable.

Abigor n'avait pas levé le ton, pas même crispé son intonation. Il livrait ses mots avec la neutralité de l'évidence et comme il venait justement de le dire : ce n'était pas négociable.

— Et comment comptes-tu trouver ta Carrie pour la sauver ? Railla le déchu, les poings sur les hanches.

— De la même façon que tu sais en permanence où se trouve Juliette.

Asmodée marqua un silence proprement scandalisé.

— Je ne sais pas du tout de quoi tu parles, s'offusqua-t-il pour donner le change.

— Moi si.

Bélial n'avait aucune confiance en ses hommes. En fait, il n'avait aucune confiance en personne, excepté en son maître. En ces temps de manœuvres politiques délicates et accaparantes, il craignait de laisser son beau manoir trop longtemps sans surveillance, ni observation tyrannique. Depuis le sacrifice programmé du dernier grand messie, le maître noir avait exigé sa présence permanente auprès de lui, si bien que le grand démon des luxures s'était décidé à s'installer, au moins pour un temps, au palais impérial. D'autorité, le fou du prince des Enfers avait réquisitionné des appartements dédiés à la cour de Lucifer, en justifiant cette expropriation brutale par la position prédominante dont il jouissait depuis les événements récents. Cependant, il n'avait guère pu profiter de la délectable jubilation d'être le favori du roi, car ce dernier n'entendait pas lui laisser une minute de répit.

D'un pas pressé, bien que boitillant toujours, et le cœur en émoi, Bélial emprunta le large couloir menant aux marches d'or de la demeure luciférienne. Cet imposant escalier, encadré de sculptures grandioses et baroques dédiées à la gloire des héros des Enfers, était nommé de la sorte, non pas en raison du matériau utilisé, mais parce qu'il n'était emprunté que par ceux qui avaient obtenu les faveurs de Lucifer. Les élus en grâce disposaient de ce glorieux droit de passage et entraient dans la grande salle de réception par la prestigieuse porte des favoris. Le reste des sujets de sa majesté, ceux qui étaient simplement tolérés, devait se contenter de passer par les escaliers en colimaçon, dissimulés dans des murs, de part et d'autre du large couloir et des marches d'or. Certes, ils arrivaient tous au même endroit mais l'important résidait bien dans la qualité et la largeur de la marche gravie.

Bélial était prêt à tous les vices, toutes les sournoiseries, et toutes les manœuvres pour conserver le droit d'emprunter encore et encore ce rutilant passage. Il était sans nul doute le plus dévoué des sujets de Lucifer, non pas tant par ambition politique, mais parce qu'il aimait réellement son maître. En tant que grand régent des luxures, des dissimulations, et de tous les vices, Bélial était né pourvu de toutes les grâces et toutes les qualités qui font les grands séducteurs. Nul démon ne pouvait rivaliser avec lui, ni en verve, ni en dons, ni en charisme. Bélial excellait dans presque tous les arts, si on exceptait celui de la guerre, et il était né pour tenter, pour séduire et pour manipuler. Ces avantages, que la nature lui avait si généreusement donné, l'avaient cependant mis très vite à l'écart de ses congénères avec lesquels il ne partageait aucun centre d'intérêt, ni aucune idéologie. Pire, l'isolement et l'observation de ses frères démons lui avaient fait prendre conscience d'un fait dramatique pour lui : il était le plus beau et nul ne pouvait lui résister s'il avait décidé de séduire. Si, dans ses jeunes années, ce constat avait flatté son ego, peu à peu, il avait compris que personne ne serait jamais à sa hauteur et personne ne le surprendrait vraiment. Tout était trop facile pour ce démon qui avait l'ennui aussi pathologique et récurrent qu'une allergie au pollen. Lassé par la facilité avec laquelle il pouvait se faire aimer de tous les autres, l'ensemble de ses dons rares furent bientôt pour lui autant de barreaux à la prison parfaite dans laquelle son désabusement l'avait enfermé.

Jusqu'à ce qu'un jour, il fit sa connaissance. Lucifer venait d'être déchu et il portait cette damnation comme des lauriers d'une sombre et mystérieuse gloire. Il était le plus beau des archanges, le plus talentueux. Il était la lumière qui avait éclairé les Cieux pendant tellement longtemps. Pour la première fois, Bélial rencontrait une créature céleste, mais pas n'importe laquelle, il rencontrait la plus magnifique d'entre elles. Maître des séductions, génie de la tentation, Lucifer avait été créé par les êtres les plus mystérieux de l'univers dans le but de porter le rayonnements du monde céleste. Pour Bélial, ce fut comme si, soudain, la lueur d'un phare était apparue dans la nuit noire, un chemin illuminé que lui seul pouvait voir. Il avait enfin trouvé son mentor. Hélas, si Lucifer était fait pour insuffler désir et amour, pour que tous écoutent et comprennent sa voix, il était en parfaitement dépourvu. Car l'efficacité du prodige dépendait de la capacité absolue qu'avait Lucifer de ne jamais se laisser attendrir ou influencer par l'amour et l'empathie. Il devait appartenir à tous ceux qui contemplaient sa lumière, mais ne devait jamais se laisser posséder. C'était sa force et son immense cruauté.

Cet amour à sens unique avait plongé Bélial dans une addiction perverse qui le poussait à rechercher, envers et contre tout, désespérément même, la reconnaissance et l'affection auprès du seul être qui ne les lui rendrait jamais. Et avant qu'il ne réalise, le grand démon rouge, maître des luxures et des supercheries, s'était transformé en docile animal de compagnie, prêt à tous les avilissements pour un sourire hypocrite de son guide. C'était dans l'ordre des choses et d'une certaine manière, Bélial n'en était pas dupe.

— Je suis là, maître, dit Bélial tandis qu'il s'inclinait devant la silhouette du prince noir.

— Où voudrais-tu être ? Répondit Lucifer, franchement amusé par la phrase. Qu'a donné la surveillance accrue d'Asmodée et de son mignon ?

— Compte tenu des circonstances, mes espions n'ont rien remarqué d'anormal. Ils alternent entre leurs lieux de prédilection sur Terre et l'Erèbe, en se demandant ce qui se passe.

— Et peut-on faire confiance à tes espions ?

— Je le crois.

— Je serais très contrarié d'apprendre que tu les as laissé faire leurs petites affaires dans leur coin et hors de ma portée. Surtout, si ces petites affaires viennent à perturber l'exécution des miennes.

Bélial recula d'un pas puis croisa les bras sur sa poitrine pour éviter que les battements furieux de son cœur ne se voient et ne s'entendent.

— Je ne crois pas qu'Asmodée a le moindre plan en tête. Comme d'habitude, il tente d'échapper à l'autorité et brasse de l'air pour se donner l'impression qu'il est libre.

D'un mouvement gracile, Lucifer se laissa choir sur son imposant trône de bronze et d'ambre. D'un geste nonchalant et sensuel, il défroissa la surface précieuse et brodée de sa robe.

— Il a quand même tué mon messie, fit-il avec une moue boudeuse. Même si je l'ai amené à ce geste, il l'a néanmoins fait avec beaucoup de zèle, et surtout, avec la conviction qu'il le faisait contre ma volonté.

— Bien sûr, mais étant donné qu'il ignore que c'était ce qu'on attendait de lui, je pense qu'il est convaincu qu'à présent, tout va bien.

— Que la nature est cruelle. Te donner une si belle image et te couvrir de tous les dons, excepté celui de la clairvoyance. Asmodée est un paranoïaque convaincu et un adepte de la théorie du complot. En l'occurrence, l'histoire ne peut lui donner tort sur ces deux points. Il doit se ronger les sangs et torturer ses petites méninges pour essayer d'analyser les faits. Et quand il apprendra, car il l'apprendra forcément de l'un de ses anciens frères, la mort de Tsadkiel, crois-tu vraiment que ses alarmes paranoïaques ne vont pas sonner à tout rompre ?

Bélial baissa la tête en signe de soumission.

— Il est temps que ce jeu de dupe cesse, poursuivit Lucifer en jouant avec l'un de ses boutons d'argent. Asmodée doit être éliminé du paysage pour qu'il ne puisse nous distraire et pour ne prendre aucun risque. Trouve-le et traîne-le jusque dans mes geôles d'où il ne pourra plus rien faire.

— Je pourrais tout aussi bien le tuer, risqua enfin Bélial qui n'osait plus rêver d'obtenir enfin cette autorisation. L'occasion était trop belle.

Lucifer laissa filer un rire charmant.

— Le tuer ? Railla-t-il. Je crains que ce ne soit légèrement au-dessus de tes compétences. Mais je t'autorise à essayer de toutes tes forces.

Le démon rouge étouffa un feulement de rage contenue.

— Je n'ai jamais compris ce qui vous poussait à tolérer ses marques d'irrespect. Depuis des siècles, il se moque des règles que vous avez instaurées. Je ne peux que me réjouir que cela lui coûte enfin la vie. Soyez sûr que je trouverai sa faille et je l'anéantirai.

— Alors, il faudra que je me trouve un nouveau chat de gouttière duquel je pourrais m'amuser. Nous verrons cela plus tard. Passons maintenant aux choses sérieuses, Bélial. Je vais te confier une mission qui sera un peu plus délicate que la traque et la torture du déchu.

— Exigez et je ferai.

— Bien entendu, que pourrais-tu faire d'autre ?

Lucifer se leva de son trône et descendit les quelques marches qui le séparaient de son animal de compagnie, quelques marches qui faisaient toute la différence entre le maître et le chien. Parvenu à sa hauteur, il tendit sa main qui fit semblant d'effleurer la mèche rouge feu de la chevelure de Bélial.

— Je veux que tu me trouves et que tu me ramènes un ange, dit le prince noir en souriant franchement.

— Quel ange ?

— Juliette.

Bélial crispa sa mâchoire et tous ses muscles se tendirent à se rompre. Il jeta à Lucifer un regard d'incompréhension douloureuse.

— Je veux que tu me la ramènes en un seul morceau le plus rapidement possible, continua-t-il en approchant un peu plus son visage de celui de Bélial. Car il semble que tu ne seras pas seul sur le coup et j'aimerais arriver le premier.

— Juliette ? Mais, ce n'est qu'un ange…

— Peut-être, peut-être pas. Il semble que mon nouvel et mystérieux ami s'intéresse énormément à cet ange de rien du tout. Et considérant sa puissance et ses extraordinaires capacités, je m'interroge. Lui, qui peut tout avoir en un battement de paupières, pourquoi tournerait-il autour d'elle spécialement ? Ce n'est peut-être rien, mais le fait qu'il ait prononcé deux fois son nom dans la conversation, alors que cela ne s'y prêtait pas, suffit à titiller ma curiosité.

— Peut-être qu'il veut juste s'amuser. Après tout, n'est-ce pas ce qu'il souhaite ?

Le regard de Lucifer changea soudain. Sa main empoigna le cou de Bélial et serra avec force. Les tonalités de la voix du maître devinrent lugubres et imposantes.

— Trouve-la moi, tonna-t-il, ramène-la moi ! Tu la mettras juste entre mes griffes, que je regarde à l'intérieur d'elle et que je dissèque son âme.

◆◆◆

Juliette fit glisser son septième œuf au thé dans le sac et soupira. Personne d'autre que Mylène ne mangeait autant d'œufs au thé et ce constat évident lui fit se demander pourquoi, depuis des jours qu'elles étaient coincées à Kyôto, pas une seule fois la jolie blonde n'était venue chercher ces satanés œufs. Elle pouvait en manger jusqu'à dix en une journée. La nature angélique dispensait, certes, des considérations bassement humaines de lutte contre le cholestérol mais Juliette craignait néanmoins, qu'à force d'en ingurgiter autant, son amie finisse par caqueter comme une poule. Elle prit quelques magazines pour Soffia, ce qui ressemblait vaguement à une boisson énergisante à base de caféine pour Carrie et quelques mochi pour elle-même. Les jours s'étaient écoulés lentement et les avaient maintenues prisonnières de leur chambre d'hôtel, sans nouvelles des Cieux, sans nouvelles des archanges, sans nouvelles des autres anges, sans nouvelle de rien du tout. Elles étaient contraintes à résidence en attendant un miracle. Depuis qu'elles s'étaient toutes retrouvées, quelques heures après l'envoi des messages de Mylène sur internet, Soffia et elle s'étaient fixées comme mission de retrouver les traces d'autres anges par le biais des réseaux sociaux. Elles pensaient que ce moyen, qui avait été efficace pour elles, le serait forcément pour d'autres anges intéressés par ces technologies. Jusque-là, les recherches n'avaient pas été très probantes mais cela avait le mérite de les occuper et de leur donner le sentiment de chercher une solution à défaut de se laisser gagner par l'apathie de l'ignorance et de l'abandon.

Juliette, quant à elle, se sentait bien inutile, et pire, elle n'en éprouvait aucune angoisse. Se trouver aux Cieux, face à certains archanges prompts à donner leurs leçons, était source d'un stress constant. Elle avait du mal à s'y sentir réellement à sa place et les attentions de Kamaël n'avaient pas réellement arrangé les choses. A nouveau, on faisait peser sur elle des attentes qu'elle était bien persuadée ne pas pouvoir satisfaire. Il était tout aussi déplaisant et malsain de se sentir surestimée par les autres que de se sentir sous-estimée. Au moins, exilée sur Terre et condamnée à l'inaction et à la patience, son existence paraissait moins hors de propos. Bien entendu, elle savait que cette situation n'avait pas pour vocation de durer mais, contrairement à ses amies, elle avait une raison de prendre les choses de façon plus optimiste.

Tandis qu'elle se noyait dans ses pensée, elle entendit un bruit sourd suivi d'une discrète lamentation qu'elle identifia comme provenant de France. Elle tourna la tête et vit une jeune femme pester contre sa bêtise d'avoir laisser échapper son sac de courses qui venait de se répandre sur le sol. Juliette s'avança, et posa son sac à terre, avant d'aider la malheureuse en courant derrière de petites boites de conserves.

— Arigato, dit la jeune femme avec un fort accent.

— Oh de rien, répondit Juliette dans la langue maternelle de la touriste.

— Une Française ! S'exclama-t-elle avec un immense sourire. Comme cela fait du bien. Mon japonais, s'il n'a jamais été vraiment bon, est en plus rouillé.

— Vous êtes ici en vacances ?

— Oui, je suis logée à l'hôtel derrière le shopping mall de la gare mais j'avoue que, d'ordinaire, je me laisse guider par les amis avec lesquels je voyage. Le sens de l'orientation n'est pas mon fort. Ce matin, ils ont dû se rendre à la banque pour un problème de seuil de carte bancaire et j'ai été chargée de ravitailler le frigo. Ils m'ont expliqué l'aller mais je ne suis pas certaine de savoir gérer le retour. Avez-vous remarqué qu'il n'y a aucun nom de rue dans cette ville ? Comment font-ils pour savoir où ils se trouvent ?

— Je vais vous accompagner, je loge non loin de votre hôtel, proposa poliment Juliette. En fait, ils se guident au nom des enseignes de magasins et au nom des immeubles. Et puis, ils ont le culte du GPS et de toutes sortes d'autres techniques informatiques qui me dépassent.

— Je ne vous dirais pas le contraire, je sais à peine envoyer un SMS.

Une fois les sacs reconstitués, la jeune femme en saisit les anses et emboîta le pas de Juliette. Sa silhouette mince, voire trop, flottait dans une jolie robe à dentelles blanches.

— Etes-vous aussi en vacances ? Demanda-t-elle sur un ton aimable mais naturellement snob.

— En quelque sorte. J'aime beaucoup ce pays, et particu-lièrement, cette ville. Avez-vous pu en visiter d'autres ?

— Non, j'avoue que je viens juste d'arriver et c'est ma première escale. Je suis contente de pouvoir parler à une compatriote parce que je suis venue avec deux garçons et je commence à être en mal de discussions de filles.

La jeune française sourit ce qui suffit à mettre un peu de vie dans ce visage pâle et étonnement cerné pour son âge.

— Je comprends tout à fait, répondit Juliette sur un ton un peu distrait. Ah, nous y voilà, c'est votre hôtel n'est-ce pas ?

— Oui, je vous remercie, c'est magnifique ! Sans vous, je n'y serais jamais arrivée. Pardonnez-moi, je suis impolie, je ne vous ai même pas demandé votre nom.

— Juliette.

— Faustina. Enchantée de vous avoir rencontrée. Nous nous recroiserons peut-être dans le quartier.

— Oui, certainement, et ce sera avec plaisir.

— Alors, bonne journée.

Faustina lui fit un petit geste de la main puis se dirigea vers son hôtel. Elle disparut de la vue de Juliette, une minute plus tard, en tournant sur la gauche. L'ange tourna les talons et marcha encore dix minutes avant de pénétrer dans le hall de son hôtel et d'entrer dans l'ascenseur. Arrivée devant la porte de la chambre, elle donna quelques légers coups de pieds dans le bois, faute de mains disponibles, et ce fut Carrie qui vint lui ouvrir en lui prenant les paquets des bras. Son regard un peu plus grave que d'ordinaire n'annonçait rien de bon.

— Un problème ? Demanda l'ange roux.

Entendu : un nouveau problème.

— Je ne sais pas, répondit son amie en vidant le premier sac. En tout cas, Soffia en est convaincue.

— Que se passe-t-il ?

— Elle croit avoir trouvé un autre ange avec lequel elle a chaté un moment.

— Je sais bien que, ces derniers temps, les évènements sont un peu pauvres en bonnes nouvelles, si bien qu'on a peut-être oublié à quoi ça ressemble, mais je pense que c'est plutôt une bonne nouvelle, non ?

— Je suis d'accord, fit Carrie en baissant un peu la voix. Sauf que d'après les dires de cet ange, trois de ses amis se sont fait brusquement attaquer par des démons. Ils sont morts tous les trois.
Juliette resta muette quelques secondes, ce qui en soit était déjà assez contre nature pour être alarmant.

— Morts... vraiment morts ? Répéta-t-elle avec difficulté, comme si le mot lui était étranger.

— Oui, morts. Définitivement morts, dans le sens le plus strict du mot.

— Mais, c'est impossible… Je veux dire, en dehors des grandes guerres entre nos mondes, cela n'est jamais arrivé. On ne tue pas les anges sur Terre. On les pulvérise, on les désincarne brutalement, mais on ne les tue pas. Ça ne se tue pas …un ange.

— Eh bien, s'il dit la vérité, il semblerait que les temps soient en train de changer. Mais ce n'est pas le pire…

— Ah parce que tu n'étais pas déjà à fond ? Fit Juliette moins discrètement.

— Dans la mesure où nous n'avons aucune garantie que la personne avec laquelle nous sommes entrées en contact soit bien un ange, tout ceci est à prendre avec beaucoup de précaution. Mais, si nous considérons que c'est bien la vérité, trois morts successives empêchent de penser à une simple coïncidence. Cela ressemble à une sorte d'exécution de masse. Comme par hasard, au moment où nous ne pouvons pas rentrer. Tu imagines si les démons s'en sont rendu compte ? S'ils savent que nous sommes perdus ?

— Carrie, du calme, je t'en prie, si tu paniques, alors nous allons toutes paniquer. Qu'en pensent Mylène et Soffia ?

— Crois-moi, telle que tu me vois, je suis la plus calme de toutes. Elles sont déchaînées dans le salon. Cela fait deux heures qu'elles échafaudent tout un tas d'hypothèses dont la moins dramatique serait l'Apocalypse et l'éradication de toutes les créatures immatérielles.

— Ce n'est pas vrai… Enfin, c'est totalement fou cette histoire, comment les Enfers auraient-ils pu savoir ce qu'il nous arrive ? Je ne vois aucun ange publier un bulletin de presse qui appellerait toute la nation démoniaque à nous débusquer et à tirer à vue.

— Eh bien depuis que Mylène a découvert que Métatron et Lucifer avaient été en contact, j'ai comme l'impression qu'à présent, la trahison et la notion d'agent double, c'est devenu monnaie courante chez nous.

— Non mais qu'un obscur archange, qui n'a pas mis le nez dans nos affaires depuis je ne sais combien de temps, se découvre soudain une passion immodérée pour le mal, c'est une chose. Mais qu'il ait réussi à entraîner d'autres anges dans son délire, par-delà sa retraite on ne sait où, c'en est une autre. Les anges ne sont pas idiots : signer avec l'autre camp, c'est signer notre arrêt de mort à tous, y compris le leur. Si nous commençons à imaginer que certains d'entre nous ont changé de bord à la suite d'un mot d'ordre secret d'un

Métatron fanatique, autant se mettre la tête dans le four à gaz immédiatement.

— J'aimerais autant éviter, lâcha Carrie avec une moue de dégoût.

— Voilà, alors il doit y avoir une autre explication… forcément. Si ça se trouve, les armées de Lucifer ont simplement encore attaqué les Cieux et c'est pourquoi nous sommes coincées ici. Les archanges sont peut-être tous occupés et ils nous protègent en nous empêchant de rentrer. Ah, personne n'y avait pensé à cette solution ?

— Parce qu'elle est débile, excuse-moi. Nous sommes l'armée des Cieux, justement, ils nous auraient fait rentrer pour grossir les rangs des armées et pour soutenir le bouclier spirituel de l'Ethéménental.

— Carrie, tu m'aides beaucoup.

Juliette soupira puis se rendit dans le salon avec la mine d'une suppliciée sur le point d'être jetée dans l'arène au milieu des fauves affamés. Carrie n'avait pas exagéré en parlant de crise majeure. Mylène creusait une tranchée dans le parquet à force de faire des allers-retours et Soffia avait l'air encore plus angoissé et terrorisé que d'habitude. Le visage blême, elle était figée devant l'écran du portable et seul le mouvement saccadé de ses pupilles sombres trahissait son activité cérébrale.

— Alors ? Lança Mylène sans faire attention au retour de Juliette.

— Alors, rien, répondit Soffia sur un ton crispé. Plus rien, toujours rien. Il s'est déconnecté sans explication et il n'apparaît plus… Il a disparu. Je suis sûre qu'il lui est arrivé quelque chose, il nous l'a dit, il se sentait traqué. Il prenait de gros risques en nous parlant.

— Tu… tu crois qu'il est mort ?

— Évidement qu'il est mort ! Cria presque Soffia. Où crois-tu qu'il a pu disparaître après nous avoir fait ses révélations ?

— Oh là, je vous en prie, restons calmes, intervint Juliette un peu brusquement dans l'échange théâtral de ses amies. Nous n'en savons rien.

— On se fait massacrer, comment veux-tu que nous restions calmes ? !

— Mylène, interrompit l'ange roux. Sommes-nous déjà certaines que la personne avec qui vous parliez était réellement un ange ?

— Je ne suis pas idiote, répondit vertement Soffia sous le coup d'une vive émotion. Je lui ai posé plein de questions et lui aussi. Si ce n'est pas un ange alors il l'imite bien. Il a parlé de choses récentes qu'un humain ne peut pas connaître car aucun d'entre nous ne prendrait le risque d'en dire autant.

— Eh bien je ne sais pas, peut-être s'agit-il d'un démon ? Demanda Juliette avec une obstination touchante.

— Ce qui reviendrait au même ! Si c'est un démon, alors cela signifie qu'il tente de nous faire peur, qu'il a pu obtenir tous ces renseignements sur nous, et que, donc, il sait que nous ne pouvons pas rentrer et que nous sommes totalement démunies. Après nous avoir parlé, il s'empressera de tout rapporter à ses amis et... Et...

— Et nous nous ferons massacrer.

— Mylène, soupira Juliette en massant la fine veine apparente de sa tempe.

— Quoi, Mylène ? Je dis tout haut ce que vous pensez tout bas et que vous ne voulez pas assumer. Les faits sont là : nous sommes des proies faciles pour qui veut gravir les échelons de la hiérarchie démoniaque. Tuer des anges gardiens, en toute tranquillité et sans risque, c'est certainement un bonus non négligeable sur un CV de démon. Depuis la bataille d'Écosse, les Enfers n'en ont plus rien à faire du pacte de non agression. Ne l'avez-vous donc pas compris ? Les règles ont bel et bien changé. Si ça se trouve, il n'y a plus personne aux Cieux. Et moi, tout ce que je vois, c'est que si des démons débarquaient ici et maintenant, nous ne pourrions rien faire !

— Mylène, écarte-toi ! !

L'ange eut à peine le temps de faire un bond en arrière, croyant sur parole l'effroi qui avait transpiré de l'invective de Carrie, qu'une violente décharge d'énergie lui frôla dangereusement le crâne avant d'aller endommager le mur du salon. L'air ambiant se contracta pour former des ondes de chocs qui émergèrent du néant et cherchèrent à atteindre les anges. Même si, étant toutes incarnées, elles ne pouvaient voir au-delà de leur vision humaine, il n'était pas difficile de comprendre que des démons, tapis dans les recoins invisibles de la réalité immatérielle, tentaient de les tuer. En digne élève de Mikhaël, Carrie avait pu sentir leur présence juste un peu avant qu'ils ne frappent. Par un réflexe, efficacement conditionné par le maître des Vertus, elle se désincarna aussitôt pour se placer sur le même plan astral que leurs assaillants et faire apparaître son épée spirituelle dans le prolongement de sa main. Elle afficha fièrement les couleurs du rectorat auquel elle appartenait en faisant scintiller et vibrer son auréole mystique. Une fois de l'autre côté de la réalité, elle put apercevoir dans la pièce deux grands démons, tous crocs et toutes ailes de cuir dehors, faire tournoyer leurs immenses sabres noirs au-dessus de leurs têtes. Ils n'étaient pas issus des premiers cercles et Carrie se sentit tout à fait apte à leur donner le change. Depuis qu'elle avait affronté et tué Leviathan dans la lande écossaise, elle se sentait investie du goût du pouvoir de guerre, la peur du danger s'était transformée en volonté de combattre, et l'appel de la bataille sonnait comme une musique entraînante. Mikhaël appelait cela l'instinct des anges de guerre ; leur nature commandait ces réactions. Ils étaient nés des batailles et ils retournaient à elles.

Mylène fut la seconde à se désincarner pour prêter main forte à son amie. Elle n'était pas aussi sûre, ni aguerrie, que sa consœur mais s'il y avait une chose qu'elle savait naturellement faire, c'était créer le chaos à son avantage. Elle fit donc apparaître un chien des Enfers, étonnement bien imité, qu'elle lança sur le plus grand des deux démons. Juliette, quant à elle, portait assistance à Soffia qui s'était retrouvée coincée sous le bureau suite à l'impact d'une décharge. Toute à sa douleur, elle n'avait pu se concentrer assez pour se désincarner. Quand Soffia ouvrit les yeux et aperçut son amie venir lui porter secours en évitant, tant bien que mal, les salves invisibles et puissantes qui sortaient de nulle part, elle ne put s'empêcher de hurler.

— Derrière toi ! ! !

Juliette se tourna et vit la lueur vive d'une lame de couteau s'incliner dangereusement vers sa poitrine. Elle tendit les bras pour attraper la main de l'assaillant et dévier la course de l'arme blanche. Elle tomba en arrière, encore accrochée aux mains de son agresseur qui s'écroula à sa suite. Juliette serra fort et tenta de basculer l'assassin sous elle, afin de l'immobiliser de son poids. Mais la surprise la saisit quand elle reconnut les traits de l'ennemi.

— Faustina ? !

Pas de doute, il s'agissait bien de la jeune fille rencontrée plus tôt, à ceci près, qu'elle semblait bien moins amicale et bien plus décidée à éventrer l'ange.

— Mais qu'est-ce qui vous pr...

Vouloir entamer une discussion mondaine n'était sans doute pas la meilleure option du moment, visiblement, plutôt consacré à l'éradication de l'une ou l'autre des protagonistes. Pour une raison qui échappait encore à l'ange roux, l'humaine semblait vouloir s'en prendre à toutes les personnes qui occupaient cette chambre. Et tandis que Juliette luttait comme un gladiateur au corps à corps avec Faustina, Soffia ne cessait de tirer sur le meuble renversé afin de libérer son bassin. Elle participait néanmoins au combat en hurlant à

Juliette des directives qu'elle pensait salutaires mais que le manque certain de concentration et d'attention de la combattante rendait inaudibles.

La bataille battait son plein, créatures incarnées et désincarnées se frôlant et se bousculant dans la pièce en retournant meubles, tapis, et bibelots, dans un fracas, qui aurait bien fini par alerter quelqu'un dans l'hôtel, s'ils avaient été ailleurs qu'au Japon, dont la sacro-sainte culture de non ingérence était en train d'assurer une totale impunité aux assaillants. Mais c'était sans compter sur la hargne de Carrie et l'imagination prolifique de Mylène dont la portée de chiens des Enfers, qui comptait à présent six grands animaux, venait d'avoir raison de l'un des deux démons. Maintenant qu'elle maîtrisait l'action des petites et moyennes apparitions, elle pouvait les rendre bien plus efficaces comme autant d'armes de substitution qu'elle faisait apparaître dans le prolongement de sa volonté. Jugeant que Juliette et Soffia avaient bien plus besoin d'aide que Carrie, elle s'incarna à et vint les aider en infligeant à Faustina un brusque revers de pied de lampe de bureau. L'humaine se figea instantanément dans la douleur et s'effondra au sol, en recouvrant à moitié le corps de Juliette.

— Faut pas traîner ici ! Il pourrait en venir d'autres ! Cria Mylène en redressant Juliette.

Elles dégagèrent la hanche et les jambes meurtries de Soffia et filèrent en direction du couloir tandis que Carrie couvrait leur fuite en entravant le démon encore en vie. Soffia ralentissait sévèrement leur course car elle boitait franchement. Juliette se maintint incarnée car, pour une fois, son manque de discrétion allait être une arme redoutable. Aucune créature immatérielle, même démoniaque et même très remontée comme celles qui les agressaient, ne pouvait prendre le risque de créer un incident majeur sur Terre. C'était encore un lieu stratégique d'influence. Plus elles feraient de bruit, plus elles attireraient le regard des Hommes et plus elles avaient une chance de se mettre à l'abri. Elles parvinrent jusqu'au hall d'accueil et crièrent qu'elles venaient d'être agressées dans leur chambre de sorte que l'attention du personnel de l'hôtel se focalise sur elles. Carrie était finalement sortie, quelques minutes plus tard, après avoir assommé le dernier démon. Hélas, ce n'était que temporaire. Le premier réflexe des jeunes anges était encore de fuir et de se mettre à l'abri plutôt que de frapper pour tuer. Le goût du meurtre rapide, comme mode de règlement privilégié d'une altercation, allait venir un peu plus tard. Carrie flotta et glissa dans le hall sans que le personnel de la réception ne puisse la voir mais leur agitation suite aux hurlements de Juliette et de Mylène lui indiqua le chemin que ses amies venaient de prendre au sortir du hall.

— Sont-ils tous morts ? Lança Juliette qui soutenait Soffia.

— Je suis certaine d'en avoir tué un, mais je crois que l'autre est toujours à nos trousses, répondit Mylène en cherchant à apercevoir quelqu'un derrière elles.

— Mais que nous veulent-ils ?

— T'as loupé le dernier épisode ou quoi ? Ils veulent nous tuer, Juliette, nous tuer ! Il faut se planquer vite fait avant qu'ils n'en appellent d'autres.

— Ah oui, et où ?

Carrie les avaient presque rattrapées. Elle se retourna, par instinct, et aperçut, volant à ras des toits, le démon à la peau brune qu'elle pensait avoir assommé plus efficacement. Elle serra la garde de son épée. Hélas, elle ne disposait pas encore d'ailes. Cela ne l'empêchait pas de flotter, même de glisser très vite, néanmoins elle ne pouvait utiliser ses redoutables antennes spirituelles pour canaliser plus d'énergie et rendre ses coups plus meurtriers.

— Mylène, il faut faire quelque chose ! Cria Juliette en serrant Soffia plus fort encore.

— Et que veux-tu veux que je fasse ? Carrie nous couvre, ne t'inquiète pas et cours !

— A terre ! ! Hurla Carrie à leur inconscient lorsque le démon déchargea une nouvelle salve d'énergie qui visait les trois anges incarnés.

Juliette roula sur le bitume en entraînant Soffia avec elle, tandis que les passants eurent l'impression de sentir les effets d'un tremblement de terre après l'impact invisible des salves d'énergie démoniaque. Habitués aux soubresauts répétés de leur sol capricieux, ils s'accroupirent et patientèrent, de façon très disciplinée, jusqu'à ce que la vibration cesse. Juliette lâcha un gémissement de douleur et pivota sur le dos pour tenter de reprendre sa respiration, tranchée net, par l'impact de la chute. Elle ouvrit ses grands yeux nimbés d'humidité qu'elle braqua sur le ciel bleu. Même si elle ne pouvait rien voir de la menace, elle sentait l'ombre assassine grandir et peser au-dessus d'elle. Elle pouvait entendre le sifflement de la chute de l'ennemi car il fondait sur elle et ses amies comme un oiseau de proie en piqué. Tout son corps lui hurlait le danger mais l'instinct de survie la tétanisa. Et quoi faire, en vérité ? Se désincarner juste pour apercevoir la silhouette écœurante du démon s'abattre sur elle et la trancher en deux avant d'accueillir, entre ses griffes, son essence spirituelle d'ange et la briser une nouvelle fois ? Elle posa, par un réflexe tendre, mais inutile, le plat de sa main sur le dos de Soffia puis eut juste le temps de coucher son propre corps sur celui de son amie et de la couvrir en partie. Elle ferma les yeux, s'attendant à être brutalement désincarnée, mais quelque chose dans son subconscient lui souffla que le jeu venait de changer de main. Elle ressentit un long frisson câliner l'inclinaison de sa colonne et crisper étrangement les muscles de ses reins. C'était une sensation primaire, animale, comme la brusque conscience de ses sens et de leur toute puissance. Son épiderme trembla légèrement, c'était grisant. La peur s'était tue en elle, et ne restait que cette vibration sensuelle qu'elle ne pouvait s'expliquer. Elle crut percevoir la trace résiduelle d'un effluve léger, teinté de cèdre et de fougère. Et elle pensa, alors, à la couleur rouge.

Carrie stoppa sa course quand Asmodée apparut, face à elle, dans un fracas de plumes noires et d'étoffes rouges pour trancher de sa hallebarde marquée de ses armoiries la créature infernale. S'ouvrant en deux et suintant abondamment comme un fruit percé gorgé de jus, le démon expira dans un râle guttural et disparut dans le néant, en emportant avec lui la traînée de son sang désincarné. Carrie laissa filer, malgré elle, un soupir de soulagement avant de réaliser que la stature imposante d'Abigor était déjà tout près d'elle, prompt à couvrir ses arrières. Et l'ondée submergeant son âme fut plus forte que le roc de sa raison, car elle ne put s'empêcher de sourire, bien persuadée que lui, tout contre elle, plus rien ne pouvait lui arriver. Ses muscles se décrispèrent inconsciemment à l'abri de l'ombre portée par le corps imposant du grand général.

— Merci, murmura-t-elle de façon à peine audible, mais cela suffit à l'ouïe fine d'Abigor qui marqua son affection par un très léger mouvement du menton.

— Pas vraiment des durs, mais pas vraiment des novices non plus, nota Asmodée en rangeant son arme et en refermant en corolle élégante ses larges ailes uniques de déchu.

— Un contrat particulier ? Interrogea Abigor, je n'ai pas pu distinguer d'armoiries sur son plastron.

— Je crois qu'au point où nous en sommes, il n'y a pas à chercher de logique dans leur action. Vous n'êtes pas en sécurité ici, il vaudrait mieux s'éloigner.

— Heu, Carrie ? Allô ? Interrompit Juliette qui, bien qu'elle ne voyait personne, sentait bien que quelque chose ou quelqu'un venait de les sauver.

Elle s'agenouilla lentement, le temps de compter mentalement toutes ses vertèbres, et redressa Soffia avec grande précaution.

— Nous sommes toujours entières ? S'étonna Mylène en regardant ses mains faites de chair et de sang parfaitement intactes.

Asmodée souffla en les entendant jacasser et s'incarna de façon un peu moins discrète que ce que le manuel du parfait esprit prévoyait. L'autisme des passants, tous branchés sur le téléphone portable après la secousse ressentie, pallia néanmoins cette spontanéité malvenue.

— Juliette, dit-il en guise d'ouverture des hostilités.

Elle crispa les mâchoires. Elle n'avait donc pas rêvé l'intime conviction de sa présence. Pour une raison qu'elle ignorait, elle paraissait avoir développé une sorte de radar interne dont la fréquence était directement branchée sur celle du déchu.

— Asmodée, lâcha-t-elle la mine blasée.

— Tout va bien ? Railla-t-il.

— Comme tu peux le voir.

— Oui, je vois très bien. Puis-je néanmoins espérer que tu décolles tes fesses du bitume pour qu'on puisse mettre les voiles ?

Fallait-il vraiment que, dans tout l'univers, et parmi toutes les créatures susceptibles de leur venir en aide, en cet instant, ce soit cet individu sordide à l'humour et à la répartie plus que douteux qui entre en scène. Elle obtempéra, cependant, sans discuter et redressa Soffia, avec l'aide de Mylène, avant de s'engouffrer dans une ruelle plus étroite et à l'abri des regards. Les sirènes des voitures de police se firent entendre tandis que ces dernières filaient droit vers l'hôtel.

— Que faites-vous ici ? Lança l'ange roux bientôt rejoint par Carrie et Abigor qui s'étaient incarnés à leur tour.

— On installe l'eau courante dans le quartier, répondit le déchu le plus sérieusement du monde.

— Je reformule donc ma question : comment avez-vous su que nous étions là ?

— Retenir et identifier ta signature astrale, ainsi qu'à vous toutes, d'ailleurs, n'a rien de très compliqué.

— Asmodée, interrompit Abigor, mieux vaut les emmener rapidement à l'abri, nous ne savons pas combien d'individus composait l'expédition.

Le déchu laissa filer un feulement de chat contrarié avant d'empoigner fermement le corps de Soffia et de la basculer sur son épaule avec autant de délicatesse et d'élégance qu'un sac de grains. Celle-ci objecta quantité de mots, plus ou moins respectueux, mais sans résultat. Après quelques errements dans les rues de la ville, Asmodée sembla trouver ce qu'il cherchait et entra dans une petite laverie automatique. Les autres lui emboîtèrent le pas et Abigor, en fermant la marche, retourna la pancarte « fermé ». La climatisation était, comme toujours au Japon, sur le mode givre, mais les anges avaient tellement couru qu'ils apprécièrent cette brusque chute des températures. Juliette interrogea Asmodée du regard qu'il aurait pu traduire par : « une laverie automatique ? Une chambre d'hôtel, au quinzième étage d'un building avec un portail, un service de sécurité et cinq digicodes auraient été trop te demander ? ».

— Une laverie automatique ? C'est ça ta solution pour nous mettre à l'abri ? Finit par verbaliser Juliette.

— Tu me fatigues.

— Pardon ?

— Ce qu'Asmodée veut dire, intervint Abigor en négociateur forcé, c'est que les laveries automatiques sont réservées au passage des êtres infernaux. Un peu comme les églises ou les temples consacrés le sont pour vous. En venant ici, les énergies démoniaques résiduelles qui se dégagent couvriront votre signature céleste si d'autres démons veulent vous retrouver. J'ai la sensation que les archanges ne vous ont pas appris grand chose sur nos us et coutumes.

— Vous voulez dire que les laveries automatiques sont des sortes d'ascenseurs qui vont aux Enfers ? Fit Juliette, les yeux ronds comme des mochi.

— Quand on lui explique, elle comprend. Tu n'as aucune patience, Asmodée.

— Des laveries automatiques ? Insista-t-elle.

— Si elle le répète encore une fois, je la colle dans une machine et j'enclenche le mode essorage.

— Il est inutile de te montrer condescendant et sarcastique Asmodée, claqua Soffia qui massait sa cheville endolorie.

— C'est dans ma nature de l'être et vous me facilitez la tâche. Vous êtes inconscientes ou quoi ? Vous vous installez au vu et au su de tout le monde dans le premier hôtel que vous trouvez, pile à l'endroit où l'une d'entre vous avait une mission. Autant convoquer tous les démons !

— Hey, intervint Juliette en plantant son regard bleu d'acier dans les yeux carmin du déchu. Nous vous sommes très reconnaissantes d'être venus à notre secours, mais cela ne te donne pas le droit de nous faire la morale.

130

— Oh que si, tout cela me donne le droit de vous la faire, la morale, car vous nous mettez aussi en danger.

— Mais si jouer les héros te pose autant de problèmes, il fallait t'en abstenir. Quelqu'un, ici, t'a-t-il demandé de venir ? Je ne crois pas.

Juliette redressa son menton en signe de victoire ou simplement en signe de « et toc ! », ce qui était moins littéraire mais plus à propos.

— Remercie ta bonne étoile que j'ai contrarié ma nature profonde et mon premier élan, en venant vous tirer de là, sinon vous seriez toutes mortes.

— Et j'imagine que tu vas nous le faire payer.

Juliette s'assit lourdement sur un siège et croisa rageusement ses bras sur sa poitrine. Son visage était tourné vers le sol. La crispation de sa mâchoire trahissait l'émotion qui la submergeait. Elle haïssait lui devoir quelque chose, elle haïssait être en position de faiblesse et elle haïssait le fait d'être à ce point en attente d'un peu de soutien et de tendresse dans des circonstances qu'elle ne maîtrisait pas. Asmodée fit quelques pas dans la laverie en respectant un silence un peu gêné.

— Bon, reprit-il sur un ton légèrement plus doux qui sembla satisfaire Abigor. Est-ce que l'une d'entre vous connaissait les agresseurs ? Les aviez-vous déjà vus auparavant ?

— Non, intervint Carrie. Ils ne se sont pas non plus identifiés. Ils se sont contentés de se jeter sur nous sans autre forme de procès. Mikhaël m'a enseignée les armoiries des grands généraux de Lucifer, je sais les reconnaître. Or, ils étaient de maisons différentes, il n'y avait aucun signe distinctif. Mais, étrangement, ils étaient secondés par une humaine.

— Des satanistes, ajouta Abigor. Les esprits malins qui inspirent les êtres humains, vos équivalents inversés en d'autres termes, se servent souvent de petites mains pour préparer le terrain auprès de leurs futures victimes. Jadis, les anges faisaient la même chose avec certains prêtres mais, depuis quelques siècles, nous avons largement infiltré la hiérarchie religieuse, ce qui vous a contraint à vous débrouiller seuls.

— Je l'avais déjà vue, dit Juliette en jouant nerveusement avec le bout de l'une de ses boucles rousses.

— Où ? Répondit Mylène qui surveillait la rue comme une fugitive dans un vieux polar en noir en blanc.

— Quand je faisais les courses, juste avant de vous rejoindre. Je l'ai croisée au super marché, elle était perdue et je l'ai ramenée à son hôtel. Elle a dit s'appeler Faustina. Je n'ai rien vu venir et je l'ai conduite tout droit à nous.

— Si elle était ici, elle était déjà sur tes traces et ses acolytes aussi.

Asmodée tourna les talons d'un geste brusque pour marcher à nouveau. Nul doute qu'il éprouvait un agacement certain à se montrer compréhensif avec elle alors qu'il avait toujours résolument envie de lui briser son joli petit cou de cygne. Un silence crispé s'en suivit qui rendit l'instant glacé. Juliette observait la silhouette élancée de son sauveur par un regard en biais. Lui et son grand balèze d'acolyte étaient tout ce qui leur restait de lien au monde immatériel. Pas les archanges, pas les anges, juste eux. C'est dire comme la situation était désespérée. Elle soupira.

— Que se passe-t-il ? Finit-elle par lâcher dans un souffle.

Asmodée cessa son va-et-vient et jeta un œil complice vers Abigor.

— Quelque chose s'est produit aux Cieux qui empêche les archanges de vous rapatrier. Vous êtes coincées, ici, sur Terre, en attendant qu'ils trouvent une solution et vous êtes livrées à vous-mêmes.

— Quelque chose ? Intervint Mylène en se décollant enfin de la fenêtre. Quoi comme chose ?

Asmodée se fit violence pour faire ce qu'il haïssait profondément : donner un cours d'angéologie.

— Ce qui fait que vous êtes une nation est le lien solidaire et invisible qui vous unit tous et crée une sorte de conscience collective. Là, où nous sommes résolument différents, c'est que, nous autres créatures infernales, sommes indépendantes les unes des autres. Nous sommes formées à utiliser un certain nombre de pouvoirs qui nous permettent de jouer sur les deux tableaux : Terre et Enfers. Mais dans votre cas, cet enseignement est inutile parce qu'en tant qu'ange, vous êtes intégrés à la grande toile céleste qui vous relie les uns aux autres. Sauf que pour que ce lien fonctionne et assure votre cohésion et votre coordination, il faut une entité qui veille à son intégrité. C'est la responsabilité d'un archange de puissance. S'il lui arrivait quelque chose, si cet archange était tué, alors tout le système de communication serait rompu, ce qui impliquerait notamment l'incapacité pour vous de rentrer aux Cieux. C'est ce qui a dû se produire.

Ne sachant pas conclure plus subtilement, Asmodée se contenta d'observer un silence sentencieux en cherchant dans le regard d'Abigor quelque chose qui pourrait tempérer la théâtralité de son discours. Mais Abigor n'avait aucune conscience de la notion de théâtralité, et pour lui, une vérité était toujours meilleure à dire lorsqu'on la servait sans ambages.

— Quelqu'un aurait tué un archange ? Résuma Mylène avec l'expression vide d'un poisson rouge. Mais enfin, un archange ne peut pas mourir. Je veux dire, ils sont des créatures au-dessus, enfin, vous voyez ce que je veux dire.

— Au-dessus de quoi ? De la mort, de la vie ? Ils sont des créatures immatérielles, puissantes et souvent pleines de ressources, c'est certain, mais ils n'échappent pas aux grandes lois de la nature comme toutes les espèces vivantes.

— Comment cela a-t-il pu arriver ? Renchérit Carrie sur un ton calme et froid malgré les circonstances. Un ennemi n'aurait jamais pu atteindre le cœur du Temple car les archanges de guerre l'aurait forcément arrêté.

Asmodée la détailla longuement. Il avait l'impression de parler à quelqu'un de familier. La suspicion et les certitudes fameuses de Mikhaël avaient déjà déteint sur sa jeune élève.

— La frappe a dû être silencieuse et sournoise, poursuivit le déchu bien décidé à toutes les secouer. Non seulement, quelqu'un a dû ouvrir les portes à l'ennemi mais il lui a aussi indiqué qui frapper. Peu importe son identité, Métatron ou tout autre de ses fidèles planqué aux Cieux. Le fait est là : le système s'effondre et l'explication ne peut être que celle-ci.

— Pourquoi ? Lança Juliette avec chaleur. Faut-il être stupide pour faire entrer le loup dans la bergerie ? Nous sommes tous dans le même bateau, à présent, nous sommes tous exposés.

— Je ne sais pas, répondit le déchu. J'ignore leur plan et ce qu'ils ont pu faire miroiter à ceux qu'ils ont débauchés. Métatron et Lucifer, à eux deux, disposent de ressources illimitées. Il leur est facile de convaincre n'importe qui des grâces qu'il pourrait obtenir en paiement de bons offices. L'esprit peut être faible.

— Mais qu'allons-nous devenir si nous ne pouvons plus rentrer chez nous ni même demander de l'aide ? Dit Soffia tout haut ce que toutes pensaient tout bas.

— Il faut gagner du temps, fit Asmodée en jetant un œil au dehors. Vous garder à l'abri, en attendant que les autres archanges trouvent une solution et parviennent à vous retrouver.

Il réfléchit et ce faisant, tapota nerveusement ses doigts sur la surface de la vitre.

— Comme nous ignorons quand le réseau sera rebranché, reprit-il la mine concentrée, ni quelles sont les pertes qu'ils ont subies aux Cieux, il vaut mieux aller au devant de l'information sans attendre qu'on nous la livre.

— Et comment va-t-on trouver ces informations ? Demanda Juliette en se massant les tempes. Puisque nous ne pouvons plus contacter personne, comment allons nous savoir ce qui se passe vraiment aux Cieux et s'il y a encore des archanges en vie ?

Asmodée ménagea une sorte d'étrange suspense en gardant le silence quelques secondes. Ce qui fit immédiatement réagir Abigor.

— Ah non, Asmodée, c'est une très mauvaise idée, lança-t-il de sa voix de baryton qui n'eut cette fois aucun effet.

— Je ne l'ai même pas encore énoncée, se défendit le déchu sans grande conviction et avec beaucoup de mauvaise foi.

— Tu l'as pensé tellement fort que je t'ai entendu et c'est une très mauvaise idée.

— Alors, proposes-en une autre. J'écoute.

Abigor crispa sa mâchoire puissante et lâcha un grognement sourd et rocailleux.

— C'est ça, railla Asmodée avec triomphe. Donc on suit mon idée vu que c'est la seule.

— Excusez-moi, intervint Juliette dont la migraine battait les tempes comme on pouvait battre la poussière d'un vieux tapis, j'ai bien conscience que nous représentons la cinquième roue du carrosse, mais pourrions-nous être tenues au courant de ce qui, potentiellement, peut nous sauver la vie ou nous la faire perdre ?

— Il y a quelqu'un qui peut éventuellement nous renseigner, répondit le déchu avec une étrange précaution. Quelqu'un qui est déjà sur Terre et qu'on peut facilement trouver.

— S'il le veut, Asmodée. S'il le veut, tint à préciser lourdement Abigor.

— Qui ? S'impatienta l'ange roux.

— L'archange de la trahison et de l'Apocalypse, conclut le grand démon dont l'expression grimaçante trahit tout le mal qu'il pensait de cette idée.

Chapitre 9

Le dur labeur des traîtres

L'investigation n'était décidément pas son truc. A quatre pattes sous les étagères, le museau planté dans la poussière et les toiles d'araignées, il maudissait sa satanée curiosité contre laquelle il avait brillamment lutté pendant près de trois siècles. Tant d'efforts pour terminer où ? La tête coincée sous ce fichu meuble bringuebalant. Pourtant, il était convaincu d'avoir entendu comme une sorte de son creux dans la paroi de bois, tout contre les plinthes. Alors pourquoi ne parvenait-il pas à ses fins ? Peut-être avait-il vu trop de thriller au cinéma. Il fallait bien qu'il finisse par payer certains de ses travers.

Non ! Il sentit soudain la peinture s'effriter sous ses doigts puis la plinthe contre le mur bouger. Il la retira, et non sans une grimace outrée, glissa sa main délicate dans l'interstice. Il y avait bien quelque chose à l'intérieur qui provoqua immédiatement sur son visage de séducteur inconscient un sourire jubilatoire. Après plusieurs contorsions qui n'étaient pas non plus son fort, il extirpa une fine pochette de vieux cuir dans laquelle se trouvaient des feuilles volantes et sur lesquelles quelqu'un avait griffonné des suites de chiffres sans ordre apparent. Il ne put se réjouir longtemps de sa trouvaille car une voix nasillarde et fort désagréable le fit si fortement sursauter qu'il se cogna la tête contre l'étagère supérieure. Il lâcha un juron avant de se pencher pour voir quel était l'abominable créature qui avait osé le déranger dans l'accomplissement de son forfait.

Sœur Lucy. Abominable créature était une description parfaitement représentative de sa personne. Aussi laide devant que derrière, un Q.I de poule transgénique et la voix qui allait avec. Il se força à lui faire un léger sourire, ce qui lui était proprement insupportable. Par nature, il détestait faire plaisir aux gens.

— Tomas ? Dit la poule transgénique sur un ton scandalisé. Mais enfin que faites-vous ici ? Vous savez que ces archives ne sont accessibles que par le révérend Duval et ses adjoints.

Evidemment qu'il le savait. Des mois qu'il enquêtait. Si seulement ce gallinacé savait à quel point il savait, tout le monde s'économiserait ce genre de question rhétorique.

— Justement, sœur Marie m'a demandé de venir lui trouver les brouillons de deux anciens discours du révérend. Mais il y a tellement de poussière ici que j'ai déclenché une série d'éternuements qui m'a fait perdre l'une de mes lentilles de contact.

Un mensonge pareil ne pouvait décemment pas passer.

— Des lentilles ? Allons Tomas, tout ceci n'est que de la coquetterie mal placée. De bonnes vieilles lunettes, voilà ce qui est vraiment efficace. Que cela vous serve de leçon à l'avenir.

Chez les poules, visiblement, tout passait. C'était toujours bon à savoir.

— Certes, une femme telle que vous peut s'enorgueillir de montrer le parfait exemple d'une absence totale de coquetterie. Vous nous sauverez tous, ma sœur.

Cette dernière grinça ostensiblement des dents mais son éducation très stricte lui commanda de prendre sur elle. Elle se déplaça sur le côté pour lui indiquer le chemin de la sortie. Il redressa sa haute silhouette longiligne et passa devant elle non sans la toiser de toute sa superbe.

— Vous ne verrez aucun obstacle à ce que je vérifie auprès de sœur Marie que vous étiez bien dans le cadre de l'exercice de vos fonctions.

— Evidemment que non, répondit-il sur le même ton de sous-entendus. J'ai à cœur de vous permettre de trouver toutes sortes de saines occupations : telles que l'espionnage ou la dénonciation. Vous avez si peu de raisons de vous réjouir en ce monde. Bonne journée.

Son visage de mauvais garçon aux accents mutins et encadré de cheveux courts gominés couleur caramel, ne suffirent pas à adoucir son air de dédain appuyé. Il la salua de façon trop polie pour être honnête puis se dirigea vers le grand hall de l'institut Humanité.

Cela faisait maintenant un an qu'il avait pénétré les rangs de cette secte et c'était la première fois qu'il mettait vraiment la main sur quelque chose. Mais sur quoi ? Telle était la question. L'archange de la trahison et de l'Apocalypse, bien qu'il ait toujours trouvé cette appellation fort peu représentative de ses fonctions véritables, avait pour principe de ne jamais se mêler des affaires d'en haut ou de celles d'en bas. Même l'observation lointaine de leur manège réciproque n'occupait guère qu'une infime partie de son temps qui consistait en la traque et l'accumulation des œuvres d'art des Hommes pour lesquelles il vouait un véritable culte. Et cette routine aurait encore pu durer très longtemps si, récemment, quelque chose n'avait pas bouleversé l'équilibre fragile des deux camps et attiré ainsi son attention.

Jadis, il avait été le collaborateur préféré de Métatron. Jadis. En des temps immémoriaux. Et puis la Scission avait tout balayé. Métatron s'était à jamais retiré dans des limbes mystérieux intermédiaires, et privé de son emploi, l'archange de l'Apocalypse avait préféré quitter le plan d'existence céleste pour se réfugier sur Terre. Bon an mal an, il avait fini par se faire à cette nouvelle routine d'expatrié. Mais la soudaine conscience que quelque chose avait changé dans son monde lui avait fait se rappeler d'où il venait. Une guerre se préparait et il était inclus dans ses rangs bien malgré lui. Une éternité avait eu beau s'écouler, il n'avait pas oublié la signature astrale de son ancien maître à penser. Métatron était de retour et sans savoir pourquoi, il en éprouvait une peur immense.

Or, qu'est-ce qui pouvait bien faire peur à Uriel ; le grand archange des Apocalypses ? Car il tenait à préciser qu' il pouvait en provoquer plusieurs selon la demande. C'était précisément cette question qui l'avait brusquement tiré de sa torpeur terrienne et de sa retenue. Dès lors, il avait pisté les traces astrales de son ancien maître et cela l'avait conduit, ici, dans les locaux de cette secte millénariste qui le sanctifiait en secret depuis des décennies. Fait étrange et peu rassurant, Métatron semblait avoir été en contact avec leur actuel chef spirituel. Sauf que l'archange, ancien maître des Séraphins, n'était jamais entré en contact avec aucun humain. Sa sphère d'action et d'intérêt n'avait, en effet, jamais concerné la Terre de près ou de loin. Il était la voix des séraphins et uniquement cela. Alors pourquoi, après des siècles et des siècles d'absence, prenait-il brusquement la peine de s'intéresser à quelque chose qui n'avait jamais trouvé grâce à ses yeux ? Et comme un drame n'arrivait jamais seul, ses réflexions angoissantes avaient encore été noircies par un fait unique dans toute l'histoire de son monde : l'armée des anges semblait se trouver perdue et totalement vulnérable aux agressions des démons. Autant de questions et d'énigmes dont il lui faudrait trouver les réponses car, à n'en pas douter, on allait bientôt lui rendre visite.

Pour l'heure, il en avait terminé avec son enquête et il quitta, non sans un certain soulagement, cet édifice lugubre et pathétique. Il avait toujours éprouvé beaucoup de mépris pour les religieux. Il était convaincu qu'ils avaient largement jeté de l'huile sur le feu de la lutte d'influence que se livraient anges et démons depuis l'aube des temps.

Il sortit de la cour, passa le portail et vint récupérer sa Porsche 356 Speedster sagement garée à l'extrémité du parking. Les voitures de courses étaient aussi des œuvres d'art.

— L'un de tes pneus est légèrement dégonflé.

Uriel leva ses yeux pers au ciel. Il en était définitivement fini de sa tranquillité d'exilé.

— Mikhaël, dit-il sans surprise. Cela fait si longtemps. Tu as changé non, maigri peut-être ? Non, bien sûr que non. Pourquoi changer une équipe qui perd... qui gagne pardon. Qui perd ou gagne, je ne sais jamais ?

— Moi aussi je suis heureux de te voir, répondit le recteur des Vertus sur un ton froid et métallique. Si nous allions prendre un verre tous les deux. Je crois que nous avons beaucoup de choses à nous dire.

— Non, mais je suppose que je n'ai pas le choix. Monte et ne fais aucune réflexion sur ma façon de conduire. La dernière fois que tu as pris les commandes d'un engin mécanique, Gabriel venait à peine de finir la formation des Hommes sur l'utilisation de la roue.

Une heure plus tard, Uriel trouva miraculeusement à se garer dans le sixième arrondissement de Paris, étant entendu que le miracle consistait à faire disparaître la voiture dont il briguait la place. Ils se dirigèrent ensuite vers le célèbre café parisien le Procope qu'Uriel fréquentait depuis l'été 1705.

— Alors, combien d'anges as-tu pu récupérer ? Demanda Mikhaël sans autre forme d'introduction.

— Bien renseigné. Mais je ne les ai pas récupérés. J'en ai juste croisé quelques uns et leurs mines de chatons maltraités m'ont passablement fatigué. Ils sont dans l'une de mes propriétés de la Loire. Je me disais bien que quelqu'un finirait par venir les chercher. J'attendais plutôt Gabriel, cela étant. Je ne sais pas trop ce que vous fabriquez en haut mais je ne suis pas censé faire du baby-angel-sitting. Si j'ai des propriétés, c'est pour y mettre des œuvres d'art pas des anges mutilés qui tournent en rond comme des mouches dans un bocal.

— C'est si gentil de ta part Uriel et si peu dans ta nature.

— Ne sois pas cynique, je te signale que je fais ton travail et que je ne suis pas censé le faire. Bon sang que se passe-t-il ?

— Nous avons certaines difficultés, répondit Mikhaël avec une hésitation un peu honteuse dans la voix.

— Qui est mort ? Claqua Uriel en lui facilitant la tâche.

— Tsadkiel.

L'exilé baissa les yeux.

— Comment cela se passe aux Cieux ? Reprit-il sur un ton plus bas.

— Mal. Nous avons perdu nos ailes, Uriel, on pourrait difficilement aller plus mal. Tes anges aux allures de chatons maltraités, comme tu le dis si élégamment, le sont parce qu'ils ne peuvent plus rentrer.

— Entendu et je suppose que tu n'es pas venu uniquement me voir pour me demander la permission de rapatrier manuellement tes anges qui se trouvent chez moi ?

— En effet. Je ne vais pas tourner autour du pot. Lucifer n'a pu frapper Tsadkiel que parce que Métatron l'a aidé. Et s'il a pu le renseigner, cela veut dire qu'il n'est pas si exilé des affaires des Cieux qu'on a pu le croire. Il a gardé des contacts fidèles dans nos rangs dont il a finalement trouvé l'utilité.

— Nous y voilà donc. Tu penses que je sais où se trouve Métatron et ce qu'il fabrique parce que j'étais, jadis, très proche de lui.

— N'est-ce pas la vérité ?

— C'était la vérité, Mikhaël. Métatron m'a congédié, tout comme le reste des Cieux, après la Scission. Je n'ai plus jamais eu de contact avec lui depuis. Tu en sais plus que moi, si tu es convaincu qu'il fricote avec Lucifer.

— Ne joue pas avec moi, Uriel. Je n'ai toujours aucune patience pour la rhétorique et tes effets de manche. Je suis bien convaincu que tu es toujours en lien avec lui, même d'une infime façon. Ce n'est pas une visite de courtoisie que je suis en train de te faire. Tu vas m'aider à trouver les informations que je veux d'une manière ou d'une autre. Car dis-toi bien que si les Cieux tombent, tu tombes aussi. Il ne se trouvera aucun repli de ce monde dans lequel Lucifer te laissera jouer au directeur de galerie d'art.

Uriel observa un instant le visage dur et fermé de Mikhaël et en conclut que les Conseils des archanges devaient être, aujourd'hui encore, de vraies parties de plaisir. Il inspira lentement.

— Tu aurais dû te recycler dans les concessions automobiles, reprit-il avec une légère moue boudeuse. Tu sais convaincre le client. Ecoute, voilà ce que je sais et ce que j'ignore. Un : j'ignorais que Métatron avait des liens avec Lucifer. Deux : je sais, en revanche, qu'il est bien sorti de son exil pour venir sur Terre. Plus intéressant encore, il semble qu'il ait eu des rapports avec des humains.

— Développe.

— Le bâtiment devant lequel j'étais garé tout à l'heure est la devanture d'une secte millénariste qui vénère Métatron depuis plusieurs siècles. Son actuel représentant se vante auprès de ses initiés qu'il a un contact régulier et réel avec lui. Cela ne m'aurait pas perturbé plus que ça si je n'avais ressenti récemment les traces spirituelles de mon ancien collègue. J'ai suivi ces traces parce qu'il m'apparaissait impossible qu'il puisse s'intéresser à des créatures dont il n'a jamais eu cure. Mes investigations m'ont mené à cette secte et à la personnalité étrange de leur représentant. Et je crois que c'est vrai. Je crois que Métatron parle avec lui et lui dicte sa conduite.

Mikhaël se tassa un peu plus dans le fond de son siège.

— Mais enfin que cherche-t-il avec ces humains ? Lâcha-t-il sur un ton d'incompréhension agacée.

— Désolé, j'ai cassé ma dernière boule de cristal en 1912 quand le Titanic a percuté un foutu iceberg qui a ruiné toute une partie de ma collection de peintures impressionnistes.

Le recteur des Vertus se pencha un peu plus vers Uriel et ses yeux verts et or trahirent toute la violence dont il pouvait être capable. Cela valait tous les discours du monde.

— J'ai été proche de Métatron, d'accord, répondit Uriel à la question que son acolyte ne lui avait pourtant pas posée. Mais je ne vais pas te faire un cours de conjugaison entre le temps passé et présent. Il a disparu du jour au lendemain, sans explication, juste par orgueil de n'avoir pu contrôler un monde dont il pensait qu'il était le seigneur. Les créatures changent, Mikhaël ! Oui, même nous, nous changeons. Et l'être, qui œuvre à présent en secret sur tous les tableaux, n'a plus rien à voir avec l'ancien recteur des Séraphins, tu me suis ? Alors, non, je ne sais pas ce qu'il a en tête. La secte parle de fin du monde, ou en tout cas, de grande et brutale évolution de la Terre. Mais enfin toutes les sectes millénaristes disent ça, c'est un peu leur fond de commerce.

L'archange de guerre ramena ses mains jointes devant son visage. Il prit un moment pour réfléchir. Uriel pencha la tête sur le côté et patienta.

— Lucifer et lui auraient dans l'idée de créer un nouveau monde ? Demanda finalement le recteur des Vertus.

— A ce stade de sauce céleste et démoniaque, toutes les options sont envisageables. Métatron a toujours été un obsessionnel de la création.

— Quelle création ? Nous ne créons rien, nous supervisons et orientons uniquement.

— Oui, car l'acte de création est l'œuvre de Dieu et de Ses mains lumineuses que sont les séraphins et les chérubins. Merci, j'ai lu le manuel, je l'ai en partie écrit. Les archanges, et par extension les déchus et autres démons, ne créent pas, nous sommes d'accord. Sauf

140

que Métatron n'a jamais pu se faire à l'idée de ne pas en être, lui qui était toujours à l'écoute des séraphins. Il croyait que leur complicité toute singulière lui donnait une position et un pouvoir que les autres archanges n'avaient pas. C'est pourquoi, il a si mal pris la Scission. Les Cieux, qu'il pensait avoir pour ainsi dire créés, volaient en éclats et, malgré tout son pouvoir et sa volonté, quelques petits révoltés et réactionnaires ont tout fichu en l'air.

Mikhaël fronça les sourcils car il savait plus que quiconque de quels réactionnaires Uriel voulait parler.

— C'était un pêcher d'orgueil bien mal placé, reprit Mikhaël sur un ton plus sombre. Métatron n'a jamais crée les Cieux. Il n'a jamais rien créé du tout, il n'est pas fait pour ça.

— Oh, et toi, bien entendu, tu n'as jamais rien entrepris qui n'était pas hors de tes compétences ? Toi qui a accéléré la Scission.

Mikhaël fit un bond sur son siège comme si on venait de lui planter une lame dans le dos.

— Je t'interdis de dire ça ! Eructa-t-il, les mâchoires de plus en plus crispées.

— Allons, Mikhaël, tu peux au moins te vanter d'avoir façonné quelque chose même si ton œuvre a sonné la fin d'un monde. Tu l'as fait parce que tu pensais sauver ce qui pouvait l'être encore et aussi parce que tu voulais que les nouveaux Cieux te ressemblent. Il semblerait que nous soyons tous susceptibles de suivre les chants des sirènes de l'orgueil. Je ne suis pas en train de juger, j'y ai plutôt gagné en liberté d'action et en tranquillité dans cette histoire. Et toi... Toi tu as tout perdu et je pense que, depuis, chaque fois que tu regardes le visage du Temple, cela te rappelle ce que tes convictions t'ont coûté. Tu dois le voir dans le regard de Kamaël et dans celui d'Asmodée.

Mikhaël baissa légèrement les yeux et porta sa tasse de café à ses lèvres pour faire diversion.

— Alors Métatron veut créer un nouveau monde, trancha-t-il finalement pour clore le sujet précédent. Et il croit avoir trouvé comment faire en nous éradiquant et en s'alliant avec Lucifer.

— C'est une piste, bien que j'ignore comment il pourrait parvenir à ce prodige. Personne ne commande à Dieu et personne ne peut agir à Sa place. Mais j'espère trouver des réponses dans les notes qu'a pris le leader de la secte. Je crois que ces notes sont comme une sorte de biographie dédiée à sa gloire pour enseigner aux futures générations. Si j'arrive à les déchiffrer, je pourrais savoir ce qu'ils trament.

— Dans quel camp es-tu, Uriel ?

— Je ne suis plus au service de Métatron si c'est le sens de ta question. L'Apocalypse est une métaphore pour parler d'évolution de l'être humain et des choix qu'il doit faire. On a inventé cette procédure en garde fou du Pacte de non agression. En cas de trop gros déséquilibre entre les deux camps, on fait une immense cueillette d'âmes par le biais d'un bon vieux cataclysme. Il n'est pas dans mon pouvoir de détruire un monde entier pour en recréer un autre. Personne ne le peut, excepté Dieu. Et ce n'est pas parce que je n'ai jamais joué dans ta cour que je ne sais pas où est ma place. Nous ne sommes pas Dieu et je ne Lui manquerai jamais de respect en marchant sur Ses plates-bandes. Si Métatron croit pouvoir le faire, alors nous courrons, ce monde court, à la catastrophe.

— Sauf que si nous ne savons pas quelle méthode il compte utiliser pour parvenir à ce résultat, il nous sera difficile de contrecarrer ses plans.

Uriel fit signe qu'on leur apporte l'addition qu'il n'avait pas l'intention de payer mais qu'il aimait conserver, comme tout ce qui avait trait à sa vie sur Terre.

— Ce qui m'amène donc, poursuivit-il sur un ton faussement détaché, à cette évidence qui va me couper l'appétit pendant quelques siècles : nous allons devoir nous faire confiance et collaborer. Je te conseille de t'occuper de Lucifer car je n'imagine pas que Métatron puisse réellement le considérer comme un allié. Un rouage tout au plus mais il sera, tout comme nous, le dindon de la farce. Surveille-le et empêche-le de vous affaiblir trop en détruisant toute ton armée.

— Et toi ? Demanda Mikhaël, une grimace légèrement désabusée sur les lèvres.

— Moi, je gère mon ancien collaborateur. C'est toi qui m'a un jour affublé de ce petit surnom d'archange des trahisons parce que je n'étais jamais de votre côté et que mes choix étaient ceux des séraphins. Tâchons de mettre cette faculté au service de notre affaire. Métatron se méfiera peut–être moins de ma présence dans son sillage. Après tout, nous avons été si proches.

Le recteur des Vertus reposa sa tasse et ignora sciemment la dernière remarque d'Uriel.

— Dernière chose, reprit-il légèrement plus tendu. Il nous faut une interface avec les séraphins pour rétablir le lien entre tous les anges, poursuivit le recteur des Vertus avec impatience. S'ils ne nous donnent pas un nouvel archange de puissance pour remplacer Tsadkiel, il nous sera impossible de retrouver toute notre puissance

142

pour combattre les armées infernales et nous allons continuer à nous affaiblir.

— Pour cela, la recette reste inchangée depuis l'aube des temps : il vous faut un Vaisseau de Lumière. Sans lui, pas de contact avec la sphère d'existence des séraphins, pas de requête et pas de nouvel archange de puissance. Et, au cas où cela t'aurait échappé, ce n'est plus moi qui m'occupe de ce rectorat. Vous m'avez exilé, je te rappelle. Ce qui m'arrange parce que je n'ai pas à subir ce que les autres subissent aux Cieux en ce moment. Néanmoins, cela ne change pas le fait que je ne suis plus dans le business. N'y a-t-il vraiment eu aucune création spontanée de Vaisseau depuis que Métatron et moi sommes partis des Cieux ?

— S'il y en avait eu une, je crois que je l'aurai remarquée, acheva Mikhaël en guise de clôture des négociations.

— Alors tu as un gros problème, répondit Uriel, une lueur étrange dans les yeux. Nous avons tous un gros problème.

◆◆◆

Il ne restait plus rien de la petite laverie automatique. Quelque chose venait de la souffler et de la faire voler en éclats. Les démons ne prenaient même plus la peine de se cacher aux yeux des Hommes.

Car c'était la guerre. Enfin, la guerre.

L'attaque avait été fulgurante. Asmodée et Abigor n'avaient même pas senti le danger fondre sur eux. Après le choc de la déflagration d'énergie venue de nulle part, les démons étaient arrivés par vagues successives de petits groupes de quatre ou cinq individus. Le déchu et son compagnon d'armes avaient été les premiers à émerger des décombres de plâtre et de poussière. Rompus de courbatures et plus sonnés qu'ils ne l'auraient pensé, ils ne furent épargnés que par le fait que le trou béant dans la façade, provoqué par l'explosion, n'était pas assez dégagé pour permettre à plus de quatre individus de pénétrer dans l'ancienne laverie. Asmodée et Abigor, placés respectivement de part et d'autre d'un coin de la salle, purent alors prendre en tenaille tout ce qui se présenta à eux. Ainsi pressés contre cet étau de décombres, les démons subissaient la pluie tranchante des coups des guerriers survivants. Les membres et les étoffes étaient coupés par la lame des épées des deux seigneurs de guerre en répandant sang et chair sur la sciure de craie du sol.

Après quelques longues minutes durant lesquelles le carnage battait son plein, Juliette parvint à se dégager et se redressa lentement. Titubant non loin du déchu, elle toussa violemment, ce qui attira immédiatement l'attention de ce dernier. D'un bond un peu moins leste qu'à l'accoutumée, il se déplaça autant qu'il put pour la protéger. Cette fois, les démons étaient bien plus puissants que ceux qu'ils avaient affrontés en sortant de la chambre d'hôtel. Ils étaient bien plus organisés. Il ne fallut pas longtemps à Asmodée pour comprendre qu'il s'agissait d'une mission d'extermination menée par un seigneur démoniaque, expert du genre. Il lâcha un grognement rageur. S'ils ne parvenaient pas à s'extirper de ce tombeau de plâtre, ils finiraient tous par mourir d'épuisement au combat. Il enfonça son épée profondément dans le crâne d'un démon qui, en s'affaissant lourdement sur le sol encombré, lui dégagea la vue. En face de lui, Carrie était à genoux derrière Abigor. Le corps couvert de poussière, elle tentait d'extirper Soffia des débris.

— Bélial ! Cria Asmodée en direction de son partenaire de guerre. Ce sont ses hommes !

Il pointa du bout de son épée, qui ruisselait d'un sang noir, la dernière carcasse de démon au dos duquel était tatoué un serpent à deux têtes et quatre queues.

— J'ai vu ! ! Répondit Abigor qui reculait par souci de protection des deux anges qui se trouvaient derrière lui. Il faut nous séparer, Asmodée ! Divisons leurs recherches et le groupe !

— Je sais ! Trouve la troisième et occupe-toi d'elles !

— Tu avais raison, Asmodée, lâcha Abigor en entraînant ses assaillants un peu plus dans le fond de la pièce ravagée. Vous devez aller le voir, il n'y a que lui qui pourra vous aider !

Asmodée grinça des dents et acquiesça. Il ne fallait pas traîner. L'obstination des ennemis allait finir par avoir raison du reste des murs et une fois totalement à découvert, il en serait bientôt fini d'eux. Il saisit violemment le bras de Juliette pour l'empêcher de rejoindre ses amies de l'autre côté de la laverie. Sa poigne était on ne peut plus claire : elle allait devoir suivre son mouvement, qu'elle soit consentante ou non. Le déchu s'avança, le corps entier tendu d'agressivité et déploya toute la puissance qui avait fait sa réputation. Il fallait faire le plus de dégâts possible dans les rangs ennemis pour forcer ceux-ci à ralentir leur attaque et à repenser leur stratégie. C'était la seule façon de pouvoir envisager de sortir de ce cul-de-sac. Ses coups efficaces et sauvages battirent donc les chairs des démons qui ne devaient leur résistance qu'au fait d'être nés dans les cercles supérieurs des Enfers.

Les muscles brûlants d'Asmodée semblaient se renforcer par l'effort meurtrier qu'il déployait dans ses attaques. Ses mouvements faisaient écho à ceux d'Abigor et leurs coups se répondaient de part et d'autre des ennemis en cadence efficace. La meilleure stratégie était bien celle de la division. Chacun d'eux le savait. Bélial ne perdrait jamais son temps à poursuivre deux groupes de lièvres à la fois. Et c'était maintenant où jamais !

Le flot des assaillants perdit en force. Les suivants hésitaient à entrer dans le coupe-gorge qui s'avéra bien plus organisé et assassin que prévu. Asmodée se retourna promptement et décolla Juliette du sol en comprimant son bras d'une étreinte autoritaire. Il fallait fuir !

— N… Non, supplia-t-elle. On ne va pas partir ! On ne va pas les laisser, Asmodée je t'en prie !

— Nous n'avons pas le choix, Juliette ! Si on reste groupés, on est mort. Il y en a plein qui arrivent, tu ne les sens pas ! Fais-moi confiance et su…

Il n'eut pas le temps de terminer sa phrase que, soudain, le cri déchirant de Carrie creva l'air poussiéreux et moite. Alertés, les regards de ses compagnons se tournèrent tous vers elle. Sa silhouette élancée s'effondra sur elle-même comme un verre dont le pied se brise. Elle tomba à genoux dans un mouvement ralenti de douleur, son épiderme laiteux nappé d'un sang sombre. Elle tenait Soffia à bout de bras mais pas assez fort pour empêcher qu'elle ne s'écroule, percée à l'abdomen d'une lance démoniaque.

— NON ! ! Cria Juliette qui se démit presque l'épaule en tentant d'échapper à la poigne parfaitement efficace d'Asmodée.

Carrie n'entendait pas, elle n'entendait plus rien et sembla oublier tout ce qui se trouvait autour d'elle. Elle ne dut son salut qu'à la capacité de réaction d'Abigor qui fit de son corps un mur d'enceinte redoutable. Elle posa une main tremblante sur le fer de la lance qui laissait s'écouler sans retenue le sang de Soffia. Sa paume à plat sur la plaie ouverte, elle tentait de retenir le fluide vital à l'intérieur, comme si cela avait pu régler le problème.

— Ça va aller… Ça va aller, répéta Carrie plus pour se convaincre que pour rassurer son amie. Soffia eut juste le temps de braquer ses yeux noirs fragiles sur le visage de Carrie avant de perdre connaissance.

Carrie tourna la tête en direction du jet de la lance, une expression de rage non contenue dans le regard. Une nausée âpre lui retourna le cœur quand la silhouette du démon responsable se détacha de la fumée et de la poussière ambiante. Comment oublier celui qui avait failli toutes les tuer sur l'île de Lewis ? Bélial, le démon rouge. Elle ne voulut pas croire à cette vision d'horreur. Mais il est mort, pensa-t-elle immédiatement.

Malgré un boitillement persistant, la démarche de Bélial était encore empreinte de cette cadence coquette de défilé. La subtile diversion qu'il venait d'introduire ralentit les plans de fuite d'Asmodée et d'Abigor qui devaient gérer un afflux soudain d'assaillants. Ainsi protégé des corps de ses hommes, Bélial pu apprécier la théâtralité du moment. Il esquissa un léger sourire gourmand en regardant Carrie et leva la main dans sa direction en pointant son pouce à la verticale. Le chiffre un, ainsi mimé, il le transforma ensuite en deux. Carrie fronça les sourcils d'incompréhension puis sentit quelque chose changer sous ses doigts. Elle tourna vivement la tête vers Soffia et vit son corps matériel disparaître peu à peu. Le geste de Bélial devint alors très clair. Elle ne devait pas perdre de temps et suivre le pas de danse que le démon rouge lui imposait. Elle se désincarna presque en même temps que lui et abandonna ses compagnons à la matérialité de l'attaque qui reprit de plus belle. Abigor jeta un œil tragique à son partenaire en guise d'interrogation mais son attention fut très vite ramenée à la dure réalité : pour couvrir la désincarnation de Bélial, ses hommes se concentraient tous sur le démon majeur. Impossible pour lui de couvrir les arrières de Carrie et de Soffia dans l'autre réalité. Elles étaient seules face au maître des luxures et des vices.

Une fois dans l'autre réalité, immatérielle, Carrie recueillit le corps de son amie et la serra dans ses bras. Comme à chaque mort physique, l'ange brutalement désincarné était désorienté et faible. Soffia ne dérogea pas à la règle. Elle émit de légers gémissements d'effroi et d'incompréhension douloureuse. Tout son être spirituel frémissait de terreur et c'était bien ce qui fit vibrer de plaisir l'aura démoniaque de Bélial. La digne élève de Mikhaël ne perdit pas de temps et dégaina rapidement son épée astrale. Elle se plaça en défense pour les protéger toutes deux. Les pupilles couleur de bois braquées sur le visage radieux et amusé du démon, Carrie serrait sa garde de toutes ses forces.

— Fais-moi plaisir, mon ange, dit Bélial de sa voix doucereuse, crie très fort.

Il leva la main dans leur direction et une déflagration d'énergie percuta leurs deux corps, bien qu'en réalité, Bélial n'en visa qu'un.

— Et deux, conclut le démon avant de s'incarner pour finir de superviser son agression.

Suspendue dans les limbes immatériels, Carrie se remit peu à peu du choc d'énergie et rouvrit les yeux. Bélial avait disparu, il ne restait plus qu'elles. Soffia était toujours dans ses bras et elle semblait maintenant consciente de ce qui l'entourait. Elle avait cessé de gémir et demeurait silencieuse, le visage étrangement fixe. Elle regardait Carrie avec un air neutre de statue de marbre. Ses longs cheveux de tahitienne, sa parure de sirène, flottaient autour d'elle en formant une sorte de lit sombre. Carrie laissa échapper un hoquet violent de surprise et de soulagement. Elle passa nerveusement ses doigts sur le front de son amie, puis sur son cou et ses épaules en cherchant l'origine du miracle de son intégrité et de sa survie.

Mais elle ne la trouva pas.

Soffia esquissa enfin un léger mouvement : un sourire, peut-être le seul véritablement spontané que son visage, ordinairement si renfermé, pouvait lui permettre.

— Soffia… Soffia, murmura Carrie comme pour appeler son attention et ne pas la laisser sombrer à nouveau dans l'inconscience.

Mais elle ne répondit pas, elle semblait si lasse. Si lasse et déjà absente. Elle leva lentement son index et le posa sur les lèvres de Carrie. Et soudain, l'eau lisse et figée de ses traits se froissa fortement. Elle crispa ses sourcils noirs en laissant transpirer sur son visage l'expression d'une fulgurante angoisse. Celle de la chute, celle de l'abîme.

Et Carrie réalisa. L'énergie de Soffia s'étiola lentement et dans un parfait silence, en estompant peu à peu son corps astral. Sa substance vitale glissa entre les doigts glacés de Carrie qui tentait par un réflexe paniqué et naïf de la retenir vers elle. Mais rien n'y fit. En quelques secondes meurtrières, l'existence et la signature spirituelles de Soffia avaient à jamais disparu dans les limbes. Elle était partie comme elle avait vécu : portant sur son visage une sorte de contemplation incomprise et détachée de ce qui l'entourait. En silence.

L'ange de Mikhaël resta immobile à fixer ses mains vidées de l'énergie de son amie comme si elle essayait de comprendre ce qui lui arrivait. Mais elle ne comprenait pas. Elle ne comprenait plus rien. Cela ne pouvait se finir ainsi. Il y avait toujours une solution, une issue de secours. On lui avait enseigné cette logique. Si la porte se claquait, alors il y avait bien toujours une fenêtre qui pouvait se forcer. Elle avait été élevée, elle était un ange, tout ceci devait bien avoir une raison d'être, une logique autre que celle de la souffrance et de l'impuissance. Alors Soffia devait bien être quelque part dans ces fichus limbes ! Il fallait juste attendre, être patiente, être une bonne élève attentive et elle finirait par capter un signe, un souffle, une étincelle de vie qui pourrait la guider vers son amie. Il fallait juste attendre assez longtemps…

Elle ne sentit pas la poigne d'Abigor s'abattre sur elle afin de l'obliger à s'incarner à nouveau. Il tentait de la sauver. Mais être sauvée n'était plus dans les préoccupations de l'ange.

Lorsqu'ils réapparurent tous deux dans la laverie, il était presque impossible de s'y mouvoir tant la pile des corps fracassés encombrait le passage. Bélial vociférait des ordres hystériques à ses hommes qui n'avaient pas l'air de bien les comprendre. Malgré la méticulosité de l'attaque, Asmodée et Abigor avaient mis en déroute près d'une quarantaine de démons et les survivants attaquaient maintenant avec bien moins d'enthousiasme que les précédents.

Après quelques secondes, Asmodée aperçut Abigor et Carrie. Il comprit le message affiché dans le regard grave et fataliste de son compagnon d'armes. Depuis longtemps, les deux acolytes n'avaient plus besoin de parler pour communiquer.

Le dernier acte devait se jouer maintenant, sinon il serait trop tard.

Sous les hurlements d'incompréhension que poussait Juliette, et le silence carcéral de Carrie, Abigor sonna l'ultime charge pour couvrir comme convenu la fuite du déchu et de son ange. Il s'empara d'un bouclier démoniaque tombé au sol et se précipita sur plusieurs assaillants qui protégeaient leur maître. Le corps massif du démon majeur percuta avec force les envahisseurs qu'il repoussa d'un brutal jeu d'épaules. Totalement déséquilibrés par cette masse guerrière, les derniers ennemis dégringolèrent en jeu de cartes aux pieds de Bélial dont le visage était plus rouge de colère encore que sa chevelure. Asmodée se saisit de cette opportunité pour s'extirper de la laverie. Il tenait toujours Juliette par le bras et ses supplications de ne pas abandonner ses amies ne changèrent rien à son geste. Il la garda sous son contrôle et l'empêcha de se désincarner pour lui échapper. Il s'élança dans la rue en entraînant rapidement l'ange qui jeta un ultime regard nimbé de larmes sur ce qui lui restait de ses compagnons.

Le résultat fut immédiat. Bélial en avait après Asmodée et les ordres qu'il donna firent changer les démons de cible. Ceux-ci s'élancèrent derrière les deux fuyards en vidant les lieux ravagés de leur infâme présence. Non sans avoir lâché d'ultimes insultes en direction de ses hommes, le démon rouge préféra éviter le tête-à-tête avec Abigor et se désincarna pour suivre Asmodée. Abigor vint presque facilement à bout des quelques assaillants qui demeurèrent et quand tout fut fini, il se retourna pour observer les décombres désertés de la laverie. Il se servit de sa longue épée pour fouiller rapidement les débris qui jonchaient le sol et finit par trouver ce qu'il cherchait : le corps inerte de Mylène resté jusque-là enseveli. Il la chargea sur son épaule avant de saisir le bras de Carrie et de l'entraîner dans la ruelle opposée à celle empruntée par Asmodée.

Carrie se laissa manipuler comme un pantin, plus morte que vive, un vide immense dans les entrailles comme si son fluide vital avait, lui aussi, suivi le chemin de Soffia dans le néant.

Chapitre 10

La chute des Justes

— Arrête, je t'en prie ! Arrête, je n'en peux plus ! Supplia Juliette en tombant à genoux sur le sol poussiéreux de L'Erèbe.

Pour échapper à leurs poursuivants, Asmodée comptait sur le relief des forêts sinueuses et la proximité de nombreuses créatures démoniaques pour couvrir leur fuite. Il l'avait donc amenée dans cette contrée si peu familière pour elle et espérait que cela pourrait leur faire gagner un peu de temps. Mais le lointain son du pas de charge de Bélial et de ses hommes, qu'il percevait de son ouïe aguerrie, lui laissa peu d'espoir.

Juliette était penchée en avant et tentait de reprendre sa respiration. Elle massa son avant-bras rougi par la poigne du déchu.

— Où est-elle ? Demanda-t-elle d'une voix blanche qu'il ne lui avait jamais connue.

Pour la première fois, il hésita à lui répondre.

— Elle s'en est allée. Je... je suis désolé, Juliette.

— Désolé ? Tu es désolé ? ! ! Je ne te crois pas, elle n'est pas morte ! Comment pourrais-tu le savoir, ils étaient désincarnés ! Elle est peut-être encore là-bas, perdue et terrifiée ! Et nous... Nous, nous l'avons laissée seule, nous l'avons abandonnée ! Elle...

Juliette étouffa sa phrase dans un sanglot rageur. Elle tenta, vainement, de repousser Asmodée quand il s'approcha d'elle pour lui prendre sans douceur le visage entre ses mains gantées.

— Elle est morte, répéta-t-il d'une voix basse et ferme. Quand tu es né ange ou démon, ta vision est la même que tu sois incarné ou pas. C'est la différence entre nous. Tu ne vois que la réalité dans laquelle tu te trouves, alors que je les vois toutes. Et je l'ai vue mourir, Juliette. Soffia est bien morte. J'en suis profondément désolé pour toi.

L'ange resta stoïque un bref moment, puis se laissa aller au chagrin silencieux et résigné. Elle venait de perdre l'une de ses amies, une partie de sa chair et de son sang. Elles avaient toutes partagé l'élévation, la découverte des Cieux, les missions et tout le reste. Sa vie était imbriquée dans celle de ses amies, de ses âmes sœurs. Comment continuer après cette amputation du cœur ? Comment pouvait-elle faire ? Elle ouvrit grand ses yeux clairs et fixa le déchu comme s'il avait été sa seule planche de salut et le seul lien qui la maintenaient encore à ce monde auquel elle n'entendait plus rien. Malgré sa nature, il était son seul soutien et devenait son seul guide. Elle était épuisée par ses colères : Elvire et maintenant Soffia. Combien de coups pouvait-on asséner à quelqu'un sans qu'il se brise et s'effondre ? A partir de quand, savait-on qu'on était au bout de ses limites ?

Le déchu grimaça légèrement. Le reflet qu'il voyait dans les yeux de l'ange lui était insupportable. Elle le voyait comme un héros, elle se liait à lui et il se liait à elle. Il crispa légèrement ses doigts autour de ce visage diaphane et sentit une pulsion familière, qu'il avait l'habitude de contrôler en temps ordinaire, grandir en lui. Mais rien n'était ordinaire. Elle ne l'était pas, elle ne l'avait jamais été. Pourtant qu'il lui aurait été facile de l'abandonner ici. Il n'avait qu'à la lâcher, la laisser sur le chemin des hommes de Bélial et tout serait vite fini. Il n'aurait plus à supporter son regard, les tonalités de son parfum, le contact brusque et violent de leurs peaux au travers de ses gants. Mais ses mains ne lui obéissaient plus et il était incapable de la lâcher. C'était un élan impérieux des tripes et du cœur dont il savait bien, à présent, qu'il ne pourrait plus se défaire. Pour le pire à venir, l'âme du déchu serait viscéralement chevillée à celle de l'ange et inversement. Et le temps suspendu entre eux leur fit prendre conscience de cette douloureuse et impossible réalité.

Ils demeurèrent muets, dévoués à la contemplation de l'autre qui, pour une fois, se substitua à leur verve habituelle. Mais le danger qui les avait presque rejoint alerta la conscience guerrière d'Asmodée et lui rappela l'évidence : ils allaient perdre. Bélial disposait de bien trop d'hommes et il ne pourrait tous les arrêter, ni même les semer. Il fallait prendre une décision et il le fit vite.

— Juliette, dit-il soudain sur le ton d'une caresse qui la fit tressaillir. Ecoute bien ce que je vais te dire, et surtout, ne m'interromps pas.

Elle suspendit son souffle.

— Bélial va nous rattraper et nous prendre. Mais si nous nous débrouillons bien, il ne prendra que moi.

Elle lâcha un hoquet outré de revendication mais il reprit immédiatement sans lui laisser la possibilité de répondre.

— Tu vas te rendre à Paris, dans le sixième arrondissement. Rue de Médicis, le numéro 23, au dernier étage. Tu vas rencontrer Uriel, c'est lui qui te prendra en charge. Dis-lui que tu viens de ma part, il comprendra. Juliette, il est impératif que tu retiennes tout ça, tu dois le rejoindre le plus vite possible. Je ne peux plus rien faire pour toi, si ce n'est te donner du temps. Et c'est ce que je vais faire. Bélial est sûrement plus intéressé par moi que par toi.

Juliette crispa les mâchoires, incapable de parler. Elle se contenta de faire un « non » angoissé et nerveux de la tête.

— Bien sûr que si, tu peux le faire, répondit le déchu sur le même ton étrange. Parce que nous sommes en guerre, mon ange. Et quand on est en guerre, on fait des sacrifices. Ton monde et mon monde s'écroulent. Il va falloir être forts.

— Je... je ne peux pas te laisser là. Je ne peux pas partir sans toi.

— Tu ne pars pas, c'est moi qui te chasse. J'en ai vu d'autres, je survivrai. Va maintenant.

Il lâcha son visage, en laissant traîner le bout de ses doigts sur son contour. Il afficha son sourire narquois habituel puis tira sa longue hallebarde rouge et déploya ses immenses ailes d'un noir unique.

— Va-t-en, Juliette ! Dit-il plus rudement en haussant le ton.

— N... Non...

Elle aperçut à l'horizon les silhouettes de leurs assaillants. Ils étaient si nombreux, si féroces. Elle recula d'un pas et serra ses poings de toutes ses forces. Son cœur était déchiré de part en part et elle ne parvenait pas à bouger.

— Va-t-en MAINTENANT ! Tonna-t-il en s'élançant vers l'ennemi.

Juliette sursauta vivement. Elle ferma les yeux. Mais avant de disparaître de l'Erèbe pour rallier la Terre, elle laissa filer un dernier murmure :

— Je vais revenir te chercher.

Asmodée fit tournoyer son arme au-dessus de sa tête, un sourire malsain sur les lèvres. La colère et les révoltes étaient son langage mais sa raison de vivre avait changé de camp. A présent, il savait ce qu'était la colère saine, celle des désespérés, celle des brisés, celle des justes. Et jusqu'à son dernier souffle, il entendait bien démontrer à son pire ennemi qu'il n'était pas le grand déchu des révolutions pour rien.

◆◆◆

Mylène grimaça mais aucun son qui aurait pu trahir sa douleur ne sortit de sa bouche crispée. Assise sagement sur le banc d'une vieille église, elle observait les mains impressionnantes d'Abigor lui fixer un bandage de fortune pour immobiliser son poignet endolori.

Après le carnage de la laverie automatique, le grand démon, Carrie et elle avaient quitté le Japon pour le nord-ouest de la France et s'étaient réfugiés dans une modeste chapelle absidiale qu'Abigor semblait tenir en haute estime sécuritaire. Il faisait sombre et humide dans l'âtre sacré. Les vents océaniques chargés d'une humidité persistante battaient les vieilles pierres de la bâtisse avec un bruit de supplique traînante. Mylène n'osait pas respirer trop fort par crainte de faire plus de bruit. C'était comme si on exerçait une énorme pression sur sa gorge. Impossible de parler. Ses mâchoires restaient scellées si obstinément qu'elle en avait des douleurs dans les joues. Elle tourna lentement la tête sur la gauche. Dans le fond de la salle plongée dans une pénombre écrasante, elle aperçut la silhouette immobile de Carrie. Droite et figée comme une épée plantée dans le sol, elle se tenait contre un pilier de marbre. Elle était si livide, si grise, qu'elle aurait pu se confondre avec la pierre.

Quand Mylène avait repris ses esprits, un moment plus tôt, Abigor lui avait annoncé la mort de Soffia. En une phrase, quelques mots seulement, il en était fini de son amie. Une seconde, elle était là avec elle, l'instant d'après elle n'était plus. Mylène avait eu l'impression de perdre connaissance pendant une éternité. Car il avait bien fallu une éternité pour qu'un tel drame se produise. Cette souffrance ne pouvait être aussi fulgurante. L'ange blond était déchiré entre la culpabilité et le soulagement de n'avoir rien vu. Cela ne rendait pas les choses plus faciles mais elle, au moins, pouvait garder en mémoire le visage grave et serein de Soffia, leur dernière conversation, leur dernière complicité. Rien dans son souvenir n'abîmerait jamais cette image vivante. Elle serait pour toujours éternelle. Alors que Carrie l'avait vue mourir et ce vécu morbide devait ravager tout dans son cœur et son esprit. Elle garderait probablement imprégné dans sa conscience le son du dernier souffle de Soffia et de son dernier regard. Elle se sentait tellement impuissante et de trop dans cette atmosphère gelée et pesante que lorsqu'Abigor eut fini de la soigner, elle ne bougea pas de son siège.

— Ça va aller ? Demanda-t-il sur un ton ferme mais bas.

— Oui, murmura Mylène de façon à peine audible. Mais… Elle… Elle…

Abigor appuya légèrement ses doigts sur l'épaule de l'ange en guise de réponse entendue.

— Essaye de te reposer, acheva-t-il. Nous en avons tous besoin et je pense que nous sommes tranquilles pour le moment.

Abigor plia son long manteau en quatre et le posa à côté de Mylène. Sans lui demander son avis, il l'inclina pour qu'elle s'allonge et pose sa tête dessus. Elle se laissa faire avec la docilité d'un animal domestique parfaitement dressé puis ferma les yeux une fois couchée. Somnoler pouvait être un anti-douleur efficace, du moins s'en persuada-t-elle.

Le démon majeur s'éloigna pour rejoindre Carrie.

— Comment va-t-elle ? Demanda froidement cette dernière pour devancer toute autre question et garder un semblant de contrôle sur elle-même.

— Aussi bien que possible, répondit-il sur le même ton. Elle n'a rien de cassé mais elle est encore très sonnée par le choc qu'elle a reçu.

— Bien. Et… Est-on en sécurité ici ?

— Je le crois. Nous n'intéressons pas Bélial. En rendant notre poursuite fastidieuse pour lui, nous avons assuré notre fuite. Il enverra sûrement d'autres démons mais il choisira des cibles plus accessibles.

— Comme des anges isolés qui n'ont pas la chance d'être escortés par un démon majeur, fit-elle en passant une main tremblante sur son front pâle.

D'un geste un peu brusque, Abigor saisit le poignet de Carrie et l'entraîna un peu plus loin encore dans l'une des alcôves de prières. Il la fit s'asseoir sur un siège en maintenant ses mains sur ses épaules afin qu'elle ne bouge pas. Plaçant ensuite ses doigts sous le menton de l'ange, il redressa son visage pour qu'elle le regarde. Les yeux ne mentaient pas. Le corps en général ne mentait jamais.

— Ce n'est pas parce que tu la pleures que cela fait de toi quelqu'un de faible, dit-il finalement.

Carrie prit une longue inspiration. Tout son corps tremblait malgré son obstination à paraître calme.

— C'est, souffla-t-elle avec une certaine fébrilité. C'est le problème, Abigor. Je… Je n'arrive pas à pleurer. Il n'y a rien qui sort, tu comprends ? Je suis comme vidée de l'intérieur. Est-ce que ça veut dire que je ne ressens plus rien ? Voilà ce que l'élévation aurait fait de moi : un ange inefficace qui a laissé mourir l'un des siens et qui ne ressent rien ?

Il fit glisser lentement le bout de ses doigts sur l'arrête fine du visage de l'ange.

— Ça viendra, fit-il en inspirant lourdement. Et quand ça viendra, tu ne devras pas résister.

— Tu l'as déjà fait ? Pleurer la perte de l'un des tiens ? Je ne demande pas de traitement de faveur, je ne suis pas un ange de réserve qui sert un archange de puissance. Je suis un soldat au service de ma nation. Il n'y a pas de raison qu'on me traite différemment parce que je suis encore une élève. Je sais ce que la guerre implique, je dois y faire face parce que si je ne le fais pas, qui le fera ? Mikhaël doit pouvoir compter sur moi parce que si ses anges flanchent alors ce sont les Cieux qui sont en danger. J'aurai dû réagir plus vite, j'aurai dû sentir la présence de Bélial car je l'ai déjà affronté. Mais au lieu de cela, j'étais pétrifiée. Si tu n'avais pas été là, je serais morte. Tu n'es pas censé me protéger de tout parce que c'est aussi mon travail de faire la guerre. C'est pour cette fonction que j'ai été choisie. J'ai été en-dessous de tout et Soffia est morte…par ma faute. Je ne suis pas digne d'être ce que je suis.

— Un soldat infaillible n'existe pas, dit-il avec plus de douceur. Tu dois faire le deuil de cette idée. L'erreur, nous la commettons tous. La différence tient au fait que nos erreurs impliquent des vies. L'apprentissage du guerrier consiste à accepter de vivre avec ça. Je peux t'apprendre à te battre, à te servir d'une épée ou de toute autre arme. Avec du temps et de la patience, je peux même faire de n'importe quelle créature, un soldat. Mais ce qui fait le véritable guerrier, c'est son état d'esprit et la conscience de sa responsabilité. Nul autre que lui ne peut supporter la culpabilité d'une mauvaise décision. Et c'est cela : être un guerrier. C'est assumer des actes qui auront pour conséquence la mort de ceux dont on a la charge et de ceux qu'on aime.

— Comment fait-on ? Demanda-t-elle d'une voix ténue qui lui donna l'air d'une petite fille.

— On le fait, c'est tout. Mais n'oublie pas qu'accepter la mort de tes proches ne doit pas la banaliser. Tu leur dois l'hommage du souvenir et de la douleur. Tu dois te rappeler leur visage et accepter de porter la souffrance qui en découle.

Carrie tordit légèrement le cou pour détourner son regard de celui d'Abigor. Elle sentait l'émotion la submerger, c'était plus fort que sa volonté et plus fort que sa raison. Elle voyait encore le visage de Soffia tétanisé par une expression d'étonnement tragique. Elle était partie sans savoir pourquoi, sans comprendre la raison d'une telle tragédie. Et comment expliquer l'injustice d'une guerre qui frappait, par définition, aveuglément les victimes ? Pourquoi Soffia, pourquoi cette fois, pourquoi à cet endroit ? Autant de questions qui n'avaient pas de réponses et qui n'en auraient jamais. Il n'y avait rien à espérer. Et la mort de Bélial, en juste vengeance, ne changerait rien au fait que Soffia n'était plus et ne serait plus jamais.

Les larmes roulèrent lentement sur sa joue de craie et vinrent frôler les doigts d'Abigor. Il crispa les mâchoires d'impuissance et décala sa main sur la nuque de Carrie. D'un geste étonnement lent et doux, il approcha son visage de son cou et quand le front de l'ange toucha le relief du cuir de sa tunique, il enserra délicatement ses épaules. Ainsi encadrée dans cette étreinte assez légère pour ne pas la brusquer, Carrie laissa la chaleur du corps démoniaque engourdir sa peine. Les épaules étroites de l'ange frissonnèrent d'un sanglot silencieux. Abigor posa alors son menton sur le sommet de son crâne, perdant un instant le fil de ses pensées entre les effluves légères de son parfum fleuri. Bien malgré lui, il tressaillit quand elle fit coulisser ses bras autour de son large cou. Le geste l'autorisa à la serrer plus fort contre lui, rapprochant son corps massif de celui de son ange.

C'était cela, le vrai sens de l'éternité.

Le bruit d'une porte qui claque rompit le charme brûlant de l'étreinte en les ramenant tous deux à la froide réalité. Privés de la chaleur mutuelle qui naissait inéluctablement de leur contact, ils eurent un frisson bien désagréable. Abigor lui fit signe de ne pas faire de bruit et se redressa souplement. Plissant ses yeux de prédateur affûté pour distinguer la présence de l'intrus dans l'obscurité ambiante, il plaça d'instinct la main sur la garde de son épée. Mais sa suspicion fut de courte durée lorsqu'il reconnut celui qui se présentait devant eux avec un air encore moins conciliant que celui que tout le monde lui connaissait déjà.

— Où est-elle ? Lança Mikhaël sur un ton impérieux et contrarié.

Abigor pivota sur le côté et désigna Carrie d'un mouvement de tête. Mikhaël fronça les sourcils, fortement mécontent que ce démon se trouve encore à proximité de son élève. Si cette créature damnée tenait tant à jouer les guides, elle n'avait qu'à se trouver elle-même un disciple. L'archange se présenta devant son ange, ce qui eut comme effet de le faire se lever d'un bond aussi vif qu'un clown sorti d'une boite à ressorts.

— Mikhaël, dit Carrie moins assurée qu'elle ne l'aurait voulu.

— Tout va bien, répondit le recteur des Vertus en s'approchant d'elle assez près pour la scruter de la tête aux pieds.

Il ne put s'empêcher de laisser filer un soupir de soulagement. Elle était en un seul morceau, c'était tout ce qui lui importait pour le moment. Il balaya la pièce d'un regard de mépris. Comment le démon avait-il eu l'idée de la traîner jusqu'ici ? Pourquoi pas dans une crypte au milieu des restes des humains tant qu'il y était !

— Que s'est-il passé au juste ? Demanda-t-il en fixant Abigor de façon assez insistante pour lui faire comprendre que le vrai sens de la question portait principalement sur la raison de sa présence auprès de son élève.

— Nous avons été attaqués par l'armée de Bélial, répondit le grand général sur un ton égal et nullement impressionné. Soffia est morte. Je pense qu'ils sont en train d'éradiquer tous les anges qui se trouvent sur Terre, bien que dans notre cas, Bélial en a fait une affaire personnelle. Pour lui échapper, nous avons dû séparer le groupe. Asmodée est parti avec Juliette et j'ai conduit Mylène et Carrie, ici, car je connais bien cette cachette. Comme prévu, Bélial a suivi Asmodée.

Mikhaël observa Abigor puis détourna son regard verdâtre en direction de Carrie. Elle baissa légèrement la tête, ne pouvant s'empêcher d'afficher inconsciemment toute la culpabilité qu'elle portait en elle et qui transpirait par tous les pores de sa peau.

— Merci d'avoir veillé sur elles deux, consentit finalement à dire le recteur des Vertus et Dieu savait à quel point cela pouvait lui coûter.

Il s'écarta légèrement du passage et fit un léger signe de la main pour signifier à Carrie qu'il était temps de lever le camp.

— Nous allons rejoindre d'autres anges qui ont été regroupés dans un lieu sûr, poursuivit Mikhaël à l'attention de son disciple. Nous pourrons ainsi organiser notre défense en attendant que nous puissions tous rentrer aux Cieux.

Il tourna les talons sans plus de cérémonie et s'avança vers l'autel pour trouver Mylène. Il se pencha sur elle pour lui toucher l'épaule. Mylène crispa ses paupières en laissant filer un léger grognement et ouvrit lentement des yeux embrumés. Elle sourit un peu bêtement puis referma les yeux. Mikhaël soupira. Elle sursauta immédiatement, et cette fois, arrondit franchement ses pupilles pour être sûre qu'elle ne rêvait pas. Elle toucha l'avant-bras de l'archange pour vérifier qu'il était bien réel et non une projection spontanée et involontaire de son inconscient. Il était bien réel.

— Mikhaël… dit-elle le plus intelligemment possible, ce qui n'alla pas chercher bien loin sur l'échelle des phrases intelligentes. Comment nous as-tu retrouvées ?

— J'ai quelques compétences Mylène. Est-ce que ça va ? Demanda-t-il sur un ton passablement désabusé et tout en désignant ses bandages.

— Oui, Abigor m'a soignée. Il… il a pris soin de moi, de nous toutes en fait.

— Si tu es en état, nous allons partir, coupa-t-il en s'écartant.

— Où ça ? Lâcha-t-elle trop rapidement pour se rappeler qu'elle devait tourner vingt sept fois sa langue dans sa bouche avant de s'adresser au futur père de ses enfants.

— Dans un endroit sûr, poursuivit-il plus sèchement. Là où vous serez avec d'autres anges.

— Tous au même endroit ?

Décidément, la communication hiérarchique n'était pas le truc de Mylène.

— Je dis ça, persista l'inconsciente, parce qu'ils ont l'air de vouloir tous nous détruire et ils y arrivent plutôt bien pour l'instant.

La voix de l'ange perdit en assurance sur la fin de sa phrase.

— Justement, répondit Mikhaël, une légère crispation dans la mâchoire. Nous devons nous organiser en armée pour faire face à la menace et plus importante est l'armée, plus efficace elle est. Dois-je continuer à me justifier, Mylène, où pouvons-nous y aller ?

Cette dernière tordit sa jolie bouche puis se résolut à emboîter le pas de Mikhaël ainsi que celui de Carrie et d'Abigor.

Une fois dehors, les embruns océaniques si proches ravivèrent un instant leurs sens. L'église aux pierres sombres se trouvait au sommet d'un relief vallonné non loin d'une petite falaise. La nuit était chargée de nuages qui dansaient entre la terre et les étoiles. Un énorme 4x4 trônait juste au bout du petit chemin caillouteux qui bordait l'ancien cimetière de la paroisse. Mikhaël ouvrit la portière arrière de son imposant véhicule pour faire entrer ses anges. Incarné, un archange attirait toujours beaucoup moins l'attention des démons car sa signature astrale était largement diminuée. Et bien qu'il répugne à se comporter comme un Homme, c'était la solution la plus rationnelle d'un point de vue stratégique. Il allait contourner la voiture afin de prendre place au volant lorsqu'il constata, non sans une contrariété immédiate, qu'Abigor s'apprêtait à monter à côté de lui.

— Je viens, dit le démon majeur en anticipant la question que n'allait pas manquer de lui poser le recteur des Vertus.

— Non, tenta Mikhaël.

— Si, lâcha Abigor tout aussi fermement.

D'instinct, Carrie et Mylène se tassèrent dans le fond des sièges en cuir.

— Ecoute, Abigor, reprit l'archange avec un semblant de patience qui ne lui était ni naturelle ni familière. Je te remercie d'avoir pris soin d'elles jusque-là. J'ai bien conscience que nous avons une dette envers toi, bien que je gage que seul ton intérêt personnel a commandé ce soudain changement de camp. Mais les anges sont sous ma responsabilité et dorénavant, je prends le relais. Ton aide, d'ailleurs, serait bien plus utile pour localiser Asmodée et Juliette.

— D'abord, mon intérêt n'a jamais changé de camp, il a toujours été dans le mien. Ensuite, Asmodée m'a dit de veiller sur Carrie et Mylène, ce que je vais faire.

Mikhaël inspira très lentement et pour un regard extérieur, cela ressemblait fort aux prémices d'un drame.

— Il est hors de question, reprit-il en détachant bien chaque syllabe, que je fasse venir un démon dans un repaire où je cache des anges rescapés dans l'attente d'une attaque très prochaine et très probable de tes congénères. Je pense que, même toi, tu peux comprendre cette position.

— Je la comprendrais si nos rôles respectifs avaient été correctement remplis.

Carrie posa sa tête contre l'épaule de Mylène en entendant la phrase qui était assurément de trop.

— Que veux-tu dire par là, démon ? Fit l'archange sur un ton beaucoup plus sec.

Mylène appuya discrètement sur le bouton de la vitre afin que celle-ci descende complètement.

— Ce que je veux dire, reprit ledit démon, c'est que je ne t'ai pas vu quand elles se sont faites attaquer par plusieurs hordes de démons. Je ne t'ai pas vu quand Bélial les a agressées pour la première fois en Ecosse et qu'elles ont failli toutes mourir. Je ne t'ai pas vu, non plus, ramasser les restes de leur amie quand elle s'est faite percée de part en part par la lance de Bélial. Tu refuses obstinément de voir la réalité en face : tu as besoin d'Asmodée et moi.

Mikhaël claqua soudain si violemment la portière que le véhicule trembla sur ses roues. Il tonna franchement :

— Justement, toute cette histoire a été aggravée par votre intervention ! Il y a des règles qui régissent tous les plans d'existence depuis leur origine et ce n'est pas pour faire joli ou pour satisfaire une déviance égocentrique comme Asmodée, ou toi, semblez le croire ! Les mondes, tous confondus, ont survécu grâce à ces règles qui les ont structurés et protégés. Il est facile d'arriver maintenant et de remettre en cause ces principes en pointant du doigt leur déficience ou leur passéisme. Carrie, Juliette et les autres n'ont pas respecté ces règles et pour cette raison, elles se sont mises en danger de nombreuses fois. Cependant, dans leur cas, c'est compréhensible, car elles sont en apprentissage. Mais toi, démon majeur, quelle est ton excuse ?

Abigor ne cilla pas. A son avantage, il jouissait d'une très grande pratique des colères ravageuses d'Asmodée, ce qui le rendait à peu près hermétique à tous les types de manifestation de rage.

— Je ne dis pas que tes règles ne sont pas bonnes, archange, je dis qu'elles doivent évoluer si tu veux que ton monde survive. Le problème majeur des archanges et de certains autres grands démons, d'ailleurs, est bien toujours le même : l'ego. Si tu perdais un peu moins de temps à justifier tes actes et à expliquer un système qui a eu une utilité, jadis, mais qui se trouve maintenant dépassé, tu serais bien plus efficace. Et moi, mon seul souci est l'efficacité et rien d'autre. En conséquence, je viens avec toi.

Ils s'observèrent un long moment comme deux chiens de garde enragés et frustrés, puis Mikhaël pivota sur lui-même et rouvrit la portière. Il s'installa au volant et démarra la voiture en faisant ronfler le moteur tandis que, conformément à son idée de départ — qui était toujours la meilleure—, Abigor prenait place à côté de lui.

Le trajet fut uniquement ponctué des gémissements douloureux de la boîte de vitesses que Mikhaël s'obstinait à malmener avec un acharnement certain. Si l'archange avait choisi ce « discret » et très humain moyen transport, c'est parce que par chance Abigor avait amené Carrie et Mylène non loin de l'endroit où Uriel avait installé les anges qu'il avait recueillis. Lorsque le recteur des Vertus avait enfin repéré la signature spirituelle de son disciple préféré, il avait trouvé cette solution particulièrement adaptée aux circonstances.

Après cinq longues heures de route monochrome, les couleurs de l'horizon se réchauffèrent en annonçant l'éveil de l'aube. Mylène avait dormi presque tout le trajet, pelotonnée contre Carrie qui fixait le paysage glissant. Le 4x4 sortit de l'autoroute et s'enfonça rapidement sur les routes nationales, puis départementales, puis communales qui resserrèrent plus encore la marge de manœuvre du véhicule. Le sol détrempé par la pluie de la veille servait aux roues un relief cabossé qui secoua franchement les passagers. Les remous de la voiture ne semblèrent cependant pas troubler le sommeil de Mylène qui ne daigna rouvrir les yeux que lorsque Mikhaël coupa le moteur, une fois parvenu au milieu de la très pompeuse cour de la maison seigneuriale d'Uriel. Le bâtiment restauré avec soin et méticulosité s'articulait en U autour d'un jardin élégant. Les volets étaient encore clos et tout semblait dormir entre les murs de la demeure. Le chant des oiseaux se fit de plus en plus fort à mesure que le soleil s'arrondissait derrière l'horizon. Ce réveil naturel, ajouté au crissement des pneus sur le gravier, achevèrent d'alerter toute la maison.

— C'est joli, siffla Mylène qui choisit le thème de l'architecture pour rompre un silence devenu insupportable.

Mikhaël dressa un sourcil clairement dubitatif mais fit le choix de ne pas encourager la bête par une réponse inadéquate. Alors qu'il claquait une ultime fois la portière, il distingua la silhouette d'une jeune femme sortir timidement de la demeure. Après quelques pas d'hésitation lors desquels elle détailla les arrivants, elle reconnut finalement le recteur des Vertus, ce qui la soulagea définitivement. Elle courut presque pour les rejoindre mais pila juste devant Abigor. Elle glissa sur les graviers et se retrouva les fesses plantées au sol et la mine d'un lapin pris dans les phares d'une voiture.

— Tout va bien, précisa Mikhaël d'une voix qui n'allait pas du tout dans le sens de la bonne nouvelle. Il est avec moi. Uriel est-il là ?

— Non, répondit l'ange aux fesses meurtries, il est retourné à Paris. Nous sommes seuls.

— Que disent les sentinelles ? Poursuivit-il tandis qu'il l'attrapait par le col et la décollait du sol sans douceur.

— Rien. La nuit a été calme comme les précédentes, mais nous avons accueilli une dizaine d'autres anges pendant votre absence.

— Bien, je souhaite voir tout le monde dans le grand salon le plus rapidement possible. Rassemble-les.

L'ange acquiesça et fit volte-face, soulagé de ne pas avoir à côtoyer davantage un démon, même de leur côté, si tant était que cela puisse être possible. Elle fila droit devant et s'engouffra dans la maison aussi rapidement qu'une souris dans son trou.

— Cette cachette va bien vite être découverte par tes congénères, continua Mikhaël sur un ton de provocation à peine voilé. Il va falloir organiser notre défense, peut-être même que nous allons devoir faire face à un siège. Puisque tu es si prompt à vouloir nous aider, démon, je compte sur toi pour me donner tous les renseignements utiles quant aux pratiques militaires de ces hordes de tueurs.

— J'ai dit que je venais aider. Je n'ai pas changé d'avis, répondit Abigor sur un ton métallique et neutre.

— Parfait. Alors suis-moi, j'ai beaucoup de questions à te poser avant d'organiser les anges en défense. Sois précis Abigor. Surtout, sois bien précis.

Mikhaël tourna les talons et s'avança vers le bâtiment. Mylène suivit rapidement avec un mimétisme absolu dans le mouvement. Elle ignorait où elle devait se rendre exactement mais tant que son recteur ne lui avait pas assigné de poste spécifique, elle jugea qu'en bonne élève, elle devait se trouver précisément là, où il se trouvait, à quelques centimètres près.

Abigor soupira et comprit tout ce qu'avait pu endurer Asmodée du temps où il était encore un archange. Alors qu'il s'avançait à la suite de Mikhaël, Carrie lui retint le bras.

— Que faisons-nous pour Juliette et Asmodée ? Demanda-t-elle à voix basse.

— Rien pour l'instant. Ton saint patron a raison, les hordes vont nous tomber dessus rapidement. Il faut vous préparer sinon ce sera un carnage. Je reste connecté à l'énergie astrale d'Asmodée mais je ne la ressens pas. J'ignore où il se trouve et partir à sa recherche dans ces conditions ne servirait à rien.

— Est-ce que tu penses... je veux dire, crois-tu qu'ils sont ...
Carrie ne put terminer sa phrase. Elle en avait soupé du concept de mort.

— Non, dit-il en essayant de la rassurer. Asmodée n'en a pas trop l'air mais il est, de loin, le meilleur d'entre tous. Il n'est pas du genre à se laisser mettre le grappin dessus par le premier démon venu même si c'est Bélial. J'ai une entière confiance en lui, il arrivera à lui échapper et Juliette est en sécurité avec lui.

Chapitre 11

De l'importance de l'achat immobilier

Uriel s'en serait arraché les cheveux s'il n'avait pas tant tenu à son physique avantageux de poète maudit. Il s'agissait d'un simple code numérique pondu par un humain dérangé à peine plus évolué que le hamster qui tournait dans sa roue sur le beau buffet Louis XVI de son grand salon. Il tentait de déchiffrer le code du révérend Robert Duval depuis bientôt cinq heures, et pour l'instant, il n'en avait compris que quelques pages. Il devait se mettre dans la peau d'un esprit limité s'il voulait avoir une chance de comprendre ses écrits

Il étira son dos et se leva pour aller se servir sa quatorzième tasse de café. A la seizième, il jetterait sûrement l'éponge et le calepin par la fenêtre. Tandis qu'il versait le liquide sombre et odorant, il entendit la sonnerie retentir dans le hall d'entrée. Il se pencha dans la direction de la porte, bien persuadé qu'il avait dû rêver car il ne recevait jamais de visite. Mais une nouvelle salve sonore le contredit. Il y avait bien quelqu'un au bout de l'interphone. Avec un peu de chance, il s'agirait d'un représentant en encyclopédies dont la culture professionnelle pourrait venir à bout du maudit code. L'espoir, même le plus irrationnel, valait toujours mieux que rien.

Il traversa le long couloir qui desservait les onze pièces de son trois cent soixante dix mètres carrés sous les toits de Paris — achat immobilier qui aurait pu passer pour clairement démoniaque tant la surface au prix du mètre carré était indécente —, puis se planta devant son interphone. Avant qu'il n'ait le temps de décrocher le combiné, la sonnerie retentit à nouveau. Le visiteur était un acharné. Uriel appuya sur le bouton et racla sa voix légèrement cassée.

— Vous êtes doué en maths ? Demanda-t-il à l'inconnu qui se trouvait quelques étages plus bas.
Il y eut un blanc.

— Hein ? Je… Non, répondit le sonneur. Désolée de vous déranger, je m'appelle Juliette, je viens de la part d'Asmodée. Je vous en prie, laissez-moi entrer, c'est important.

Juliette soupira de consternation. Sa voix était misérable et si peu assurée qu'elle en eut honte. Elle avait bien triste mine : les cheveux emmêlés et dénoués dans son dos, la tunique de soie beige trempée par la pluie et ses chaussures fines tachées par la marche sur le bitume. Elle avait eu tellement peur de s'incarner trop près de cet Uriel, et ainsi de risquer une attaque, qu'elle avait préféré remonter toute la rue à pied et sonner à l'interphone. Misérable.

La porte donnant sur la cour très privée de l'hôtel particulier s'ouvrit dans un cliquetis d'automate. Elle pénétra à l'intérieur et prit rapidement les escaliers. Au point où elle en était, cet Uriel aurait pu être les dix plaies d'Égypte réunies en une seule, elle n'aurait pas été plus déstabilisée. Elle n'avait qu'une chose en tête : sauver Asmodée et retrouver ses amies. Si pour cela, il fallait qu'elle supporte un inconnu, potentiellement dangereux comme tout ce qu'elle croisait depuis quelque temps, alors elle en prendrait son parti.

Elle n'eut pas le temps de frapper à l'imposante double porte de l'appartement situé au sixième étage que le propriétaire des lieux ouvrit brusquement. Il la détailla de la tête aux pieds puis leva les yeux au ciel, un sourire franchement jubilatoire sur les lèvres.

— Oh Mikhaël, lâcha-t-il sur le ton d'une réplique de théâtre, tu n'es jamais là quand tu as tort et que je pourrais te jeter à la figure toute l'étendue de mon triomphe !

— Je vous demande pardon ? Interrompit Juliette avec des yeux d'opossum.

— Navré, c'est la joie de rencontrer quelqu'un comme toi. Entre.

Il s'écarta pour la laisser pénétrer dans son appartement et referma rapidement derrière elle. Il la contourna avec l'expression d'un gros chat qui a trouvé une magnifique pelote de laine angora.

— Une personne telle que moi ? Répéta Juliette de plus en plus dubitative.

— Asmodée a bien toujours le meilleur flair de tous les Cieux quand il s'agit de dénicher les trésors que tout le monde cherche. Un café ?

— Heu… oui pourquo… Attendez ! Je ne comprends rien. Asmodée m'a dit de venir vous voir car vous comprendriez. Sauf que je ne sais pas ce qu'il a voulu dire par là. Qui êtes-vous au juste ?

— Noir ou avec du lait ? Je n'ai plus de lait, alors ça m'arrangerait que tu le préfères noir.

Juliette ouvrit la bouche mais aucun son n'en sorti. Asmodée était peut-être mort ou sur le point de l'être, Carrie et Mylène avaient disparu et voilà qu'elle était obligée d'écouter les élucubrations d'un être qui n'avait pas l'air d'avoir toute sa tête.

— Je suis Uriel, reprit-il avant qu'elle ne fasse une rupture d'anévrisme. Ce que tu sais déjà puisque tu as sonné à mon interphone. Ce que tu sembles ignorer, en revanche, c'est que je suis un archange de puissance : le bras droit de l'ancien recteur des Séraphins, pour être exact.

— Le bras droit de l'ancien recteur des Séraphins, répéta-t-elle lentement pour lui laisser le temps de se rappeler l'énorme et indigeste organigramme des Cieux.

— Pousse, ça va venir, dit-il en lui tendant la tasse de café.
Elle lâcha un hoquet de stupeur.

— Métatron ! Cria-t-elle presque. L'ancien archange, recteur des Séraphins, c'est Métatron ! Vous êtes dans son camp !

Elle recula franchement jusqu'à cogner les fesses contre le buffet, ce qui stressa beaucoup le hamster.

— Pourquoi tout le monde pense que je suis à ce point lié à Métatron, alors que ça fait des siècles qu'il a disparu ? J'étais son adjoint, pas l'amour de sa vie !

— Pourquoi Asmodée m'a-t-il envoyée dans la gueule du loup? Poursuivit Juliette sans tenir compte de la présence d'Uriel.

— Parce qu'à ce jour, je suis le seul qui peut renseigner les archanges sur la façon de rebrancher le courant aux Cieux et donc de leur permettre de contre-attaquer efficacement Lucifer. En outre, ils pensent que je suis encore le docteur ès Métatron et que je sais, ou bien que je finirai par savoir, où ce dernier se cache et ce qu'il manigance.

Juliette marqua une pause qu'elle employa à détailler méticuleusement son interlocuteur. Ce type n'était pas net.

— Et, c'est vrai ? Dit-elle en plissant les yeux.

— Oui, oui, pas encore et oui.

Elle n'était pas persuadée d'avoir tout compris dans la réponse mais ce dont elle était certaine, c'était qu'il y avait enfin un espoir.

— Génial ! Alors qu'est-ce qu'on attend ? Je veux dire : remettons le courant aux Cieux pour commencer et ensuite, trouvons Lucifer et Métatron pour leur botter les fesses une bonne fois pour toutes et ce sera fini.

Uriel sourit franchement. Il voulait la même en plusieurs couleurs.

— Je comprends pourquoi tu lui plais, fit-il en élargissant un sourire carnassier. On attend que tu sois mûre, mon ange, voilà ce qu'on attend.

— Pardon ?

— Tu devrais t'asseoir.

L'archange lui désigna une belle méridienne rouge au style baroque. Juliette obtempéra, non sans afficher sur ses lèvres naturellement colorées une moue de suspicion appuyée.

— Sais-tu pourquoi tu te trouves dans le rectorat de Kamaël ? Poursuivit-il après avoir avalé une gorgée de café. Parce que tu t'y trouves, n'est-ce pas ?

— Oui. Comment vous le savez ? Excusez-moi, mais je ne vois pas bien le rapport.

— Prends des notes. Chaque rectorat forme ses disciples à l'accomplissement d'une tâche spécifique aux Cieux. De la même façon que des abeilles dans une ruche, tu me suis ? L'une de ces tâches, peut-être la plus délicate et la plus importante, consiste à entretenir le lien avec les séraphins. Ces créatures sont la source de notre pouvoir. D'une certaine manière, les séraphins sont nos superviseurs et nos guides. Mais ils sont d'une autre nature que la nôtre, ils évoluent sur un autre plan astral. Pour nous permettre de communiquer avec eux, ils ont doté les archanges de puissance de certains pouvoirs et les ont spécialisés. Métatron et moi étions chargés de communiquer avec eux tandis que, par exemple, Tsadkiel avait la responsabilité de maintenir le lien spirituel entre les anges. Ce système ne fonctionne que si les archanges de puissance sont au nombre de neuf. Qu'ils se trouvent tous aux Cieux, ou non, n'a pas vraiment d'importance. Mais élimines-en un et il n'y a plus de communication avec personne, comme tu as certainement dû t'en rendre compte, puisque tu es là. Alors pour que les pouvoirs de ces archanges soit rétabli, il faut qu'ils soient à nouveau neuf. Seulement, seuls les séraphins peuvent en créer un. Tu vois où je veux en venir ?

— Au serpent qui se mord la queue ? Souffla-t-elle de dépit.

— Précisément. Nous ne sommes plus neuf, donc nous ne pouvons contacter les séraphins pour leur demander d'en créer un nouveau, donc nous ne pouvons plus être opérationnels.

Juliette posa la tasse un peu brusquement sur la table basse en bois patiné.

— Et c'est tout ? Finit-elle par dire un peu vivement. Ca s'arrête là, il n'y a plus d'espoir pour nous ?

— Je n'ai pas dit ça. Il y a toujours un moyen de contourner les règles. On a conservé, malgré tout, une sorte de lien avec les séraphins, un lien établi malgré eux. Lorsque nous avons été créés, j'entends le peuple des Cieux, Dieu s'est servi des séraphins pour nous guider et nous doter de pouvoirs adaptés à notre survie et notre évolution. Après l'avoir fait, et avant de retourner dans leur plan d'existence, les séraphins ont laissé, sans le vouloir, des sortes de résidus d'énergie spirituelle en trace de leur passage. Des éclats de la puissance de Dieu. Depuis, il arrive parfois, très rarement mais parfois, que ces sortes de restes d'énergie divine se concentrent en un point et trouvent un être, un support, auquel ils s'intègrent. Quand ça arrive, on appelle le résultat un Vaisseau de Lumière. C'est un phénomène spontané qui modifie la nature de l'être auquel ces résidus d'énergie se sont agrégés. Nous n'avons aucun contrôle sur ce processus, nous ignorons pourquoi il se produit, quand il se produit, et comment. Mais nous savons les utiliser pour pallier certains handicaps de notre race. Jadis, j'étais chargé de détecter les Vaisseaux de Lumière et de les former. Quand je suis parti, il n'y en avait déjà plus aucun. Kamaël a repris cette fonction mais, visiblement, il n'a pas eu la main plus heureuse que moi. Enfin, jusqu'à aujourd'hui, tu me suis toujours ?

L'ange demeura silencieux une bonne minute.

— Oui. Kamaël m'a parlé de ça mais, sur le moment, je n'ai pas vraiment compris ce que ça impliquait. Je croyais que c'était juste un simple don.

— Personne ne comprend jamais ce que dit Kamaël. Il le fait exprès pour se rendre intéressant.

— D'accord, reprit Juliette la mine soudain décidée. Je suis un Vaisseau de Lumière, je n'en ai pas conscience mais j'en suis un. Soit. Alors, vous n'avez qu'à m'utiliser pour contacter les séraphins, qu'ils créent un nouvel archange de puissance et on n'en parle plus ! J'ai bien compris ?

— C'est fort bien résumé, jugea Uriel en souriant franchement. Sauf que Kamaël n'a pas eu le temps de te former. Tu es certes bien un Vaisseau mais tu es encore trop jeune. Le Pouvoir n'a pas eu le temps de se mêler à ton essence spirituelle pour être exploitable. Il faut que cette puissance résiduelle divine puisse se former en toi et devenir Lumière. C'est à ce moment que tu pourras nous aider à communiquer avec les séraphins. Asmodée a, sans doute, pressenti ce potentiel en toi et il a dû croire que je pourrais t'utiliser. Mais c'est bien trop tôt.

Cette fois, la coupe était pleine pour Juliette.

— Attendez… Je rêve, dit-elle les mâchoires crispées. Asmodée s'est sacrifié pour m'envoyer ici, l'une de mes meilleures amies a été tuée sous mes yeux, deux autres ont disparu et j'ignore si elles vivent encore, mon monde s'écroule, tout ça parce que je suis trop jeune ? ! J'en ai rien à faire d'être trop jeune ! Vous n'avez qu'à me former en accéléré pour que je puisse jouer mon rôle et c'est tout.

— Ce n'est, hélas, pas si simple.

— Oh si, si, c'est très simple. Nous allons retourner chez Bélial et sauver Asmodée, ensuite nous retrouverons Abigor et nous mettrons tout le monde à l'abri. Et pendant ce temps, vous m'apprendrez tout ce que j'ai besoin de savoir. Et lorsque nous aurons fini tout ça, je serai apte à contacter les séraphins.

Juliette se leva brusquement sous l'œil atterré d'Uriel, encore peu habitué au caractère incontrôlable de la rouquine.

— Non, mais on ne va pas aller chez Bélial ! Se contenta-t-il de lâcher, la mine consternée.

— Ah non ? Bon alors voyons si j'ai compris toute l'histoire et si je la résume toujours bien. Si on ne contacte pas les séraphins, tout le système va continuer de s'effondrer. Lucifer et Métatron vont poursuivre notre éradication et, tôt ou tard, il ne restera plus rien du peuple des Cieux. Même terré dans ce somptueux appartement, je ne donne pas longtemps aux démons pour vous mettre la main dessus et vous faire subir ce qu'ils font subir à tous les autres. Or, étant donné qu'à ce jour, je représente le seul moyen d'empêcher cela, que je suis donc l'unique espoir de conserver votre confortable train de vie, qu'adviendra-t-il si je meurs ? Parce qu'à n'en pas douter, Uriel, je vais retourner aux Enfers pour sauver Asmodée et à n'en pas douter, je vais mourir en tentant de le faire toute seule.

Il grinça des dents. Elle était folle. C'est pour cette raison qu'elle plaisait au déchu. Il aurait dû voir venir le coup.

— C'est une très mauvaise idée, conclut-il si besoin était encore de le faire.

— Oui, eh bien jusque-là, j'ai essayé de n'avoir que de bonnes idées, bien réfléchies, bien rationnelles, et voilà où elles m'ont conduites. Alors maintenant, on change de musique et on va faire les choses à ma façon !

— Ce qui veut dire ?

— Que ça va être un beau bordel, mais qu'à la fin, on devrait s'y retrouver !

◆◆◆

La nuit était perlée de grains de lumière et la précieuse voûte céleste couvrait le site de Philae d'une rare poésie. Il était près de deux heures du matin et les derniers touristes avaient enfin déserté le

168

temple d'Isis. Les gardiens de cette île d'Egypte, remodelée des mains de l'Homme pour sauver des eaux cette merveille archéologique, étaient plongés dans une profonde inconscience. Car, en cette nuit étrange et spéciale, le visiteur des lieux ne souffrirait aucune présence consciente autre que la sienne ou que celle de ses fidèles. Le silence ainsi imposé avait envahi les alentours en figeant toutes les créatures vivantes à près de deux kilomètres à la ronde. Le temps semblait suspendu dans cet endroit qui témoignait pourtant de sa course infernale.

Il avait choisi ce temple parce que, de toutes les civilisations et de toutes les périodes de l'histoire de l'humanité, c'était la période de l'Egypte ptolémaïque qu'il préférait. Et plus que tout, il avait été touché par l'architecture de cet édifice ainsi que par la créature qui l'avait inspirée. Qu'il avait aimé le temps jadis où les rires des prêtresses d'Isis nappaient l'air circulant entre les colonnades ! Qu'il avait aimé le parfum de leur encens unique et suave tandis que la déesse les gratifiait de tous les dons imaginables. Il s'était tant de fois glissé entre les volutes parfumées pour contempler, par les ouvertures lumineuses, les contours de l'île de Biggeh.

Lové entre les murs meurtris par le passage de l'histoire, il se sentait presque chez lui.

Il replia ses quatre ailes couleur du plus lumineux des arcs-en-ciel et après une minute de contemplation, il s'incarna. C'était un exercice qui lui était devenu lentement familier. L'empire des sens humains rendait ce jeu addictif. Il comprenait, maintenant, ce que d'autres avaient vainement essayé de lui expliquer. A l'époque, il n'était pas encore prêt à saisir tous les avantages que sa nature de créature, tantôt immatérielle tantôt matérielle, pouvait lui procurer. Il avait fallu pour cela l'exil, l'ennui, et l'immobilisme, pour qu'enfin la curiosité ait raison de ses convictions. La première fois qu'il avait respiré avec des poumons d'Homme, qu'il avait senti l'odeur de pain chaud et vu la lumière d'un ciel d'été, cette première fois avait été magique. Se servir des sens empruntés à une espèce tout en ayant le pouvoir et la connaissance d'une race supérieure conférait un sentiment unique de transcendance. Le meilleur remède à l'ennui.

A son ennui.

Il marcha un moment au milieu des ruines du temple en contemplant le ciel d'où il venait. Nulle crainte que quelqu'un le découvre car il était le premier archange de puissance, le plus fort, le plus craint. Personne ne pouvait le détecter s'il n'en avait pas décidé ainsi. Le talent faisait aussi la différence au sein du peuple des Cieux. Il sourit légèrement en passant ses doigts sur ses lèvres. Il était fasciné par la chair et tout ce qui la composait. La façon dont les tissus prenaient vie et restaient solidement agrégés pour former un corps et une expression. Peut-être que s'il s'était intéressé plus tôt à ce monde matériel, les choses auraient été différentes ? Il aurait sans doute agi bien plus tôt. Bien qu'il ne fût pas un fervent adepte de l'art de la stratégie, n'ayant jamais eu à débattre avec ses congénères, il devait bien reconnaître que le jeu d'influence auquel il se livrait, depuis quelque temps, lui plaisait assez. Souffler le tout puis son contraire, dire à l'un une chose puis une autre au suivant, manipuler, ou mentir, étaient autant de procédés qu'il avait récemment découvert et qu'il appréciait fortement. Et, en toute humilité, il reconnaissait qu'il était vraiment doué pour ça. Encore quelques pas de danse et son plan s'exécuterait. Le sien seulement.

L'air ambiant se froissa lorsque Zahahiel s'incarna.

— Maître, dit-elle sur un ton fébrile. Je suis si heureuse que vous ayez accepté de me voir. J'ai tellement besoin de votre présence. Je suis si seule, là-haut.

— Je peux le comprendre, répondit-il de sa voix rauque inimitable. N'aie pas peur, tu peux parler.

L'ange du rectorat de Raphaël baissa la tête.

— Je vois mon monde s'écrouler et tous se demandent pourquoi. Mais je ne peux rien leur dire. C'est comme si j'étais sur le bord d'une rivière tandis que tous les autres sont emportés par les flots. C'est un sentiment très étrange car je suis à la fois indifférente à leur sort et tellement peinée pour eux.

— Ceci est le lot des élus, ange.

— Oh, je le sais, maître. Je sais que c'est une épreuve et que je dois vous faire honneur. J'ignore simplement pourquoi je suis la seule à avoir été élue. Il y a tant d'autres anges qui auraient donné leur éternité pour vous servir. J'éprouve une sorte de culpabilité à être la seule qui sache la vérité car je ne peux les guider.

— C'est pourquoi je t'ai choisie. Je savais que tu serais assez forte pour mener cette entreprise à son terme. Personne d'autre que toi ne pourrait accepter de faire le sacrifice des siens pour une cause supérieure. Tu ne dois pas douter de cela, Zahahiel. Tout comme tu ne dois pas douter de mon amour pour toi.

Elle laissa échapper, bien malgré elle, un soupir d'aise. Elle avança de quelques pas pour se rapprocher de son guide.

— Je ferais n'importe quoi pour vous. Vous le savez. Si les autres n'étaient pas si arc-boutés sur leurs positions, je suis certaine qu'ils auraient compris. Peut-être même auriez-vous pu trouver une autre solution plutôt que de sacrifier Tsadkiel. En conduisant Lucifer jusqu'à lui, je me demandais, dans l'hypothèse où le grand recteur des Dominations aurait été mis dans la confidence, s'il n'aurait pas, lui-même, décidé de mettre fin à sa vie pour que votre plan se réalise. Nous ne le saurons jamais mais, si seulement ils vous voyaient comme je vous vois, alors vous n'auriez pas à vous cacher.

— Si j'avais cru un instant, poursuivit-il en élevant le mensonge au rang d'art, qu'ils étaient prêts pour entendre la vérité, je les aurais mis dans la confidence et je les aurais sauvés. Mais ils sont comme des enfants, ils ne voient le monde qu'en deux camps. Heureusement, tu m'es apparue comme un joyau au milieu de leur obscurantisme. Grâce à toi, nous allons créer quelque chose d'exceptionnel. Nous allons sauver les créatures immatérielles ainsi que les Hommes et faire en sorte que plus jamais l'instabilité et l'hésitation ne s'invitent dans ce nouveau monde. Il sera parfait.

Zahahiel sourit, une expression de véritable béatitude sur ses traits ovales.

— Oui Maître, souffla-t-elle de désir. J'ai tellement hâte que tout soit fini et que je puisse contempler votre miracle. Alors les souffrances infligées aux Hommes par l'aveuglement des démons et l'hésitation des anges disparaîtront. Un seul camp, un seul cœur, une seule foi. La perfection de l'unité. Vous avez raison, nous devons tout sacrifier pour ce grand projet.

Elle marqua une pause et sembla hésiter.

— Cependant, se risqua-t-elle avec beaucoup de précaution. Je vous avoue que je m'inquiète de Lucifer. J'ai peur de ne pas être à la hauteur de la tâche que vous m'avez assignée. Il est si inquisiteur et si suspicieux par moment. Je crois qu'il se méfie de nous.

— Laisse Lucifer croire qu'il est le grand bénéficiaire de l'histoire. Il n'y a aucune chance qu'il comprenne ce que nous allons faire avant que cela ne se produise. Et quand cela se produira, il sera trop tard pour lui comme pour les autres. Pour l'instant, il est grisé par la perspective d'être le seul maître de la Terre et du monde immatériel. Son orgueil lui fait ignorer tout le reste. Continue de le servir comme je te l'ai demandé et, pendant qu'il joue à la guerre avec les anges, nous sommes libres de poursuivre nos plans.

Zahahiel rougit soudain.

— Et les séraphins seront fiers de nous, n'est-ce pas ?

— Ils le sont déjà.

L'ange prit une grande inspiration, marquant par là un profond soulagement. Qui mieux que celui qui parlait leur langue et savait interpréter les nuances de chacun de leurs murmures pouvait lui certifier qu'ils œuvraient pour Dieu. Enfin.

Il la fixa avec l'insistance qui le caractérisait et qu'elle comprenait parfaitement. L'élu devait apprendre à lire entre les lignes, à déchiffrer les codes et anticiper les désirs. Quoiqu'il lui en ait déjà coûté et quoi qu'il lui en coûterait encore, elle devait tenir bon pour que le noble plan puisse se réaliser. Elle le salua et ne put s'empêcher de garder ses pupilles noires braquées sur la silhouette impressionnante de son maître, le plus longtemps possible, avant que sa désincarnation et son envol ne la lui fassent perdre de vue.

Il reprit sa lente marche au milieu des vestiges historiques, un léger sourire de satisfaction sur les lèvres. Cela aussi était nouveau pour lui : le plaisir. En décidant de sortir de son exil, après avoir longuement réfléchi à son plan, il s'était aperçu que beaucoup de choses étaient source de plaisir. Bientôt, il aurait toutes les cartes en main, ou plutôt : bientôt il aurait sa carte maîtresse en main.

Ce n'était qu'une question de temps et, pour lui, le temps ne voulait rien dire.

◆◆◆

Asmodée expectora douloureusement et cracha un peu de sang sur les dalles irrégulières et crasseuses des geôles de Bélial.

Suspendu par les poignets comme un pantin de foire, les ailes fatiguées et pendantes dans le dos, il reconnaissait que le favori de Lucifer avait le sens de la fête. Après avoir brillamment tenu les armées de ce dernier à distance dans l'Erèbe, il avait fini par se rendre. Comme il s'en doutait, le démon de la luxure avait ramené sa proie dans sa demeure infernale afin de jouer avec un moment. Ce qui avait été moins prévisible, en revanche, était qu'il avait paru extrêmement contrarié de ne pas avoir pu mettre la main sur Juliette. En quoi pouvait-elle bien l'intéresser ? Il savait qu'elle était différente des autres anges, bien qu'il ignorât encore pourquoi, mais Bélial ne pouvait s'en être rendu compte. Pour lui, elle n'était qu'un ange parmi tant d'autres. Etait-ce parce qu'il s'imaginait qu'elle était importante à ses yeux et que la tuer ajouterait davantage à sa victoire sur lui ? A moins que ce ne soit par pur esprit de vengeance suite à leur altercation en Ecosse. Autant de questions qui lui collaient une migraine de damné, à moins que ce ne soit les coups qu'il prenait depuis plusieurs heures maintenant. Il percevait, par intermittence, les cris d'autres malheureux qui subissaient le même traitement que lui dans les cachots annexes. Bélial avait créé un vrai dédale de tunnels sombres et glauques qui desservaient toutes sortes de pièces sordides dans lesquelles il pouvait s'adonner à ses vices en toute tranquillité. Les murs avaient dû en voir disparaître des démons et sans doute quelques anges passés un peu trop près de ses griffes perverses.

Son bourreau du moment, un énorme démon à la figure cabossée et l'air aussi intelligent qu'une huître cuite, lui asséna un nouveau coup dans l'abdomen qui le tira violemment de ses réflexions. Il lâcha un grognement rageur et vindicatif. De son endurance dépendait l'avance que prendraient Juliette, Abigor et les autres. Il avait promis qu'il leur donnerait du temps, alors que ce démon de seconde zone en profite bien, avant que ne se réveillent sa colère et sa fureur.

— On a déjà dû te le dire, souffla-t-il, mais t'as des mains de pianiste.

Le bourreau lui asséna un nouveau coup de poing tandis que Bélial faisait nerveusement claquer les talons de ses bottes sur les dalles. Et ce bruit représentait bien la véritable torture.

— Où est-elle ? Répéta le démon rouge en s'approchant de lui.

— Tu me fatigues, fit-il en bougeant sa mâchoire endolorie pour vérifier qu'elle n'était pas cassée. A qui tu crois avoir affaire ? Tu penses que je n'en ai pas vu d'autres et que tes joujoux m'impressionnent ?

Bélial s'avança lentement en lâchant un petit rire nasillard.

— Comme c'est touchant de ta part de te rappeler que tu as une conscience. Tu te prends pour un chevalier servant, c'est ça ? On aura tout vu.

Bélial se pencha en avant et approcha son visage si près du sien que le bout du nez du démon pouvait presque effleurer son épiderme moite et brûlant de douleur.

— Tu es convaincu que ta belle gueule et ton sens de l'humour vont te sauver, cette fois ? Susurra Bélial. Ce ne sont que les préliminaires, Asmodée. C'en est fini de toi et de ta superbe. Tu n'aurais jamais dû te laisser prendre car tu te doutais bien de ce que je te ferais subir une fois entre mes mains.

— Ben, pour varier, on aurait pu se faire un petit karaoké mais tu chantes comme une perdrix.

Le maître des tortures sourit et le contourna avec une lenteur maniérée dans le mouvement. Il passa ses doigts sur les plumes noires de ses ailes.

— Les fameuses ailes des déchus, poursuivit Bélial. Il y en a si peu au monde.

Le démon crispa soudain sa main et arracha d'un coup sec une poignée de plumes sombres qui lui extirpèrent un grondement sourd de douleur et de contracture musculaire. On nageait vraiment en plein cliché sado-masochiste.

— Je vais te les couper, continua Bélial comme s'il racontait une petite histoire. Et tu n'auras plus d'ailes pour te pavaner. Puis, je passerai aux restes de tes attributs. Le prix de ton héroïsme de pacotille va te sembler très cher.

— Alors, vu qu'on va devenir très intimes, j'ai le droit de poser des questions aussi ?

— Je t'en prie.

— Pourquoi tiens-tu tant à retrouver cet ange ? Je croyais que j'étais le seul dans ton cœur ?

Le mignon de Lucifer passa à l'autre aile qui frissonna d'appréhension lorsqu'il en effleura la surface.

— Ordre du grand Satan, mon beau corbeau. Je ne fais que le servir. Bien entendu, le fait que tu sois systématiquement collé à elle a été, comme qui dirait, un bonus pour moi. Une façon de joindre l'utile à l'agréable, en somme. Mais sois rassuré, Asmodée, pendant les longues heures que va durer ton agonie, sache que tu auras toute mon attention et toute mon affection. Une fois toi mort, ou invalide, je n'ai pas encore décidé, la retrouver sera une simple question de temps. Elle finira bien par quitter le nid protecteur vers lequel tu l'as envoyée se réfugier.

Il plissa ses yeux carmin et fit grincer ses dents. Quelque chose clochait dans cette histoire. Pourquoi Lucifer s'intéresserait-il à un jeune ange ? Il disposait de suffisamment de chair à sacrifier et de talents autour de lui. De toute façon, il n'avait pas les idées assez claires pour pouvoir raisonner. Bélial et sa clique de sous-fifres puants le travaillaient depuis des heures et il ne sentait même plus son corps. Il devenait impératif qu'il se sorte de ce guêpier. Mais une évidence s'imposa alors à lui : lorsqu'on voulait jouer les héros, il fallait éviter de le faire complètement seul.

Bélial s'empara d'un long tisonnier chauffé à blanc et s'avança vers lui un sourire bien trop carnassier pour être honnête. Les démons du premier cercle étaient si joueurs, ils n'avaient que ça à faire en attendant les grâces de Lucifer. Il crispa ses doigts autour des chaînes qui le supportaient et ne put s'empêcher de reculer la tête aussi loin que son cou le lui permit quand la pointe rougie s'approcha de son visage. La chaleur brûlait déjà la surface de son épiderme quand un nouveau bourreau entra dans la geôle sans frapper. Le démon rouge lâcha un juron et se retourna prêt à embrocher son sbire dont l'unique erreur était d'être le porteur d'un message.

— Le Maître arrive, se contenta-t-il de dire en reculant d'un pas.

Bélial feula en balançant le tisonnier au visage du malheureux démon qui avait le mauvais goût d'être là.

— Garde la pause, lui lança le démon des luxures avant de sortir de la salle.

Le forfait du héros impliquait un bonus chance. Particulièrement quand on débutait dans le business.

Le déchu fixa ses bourreaux avec un air si étrange qu'ils tremblèrent un instant sur leurs jambes.

Chapitre 12

La charte du bon invité surprise

— Bien, je pense qu'on devrait se séparer, je fais les étages du haut et vous, les étages du bas, expliqua Juliette avec beaucoup de conviction.

— Oui, on va faire deux groupes de « un », ça va être très efficace et pas du tout dangereux, répondit Uriel qui n'avait plus lâché son expression de consternation depuis que Juliette l'avait traîné jusque chez Bélial.

— C'est surtout qu'on se fera moins remarquer, s'obstina-t-elle. Il ne faut pas rêver, si on se fait prendre, on est morts. Je veux dire, sauf votre respect, vous n'êtes pas un archange de guerre alors question force de frappe, à nous deux, ça ne va pas chercher bien loin.

— Elle est mignonne.

Uriel leva les yeux au ciel. Ils avaient traversé la moitié des Enfers pour arriver à s'introduire dans les salles de service de la demeure de Bélial sans se faire remarquer des gardes et cet ange roux se demandait encore s'il possédait quelque pouvoir. Consternant.

— Je te signale, tint-il quand même à lui faire comprendre, que si nous avons pu atterrir ici sans que personne ne nous remarque, ce n'est pas par l'opération du Saint-Esprit mais par la mienne. Je couvre notre signature astrale et je nous rends indétectables. Cela, les archanges de guerre ne savent pas le faire.

— D'accord, reconnu Juliette en ayant bien compris qu'il y avait des choses qui heurtaient la susceptibilité de tous ces grands personnages. Bon alors, que fait-on ? Croyez-vous que vous allez pouvoir continuer à nous faire passer inaperçus face à des démons plus hauts dans la hiérarchie et plus puissants ? Parce que si jamais on se fait prendre, nous n'aurons plus aucune chance de trouver Asmodée. Ce sera fini. Alors que si nous nous séparons et que l'un de nous est pris, l'autre pourra délivrer Asmodée et revenir pour sauver celui qui se sera fait attraper. Ah ! Vous n'y aviez pas réfléchi à cette option ?

Ce qu'elle pouvait l'énerver ! Si son plan à deux sous fonctionnait, elle serait définitivement impossible. Il soupira fortement et se pencha discrètement vers le couloir que quelques incubes de service empruntaient les bras chargés de sacs de grains et autres vivres.

— Entendu, fit-il, il faut en attraper un.

— S'il n'y a que ça…

Juliette se décolla du mur de la pièce dans laquelle ils se cachaient et qui servait de remise. Après quelques secondes de recherches au milieu du matériel de cuisine, elle s'empara d'une marmite en cuivre de taille moyenne. Elle fit signe à Uriel — dont la mine était passée de la consternation à l'atterrement —, pour qu'il attire l'attention d'un incube. L'archange entrouvrit un peu plus la porte et siffla. Sans grande surprise, le premier incube qui se sentit interpellé se dirigea vers la remise et pénétra dans la pièce l'air un brin désabusé. Juliette prit son élan et frappa la tête du malheureux, le geste aussi précis que si elle avait fait du lancer de poids toute sa vie. Un bruit étouffé et creux de cloche marqua la fin de l'incube qui s'écroula sur lui-même. Uriel le rattrapa au vol et ferma doucement la porte de son pied. Il le déposa sans bruit au sol puis se servit d'un couteau de cuisine pour faire de grosses entailles sur ses bras qui saignèrent assez pour qu'il puisse s'en mettre plein les mains.

— Que faites-vous ? Demanda Juliette.

Uriel lui fit signe de se pencher vers lui et quand elle fut assez proche, il lui colla ses mains pleines de sang sur le cou, le visage, les mains et les vêtements.

— Y'a intérêt à ce que je sache pourquoi vous êtes en train de faire ça, grogna-t-elle en retenant un haut le cœur.

— Moi, je peux cacher ma signature astrale, pas toi. Alors on va couvrir ton odeur pour éviter que tu sois repérée trop vite.

— Et vous ne seriez pas en train de me peloter, au passage ?

— Si. Un peu.

— Super.

Une fois le relooking sanglant achevé, Uriel brisa la nuque du démon et dissimula son corps derrière des étagères. Les deux intrus guettèrent ensuite le va-et-vient du reste du personnel et quand la voie fut libre, ils sortirent de part et d'autre du couloir.

Juliette avait peur mais sa volonté avait enfin repris le dessus sur tous les autres aspects de sa personnalité. Elle était convaincue qu'elle pouvait réussir à retrouver Asmodée et l'aider à sortir d'ici. Elle s'était enfoncée trop loin dans la passivité, son corps et toute son âme réclamaient de l'action.

Cette demeure semblait interminable. Les longs couloirs faits de bois noir laqué n'étaient pas sans rappeler l'architecture des châteaux japonais du XVIIème siècle. Il y avait beaucoup de monde qui circulait mais très peu étaient des guerriers armés. Il s'agissait surtout d'un personnel d'entretien et de service. L'ego entraînait toujours la faillite d'une organisation. Plus la demeure était vaste, plus le châtelain avait des désirs de grandeurs et plus il avait besoin de domestiques. Cette endémie de personnel interchangeable, et auquel personne ne faisait jamais attention, rendait le bâtiment aussi perméable à l'intrusion qu'une biscotte au café. Juliette fut surprise deux fois par des succubes mais aucune alerte ne fut donnée. Elles se contentèrent de lui jeter un bref coup d'œil indifférent avant de poursuivre leur labeur. Etre couverte de sang devait donc être quelque chose de banal pour une domestique travaillant aux Enfers.

De lointains souvenirs d'histoire politique confortaient Juliette dans l'idée qu'on emprisonnait parfois les personnes d'une certaine importance sous les combles des palais monarchiques. Peut-être en était-il de même ici, considérant la taille de la demeure ? Dans tous les cas, Asmodée était forcément en haut ou en bas car il y avait très peu de chance qu'il bénéficie des belles chambres qu'elle avait aperçues au travers des panneaux de bois coulissants. Les escaliers se firent de plus en plus étroits à mesure qu'elle grimpait dans les étages. Elle croisa de moins en moins de monde, ce qui n'était pas pour la rassurer. Si des prisonniers de marque se trouvaient là, elle aurait dû voir au moins quelques gardes. Elle espéra qu'Uriel aurait plus de chance. Mais au point où elle en était, elle jugea qu'elle devait aller au bout de ses investigations et entreprit de monter ce qui semblait bien être l'ultime escalier de ce grand labyrinthe.

La hauteur de la dernière pièce ne lui permit pas de se redresser complètement. Un enchevêtrement de poutres rendait sa progression périlleuse. La salle vide était à peine éclairée par deux petites lucarnes situées de part et d'autre des combles. Elle distinguait vaguement les formes de la toiture imposante comme une sorte de colonne vertébrale soutenant tout l'édifice. Soudain, elle sentit un violent frisson lui crisper la nuque. Dans le coin de son regard, elle était presque certaine d'avoir vu une ombre bouger. Elle suspendit son souffle et se concentra en fixant mieux l'endroit qui avait alerté sa conscience. Ses pupilles s'habituèrent rapidement à ce clair-obscur et elle finit par discerner un corps allongé. A peine eut-elle reconnut la couleur rouge du pantalon qu'elle ne put s'empêcher d'ouvrir la bouche.

178

— Asmodée !

Elle s'élança aussi vite que le relief aléatoire des poutres le lui permit et s'agenouilla près du corps. C'était bien lui ! Elle le retourna sur le dos et le secoua légèrement. Ce n'était sans doute pas la chose la plus prudente à faire en cas de blessures sévères mais c'était la première chose qui lui vint à l'esprit.

— Asmodée, réveille-toi, c'est moi !

Le déchu ouvrit les yeux progressivement et toussa avec force.

— Tu es là ? Articula-t-il difficilement.

Elle soupira et le serra un peu brutalement dans ses bras.

— Tu es vivant, lâcha-t-elle avec un soulagement non dissimulé. Est-ce que tout va bien ?

— Oui tout va bien, je te remercie.

— Il ne faut pas traîner ici, est-ce que tu peux marc…

Juliette ne termina pas sa phrase. Elle sentit les bras d'Asmodée entourer son corps et ses mains s'étaler dans son dos en une caresse lente et sensuelle.

— Asmodée… ? Murmura-t-elle tandis qu'un pincement désagréable au cœur alerta son attention.

Elle sentit un parfum léger de sucre et de miel, quelque chose qui rappelait la brûlure du soleil et l'éclat du désert. Où étaient passées les fougères et la fraîcheur des sapins en hiver ? Elle voulut s'écarter mais la poigne du déchu l'en empêcha. Il la retourna soudain sur le dos en la plaquant si brutalement au sol que sa tête cogna assez fort le plancher. Elle eut beau mettre en pratique des gestes automatiques de défense, rien ne put la soustraire à l'étreinte forcée. Il avait saisi ses bras et les maintenait de part et d'autre de sa tête. Il se redressa à genou et entrava de ses jambes les siennes. Ses pupilles de sang étaient joueuses et se délectaient de l'impuissance de sa proie. Elle se débattait tant qu'elle pouvait mais elle réalisa assez vite que se dégager signifiait se déboîter une épaule. Alors elle s'immobilisa et observa son agresseur avec un air incrédule.

— Qui êtes-vous ? Dit-elle d'une voix blanche.

— Rien d'autre que ce que tu désires, ma chère, ou du moins, sa parfaite représentation.

— Je ne comprends rien à ce que vous dites !

— Je pense que tu comprends parfaitement, au contraire.

L'agresseur fit glisser l'une de ses cuisses entre celles de l'ange et la remonta franchement contre elle dans un geste parfaitement indécent. Juliette exhala un hoquet de dégoût et serra les poings.

— Tss, Tss, fit-il un sourire de félin sur les lèvres. En voici un bien vilain ange qui a de bien vilains désirs. Mais je suis flatté qu'une âme si pure s'intéresse à mon cheptel. Enfin un ange lucide qui a compris l'essentiel.

— Q… Quoi ? Murmura Juliette la voix cassée.

— Que les Enfers sont toujours plus attirant que les Cieux, n'est-ce pas ?

Un rire sensuel et effrayant à la fois émana de lui.

— Lu…cifer ? Dit-elle dans un souffle tendu alors qu'elle n'y croyait pas.

Il approcha son visage de son cou puis fit glisser le bout de sa langue brûlante le long de l'épiderme tremblant de peur de l'ange. Suivant l'arrête de sa fine mâchoire, il s'arrêta juste aux portes de ses lèvres.

— Toi et moi, dit-il tout bas, allons jouer un peu. Je veux savoir pourquoi Métatron s'intéresse à toi. Tu n'es qu'un ange. Qu'as-tu donc de si exceptionnel qu'il veuille t'avoir à ses côtés ?

— Je ne sais pas de quoi vous parlez, répondit-il elle le souffle de plus en plus malmené par la terreur.

— Patience, ça va finir par te revenir. Il faut juste que je reformule.

Il appuya un peu plus fort sa cuisse entre celles de Juliette qui grimaça d'angoisse.

— La vraie torture, poursuivit-il sur le même ton hypnotique, requiert un grand savoir-faire, beaucoup d'imagination et de très longs préliminaires.

◆◆◆

Uriel jeta un dernier coup d'œil à la silhouette de Juliette qui emprunta le côté opposé du couloir puis il fila en direction des sous-sols. Il ne savait pas exactement comment il s'était retrouvé dans cette galère mais il n'était pas prêt de l'oublier. Lui, aux Enfers, chez Bélial !

Il progressa bien plus rapidement que l'ange car ses pouvoirs lui permettaient de se rendre parfaitement invisible aux yeux des démons de seconde zone. Et le fait était que les gardes et les domestiques de ce palais étaient majoritairement constitués d'incubes, de succubes et de démons du sixième et septième cercle. A mesure qu'il descendait les escaliers, une odeur de transpiration mêlée de souffre et d'urine lui agressa les narines. Pas de doute, quelque chose de louche et de sordide se tramait dans les sous-sols. Quand il parvint dans ce qu'il identifia comme l'étage le plus inférieur, il entendit des gémissements et des cris qui semblaient venir de pièces situées au bout du couloir. Si Asmodée se trouvait bien là, il finirait forcément par se faire remarquer en tentant de le délivrer. Il devenait donc impératif de trouver une arme digne de ce nom. Il se faufila dans la première salle ouverte sous l'œil indifférent d'un bourreau qui ne s'aperçut de rien. Le cadavre d'une créature, qui n'était plus identifiable depuis longtemps, pendait lamentablement au bout de deux chaînes.

« Asmodée, j'espère que ce n'est pas toi ? », se demanda-t-il avec une légère appréhension vite envolée quand il remarqua que les ailes de la pauvre victime étaient faites de cuir.

Il attendit que le bourreau sorte pour se saisir d'une espèce de fléau posé contre la paroi humide. Uriel avait une prédilection pour les armes à feu. Avant l'invention de la poudre, dont il n'était pas peu fier, aucune arme n'avait jamais trouvé grâce à ses yeux. Il était à peine capable de se servir d'autre chose que d'un couteau de cuisine. Néanmoins, il se résigna à prendre avec lui cette antiquité puis ressortit et entreprit de visiter toutes les geôles que le couloir desservait. Au bout de la quatrième, ses espoirs furent enfin comblés. Par la petite lucarne située en lieu et place du judas de la porte en bois épais, il aperçut le haut du corps d'Asmodée, lui aussi, suspendu. Il avait l'air inconscient mais Uriel savait qu'il vivait encore. Il se concentra et son énergie décomposa la matière de la serrure qui se désintégra. Les archanges de puissance ne savaient peut-être pas manier le trident, la hallebarde, ou la bâtarde mais ils savaient influer sur la matière en certaines circonstances. Il donna un grand coup d'épaule pour ménager son effet de surprise, et après un juron de douleur, déboula dans la pièce, le fléau vengeur dressé au-dessus de la tête. A ses pieds gisaient les corps de deux démons, la tête tournée dans le mauvais sens. Il abaissa son fléau et écarquilla les yeux avant de se sentir fortement observé. Asmodée le fixait avec la même expression ahurie et des yeux ronds comme des billes.

— Uriel ? Qu'est-ce que tu fiches ici ? Lâcha-t-il avec étonnement.

— C'est une très longue histoire, répondit l'archange en laissant tomber son fléau qui ne lui servait vraiment à rien.

— Que tu vas prendre le temps de me raconter. Mais d'abord, détache-moi, ces deux débiles à terre ont forcément la clé sur eux.

— Et tu n'as pas pensé à leur demander avant de faire de leur tête une toupie ? Dit Uriel non sans une pointe de sarcasme.

Il enjamba l'un des corps et s'approcha d'Asmodée en examinant la serrure.

— La clé n'est pas sur la serrure, je te signale, feula le déchu avec un soupir d'exaspération. Fouille leurs poches.

— Laisse faire l'artiste, tu veux bien ? Répondit Uriel en observant la chaîne.

— Où est Juliette ? Tu l'as vue ?

— Elle visite les étages du haut.

Uriel posa sa main sur la ferraille et se concentra, ce qui était un exercice fort difficile avec Asmodée à proximité.

— Tu te fous de moi ? Fit ce dernier en haussant franchement le ton. Si je te l'ai envoyée pour qu'elle échappe à Bélial, c'est pas pour que tu viennes la lui apporter sur un plateau d'argent !

— Oui, eh bien, c'est un petit peu plus compliqué que ça, répondit Uriel en reprenant le fil de sa concentration interrompue. Au cas où tu ne l'aurais pas remarqué, ta copine est un peu butée et je ne suis pas son père.

— Enfin, comment t'es-tu laissé convaincre de quitter la Terre pour venir ici ?

— Elle tenait absolument à te sauver et si je ne l'avais pas accompagnée, elle serait quand même venue. Alors que voulais-tu que je fasse ? Que je l'enferme et que je l'attache à une commode ?

Le serrure se dématérialisa et libéra Asmodée. Celui-ci dégringola et atterrit droit sur ses jambes douloureuses.

— Par exemple, oui ! Fit-il d'un air convaincu avant de s'écrouler lourdement au sol.

— Asmodée, ça va ?

Uriel se baissa pour faire coulisser ses bras sous ceux du déchu et l'aider à se redresser.

— Oui, ça va, laisse-moi juste le temps de récupérer. Et, bien sûr, tu as eu la brillante idée de vous séparer. Les groupes de « un », c'est toujours plus efficace.

— C'était son idée ! Répondit vertement l'archange sur le ton d'un gamin accusé à tort. Et faut reconnaître que, sur le moment, bien présenté, ça n'avait pas l'air si bête que ça.

— On n'est pas sortis.

— Je te signale qu'on vient te sauver. Quelle était l'étape suivante de ton plan génial après avoir tué tes bourreaux et toujours pendu comme un jambon cuit ? Tu comptais charmer le prochain sbire qui passerait la porte pour le convaincre de te détacher ?

— J'étais en train d'y réfléchir, ok ?!! Pinailla Asmodée avec la plus grande des mauvaises fois.

— Moi je crois plutôt que tu étais dans les vapes et je…

Le déchu poussa violemment Uriel contre le mur et se jeta à terre pour éviter la trajectoire d'une double hache lancée par un garde qui venait d'entrer dans la geôle. Ce dernier vociféra des injures et alerta ses acolytes tandis qu'il s'armait d'une large épée. Le garde fondit sur Asmodée qui n'était toujours pas au mieux de sa forme mais le choc d'un projectile sur la tête du démon stoppa son mouvement. Il passa sa main brune sur l'arrière de son crâne et remarqua qu'il saignait. Il fit volte face et aperçut Uriel muni d'une nouvelle pierre. Par chance, les murs s'effritaient de toutes parts. Et par chance, aussi, Uriel avait longtemps pratiqué le base-ball, ce qui avait fait de lui un lanceur aguerri à défaut d'un véritable guerrier. Le démon émit un grognement de fureur et brandit sa lame en direction de l'archange qui répondit par un nouveau lancer assez précis pour frapper pile entre les deux yeux de la créature infernale. Elle trembla sur ses jambes puissantes et recula de deux pas en luttant pour rester debout. Le garde cracha des mots parfaitement incompréhensibles pour l'oreille délicate d'Uriel et s'élança à nouveau vers lui le visage en sang et rouge de rage. Mais le démon s'immobilisa, soudain, à mi parcourt et s'effondra à terre. Asmodée fit tournoyer le fléau nimbé du sang noir avec une expression de victoire et de satisfaction.

— Tu vas nous semer des cailloux sur tout le trajet, petit poucet, ou on peut passer aux choses sérieuses, railla-t-il en lui montrant la sortie.

Uriel ne se le fit pas dire deux fois et fila hors de la geôle tandis que des bruits de pas lourds leur signalaient que d'autres sbires étaient déjà sur leurs traces.

— Faut pas traîner, poursuivit Asmodée en se mettant à courir dans les couloirs sinueux et mal éclairés. Lucifer est ici. J'ignore pourquoi mais Bélial m'a dit qu'il en avait après Juliette.

— Ça n'a rien d'étonnant, Répondit Uriel en grimpant les marches de l'escalier quatre à quatre. Quelqu'un a dû lui dire que c'était un Vaisseau de Lumière. Quelqu'un genre Métatron.

— Un Vaisseau, carrément ? T'en es sûr ?

— Non, j'ai dit ça au hasard, je n'y connais rien en la matière, tu sais bien.

— Pousse-toi !

Asmodée dégagea Uriel en le projetant dans la première cellule ouverte devant laquelle ils passaient, puis se retourna et chargea sur quatre démons qui les avaient rattrapés. Pour le grand déchu des colères, ces créatures des cercles inférieurs étaient du menu fretin mais à mesure que l'alerte allait se répandre, Bélial enverrait sûrement ses démons supérieurs, et dans le repère du prince des luxures, les intrus allaient clairement se retrouver dans une position délicate. Une fois débarrassé des assaillants, Asmodée pénétra dans la geôle pour récupérer son compagnon de route. Il vit Uriel se dépêtrer difficilement d'un cadavre de succube, sans doute morte depuis un certain temps, et dont les restes encore suspendus aux pointes d'une vierge de fer s'étaient accrochés aux vêtements de l'archange.

— Si tu veux une fille, je peux t'en trouver des vivantes qui seront un poil plus actives, nota le déchu fort à propos.

Uriel récupéra son équilibre et s'extirpa de l'enchevêtrement d'os et de chaînes contre lesquels il avait été projeté.

— J'aurai dû faire comme si je ne t'avais pas trouvé, répondit l'archange en époussetant tant qu'il pouvait le tissu et les pièces d'armures légères imbriquées dans sa tenue.

Ils s'élancèrent, tous deux, dans les escaliers et parvinrent dans les couloirs plus larges et moins nauséabonds des pièces résidentielles. Le palais s'était mis à vibrer et ils pouvaient sentir la mise en mouvement de la garde rapprochée de Bélial. Asmodée fit signe à Uriel d'accélérer encore la course pour qu'ils ne se fassent pas rattraper. Les incubes avaient compris qu'il se passait quelque chose de grave et d'instinct, ils s'écartèrent systématiquement du passage des deux étrangers. Un incube savait toujours où était son intérêt et où se placer pour éviter de prendre des coups.

— Alors c'est quoi cette histoire de Vaisseau de Lumière et qu'est-ce que Métatron vient finalement faire dans l'histoire exactement ? Lança Asmodée à son acolyte.

— Il veut créer un nouveau monde, fit Uriel en manquant de percuter une jolie succube qui en fut toute retournée. Enfin, ça c'est ma théorie mais je trouve qu'elle se tient plutôt bien.

— Il a disparu pendant des millénaires et maintenant il se prend pour Dieu ?

— C'est l'idée. Sauf que pour jouer à Dieu, faut avoir ses pouvoirs et donc faut actionner les séraphins. D'où le Vaisseau. Prends à gauche ! !

— Pourquoi ?

— Parce que je le sens plus à gauche, persista Uriel sur un ton contrarié.

184

Sur la gauche, effectivement, ils aperçurent un escalier de service qui devait permettre d'atteindre les combles. Soudain, Asmodée pila juste devant la première marche. Uriel fut arrêté dans son élan par le dos du déchu qu'il prit de plein fouet.

— Quoi ? Dit-il rageusement et tout en massant son épaule.

— Lucifer est en haut, je peux le sentir et Juliette est avec lui, répondit Asmodée en lâchant son fléau au sol.

Uriel dressa un sourcil interrogatif.

— Tu crois vraiment que je peux lui faire peur avec ce genre d'accessoire, fit le déchu en anticipant la question de l'archange.

— Alors que fait-on ? On lui propose une partie de cartes ?

— Tu te sens de le distraire le temps que je la récupère ?

Uriel fit une moue dubitative et haussa légèrement les épaules.

— Je peux faire dans le son et lumière, répondit l'archange. Ça va peut-être l'occuper assez pour faire diversion. Mais Lucifer est toujours l'un des plus puissants d'entre nous. Je ne ferai pas de miracle.

— OK, on va s'en contenter ! Lâcha Asmodée avant de gravir les marches avec détermination.

Quand ils parvinrent tout en haut, ils aperçurent un étrange spectacle. Un sosie parfait d'Asmodée maintenait Juliette plaquée au sol. Le déchu crispa les mâchoires avec force et ses pupilles prirent une teinte de sang vif.

— Lucifer, dit-il tout bas sans desserrer les dents.

Juliette tourna la tête et plongea ses yeux débordant de larmes dans ceux du déchu. Elle exhala un gémissement de soulagement à peine audible mais ce fut bien suffisant pour être entendu et compris.

Lucifer sourit et se releva tout en gardant son emprise sur l'ange, sa main fermée autour de son cou étroit. A demi étranglée, Juliette tentait de suivre le mouvement aussi docilement que possible pour ne pas se rompre la nuque.

— Est-ce bien une trahison, Asmodée ! Tonna le Maître noir avec emphase.

— Je ne suis pas certain qu'on ait jamais été dans le même camp, nota ce dernier en s'éloignant d'Uriel et ainsi prendre l'ennemi en tenaille. Tu as changé. Tu joues contre tes propres fidèles, alors ne t'attends pas à autre chose que des révoltes. Mais qu'as-tu en tête à la fin ?

— Tu me demandes de me justifier ? Hoqueta Lucifer de colère, ce qui eut pour effet immédiat d'étrangler Juliette plus encore.

Mais pour qui te prends-tu ? Je n'ai de compte à rendre à personne ! C'est moi le Maître de ce royaume, c'est moi qui l'ai pensé et je peux en faire ce que je veux.

— Tu n'as rien créé du tout, fit Asmodée sur un ton de plus en plus bas comme pour tenter de charmer la Bête. Personne ne crée rien, tu organises juste une partie de notre monde. Tu règnes sur un empire, Lucifer. Tu as eu ce que tu voulais. Tu as provoqué la Scission, tu as fait de la Terre ce qu'elle est aujourd'hui. Tu es l'égal des Cieux, tu as gagné ta liberté et tu en as fait un nouveau dogme. Alors, pourquoi prends-tu le risque de tout détruire ?

— Pour une raison que tu ne pourras jamais comprendre, répondit le Maître des Enfers sur un ton méprisant. Ce sont l'ambition et la démesure qui font les empires et créent les révolutions ! Sans cet esprit de conquête, tu en serais encore à pleurer au fond de ta chambre céleste. C'est mon appétit qui t'a libéré de tes chaînes et qui t'a offert une nouvelle vie. Alors ne me joue pas les esprits rationnels et moralisateurs, à présent que ta vie te convient. Tu n'es qu'un pauvre archange et tu n'as rien appris de ta déchéance. Tu es un faible, tu l'as toujours été. Quitte mon royaume et laisse les grands de ce monde prendre les décisions qui s'imposent !

Lucifer fit un pas en direction d'Asmodée, tout en traînant la fine silhouette de Juliette, qui commençait à montrer des signes évidents d'asphyxie. Le déchu tourna la tête vers Uriel qui déploya soudain ses quatre ailes couleur d'éclats de soleil.

— Tu crois m'amuser avec ça ? Railla Lucifer en laissant soudain éclater son aura sombre et meurtrière.

Uriel se demanda encore comment il avait pu se laisser embarquer dans cette histoire mais au point où il en était, il s'agissait de se souvenir de sa puissance de jadis. Contrairement à Lucifer qui avait eu des siècles d'entraînement, l'archange craignait d'être un peu rouillé. Il espéra, cependant, que ses effets de manche mystiques seraient assez bien placés pour lui permettre d'occuper le Saint Patron des damnés. Uriel laissa émaner de son corps une brutale décharge d'énergie en direction de Lucifer. Le mur du château qui se trouvait juste derrière lui vola en éclats. L'archange savait bien que cette démonstration n'était pas de nature à blesser Lucifer. Ce n'était pas le but recherché. Uriel souhaitait flatter l'ego du Maître pour que celui-ci ait envie de jouter avec lui. Il renouvela l'attaque, ce qui ébranla cette fois toute la toiture. Lucifer jeta violemment Juliette au sol et répondit à l'archange en envoyant une salve d'énergie puissante et lugubre. L'archange recula d'un pas sous la force de l'impact et constata, non sans une certaine fierté, que tout comme dans la fable, il suffisait de flatter suffisamment le corbeau pour qu'il lâche son fromage.

Asmodée se jeta à terre pour éviter de se faire coincer entre deux questions-réponses des archanges de puissance et rampa jusqu'à Juliette qui avait sombré dans l'inconscience. Il finit par lui attraper le poignet et la tira tant qu'il put loin des échanges d'énergie auxquels se livraient Uriel et Lucifer.

— Juliette, c'est pas le moment de dormir ! Cria Asmodée en la secouant sans ménagement.

Celle-ci finit par reprendre conscience en expectorant violemment et en cherchant désespérément à retrouver son souffle.

Les fondations du château tremblaient à présent dangereusement.

— Uriel ! Hurla le déchu sur un ton de sous-entendu.

L'archange comprit l'allusion et dirigea l'une de ses attaques vers le toit que l'énergie projetée pulvérisa complètement. Le ciel ainsi dégagé, Asmodée pensa pouvoir assurer leur fuite mais il aperçut sur l'horizon toute l'armée de Bélial qui volait vers eux. C'était pure folie de croire qu'à eux trois, ils pourraient sortir vivants des Enfers après avoir énervé, à ce point, le Maître des lieux. A court d'idées lumineuses, Asmodée serra Juliette dans ses bras et fixa la horde de démons majeurs dépêchés sur place pour appuyer leur chef. Il fit apparaître sa hallebarde rougeoyante, plus par esprit guerrier, que par réelle conviction.

Lucifer cessa de répondre à Uriel et apaisa sa puissante aura, un sourire satisfait sur les lèvres en voyant ses hommes arriver. Un premier groupe atterrit sur les restes du plancher du dernier étage du château, Bélial en tête.

— Ce jeu me lasse, dit le Maître noir à l'intention de son bouffon. Finis le travail, comme tu me l'a promis.

Lucifer pivota vers Asmodée et pencha la tête sur le côté.

— Tu permets que je te la reprenne ? Je n'ai pas fini avec elle et dans quelques minutes, tu ne lui seras plus d'aucune utilité.

Avant qu'Asmodée ne puisse répondre, Uriel s'était élancé vers lui. Prenant Lucifer de vitesse, il extirpa violemment Juliette des bras du déchu pour la redresser face au Malin. Il sortit de sa botte le couteau de cuisine, volé plus tôt dans la remise, et la poignarda dans le dos.

Juliette lâcha un cri déchirant et tomba à genoux, son sang se répandant rapidement sur le sombre plancher.

Chapitre 13

Etude des parades amoureuses.

Mylène se tenait dans l'embrasure de la porte aussi immobile que possible. Depuis un moment déjà, elle observait la silhouette de Mikhaël penchée au-dessus de larges feuilles, sur lesquelles, Abigor et lui avaient tracé leur future stratégie. L'ange s'était fait si discret qu'aucun d'eux n'avaient semblé remarquer sa présence pendant les heures qu'ils avaient passé à échanger sur la meilleure façon de faire face à l'attaque imminente. Durant sa scrupuleuse observation, Mylène avait pu noter qu'en matière de business de guerre, l'archange et le démon majeur étaient quasi d'accord sur tout. Finalement, la seule source de conflit persistante entre eux tenait à Carrie et au fait qu'elle et Abigor ne vivaient pas dans le même lotissement immatériel. Sommes toutes, très peu de différences pour un esprit aussi pragmatique et cartésien que celui de Mylène. Dans le détail de leur débat stratégique, elle ne comprenait pas grand chose. En revanche, le langage des corps, particulièrement celui du recteur des Vertus, n'avait pas de secret pour l'œil redoutable de l'ange blond. Le visage de Mikhaël exprimait de réelles inquiétudes qui allaient bien au-delà de la rigidité militaire que tout le monde se plaisait à retenir de lui. Un instant, même, elle crut déceler dans les recoins de ses paupières les stigmates d'une profonde mélancolie.

Quand ils eurent terminé leur conversation, Mylène se dissimula plus ou moins subtilement derrière la porte pour ne pas qu'Abigor la remarque quand ce dernier quitta la pièce. Elle revint ensuite à son poste d'observation tandis que l'archange suivait du bout des doigt les plans annotés de la demeure.

— Je peux faire quelque chose pour toi ? Dit finalement Mikhaël sans toutefois lever le nez de ses papiers.

Mylène fut un peu prise de court mais, comme à chaque fois qu'elle était convaincue d'être bien là où elle devait être, elle ne se démonta pas et trouva vite quelque chose de fort à propos à dire.

— Non, répondit-elle avec la plus grande des naïvetés et tout en entrant dans la pièce. Enfin, si. Il ne faut pas lui en vouloir.

Elle prit un siège et s'assit juste en face de lui. Elle était en train d'avoir une discussion avec l'archange de sa vie, ce n'était pas le moment de se dégonfler et de tout gâcher.

— Je ne lui en veux pas, fit Mikhaël toujours rivé à ses schémas.

— Ah…

Mylène garda le silence quelques minutes, ce qui en soit était déjà un effort miraculeux.

— Tu… Tu parles bien de Carrie, n'est-ce pas ? Se risqua-t-elle quand même afin de dissiper tous ses doutes.

Le recteur des Vertus prit une profonde inspiration et leva son visage dans sa direction. Quelque chose dans sa conscience lui murmurait que l'échange allait être laborieux

— Oui, je parle bien de Carrie et toi, parlais-tu bien d'elle aussi?

— Oui, oui, s'empressa de répondre l'ange avec soulagement.

— Magnifique.

— Parce que ce n'est pas sa faute, persista-t-elle sur la lancée. Ces choses-là ne se commandent pas et ne se contrôlent pas.

— Nous sommes tous passés par là, fit le recteur en lâchant son stylo et en passant la main sur son front las. Il n'y a pas de honte à se laisser aller à ce genre d'émotions. L'inverse serait malsain.

Les yeux de Mylène s'arrondirent en deux énormes billes. Elle sourit, franchement rassurée par ce qu'elle croyait entendre dans la bouche si pincée de Mikhaël. Un nouveau monde de libre échange s'ouvrait à elle et déclencha presque immédiatement une furieuse envie de se laisser aller à la confidence.

— Vraiment ? Souffla-t-elle avant de prendre son élan verbal, je suis totalement de ton avis ! Bien sûr, au début on a toutes essayé de lui faire changer d'avis. Moi y compris. J'avoue n'avoir pas été très tolérante sur le sujet et je m'en veux beaucoup parce qu'elle a dû se sentir très seule. Mais c'était vraiment injuste de la condamner pour un sentiment qui est le plus beau qu'on puisse éprouver. Et justement, le fait d'éprouver ce genre de sentiments, alors même qu'on n'est pas censé l'éprouver en pareille situation, le rend plus fort et plus précieux, non ? Et on peut au moins reconnaître ceci à Carrie : quand elle a décidé quelque chose, elle s'y tient quelles que soient les difficultés. Je pense qu'il faudrait que tu lui dises que tu ne lui en veux pas parce qu'elle culpabilise beaucoup.

Durant tout ce long monologue, Mikhaël n'avait pas cessé de la dévisager et il se demanda comment elle pouvait débiter autant de mots à la minute sans s'étouffer. Il dût reconnaître que cela relevait d'un talent véritablement exceptionnel.

— Mais de quel sentiment es-tu en train de parler ? Demanda-t-il enfin sans desserrer ses mâchoires inconsciemment crispées.

Mylène avala douloureusement sa salive.

— De… De… du même que celui dont tu as parlé ? Tenta l'ange blond, en articulant bien mais sans grande conviction.

— Mylène ! Tonna Mikhaël de façon presque lugubre.

Celle-ci sursauta sur son siège.

— Je… eh bien, enfin tu sais, je parle des sentiments qu'elle a pour…. pour Abigor…

Les derniers mots moururent dans sa gorge. Elle baissa la tête ainsi que ses épaules en signe de totale défaite et de complète reddition. Elle avait presque réussi à avoir une conversation rationnelle et agréable avec le recteur des Vertus.

— Pardon ? Lâcha-t-il, la mine incrédule.

— Mais je croyais que tu étais au courant ! Tu… tu as dit que tu comprenais, que tu étais passé par là !

— Je parlais de la culpabilité qu'on ressent quand on perd un de ses proches. Voilà, de quoi j'étais en train de parler. Je n'arrive pas à le croire ! Comment a-t-elle pu faire ça ?

Mylène sauta soudain hors de son siège, en laissant filer une sorte de grognement que des mauvais esprits auraient pu qualifier de démoniaque.

— Oh tu es irrécupérable ! Fit-elle sur un ton de réplique de tragédie grecque et en oubliant à qui elle était en train de parler.

— Quoi ?

— Tu es mort à l'intérieur ! Nous sommes immatériels, certes, mais nous avons une âme qui produit des émotions et nos émotions rencontrent celles des autres. Parfois, des miracles se produisent et deux émotions sont en parfaite harmonie. Alors les deux âmes ne font plus qu'une et c'est ce qui nous rend uniques et supérieurs aux plantes ou… ou aux rongeurs ! Carrie est la personne la plus droite que je connaisse, elle fait toujours tout ce qu'on attend d'elle et elle ne demande jamais rien en retour.

Elle baissa la voix, envahie par une brusque émotion.

— Depuis le début, poursuivit-elle avec une tristesse non dissimulée, elle est déchirée entre ses sentiments pour lui et son sens des responsabilités. Elle a tout fait pour être parfaite à tes yeux. Et elle l'est ! Tu juges Abigor comme un démon, comme si tous les démons étaient faits du même bois et comme s'ils avaient le même cœur. Mais, si les anges ne se ressemblent pas, pourquoi ce serait différent pour les démons ? Leur chef était quand même bien l'un des nôtres à l'origine ! Ça prouve bien que ce qui fait la différence, ce n'est pas le camp dans lequel on naît, mais les choix que nous faisons par la suite.

Elle tourna les talons et bouscula, malgré elle, la chaise qui entravait la sortie qu'elle voulait royale.

— Mylène, dit-il d'une voix plus grave, calme-toi et assieds-toi.

Elle fit volte-face, et tout en grondant quelque chose d'incompréhensible, obtempéra docilement. Il resta silencieux quelques longues secondes qui donnèrent à Mylène l'impression d'attendre le verdict d'un tribunal pénal révolutionnaire.

— Pourquoi est-ce si important ce que je pense de Carrie et d'Abigor ? Demanda-t-il d'une voix étonnamment conciliante.

Elle parut surprise par la question et encore plus par le fait qu'elle dût réfléchir pour trouver la réponse..

— Parce que j'en ai marre des drames, répondit-elle en tortillant nerveusement ses doigts sur sa robe pull en laine blanche tressée. Il n'y a plus que ça autour de nous…de moi. Quand Elvire est morte, ça a tué une partie de Juliette. Elle a laissé quelque chose d'elle dans cette chambre. Et puis, maintenant, nous avons perdu Soffia et on va porter son deuil le reste de notre éternité. Il n'y a de place que pour la guerre, les attaques, la stratégie ou la violence. Il n'y a plus d'espoir. Je n'ai plus d'espoir. Alors est-ce si condamnable que je sois prête à défendre farouchement toute idée d'amour, même interdit ? Oui, c'est important pour moi que tu sois fier de Carrie et qu'elle soit aimée par toi et par Abigor parce qu'alors, cela voudrait dire qu'il y a encore de bonnes choses qui peuvent se produire dans ce monde. Et si de bonnes choses se produisent, peut-être d'autres viendront encore ?

Elle se tut et passa sa main sur sa joue rose pour essuyer une larme silencieuse. Ils restèrent un long moment sans prononcer une parole. Finalement, il se leva lentement, contourna son bureau et s'accroupit près d'elle. Elle ouvrit à nouveau grand ses yeux. Elle ne l'avait jamais vu de si près. Peu importait ce que disaient les mauvaises langues sur les traits agressifs et anguleux du recteur des Vertus, c'est fou ce qu'elle pouvait le trouver séduisant.

— Si je t'ai laissé croire par mon attitude qu'il n'y avait plus d'espoir, je m'en excuse, dit-il en détachant bien tous les mots qu'il prononça. Les archanges ont peut-être l'air rouillé parce que vous ne nous avez vu qu'en cours, assis derrière une estrade, mais nous sommes des créatures faites pour l'action. Lucifer a beaucoup de ressources et il nous a pris de court, cependant, il n'est pas plus fort que nous. Il peut toujours déchaîner ses armées et les envoyer vers nous. Il n'empêche que je le repousserai, parce qu'en plusieurs millénaires de tentatives, il n'a jamais réussi à briser nos défenses.

Mylène cligna des paupières comme si elle pensait rêver. Elle prit une grande bouffée d'air avant de répondre.

— Je… Je sais que je ne suis pas à la hauteur de ton rectorat, dit-elle sans réfléchir. Je sais que tu ne voulais pas de moi mais je ferai de mon mieux et la meilleure des volontés peut pallier le manque de talent, au moins un peu, non ?

Il dressa un sourcil et parut étonné par ce que Mylène venait de lui avouer comme une faute grave.

— Je ne voulais pas de toi dans mon rectorat parce que je n'ai pas les compétences pour développer ton don, expliqua-t-il sur un ton étrangement paternaliste. Je peux faire de mes anges les meilleurs guerriers qui soient, plus encore, s'ils sont prédisposés à la guerre. Mais je n'entends rien à la puissance de la manipulation des éléments. C'est le domaine de Gabriel. Et si je ne sais pas t'éduquer pour que tu développes ton don rare au maximum de ses possibilités, alors je prends le risque de te gâcher et de te mettre en danger.

Mylène arrondi sa bouche de consternation.

— C'est pour ça que tu ne voulais pas de moi dans le rectorat des Vertus ? Répéta-t-elle pour être bien sûre qu'elle ne se tromperait pas en gravant cette phrase sur tous les murs du Temple.

Il acquiesça en la laissant profiter de son triomphe. Mais tandis qu'il la regardait soupirer d'aise et qu'il pensait à nouveau à ses schémas, il ne vit pas arriver l'assaut brutal de Mylène. Elle lui empoigna le bras et le serra fort entre ses doigts graciles. Pire, elle ne semblait pas disposée à le lâcher. Après quelques secondes de torture interminable pour le recteur, il tenta une manœuvre de repli en la repoussant doucement.

— Mylène, dit-il en dissimulant mal sa gêne. J'ai encore du travail et tu dois rejoindre les autres.

L'ange se moquait bien de son emploi du temps. Elle était sur un petit nuage d'émotion, les doigts ancrés sur le cuir du brassard frappé du dragon céleste, mort pour servir la gloire de son archange, et se laissa envahir par cette odeur lointaine de cèdre.

— … Mylène ?

♦ ♦ ♦

La nuit régnait au dehors. La maison d'Uriel était plongée dans la luminosité blafarde et glacée d'une lune pleine. Il n'y avait pas un bruit, pas un souffle. Les anges qui assuraient la garde se fondaient dans le décor par leur parfait immobilisme. Rien ne devait échapper à leur vigilance, aussi contenaient-ils leur souffle crispé, en observant le moindre frémissement des feuilles des arbres qui bordaient la propriété.

Carrie était descendue dans la cuisine pour se faire un thé. Elle n'avait pas, le moins du monde, envie d'une tasse d'eau chaude parfumée mais rester dans sa chambre en attendant son tour de garde lui était insupportable. Elle se sentait suspendue entre deux drames, comme lorsqu'on s'apprête à se laisser tomber dans le vide, précisément à l'instant où l'âme prend conscience que ce n'est pas tant la chute le problème, mais bien l'atterrissage. Quelque chose au fond de sa gorge avait un goût d'Apocalypse. Elle avait acquis la conviction que les jours de paix et de bonheur étaient derrière elle. La mort de Soffia avait sonné comme une prophétie annonciatrice de la fin des temps, ou tout au moins, la fin de leur temps. Bien entendu, elle était une guerrière. Le défaitisme n'était pas censé faire partie de son mode de raisonnement mais elle n'avait pas non plus pour habitude de surévaluer les chances. Et dans le contexte actuel, quelles chances avaient-ils réellement de s'en sortir ? Elle n'était pas dupe, elle avait bien vu la brève étincelle de fatalisme tragique dans le regard de Mikhaël. Mais si sa fin devait arriver ici et maintenant, ce ne serait pas si grave. Car en longeant la longue baie vitrée donnant sur la terrasse du salon, elle dût bien reconnaître que c'était une nuit magnifique pour mourir.

En s'approchant un peu plus des vitres, elle aperçut Abigor dans la cour de la maison. Comme une efficace tour de garde, sa haute stature était plantée au milieu des graviers artificiellement disposés en mosaïque. Seul le balancier régulier de sa longue queue trahissait sa tension. Elle prit une profonde inspiration puis ouvrit la fenêtre. Le bruit léger qu'elle provoqua attira l'attention du grand démon qui tourna lentement la tête vers Carrie. Immobile dans l'encadrement, la peau diaphane de l'ange, légèrement bleuie par la nuit, rendit sa silhouette spectrale. Elle ne prononça aucun mot, ni ne fit aucun geste. Elle se contenta de fixer son regard sombre sur Abigor avec une sorte d'insistance étouffante. Au bout de quelques longues minutes contemplatives, et sans pour autant détacher ses yeux de lui, elle recula lentement jusqu'à disparaître dans la pénombre du salon. Le démon plissa ses yeux d'or en continuant d'observer cette fenêtre laissée sciemment ouverte comme une proposition à demi mot. Il fit un pas en avant et parut attendre quelque chose dans ce décors nimbé du rayonnement de l'astre pâle. Et soudain, une lumière s'alluma dans l'une des pièces contiguës au salon. De là où il se trouvait, il la distingua à peine mais ce fut suffisant pour lui dessiner sur les lèvres un léger sourire en biais. Il entra dans la maison d'une démarche cadencée et rapide puis gravit les marches en suivant le chemin des lumières qui s'éteignaient et se rallumaient au gré des pièces que l'ange traversait plus loin.

S'enfonçant dans le cœur de la maison, Abigor parvint finalement au dernier étage et dans le couloir, tout au fond, il nota que la lumière ne s'éteignit pas. Il se présenta dans l'embrasure de la porte laissée ouverte. Carrie était assise sur le lit, la main posée sur la table de chevet tout près de la petite lampe éclairée. Lorsqu'il pénétra dans la pièce, elle éteignit. Le lieu fut à nouveau envahi d'une lumière blême qui plongea toute chose dans une atmosphère cotonneuse et lugubre. Carrie se leva avec un peu plus de souplesse que d'ordinaire et s'arrêta juste en face de lui. Il put déceler un léger frémissement au bout des doigts de l'ange comme un tremblement inconscient et incontrôlé qui dénaturait le calme glacé qu'affichait le reste de son corps. Le visage pâle de Carrie trahissait la tristesse et la fragilité qu'elle ne s'autorisait pas en temps normal. Elle fixait Abigor et laissait planer dans l'air des interrogations angoissantes et muettes, auxquelles le démon ne pouvait répondre. Elle pencha la tête sur le côté en exhalant un soupir à peine perceptible. Elle porta alors son index à sa bouche en signe de silence imposé.

Abigor referma lentement la porte de la chambre. Il avança vers elle jusqu'à presque la toucher. Un bref instant, elle clôt les yeux pour apprécier à nouveau la chaleur familière qui partait du cœur et inondait tous ses organes. Le démon posa le revers de ses doigts sur l'arête fine du visage de l'ange et détoura avec une grande douceur les traits un peu austères de Carrie. Elle pencha la tête en arrière et fit un dernier pas vers lui qui acheva de coller son corps élancé contre celui du démon. Il referma ses bras puissants autour d'elle en l'emprison-nant définitivement dans un étau protecteur et ferme. Les lèvres d'Abigor se posèrent sensuellement sur celles de Carrie en prenant le temps d'en découvrir les contours et avant de les entrouvrir pour prendre possession de ce qui lui avait toujours appartenu. Carrie se laissa envahir par la profondeur du baiser qui dévoilait l'instinct de propriété qu'elle avait déjà pu deviner dans certains des regards d'Abigor. Elle remonta ses bras et fit glisser ses mains sur les larges épaules dont elle put enfin mesurer la solidité. Ses doigts découvraient l'arrondi ferme des muscles tendus du démon, jusqu'à câliner sa nuque puissante. Elle répondit au baiser qui brûlait de plus en plus sa gorge en se redressant sur la pointe des pieds et en appuyant plus encore son corps contre le sien. L'étaux se resserra davantage autour d'elle et elle se sentit soulevée du sol pour être placée à la hauteur du grand démon. Les gestes de l'ange se firent plus nerveux et plus empressés à mesure que la brûlure descendait dans sa poitrine et son bassin. Elle ouvrit un peu rapidement la chemise d'Abigor pour satisfaire la curiosité de ses mains qui continuèrent de découvrir les reliefs du torse brun, maculé d'étranges tatouages guerriers. Elle fut basculée en arrière et, par réflexe, crispa un peu plus ses doigts sur la chair brûlante du démon.

Elle s'affala sur le lit, son corps vite écrasé par celui d'Abigor qui la recouvrit entièrement. Les baisers furent vite moins chastes et moins respectueux quand il les fit dégringoler le long de la gorge pâle et soyeuse. Ses gestes agiles défirent la tunique de soie beige de Carrie en dévoilant son épiderme de craie immaculé. Elle exhala un soupir plus tendu lorsqu'elle sentit les doigts savants du démon descendre rapidement sur son ventre et détacher un peu brusquement son pantalon en lin clair. D'un geste puissant, il la remonta plus haut sur le lit et ouvrit les cuisses de son ange d'un mouvement précis du bassin. Le corps de Carrie vibrait à la même fréquence que celui d'Abigor. Les gémissements timides de l'ange s'étouffaient contre la masse musculaire du démon. Le désir et l'envie prirent entièrement possession d'elle, et pour la première fois, elle laissa sa raison objecter vainement et ses pulsions violentes piloter chacune de ses réactions. Elle sourit de délectation en entendant les premiers râles sombres et les ronronnements puissants de son démon qui se mélangeaient à ses propres soupirs demandeurs. Que la plainte devenait exquise entre les lèvres de Carrie quand le mouvement s'initia enfin en elle et se fit vite passionné et rude. Elle se laissa emporter par toute la passion et la force qu'Abigor donnait à leur étreinte comme si elle était la dernière. Plus rien ne comptait à ses yeux que les reliefs du corps massif qui ondulait puissamment en elle comme un divin balancier. Elle marqua de ses ongles la chair des avant-bras d'Abigor quand celui-ci se redressa au-dessus d'elle pour achever son élan. Lorsque les pupilles de Carrie croisèrent celles de son amant, elle laissa échapper un gémissement libératoire car elle put lire dans ce regard de vieil or tout l'amour qu'il avait pour elle.

Elle se sentit unique et précieuse, aimée et possédée. Tout ce qu'elle avait jamais désiré. Elle referma les yeux quand le désir envahissant fut à son comble et qu'il scia ses reins de plusieurs spasmes. Son corps abandonnant sa conscience pour parler un langage unique en parfaite harmonie avec celui d'Abigor. Le souffle tranché net et le cœur en feu, ils calmèrent leur danse ardente en nouant bras et jambes entre eux. Elle sourit, enfin, quand elle comprit que le vide qui lui avait avalé le cœur pendant si longtemps venait d'être comblé. Et tandis qu'elle répondait aux caresses tendres d'Abigor sur ses flancs par une étreinte douce et sereine, elle regarda par la fenêtre la lune qui allait couvrir leur danse érotique et amoureuse un long moment encore.

Et Dieu, que c'était une nuit magnifique pour aimer et mourir.

Mylène bailla alors qu'elle vint prendre la relève de la garde. Elle s'était désincarnée et flotta jusqu'à se poser sur la branche d'un arbre solide qui se trouvait face à la cour. Carrie était en retard. Elle n'était pourtant jamais en retard. Après s'être assurée auprès de l'ange qu'elle devait remplacer, qu'il n'y avait rien à signaler jusque-là, Mylène s'installa aussi confortablement qu'elle put. Quelques instants plus tard, Carrie finit par la rejoindre

— Tout va bien ? Demanda cette dernière en prenant place.

— Oui, répondit Mylène avec un immense sourire. J'ai eu une longue discussion avec Mikhaël. C'était incroyable. Je crois que, cette fois, nous sommes sur la bonne voie tous les deux. Il a été si gentil et si compréhensif.

— Eh bien, je suis très contente pour toi. Mais, en fait, je faisais référence à la garde.

— Ah la garde ! Rien à signaler, pour l'instant. Je crois que nous allons passer une autre nuit tranquille.

Carrie prit un moment de silence pour observer le périmètre de sécurité et lorsqu'elle fut rassurée, elle tourna à nouveau la tête vers son amie en souriant légèrement.

— Alors comme ça, vous avez discuté ? Répéta-t-elle, bien consciente que cette information primait sur toutes les autres.

— Oui ! Et pas un monologue où il dit toutes sortes de choses que personne n'écoute jamais. Une vraie conversation.

— Moi, je l'écoute.

— Oui, mais toi, tu es un peu fayotte. Nous avons eu une discussion franche et familière comme deux personnes, qui s'entendent bien, peuvent avoir. Et il m'a dit qu'il n'était pas déçu de mon intégration à son rectorat mais qu'il avait juste peur de ne pas être à la hauteur de mes dons. Tu réalises ? Ça change tout.

— Ah oui ?

— Evidemment, reprit Mylène, l'air un peu désespéré par le manque de vivacité d'esprit de son amie. Il faut que j'y aille un peu plus doucement avec lui. Finalement, c'est ce que je pensais depuis le début. C'est un tendre et un timide au fond de lui.

— Tu crois ?

— C'est une évidence. Mais je suis patiente. Enfin, quand je suis sortie de son bureau, j'étais toute électrisée. J'adore cette sensation. Elle me rappelle, je ne sais pas, peut-être mon ancienne humanité. C'est très étrange parce que, depuis, j'ai une furieuse envie de chocolat et, d'habitude, quand j'ai envie de chocolat, c'est que…

Mylène arrêta de parler et fixa soudain Carrie avec des yeux de Koala.

— Toi, tu viens de faire l'amour, claqua-t-elle sur un ton sentencieux.

Même désincarnée, Carrie manqua de dégringoler de l'arbre.

— Q.. Quoi ? Mais, non enfin, n'importe quoi, pourquoi tu dis ça ? S'offusqua la coupable avec un peu trop de véhémence.

— Ah non ? Tu es sûre ? C'est bizarre, j'ai un sixième sens pour ces choses-là. Dans ce cas, quelqu'un d'autre a dû faire l'amour dans la maison. Juste que, je ne sais pas encore qui. Avec tout ce qui nous arrive, mes radars sont pertur…

Un violent choc interrompit la conversation des anges en les projetant plusieurs mètres au loin. Carrie perdit presque immédiatement connaissance. Mylène eut plus de chance et put récupérer son équilibre. Mais alors qu'elle se redressa pour faire face à ses assaillants, un violent coup par derrière martela sa nuque pour la faire s'effondrer à genoux. Sa vision rendue opaque par la lente et inéluctable perte de conscience lui fit, néanmoins, entrapercevoir cinq ou peut-être six démons.

Ses radars étaient bel et bien perturbés.

Chapitre 14

L'art de la stratégie militaire.

— Uriel !! Hurla Asmodée tandis qu'il venait de voir l'archange poignarder Juliette sans aucune raison apparente.

Stupéfait par le geste parfaitement incompréhensible et d'une brutalité imprévisible, le déchu resta quelques secondes pétrifié sur ses jambes, l'arme légèrement tombante. Uriel ne parut guère troublé par l'invective et retira tranquillement le poignard de la chair de l'ange qui tressaillit à la douloureuse extraction. Tandis que Juliette se vidait de son sang, effondrée sur elle-même, à genoux, Asmodée leva sans réfléchir sa hallebarde en direction de l'archange. Mais Uriel était bien loin d'avoir montré tout ce qu'il était capable de faire. D'un geste précis, il tendit la main en direction du déchu et une puissante décharge d'énergie projeta Asmodée à terre quelques mètres plus loin. Ce dernier expectora brutalement en secouant la tête pour tenter de remettre de l'ordre dans ses idées et pouvoir riposter. Mais comme si cela n'était pas suffisant, il vit Uriel se précipiter sur lui.

— Ferme les yeux ! Cria soudain l'archange.

— Quoi ? Répondit Asmodée, pour le coup, complètement dépassé par la situation.

Uriel s'accroupit vers lui en glissant sur le sol poussiéreux et empoigna le col du déchu pour le forcer à se mettre à plat ventre. Manœuvre qui se révéla fort peu aisée compte tenu du manque certain de coopération d'Asmodée qui tenta immédiatement de se soustraire à la poigne de l'archange.

Juliette mit une main à terre. Le sang répandu prolongeait la couleur de ses cheveux et lui donnait l'air d'une étrange et effrayante naïade. Elle suffoquait alors que la douleur s'estompait étrangement et qu'elle avait l'impression de ne plus rien ressentir. Sa vue se brouilla peu à peu et elle ne distingua bientôt plus rien des monstres qui se trouvaient tout autour d'elle et sur le point de fondre sur eux. Elle résista aussi longtemps qu'elle put mais ses forces l'abandonnèrent et plus aucun de ses membres ne répondit à sa volonté. Elle lâcha un brusque cri déchirant quand une violente douleur perfora sa poitrine une nouvelle fois.

Lucifer plissa ses yeux en regardant l'étrange retournement de situation auquel il assistait. Son esprit vif lui fit vite comprendre ce que le déchu et l'ange ne pouvaient deviner. Il écarquilla ses yeux, furieux contre lui-même de n'avoir pas compris plus tôt, malgré les informations dont il disposait. Il fit apparaître les ailes empruntées à celui dont il avait volé l'apparence puis décolla rapidement.

— Bélial ! Tonna-t-il avec fureur et en prenant déjà de la hauteur.

Le démon rouge laissa filer un grognement contrarié pour être privé de se débarrasser définitivement d'Asmodée. Il ne put s'empêcher de penser qu'une occasion si belle de voir le déchu à terre ne se représenterait pas de si tôt. Il obtempéra malgré tout, l'amour étant ainsi fait.

— Que lui as-tu fait ? Cracha Asmodée tandis qu'il luttait toujours contre Uriel pour tenter d'aller aider Juliette.

— Je la sauve et je nous sauve ! Fit l'archange. Ferme les yeux et ne les rouvre que quand je te le dirai !

— Quoi ? !

Asmodée regarda Uriel droit dans les yeux. L'archange avait réellement l'air inquiet. Ce n'était pas le regard d'un tueur ou d'un traître.

— Fais-moi confiance, dit Uriel un peu plus bas et avec une conviction que même le déchu ne pouvait ignorer.

Uriel tourna la tête alors qu'il entendit Juliette crier à nouveau et convulser franchement. Il resserra sa prise sur le col du déchu et lui écrasa le visage à terre avant de faire de même. Asmodée se laissa enfin faire et ferma les yeux tandis qu'il perçut un brusque déploiement d'énergie comme il en avait rarement ressenti. Uriel fit vibrer son aura qui enroba son corps ainsi que celui du déchu pour former une sorte de bulle protectrice. Le sol se mit à trembler quand Juliette parut se fendre de part en part. Le sang changea de couleur et devint luminescent jusqu'à l'enserrer d'un halo de lumière vive. Un vrombissement assourdissant envahit la plaine infernale et un vent violent passa au-dessus du bouclier constitué par Uriel. Asmodée eut l'impression que tout autour d'eux se désagrégeait. Le bruit et les contorsions de la terre les plongeaient dans ce qu'il s'imaginait être l'Apocalypse. Le déchu ancra ses doigts dans le sol vibrant tandis qu'il sentait bien que, malgré les efforts d'Uriel, une pression énorme s'exerçait sur eux et menaçait de les écraser complètement. Il ne sut pas exactement combien de temps cela dura, mais il eut l'impression d'avoir vécu une éternité, coincé dans les replis de la fin du monde.

Peu à peu, cependant, le bruit et les vibrations cessèrent. Asmodée avait le souffle coupé. Il attendit néanmoins le contre ordre d'Uriel, n'osant pas même tousser et cracher la terre qu'il avait aspiré pendant un moment interminable.

— Tu peux rouvrir les yeux, souffla finalement l'archange sur un ton épuisé.

Asmodée toussa violemment et se redressa. Lorsqu'il prit enfin le temps de regarder tout autour d'eux, le paysage n'avait plus rien à voir avec l'instant d'avant. Tout avait été pulvérisé et, en lieu et place du château, se trouvait un amas de débris qui ne devait pas dépasser les trente centimètres d'épaisseur. C'était comme si une bombe venait d'exploser. Il n'y avait plus une âme qui vive excepté, lui, Uriel et Juliette qu'il aperçut un peu plus loin. Elle était allongée sur le dos et semblait dormir. Asmodée sauta sur ses jambes en titubant franchement et en glissant plusieurs fois sur le sol encombré avant de parvenir à sa hauteur. Il posa sa main sur sa joue et il réalisa qu'elle était toujours en vie. Le sang autour d'elle avait disparu. Il la retourna un peu plus brusquement qu'il ne l'aurait souhaité et vérifia la blessure du couteau. Il n'y avait plus rien, si ce n'était un large trou dans sa tunique légère.

— Juliette ? Tu m'entends, tout va bien ? Fit-il en la secouant toujours aussi délicatement, ce qui semblait être une chose qu'ils avaient, tous deux, en commun en pareille situation.

— Oui, tout va bien, lança Uriel en grimaçant de douleur et peu habitué à l'exercice physique intense.
Asmodée se retourna vers lui, l'œil mauvais.

— Je peux savoir ce que tu lui as fait ? !

— Du calme et arrête de la secouer comme ça, elle est déjà assez atteinte, la pauvre gosse. Laisse-là récupérer.

Asmodée laissa filer un grognement sourd et rallongea Juliette avec autant de douceur qu'il en était capable, c'est-à-dire relativement peu.

— J'attends, claqua-t-il avec humeur.

— Tu crois que quand les séraphins se sont aperçus de l'existence des Vaisseaux de Lumière, ils nous ont filé le mode d'emploi ? Finit par lâcher l'archange avec agacement. Non. Le fait est qu'on ignore comment ils fonctionnent. Au bout d'un certain temps, les plus puissants d'entre eux parviennent à contrôler leur puissance. Mais au début, ça leur échappe complètement. Par contre, on a remarqué que lorsque l'ange est en danger, son instinct de survie puise par réflexe dans ces ressources divines. Et c'est là, qu'inconsciemment, il actionne l'énergie qu'il a en lui.

— Tu l'as poignardée, Uriel ! Tu aurais pu la tuer !

— Peut-être légèrement, oui. Mais je n'ai pas dit que c'était une science exacte, d'accord ! Nous sommes en vie, elle est en vie, les autres sont tous morts. Alors cesse de hurler.

Asmodée resta un moment silencieux, atterré par la mauvaise foi et l'aplomb de l'archange.

— Et comment ça se fait qu'on ait survécu ? Demanda soudain le déchu au plus fort de sa paranoïa.

— Contrairement à la plupart des rectorats de puissance qui ne servent pas à grand chose, autant être clair, celui des Séraphins donne beaucoup d'avantages, dont celui d'être pour ainsi dire immunisé contre l'énergie divine des séraphins. Sans cette capacité, on aurait du mal à entrer en contact avec eux sans se faire pulvériser, tu suis ?

Uriel finit par se redresser complètement non sans signifier bruyamment l'importance des courbatures qu'il sentait déjà.

— Donc pour résumer, insista-t-il lourdement. Je nous ai sauvé la vie. Sans être mesquin, c'est la deuxième fois, aujourd'hui.

Le déchu se contenta d'anéantir Uriel d'un regard chargé au lance rocket.

— Oh … mon dieu… quelqu'un peut me dire ce qu'il s'est passé ? Fit soudain Juliette en reprenant lentement connaissance et en gémissant presque immédiatement de douleur. J'ai l'impression d'avoir été piétinée par toute la création.

— Ce n'est pas complètement faux, nota Uriel sans se départir de son cynisme très anglais.

— C'est rien, tenta de rassurer Asmodée en l'aidant à se redresser. Uriel a trouvé malin de faire un cours sur les Vaisseaux de Lumière sans prévenir personne.

Juliette se releva en trois étapes, ce qui fut bien assez douloureux pour elle. Elle n'avait toujours pas les idées très claires.

— Comment ça ? Dit-elle en essayant de remettre de l'ordre dans ses cheveux pour au moins pouvoir distinguer ses compagnons.

— Ben, il a provoqué chez toi une sorte de réaction qui a libéré ton énergie. Celle qui provient des séraphins. Tu te rappelles ?

— Oui, oui. Le Vaisseau de machin, tout ça, je me rappelle. Et alors, ça a marché ?

Disant cela, elle regarda tout autour d'elle.

— Comme tu vois, dit Asmodée, un coup d'aspirateur et le terrain sera à nouveau constructible.

— Y'avait pas un château avant ? Demanda-t-elle en ne reconnaissant plus du tout les lieux et ne croyant qu'à moitié à la puissance de l'énergie en question.

— Oui et une armée aussi, précisa Uriel en époussetant à nouveau ses étoffes.

— Vous êtes sérieux ? Fit Juliette incrédule. J'ai tout rasé ?

— C'est ça, jubila l'archange.

— Et Lucifer ? Belial ? Demanda-t-elle en n'osant y croire.

— Ne rêvons pas, calma Uriel, j'ai vu Lucifer décoller un peu avant. Pour Bélial, je ne sais pas. Si on a de la chance, il y sera passé aussi.

— OK, traînons quand même pas trop ici, coupa Asmodée en fixant l'horizon.

— Et je sais exactement où aller, fit Uriel déjà ravi rien qu'à l'idée de mettre Mikhaël et le déchu dans la même pièce.

Ledit déchu fixa Uriel avec une expression de sous-entendu suspicieux. Ce dernier haussa légèrement les épaules puis s'avança vers eux en déployant ses ailes afin de quitter les lieux.

— Heu j'y pense soudain Uriel, dit Juliette tout en passant la main dans son dos. Vous ne m'auriez pas un peu poignardée dans le dos ?

— Si, un peu.

— Alors, je propose qu'on se tutoie, maintenant.

Jeanne se pencha au-dessus des corps inertes de Carrie et Mylène.

— Sont-elles vraiment des anges ?

— Cela ne fait aucun doute, ma chère, répondit Robert Duval avec une excitation difficilement contenue dans la voix.

— Elles ont l'air si normales.

— C'est parce qu'elles sont sous la forme d'êtres humains. Nous ne pouvons voir leur vraie nature, tout au moins pas encore.

Ils les observèrent un long moment, ne pouvant s'empêcher de chercher dans les replis de leur épiderme une trace du Divin.

— Et maintenant, que sommes-nous censés faire d'elles ? S'inquiéta l'assistante en tendant une main hésitante vers les cheveux de Mylène pour juger de leur texture.

— Attendre. Il a été très clair à ce sujet. Nous devons les conserver ici, à l'abri, en attendant les futures instructions. Les voix du Maître sont, vous le savez, impénétrables. Elles ont l'air si fragile.

— … Et si humain.

La porte de la chambre, dans laquelle les deux anges avaient été amenés quelques heures plus tôt, s'ouvrit brutalement. Deux hommes à la peau brune, et au corps trop imposant pour se satisfaire des mensurations standard d'un costume, interrompirent la discussion du révérend et de son assistante.

— Il vaut mieux les laisser, quelqu'un vous demande en bas. Des humains, claqua le plus grand des deux d'une voix rauque et agressive.

— Mon père, ajouta l'autre pour terminer la phrase alors que les mots ne lui étaient clairement pas naturels.

Ils ressortirent de la pièce tout aussi brutalement et reprirent leur poste de garde. Jeanne grimaça encore plus que d'ordinaire et se pencha à l'oreille de Robert.

— Vous êtes sûr que ces hommes sont au service du Maître ? Ils ne m'inspirent aucune confiance.

— Je sais, mais nous devons garder à l'esprit qu'un certain nombre de choses nous échappe forcément. Il ne faut pas oublier qu'Il nous teste continuellement alors tout ceci n'est, peut-être, justement qu'un test. Je crois qu'il vaut mieux obtempérer.

D'un geste paternel et étonnamment protecteur, le révérend replaça le large plaid en laine sur les corps des anges. Il alla ensuite vérifier que les fenêtres étaient bien fermées puis, suivi comme son ombre par son assistante, il sortit de la pièce pour se rendre au rez-de-chaussée et voir qui pouvait bien venir le déranger en pareille période. Il ne put s'empêcher de soupirer franchement lorsqu'on lui annonça que le commissaire Charlenoir, et son jeune adjoint, souhaitaient les rencontrer immédiatement.

— Il ne manquait plus qu'eux, maugréa Jeanne. C'est bien le moment !

— Du calme, nous n'avons aucune raison de penser qu'ils savent quoi que ce soit de compromettant sur nous, sinon nous aurions bien plus de voitures de police garées dans la cour. Il faut juste se monter le plus coopératif possible pour qu'ils repartent rapidement. Nous attendons des invités de marque et nous sommes si près de la cérémonie. Nous ne pouvons nous permettre que des grains de sable viennent gripper la machine.

Robert se dirigea vers un boudoir aménagé pour recevoir les parents qui souhaitaient se renseigner sur l'établissement mais qui n'avaient encore pas fait l'objet d'une scrupuleuse sélection de la part de l'institut. Une façon de leur monter un peu du faste et de l'élitisme des lieux, sans pour autant les faire pénétrer dans le cœur de la structure. On y avait installé Henri et Eric depuis maintenant une bonne demi-heure. Le prêtre tendit une main assurée en direction de celle du commissaire et la lui serra fermement.

— Je ne sais pas si je dois me réjouir de vous voir, commença Robert Duval sur le ton le plus détaché qu'il possédait dans son registre. Est-ce parce que vous avancez dans votre enquête ou est-ce parce que, justement, vous n'avancez pas ?

— Oh, nous avançons, je vous remercie de vous en inquiéter, répondit Henri de façon trop placide pour être honnête. J'apprécie que vous acceptiez de nous recevoir d'autant que j'ai l'impression que vous êtes très occupés en ce moment. Vous préparez des festivités pendant les vacances scolaires ?

— Ce n'est pas parce que la plupart de nos élèves rentre chez eux que l'école est vide. Certains demeurent ici et comme nous ne donnons pas de cours, excepté le soutien, nous en profitons pour être plus souples dans notre organisation. Dites-moi, organiser des réceptions n'est pas une infraction, au moins ?

— Ce n'est jamais la fête qui est l'infraction, c'est ce que les convives font pendant qui pose souvent problème. Nous avons fait quelques recherches sur les relations de Louise Château Montrosier, vous vous souvenez d'elle ?

— Je vous en prie, ne me faites pas passer pour plus cynique que je ne suis. Bien entendu, je me souviens de cette malheureuse. Allons, comme vous l'avez dit, nous sommes assez occupés, si nous en venions au fait ?

Robert les fit tous asseoir autour d'une table circulaire. Jeanne n'avait pas dit un mot mais son acharnement à gratter ses ongles trahissait sa nervosité.

— Saviez-vous qu'en secret, Louise avait créé une petite association ? Poursuivit Henri. Elle n'en a parlé à personne, pas même à son mari.

— J'avoue que je ne vous suis pas.

— Cette association réunissait des parents d'enfants handicapés. Un petit groupe d'une vingtaine de personnes. Mais ce n'est pas le plus surprenant. Le plus surprenant, c'est qu'en plus du handicap de l'un de leurs enfants, ils avaient en commun un tout autre fardeau, nettement plus singulier. Tous leurs enfants atteints d'un handicap étaient morts.

Le prêtre ne cilla pas, il était rompu à l'art de la dissimulation.

— Et là où la coïncidence surprenante devient carrément mystérieuse, c'est que tous ces parents avaient, eux-mêmes, un lien plus ou moins direct avec votre institut.

— Comment cela : un lien ?

— Et bien, certains parents ont été scolarisés chez vous, parfois les deux. D'autres avaient plusieurs enfants qui n'étaient pas handicapés et ces derniers sont, ou ont été, vos élèves. Enfin, nous avons noté que quelques unes de ces familles fréquentaient votre établissement depuis plusieurs générations. Une scolarité d'héritage, en quelque sorte.

— Ecoutez, nous formons énormément de personnes et ce, depuis fort longtemps. Je ne sais pas exactement où vous voulez en venir mais je n'aime guère la tournure de cette conversation. Si nous arrêtions de jouer les mondains et parlions plus franchement ?

— Mon adjoint, ici présent, m'a mis de drôles d'idées dans la tête car il a toujours eu beaucoup d'imagination. Il a émis l'hypothèse d'une sélection qui aurait été plus expéditive que la validation d'un questionnaire, vous voyez ce que je veux dire ? Il a même évoqué, je crois, l'eugénisme, vous savez de quoi je parle, n'est-ce pas ?

Robert passa brièvement ses doigts sur son menton tandis qu'Eric et Jeanne demeuraient parfaitement muets.

— J'ai peur de mal comprendre, dit-il après quelques secondes d'hésitation. Etes-vous en train d'insinuer que mon école aurait quelque chose à voir avec le décès d'enfants ?

— Non, j'insinue juste que les circonstances de leur mort semblent un peu trop récurrentes pour être fortuites. Accident de bus, empoisonnement alimentaire, crise cardiaque, mort du nourrisson et la liste est longue. C'est fou le nombre de personnes qui meurent dès qu'elles ont eu un contact avec votre école et qu'elles ont le malheur de ne pas être parfaites. Notez que ce n'est pas moi qui dis ça. Lorsque nous avons interrogé les membres de cette association, ils avaient tous votre nom et celui de votre école à la bouche. Vous auriez, sans doute, été très intéressé par leur théorie, bien qu'elle soit peu flatteuse pour vous ou votre, soi-disant, vision du monde parfait. Robert jeta un bref coup d'œil à Jeanne.

— Ah, fit Henri avec la jubilation de ceux qui cherchent et trouvent la vérité, j'avais oublié de vous dire que je m'étais penché sur votre philosophie. J'ai été assez surpris de découvrir certaines des idées que vous transmettez dans vos enseignements. Le renouveau du monde, les élus, le nouvel Eden, purgé de toute la médiocrité des individus jugés inférieurs ou imparfaits. Tout cela ne fait-il pas un peu science fiction ringarde ? Je sais bien que vous n'êtes pas la seule secte à croire en ces âneries d'Apocalypse et de survie des élus mais, ce qui me chiffonne, c'est que vous semblez différents des autres : plus froids, plus calculés et beaucoup plus anciens aussi.

— Ce que mon chef essaye de vous dire, monsieur, intervint soudain Eric, c'est que si jamais on parvient à relier la mort d'un seul de ces enfants à vous, ou n'importe qui de votre école, même par un infime détail, on va revenir ici avec toute la puissance divine de la justice des Hommes. C'est plus clair, non ?

Robert inspira profondément puis se leva.

— Je crois saisir le mot important dans votre phrase et ce mot, c'est : « si ». Si vous trouvez un lien. J'apprécie cette visite de courtoisie mais je n'ai plus le temps pour ça. Je vais vous demander de partir et comme vous n'avez pas de mandat, sinon vous me l'auriez déjà agité sous le nez, vous allez devoir vous exécuter car vous êtes dans une propriété privée.

Henri et Eric obtempérèrent de façon assez docile. Ils étaient venus prendre la température et voir sur le visage du suspect s'ils étaient sur la bonne voie. Après quarante minutes d'entretien, ils étaient certains d'être sur la bonne voie. La sortie fut silencieuse et glaciale. Une façon de clore les mondanités. La prochaine visite serait, assurément, moins cordiale.

Jeanne regarda par la fenêtre pour vérifier qu'ils quittaient bien l'institut.

— Comment ont-il fait pour remonter jusqu'à nous aussi vite ? Lâcha-t-elle avec humeur.

— Parce que nous avons sous-estimé Louise.

— Ils vont revenir avec un mandat, c'est certain.

— Et alors ? Le temps qu'ils l'obtiennent, tout sera déjà en place. Qu'avons-nous à faire de la justice des Hommes alors que nous œuvrons pour celle de Dieu. Nous avons assez perdu de temps, Jeanne, il faut nous concentrer à nouveau sur les préparatifs de Sa venue.

— Alors qu'Il vienne vite. Je trouve Ses hommes bien étranges pour des envoyés de Dieu.

◆◆◆

Rompue à la technique de survie développée par les opossums, Mylène avait joué la parfaite morte pendant que Robert et Jeanne palabraient au-dessus de son corps. Une fois convaincue d'être seule dans la pièce, elle ouvrit les yeux et se redressa d'un bond sur le lit. Elle ignorait qui ils étaient mais elle se doutait bien que, si elle était toujours en vie, c'était sûrement pour une raison bien précise qu'elle devait rapidement découvrir. Elle regarda autour d'elle et constata que Carrie se trouvait allongée à côté. Elle secoua son corps par les épaules.

— Carrie, chuchota l'ange blond, Carrie…

Après quelques minutes d'invectives discrètes et de secouages qui allèrent crescendo, Mylène parvint à extraire son amie de sa torpeur forcée. Cette dernière émergea en sursautant franchement quand elle réalisa qu'elles n'étaient plus dans la maison d'Uriel.

— Mylène ? Tout… tout va bien ? Où sommes-nous ?

— Je l'ignore.

Disant cela, Mylène se leva et s'approcha de la fenêtre. Elle entrouvrit à peine les rideaux pour apercevoir la cour quasi déserte de l'institut Humanité.

— Ça ne me dit rien du tout, conclut-elle, l'air navré.

— Non, fit soudain Carrie la mine angoissée, je ne peux pas me désincarner…

— Quoi ?

La jolie blonde se concentra mais ce fut en vain. Elles demeuraient, toutes deux, prisonnières de cette matérialité imposée comme si l'option de la désincarnation leur avait été retirée.

— Comment est-ce possible ? Murmura Mylène.

— Je n'en sais rien. Il faut sûrement être quelqu'un de très puissant pour court-circuiter ce genre de don, tu ne crois pas ?

— Et c'est pourquoi nous sommes dans une chambre et non pas dans une geôle. Inutile d'avoir des barreaux, nous sommes coincées ici.

— Mon Dieu, fit Carrie avec une brusque crispation de la mâchoire. Tu crois que les autres vont bien ?

— Evidemment qu'ils vont bien ! Ce ne sont pas quelques démons qui vont perturber Mikhaël et Abigor. Allez, ne t'inquiète pas pour ça. Tels que je les connais, ils doivent juste s'engueuler pour savoir quel véhicule prendre pour venir nous sauver.

Mylène sourit pour se rassurer bien que le cœur et le geste n'y étaient pas.

— Alors ce sont des démons qui nous ont amenés ici ? Raisonna Carrie tout haut. C'est bizarre, pourquoi pas directement en Enfer ?

— C'était peut-être plus pratique pour eux. En tout cas, je suis certaine de ce que j'ai vu avant de tomber dans les vapes. C'était un groupe de trois ou quatre démons.

— Je suppose que si nous sommes encore en vie, c'est que nous leur sommes utiles. Faisons le tour de cette pièce et voyons s'il y a quelque chose qui peut nous mettre sur la voie ou qui pourrait nous servir pour nous échapper.

Mais la porte de la chambre s'ouvrit soudain. Mylène sursauta et voulut sauter sur le lit pour appliquer, à nouveau, sa technique de l'opossum qui lui avait tant réussie jusque-là. Appréciant mal la distance, elle dérapa sur le coin droit de l'édredon et glissa à terre. Carrie prit une profonde inspiration et, d'un pas décidé, s'avança au milieu de la pièce. Une femme à l'air austère et sans âge se présenta devant elles en refermant lentement la porte. Elle était vêtue comme une nonne et semblait mettre un point d'honneur à la perfection rigide de sa tenue. Ses traits quelconques, un peu trop masculins pour être agréables, étaient figés en une expression contradictoire d'intérêt et de mépris. Mylène se redressa derrière le lit et souffla avec humeur pour décoller les mèches de son visage.

— Qui êtes-vous ? Lança l'ange blond sans préambule. Que voulez-vous ?

— Vous pouvez m'appeler sœur Lucy, répondit la nonne sur un ton pincé. Je vous en prie, asseyons-nous une minute pour discuter.

— Il me semble que la politesse est superflue quand la contrainte s'en mêle, répondit Carrie avec calme et contrôle.

— Oh une très légère contrainte, fit la nonne en prenant l'une des chaises placées autour d'un petit secrétaire. Il ne vous a été fait aucun mal, je crois.

— Aucun mal ? Eructa Mylène, vous voulez voir mes hématomes ?

— Les exécutants sont parfois un peu trop zélés et pas très performants. Le problème du mélange des genres parmi les soldats d'une armée. Mais à présent, vous êtes là et entières.

— Qu'est-ce que vous nous voulez ? Reprit Carrie en tournant lentement autour de la religieuse.

— A vous, rien en réalité. Je suis désolé de vous dire que vous n'êtes qu'un moyen et non une fin. C'est pourquoi, vous êtes saines et sauves et vous le resterez jusqu'à ce que j'obtienne ce que je veux.

— Et que voulez-vous ? Insista Carrie en prenant, elle aussi, place sur une chaise afin de lui donner le change.

— Je veux mon Vaisseau de Lumière. J'ai assez œuvré pour ça.

— Hein ? Fit Mylène en s'approchant assez peu discrètement de la porte.

— Pas par là mon ange, dit la nonne en souriant à Mylène, ce qui n'était guère une bonne idée compte tenu de l'entretien très approximatif de sa dentition. Est-il possible que vous ignoriez ce qu'est un Vaisseau de Lumière ? On m'avait pourtant dit que vous étiez très proches les unes des autres.

— Juliette ? Lâcha Carrie qui fit vite la soustraction. C'est Juliette que vous voulez ?

— Précisément. Sauf que c'est une créature très entourée et j'ai besoin qu'elle vienne à moi volontairement et en toute discrétion. Alors, j'avoue avoir eu recours au vieux procédé de l'appât.

— Mais que lui voulez-vous exactement ? Poursuivit Carrie sur un ton directement inspiré par son mentor.

— Votre amie dispose d'un don vraiment unique. Elle est sans nul doute l'arme la plus puissante dont dispose le monde immatériel et très peu d'élus peuvent l'utiliser.

Mylène et Carrie échangèrent un regard d'incompréhension teinté d'angoisse. Elles demeurèrent, toutes trois, assez longtemps silencieuses. La religieuse semblait tirer un réel amusement de l'impact de ses révélations sur son auditoire et observait les deux prisonnières comme un laborantin.

— Vous n'êtes pas vraiment ce que vous paraissez être, dit finalement Carrie avec fatalisme.

— Non. Mais je trouve cette enveloppe fort à propos.
La fausse nonne se releva lentement de son siège et s'avança vers la fenêtre pour regarder au dehors.

— Aucune créature n'est au-dessus de cet empire, poursuivit-elle.

— Quel empire ? Demanda Carrie avec une pointe de colère grandissante dans la voix, passablement agacée d'être toujours prise pour un pion.

— Celui des émotions, bien sûr. Cela a été la grande erreur de jugement, ou le pire des cynismes, de Dieu lorsqu'il nous a créés, nous, le peuple immatériel. Il n'aurait pas dû nous doter de la capacité de ressentir, ni de développer notre conscience et notre libre arbitre. Comment espérait-Il qu'ensuite, toutes Ses créatures, si différentes les unes des autres par leur force, leur intelligence et leur évolution, puissent coexister sans développer un furieux instinct de concurrence. La lutte pour l'évolution naît de la conscience et de l'ego. Moi-même, je n'ai pu résister au vertige de ces émotions qui me poussent à partager avec vous l'excitation et l'impatience du dénouement de mon plan, ainsi qu'à traîner, travesti en religieuse, dans les jambes fragiles des humains. La jubilation est décidément mère de toutes les folles idées.

— Par tous les saints des Cieux, souffla Carrie, vous…vous êtes Métatron ?

— Et bientôt, je serai beaucoup plus.

— Vous voulez tout détruire, n'est-ce pas ? Vous avez manipulé Lucifer pour le jeter dans une guerre contre les Cieux alors que vous saviez qu'il ne peut pas la gagner. Aucun des deux camps ne le peut. Et pendant que nous nous entretuons, vous… Vous, vous aviez une toute autre idée en tête !

Mylène dévisageait Carrie pendant qu'elle parlait comme si elle avait été une étrangère. Son amie allait bien trop vite pour l'ange blond qui se sentait dépassé par cet imbroglio de jeu de pouvoirs.

— Il est temps d'enclencher une nouvelle phase dans l'évolution du monde, répondit Métatron en s'éloignant de la fenêtre. Non pas que tout ceci m'ennuie, j'ai pris un plaisir immense à découvrir le sens du mot stratégie, et la jouissance qu'elle procure à l'âme, mais le temps est venu de passer à une étape plus intéressante encore.

Il ouvrit la porte puis se retourna, une dernière fois, sur les deux appâts.

— Vous êtes comme des enfants qui ont peur de sauter dans l'eau pour apprendre à nager. Mais vous verrez qu'il n'y a rien de plus agréable que de nager.

— Elle ne viendra pas ! Lança Carrie en haussant le ton pour la première fois.

— Bien sûr que si, elle viendra. Tout ce que je lui ai fait subir, jusque-là, va la conduire à cette unique conclusion. L'avantage d'être patient et omniscient

Il referma la porte avec une lenteur qui rendit la provocation insupportable.

Chapitre 15

Tu laisseras aux autorités hiérarchiques le soin de décider :
commandement apocalyptique.

Lucifer pulvérisa la double porte qui donnait sur ses appartements privés. Il n'avait pas décoléré depuis que Juliette avait, purement et simplement, annihilé la demeure de Bélial. Il hurla à ses hommes de resserrer les rangs autour du palais noir et de lui trouver rapidement l'endroit où son traître de déchu était parti se cacher. Plus encore que la défaite, qu'il pouvait tolérer en certaines circonstances et selon la qualité de l'adversaire, c'était le sentiment d'être manipulé qui bouleversait tout son système nerveux. Il était le plus grand spécialiste de la sournoiserie et de l'hypocrisie. Il était celui qui manipulait et mentait, non pas celui qui se laisse duper. La prise de conscience soudaine de cet état de fait, très probable, le mettait plus en colère que tout ce qu'il avait connu.

Bélial suivait ses pas avec peine. Ayant décollé du toit, une fraction de seconde après son maître, il avait dû subir une infime partie de la puissante onde de choc déployée par Juliette. Si le prince noir ne lui avait pas intimé l'ordre de le suivre, le démon rouge ne serait plus de ce monde. Nul besoin d'être devin pour être convaincu qu'il ne restait plus rien de sa demeure, ou de quoi que ce soit d'autre, à des mille à la ronde. Cependant, une question lui brûlait tant les lèvres que, malgré l'humeur détestable de son maître, il ne put s'empêcher de tenir plus longtemps sa langue.

— Qui est-elle vraiment ? Je… Je n'ai jamais ressenti une telle puissance. Elle est plus forte que les archanges, plus forte que vous.

— Un Vaisseau de Lumière ! Tonna Lucifer d'une voix de baryton qui fit trembler les murs. Je suis parti des Cieux depuis trop longtemps, j'ai perdu tout instinct céleste qui m'aurait bien servi dans ces circonstances. Comment n'ai-je pas fait le lien plus tôt, alors que, dès le départ, ce minable d'Asmodée a senti qu'elle était spéciale ? Maintenant, il a l'arme la plus puissante jamais créée dans notre monde. Pourquoi ne l'as-tu pas tuée quand tu t'étais engagé à le faire ?!

N'attendant pas la réponse, il réduit en fines particules un grand canapé de velours bleu qu'il dispersa dans l'air avec rage.

— Je ne comprends pas, murmura Bélial en restant à une certaine distance de son terrible patron.

— Tu m'étonnes. Un Vaisseau de Lumière est le résultat du croisement improbable entre une créature immatérielle et la puissance d'un séraphin. Un mélange qui n'arrive, pour ainsi dire, jamais et qui est le pont parfait entre notre sphère d'existence et celle de Dieu. En théorie, on pourrait se servir de ces Vaisseaux pour braver l'impossibilité pour nous de pouvoir passer de l'autre côté.

Bélial ouvrit légèrement la bouche. Il n'était pas sûr de comprendre le concept mais, dans les grandes lignes, il réalisait bien que si Métatron avait caché une si puissante carte, c'était qu'en fait, il jouait tout seul.

— Pourquoi, mais pourquoi, Métatron m'a caché cette découverte ? S'il veut l'utiliser pour éradiquer les Cieux et être le seul maître à bord du Temple, pourquoi ne me l'a-t-il pas dit ?

Il fit quelques pas rapides et appuyés dans la pièce. Il était tellement habitué à être le plus grand traître de la création qu'il avait du mal à aller au bout du raisonnement pourtant évident.

— Qu'a-t-il dans la tête ? Fit-il, enfin, sur un ton légèrement inquiet.

Bélial s'avança vers lui avec prudence.

— Il me semble que s'il vous a caché l'existence une telle arme, c'est qu'il a décidé qu'il serait le seul bénéficiaire de cette guerre.

— Sans rire.

Lucifer cessa brusquement de marcher de long en large.

— Il est hors de question que les événements m'échappent. J'ai trop attendu et j'ai fais trop de sacrifices pour accepter qu'il change les termes de notre accord. Je vais lui montrer qu'il n'est pas le plus puissant des archanges, comme il le croit, et même si, pour cela, je dois faire le travail moi-même ! Je vais le trouver et je vais lui extirper les explications directement de son âme !

— Mais comment le trouver ? Métatron sait brouiller ses pistes, comment savoir où commencer les recherches ?

Lucifer éclata d'un rire tonitruant.

— Mais ce n'est pas Métatron que je vais chercher. Je vais chercher Asmodée. Tu penses toujours si petit et si court. Tu n'as aucune vision globale des choses. Métatron veut Juliette, Juliette ne lui échappera pas longtemps, et quand il aura mis la main dessus, notre corbeau sensible voudra jouer les sauveurs. Suivons le chien qui suivra l'os.

— Alors je m'occupe d'identifier Asmodée, dit rapidement Bélial en voyant là une occasion de se racheter.

212

— Oh que non ! Cette fois je ne gâche pas ma chance. Je vais m'en occuper personnellement. Toi, tu rejoins les frontières de l'Ethéménental et tu mets la pression auprès de Belzébuth. Que ce gros lourdaud me pulvérise une bonne fois pour toutes Gabriel et sa foutue armée de cancrelats ailés ! Ce siège n'a que trop duré. Cela aussi, je ne devrais pas avoir à le rappeler.

◆◆◆

— Nous n'allons pas tenir longtemps à ce rythme ! Cria le second de Gabriel, à bout de souffle, en entrant rapidement dans la tente militaire. Ils sortent de nulle part, on a l'impression que leur armée ne finit pas. Je n'ai jamais vu autant de démons se presser au même endroit. J'ignorais même que Lucifer disposait d'une armée si grande.

Gabriel frappa du poing la carte des Cieux sur laquelle il venait de placer les derniers mouvements des armées de Satan qui atta-quaient, méthodiquement, en cercles concentriques tout autour de l'Ethéménental. Frappés de tous côtés, les archanges n'avaient d'autre choix que de diviser leurs forces. Or, avec la plupart des anges bloqués sur Terre, l'armée céleste faisait bien pâle figure et ne pouvait être pleinement efficace sur plusieurs fronts. Gabriel avait réquisitionné tout ce que le Temple pouvait compter d'anges guerriers et n'avait laissé sur place que certains chefs de sections des archanges de puissance pour sauvegarder les biens les plus précieux de leur monde. Quoi qu'il advienne, les trésors du Temple ne devaient pas tomber entre les mains de démons. Mikhaël absent, c'était sur lui que reposait toute la coordination militaire et Gabriel prenait cette tâche très au sérieux. Quelque chose, dès le début de la bataille, lui avait fait penser que cette fois était différente de toutes les autres. Ce n'était pas uniquement les circonstances exceptionnelles qui avaient plongé la nation des Cieux dans la plus grande panique, c'était beaucoup plus grave. Les armées lucifériennes donnaient l'impression de vouloir faire la guerre pour la dernière fois, comme si elles avaient été portées par une puissance supérieure qui leur donnait la certitude qu'elles gagneraient.

— Il a vraiment décidé que ce serait la fin, dit Gabriel les mâchoires serrées et en fixant son célèbre trident posé non loin de lui. Il doit préparer ça depuis un moment et va savoir ce que la magie de Métatron a bien pu faire pour lui donner autant de force et d'énergie. Les rats de son armée ont l'air doté de quatre paires d'ailes !

— Sans renfort, nous ne tiendrons pas. Il faut trouver comment gagner du temps.

— Je le sais bien.

Gabriel passa rageusement ses mains dans ses cheveux emmêlés et fit les cent pas dans la tente. Il fallait qu'il repense toute sa stratégie. Rien de ce qu'il connaissait dans l'art militaire ne lui était utile car c'était une situation inédite. Comment bouger rapidement quand on était sourd et aveugle, comment faire front quand on était à la moitié de ses effectifs ? La réponse était simple : on ne pouvait pas faire. Il fallait donc recourir à un procédé auquel l'ennemi ne s'attendrait pas. Il fallait inventer quelque chose, être imaginatif, rusé, et innovant. Soudain, Gabriel arrêta son va-et-vient, frappé par un début d'idée folle, les prémices d'une invention aussi saugrenue que risquée.

— Tu vas envoyer quelqu'un récupérer tous les archanges de guerre qui se trouvent au front. Je les veux ici, le plus rapidement possible, ordonna Gabriel, une lueur brillante dans le regard, si caractéristique du chat des Cieux.

— Tous ? Mais, si jamais il y a un problème sur le front pendant leur absence ?

— Si mon plan marche, il n'y aura plus de problème de front. Tu vas aussi aller me chercher Sariel.

— Le recteur des reliques sacrées et de la protection des fontaines ? Pardon, mais j'ai peur de ne pas vous suivre.

— On va s'en servir comme appât, lâcha Gabriel avec un sourire carnassier très loin d'être angélique.

— Hein ?

— Bon, je vais faire court. Si l'armée de Lucifer continue de nous attaquer au quatre coins des Cieux, elle divise nos forces en nous obligeant à les répartir. Or, nous n'avons pas assez d'anges pour pouvoir assurer efficacement la défense des Cieux sur plusieurs sites. Les démons le savent, c'est pourquoi, ils prennent bien garde de nous attaquer simultanément depuis le début. Il faut que nous les forcions à se regrouper à un endroit et à un moment que nous aurons choisi et étudié. Nous déploierons toutes nos forces en les prenant par surprise et nous désorganiserons les rangs ennemis. Car, nous savons ce qui déstabilise les démons et les rend irrationnels.

— Que leur commandement tarde à donner des ordres et qu'ils sentent son hésitation ?

— Exactement. Alors si on déstabilise leurs généraux par un coup d'éclat auquel ils ne s'attendent pas, ils vont devoir se concerter et peut-être même en référer à Lucifer. L'avantage d'une tyrannie : personne ne décide de rien, excepté le tyran. Et le temps qu'ils le consultent, l'armée de base sera complètement désorganisée. Cela peut suffire à nous donner l'avantage. D'ici là, Mikhaël aura peut-être trouvé le moyen de rétablir le lien entre les anges.

— Mais qu'est-ce qui pourrait forcer les démons à se rassembler et changer une stratégie qui marche ?

— On va leur agiter sous le nez quelque chose auquel ils ne pourront pas résister, quelque chose qui va les rendre fous d'impatience. Un joli appât qui va tellement leur faire perdre la tête qu'ils agiront en dépit du bon sens.

— Je ne crois pas que Sariel soit, à ce point, intéressant pour les démons.

— Bien sûr que non, pas lui en tant que tel ! Par contre, ce qu'il représente a une valeur inestimable pour les grands généraux. Qu'est-ce que les démons rêvent de posséder depuis le début, qu'est-ce que Lucifer rêve d'obtenir ?

Le second de Gabriel prit une seconde pour réfléchir mais c'était sans compter sur l'enthousiasme débridé de son saint patron.

— Les fontaines de connaissances ! Claqua ce dernier avec triomphe. C'est ça qu'ils veulent plus que tout. Ils feraient n'importe quoi pour mettre la main dessus. Sauf qu'ils savent que si notre nation chute, on fera en sorte qu'elles ne tombent pas entre leurs mains. Tous les généraux de Satan savent qui est Sariel, ils savent qu'il est le gardien de l'intégrité des fontaines. Alors nous allons jouer sur leurs certitudes. Ils pensent que nous sommes en déroute…

— Ce qui n'est pas complètement faux, nota le second.

— Certes, alors faisons-leur croire que nous sommes encore plus vulnérables que nous le sommes réellement. Faisons-leur croire que nous paniquons tellement que nous avons décidé de mettre les fontaines à l'abri, en les sortant du Temple.

— Mais nous ne ferions jamais une telle folie.

— Oui mais, ça, ils ne sont pas censés le savoir. J'aimerais un peu plus d'enthousiasme.

— Désolé.

— Nous allons créer une fausse procession, composée d'anges guerriers qui travestiront leur auréole pour faire croire qu'ils font partie des rectorats des archanges de puissance. On colle Sariel en tête de cortège, on prend n'importe quoi qui puisse ressembler à des objets sacrés que les démons pourraient prendre pour des fontaines et on fait sortir le tout dans un endroit que nous aurons soigneusement choisi.

Crois-moi, au premier mouvement, pourvu que nous soyons un peu bruyants, l'information va circuler plus vite que la lumière dans les rangs des généraux de Lucifer. Ils laisseront tout tomber pour avoir une chance de ramener ces trésors. Aucun d'entre eux ne flairera le piège parce qu'ils sont tous obnubilés par les faveurs qu'ils pourraient obtenir de Satan. C'est notre seule chance de frapper un grand coup. Pendant qu'ils tenterons de prendre ce qu'ils pensent être le plus grand trésor du monde immatériel, nous, nous mettrons en place une stratégie d'anéantissement.

— Qui consistera en …

— Je ne sais pas encore et c'est bien pour ça que j'ai besoin de tous les archanges de guerre pour penser une attaque en tenaille dans un terrain vallonné qu'on connaît bien. On dispose de très peu de temps, alors il faut faire vite !

— Entendu, je m'en charge !

Avant de quitter la tente, le second se retourna une dernière fois.

— Par contre, qu'est-ce que je dis à Sariel ? Fit-il pour être sûr d'avoir compris le plan.

— Que les Cieux ont besoin de lui. Il faudrait juste éviter de prononcer d'emblée les mots appât et entreprise suicidaire.

— Ah oui, ce serait mieux, en effet.

— Nous lui en parlerons plus tard. Après. Quand ce sera fini.

Tandis que de part et d'autre des deux camps, les choses étaient sur le point de glisser plus vite sur la pente savonneuse de l'Apocalypse, Asmodée, Juliette et Uriel s'incarnèrent non loin de la maison de ce dernier, avec le sentiment de soulagement et de légère insouciance qui caractérisait les survivants. Mais la tranquillité de l'âme et l'apaisement des angoisses furent de très courte durée car ils comprirent rapidement que quelque chose de grave venait de se produire en ces lieux.

Une partie de la clôture en pierre ceinturant la demeure avait été percée sur plusieurs mètres. Des arbres étaient couchés en travers du chemin, plus ou moins totalement arrachés. Le beau gravier savamment tassé de la cour avait été retourné comme s'il avait été piétiné par une armée de bêtes féroces. A mesure qu'ils approchaient du bâtiment, ils pouvaient percevoir les traces mystiques résiduelles d'anges et de démons fraîchement anéantis.

— C'est pas vrai, murmura Asmodée en faisant l'inventaire mental des dégâts qui s'offraient à leur vue.

Juliette se mit soudain à courir en titubant légèrement sur le relief irrégulier du sol. Elle se précipita dans la maison. Les mises en garde d'Asmodée restèrent lettre morte et il dut se résoudre à la suivre, en espérant que l'ennemi n'était pas encore tapi dans les recoins des pièces de la maison.

— Mylène ! ! Carrie ! Cria l'ange roux en entrant dans la maison. Quelqu'un ! !

Au moment où elle s'apprêtait à gravir les premières marches, elle aperçut Mikhaël qui venait à leur rencontre. Il avait la mine encore plus fermée et sombre que d'habitude. Juliette sut immédiatement qu'un drame était arrivé.

— Vous êtes enfin là, dit Mikhaël sur un ton de soulagement quand il vit Asmodée et Uriel entrer à leur tour.

— Que s'est-il passé ? Demanda Asmodée bien que le décor laissât peu de place à l'incertitude.

— Nous avons été attaqués par des troupes démoniaques.

— Il y a beaucoup de pertes ? Fit le déchu plus lentement car lui, plus qu'un autre, savait entendre la tristesse dans la voix de Mikhaël.

— Cela… aurait pu être pire. Abigor nous a beaucoup aidé.
Le recteur des Vertus détourna le regard juste à la fin de sa phrase, ce qui eut pour effet d'alerter immédiatement les radars internes d'Asmodée.

— Où est-il ? Lâcha ce dernier sur un ton plus tendu que jamais.

— Je suis désolé, il a été blessé durant la bataille…
— Où est-il ?

Mikhaël tourna les talons en direction du premier étage. Uriel, Juliette et Asmodée lui emboîtèrent le pas dans le plus parfait et crispé des silences. Ils parvinrent dans l'une des chambres dans laquelle se trouvaient deux anges, assis de part et d'autre d'un grand lit, sur lequel le corps imposant d'Abigor reposait. Le grand démon était inconscient et sa peau de bronze martelée de coups, dont les traces encore sanguinolentes et violacées, attestaient de la brutalité de l'attaque. Juliette retint un hoquet de surprise en collant sa main devant la bouche. Voir une créature, jusque-là parfaitement inébranlable, affaissée sur un banal édredon sonnait comme un présage de mort.

— Abigor… Souffla Asmodée sur un ton navré.

Il s'assit sur le bord du lit avec une infinie précaution, pendant que les anges qui veillaient sur le démon s'écartèrent par respect.

— Nous prenons bien soin de lui, dit Mikhaël sur un ton plus doux qu'à l'accoutumée. Et il est fort, très fort. Il s'en sortira.

— Comment est-ce arrivé ? Répondit Asmodée en feignant d'ignorer les propos apaisants du recteur.

— C'était une attaque menée en tenaille par des créatures dont je n'ai pas réussi à identifier le cercle d'appartenance et nous avions peu de moyens. Abigor est allé au devant d'eux et s'est rapidement retrouvé isolé. Le temps que j'arrive, il était déjà dans cet état. Grâce à lui, cependant, nous avons pu déstabiliser l'adversaire que ne s'attendait pas à tant de résistance. Nous en avons tué beaucoup et le reste a pris la fuite en désertant les rangs de leur bataillon.

Asmodée observa un moment les traits abîmés du visage de son ami.

— Tu parles, c'est un coup de Lucifer, de qui veux-tu que ce soit ? On vient de lui pulvériser une partie de son Enfer. Mais, bon sang, que faisait Abigor, tout seul, en première ligne, Mikhaël ?

L'archange ne répondit pas immédiatement et croisa les bras sur sa poitrine comme s'il se donnait le temps de trouver les meilleurs mots.

— Je pense que l'attaque avait deux buts : tuer un maximum d'anges et enlever deux d'entre eux.

— Je ne comprends pas.

— Mylène et Carrie ont été enlevées, poursuivit le recteur. Quand Abigor l'a su, il ne m'a pas attendu et a voulu partir sur leurs traces en poursuivant les ravisseurs. C'est à ce moment-là qu'ils lui sont tombés dessus.

Juliette respira plus vite et plus fort. Elle fixa Mikhaël avec une expression de profonde incrédulité, puis tourna les yeux vers Asmodée.

— Q.. Quoi ? Lâcha-t-elle à bout de souffle.

— Je souhaiterais qu'il en soit autrement, continua Mikhaël. Mais le fait est que tes amies ont été enlevées. J'ignore pourquoi. Peut-être souhaitent-ils en faire des moyens de pression ou des monnaies d'échange.

— Lucifer veut être certain qu'il récupérera Juliette, d'une façon ou d'une autre, et qu'il la détruira, alors il met tous les moyens de son côté ! Claqua Asmodée avec rage.

— Juliette ? Répéta Mikhaël avec surprise, pourquoi elle ?

— Te rappelles-tu notre conversation à propos des Vaisseaux de Lumière ? Intervint soudain Uriel en se penchant au-dessus d'Abigor et en faisant une grimace bien visible.

Mikhaël écarquilla ses yeux en amande et tourna rapidement la tête en direction de l'ange roux qui semblait pétrifié sur ses jambes.

— Tu plaisantes ? Fit le recteur des Vertus partagé entre l'étonnement complet et l'excitation de la bonne nouvelle.

— Non, il ne plaisante pas et Lucifer a même été témoin de sa puissance, ajouta Asmodée pour appuyer plus encore les propos de son homologue

— Attendez, fit Mikhaël en raisonnant tout haut, si tout ceci est vrai, nos problèmes sont résolus. Il faut qu'elle contacte les séraphins et qu'ils créent un nouvel archange de puissance sans plus attendre !

— C'est un peu plus compliqué que ça, dit Uriel en tournant clairement autour du pot. C'est peut-être un Vaisseau, mais elle n'est pas encore prête. Elle n'a pas été formée, elle n'a même quasiment pas utilisé ses pouvoirs. Pour contacter les séraphins, il lui faudrait déployer une quantité énorme d'énergie auquel son corps astral n'a pas encore eu le temps de s'habituer. Ce serait extrêmement dangereux de le faire.

— Je ne crois pas que tu aies bien regardé autour de toi, Uriel, dit Mikhaël d'une voix soudain plus froide. Tu sais combien d'anges, je viens de perdre, rien que cette nuit ? Nous ne sommes pas vraiment en position de faire la fine bouche. Il doit y avoir un moyen de la guider et de la contrôler. Tu as déjà fait ça, tu dois la former le plus vite possible parce que les armées de Lucifer sont sur nous et les Cieux ne tiendront pas longtemps le siège.

Juliette tourna brusquement les talons et sortit de la pièce en courant. Mikhaël dressa un sourcil et regarda Uriel avec un brusque étonnement.

— A la place du cours sur le mouvement des corps célestes, vous auriez dû en développer un sur la communication, répondit Uriel sur un ton blasé. A l'heure actuelle, le seul moyen de lui faire déployer assez d'énergie Divine pour atteindre les séraphins, c'est d'attenter à sa vie. Et compte tenu de son manque d'expérience et de pratique, ça la tuerait presque à coup sûr. Tu suis ?

Mikhaël tordit sa bouche en une moue un brin coupable.

— Je l'ignorais, dit-il tout bas.

— Bon on change de sujet, claqua soudain Asmodée en se redressant. Tu viens de repousser une attaque de Lucifer et, nous, on en a éradiqué une autre en Enfer. Je pense que ça va le calmer un moment. Faut penser stratégie maintenant.

— Tant qu'il sera soutenu par Métatron, il va se déchaîner, nota Uriel en cherchant une théière dans la pièce. C'est Métatron qui le renseigne et le guide avec toute la puissance qu'on lui connaît. Ce qu'il faut, c'est arrêter Métatron et on privera Lucifer de son principal soutien.

— Justement, je croyais que tu étais sur une piste, lança Mikhaël sans pour autant lui indiquer le service à thé qui se trouvait juste derrière lui.

— Cela vous a peut-être échappé à tous les deux, mais j'ai été pas mal occupé ces derniers temps. Les notes de ce prêtre ne donnent rien. J'ai parfois l'impression, qu'en réalité, il n'y a rien dedans comme si ce n'était qu'un leurre, un simple délire d'illuminé.

— Et pour Juliette ? Insista Mikhaël.

— Quoi Juliette ? Répondit Asmodée un peu rapidement alors que la question ne lui était clairement pas adressée.

— Ça va, calma Uriel, je m'occupe de l'écureuil épileptique. Si on évite que Lucifer, ou Métatron, lui mette la main dessus et la tue pour nous rendre définitivement aveugle et sourd, j'arriverai à la guider. Je ne garantis pas qu'on pourra la brancher immédiatement sur le réseau céleste, mais je vais tout faire pour qu'elle y arrive rapidement. Mikhaël, je sais que tu penses à notre peuple, mais laisse-lui juste un moment pour se rassembler.

Juliette arrêta sa course au bout du couloir, pénétra dans une minuscule chambre, et claqua violemment la porte. Elle se rua sur le lit comme on se rue sur un ennemi puis s'immobilisa, plus morte que vive, le nez planté dans le dessus de lit un peu rugueux. La tête lui tournait et son sang bouillonnait à nouveau. Tant d'idées se bouscu-laient aux portes de ses tempes comme un énorme marteau sur un gong. Derrière ses pupilles, défilaient tous les évènements qui venaient de se produire avec, en toile de fond, la désagréable sensation d'être au cœur du problème, d'avoir toujours été au cœur du problème. Contacter les séraphins ne devait pas être si compliqué. La solution paraissait simple, presque à portée de souffle. Elle devait avoir la force de le faire car son peuple mourait d'attendre qu'elle fasse ce pour quoi elle avait été créée. Elle soupira et ferma les yeux. La solution était en elle et nulle part ailleurs.

Soudain, elle sentit un poids invisible s'abattre sur son corps et la maintenir écrasée sur le lit. La pression était si forte qu'elle avait du mal à respirer. Elle tenta de se relever mais c'était parfaitement inutile. Plus aucun de ses membres ne répondait à ses ordres. Impossible de bouger la moindre articulation, encore moins de se désincarner. Quelque chose, ou quelqu'un, venait de la clouer sur ce lit aussi sûrement qu'un supplicié sur une croix. Elle parvint à ouvrir la bouche mais avant qu'elle ne puisse crier, elle sentit une présence prendre entièrement possession d'elle et la réduire à l'état d'une marionnette de bois tirée par des fils.

— L'impatience est mère de toutes les erreurs, dit la voix étrangère dans sa tête alors qu'elle pénétra contre son gré toutes les parcelles de son âme figée.

Juliette cligna des yeux et à chaque battement de paupières, elle subissait un afflux d'images imposées qui lui montraient un lieu qu'elle ne connaissait pas. Parmi toutes ces visions, elle vit Mylène et Carrie très distinctement. Elles semblaient aller bien mais Juliette comprit très vite qu'elles étaient enfermées dans une sorte de chambre sans possibilité d'en sortir. L'ange laissa filer entre ses lèvres pâles un gémissement douloureux d'impuissance.

— Ne perdons pas de temps, veux-tu ? Poursuivit la voix envahissante. J'ai besoin de tes dons exceptionnels pour accomplir quelque chose qui ira bien au-delà de ton existence ou de celle de tes frères et sœurs. Oublie ce que tu as entendu tout autour de toi. Oublie les querelles des archanges et des démons, ce n'est pas ta guerre. Ta nature te place bien au-dessus de tout ceci. Tu es faite d'une lumière qui n'est pas la leur. Tu es faite de la même lumière que la mienne.

Juliette suffoquait d'une impatience contrariée et serrait tellement ses mâchoires qu'elle en avait des douleurs au visage.

— Rejoins-moi, ma fille, et prends place à mes côtés pour réaliser ta nature. Nous allons les sauver, malgré eux. Fais-moi confiance et je relâcherai tes amies sans leur faire le moindre mal. Elles ne sont rien, il n'y a que toi qui compte.

Des larmes réduites au silence roulèrent sur la joue diaphane de l'ange roux et vinrent sécher sur le nylon du dessus de lit. L'effroi silencieux du condamné glaçait tout son être.

— Il faut faire vite, ma douce lumière, souffla la voix dans un murmure étonnement doux, le monde nous attend. Je serai très peiné d'avoir à te presser davantage en usant de mon autorité auprès de tes amies. Alors, ne perds pas une seconde en questionnements inutiles et rejoins-moi pour obtenir tes réponses. Suis les lumières, suis ma lumière.

Juliette lâcha un râle étouffé de soulagement quand la pression disparut et que sa cage thoracique put enfin fonctionner normalement. Elle demeura cependant inerte sur le lit, choquée, hébétée, l'âme violée par l'intrus dont elle reconnut instinctivement la signature, même sans l'avoir jamais rencontré. Elle avait si peur qu'elle était incapable d'émettre le moindre son. C'était comme si le néant et les abysses de l'univers l'avaient pénétrée sans son consentement. Métatron l'avait transformée en victime sans possibilité de reprendre le dessus sur ce nouvel état. Car, personne ne pouvait rivaliser face à lui. Ni les archanges, ni Lucifer, ni personne. Elle portait cette intime conviction au plus profond de sa conscience comme s'il avait, lui-même, gravé cette sentence sur sa chair d'ange. Métatron était le véritable ennemi et il jouait seul. Il avait toujours joué seul.

C'était perdu d'avance.

Et soudain, du désespoir naquit l'idée folle. Elle s'était toujours demandée à quel moment on se révèle héros, si on l'était dès la naissance ou si les bonnes circonstances et le bon lieu conféraient, seuls, cette nature ? Elle allait vite le savoir. Elle se redressa péniblement et se désincarna. Tout autour d'elle, des lumières résiduelles verdâtres dansaient en dessinant une sorte de chemin. Il lui montrait la voie, sa voie. Elle redressa la tête et serra les poings. Elle ne parviendrait peut-être pas à parler avec les séraphins, mais au seuil de sa mort, lorsqu'elle rendrait le dernier souffle nécessaire à leur contact, elle se jura bien d'hurler si fort que Dieu, Lui-même, l'entendrait.

Chapitre 16

Au royaume des folles idées, le géni est roi

Le Temple avait bien triste mine, lui qui était si lumineux. Il n'avait pas connu pareil drame depuis longtemps. Les armées de Lucifer avaient gagné les frontières de L'Ethéménental et exerçaient une pression de guerre des nerfs et de résistance spirituelle. Nul ne savait ce que le Grand Malin avait promis à ses troupes mais, de mémoire d'archanges de guerre, elles n'avaient jamais été aussi motivées. Gabriel supervisait la protection des portes du sud et de l'ouest, tandis qu'Haniel et Hésédiel consolidaient les murs au nord et à l'est. Du moins, était-ce les dernières informations dont disposaient les quelques chefs de sections des rectorats de puissance qui avaient pour mission de protéger le cœur du Temple. Personne à l'intérieur des bâtiments sacrés ne savait si les armées de Gabriel tenaient bon ou pas. Ce redoutable chef de guerre, si attaché à l'école militaire de son frère d'arme Mikhaël, était sans nul doute apte à superviser et coordonner l'armée entière des Cieux avec toute l'efficacité requise. Mais, même l'ange le moins au fait des questions de stratégie savait que, privées de la plupart des contingents bloqués sur Terre, les forces célestes n'avaient plus rien de leur grandeur habituelle. Néanmoins, tant que les enceintes de l'Ethéménental ne cédaient pas, tant que les hordes de démons ne pénétraient pas les jardins des Cieux, et tant que Gabriel ne sonnait pas la retraite, l'espoir était encore permis et toutes les âmes restantes entre les murs saints s'activaient frénétiquement pour ne pas céder à la panique. La distinction et la spécialisation des tâches étaient le maître mot de l'organisation des Cieux. Les rectorats de puissance accordaient une confiance aveugle aux rectorats de guerre en ce qui concernait leur protection, et inversement, pour ce qui était de la spiritualité. Aussi, lorsque Gabriel avait demandé à ce que Sariel crée une fausse procession visant à sortir du Temple des fontaines de connaissances factices, aucun ange de puissance n'avaient émis la moindre objection, malgré l'absurdité apparente de la requête.

Car si les portes des Cieux devaient tenir bon et rester hermétiques à l'assaut démoniaque, il fallait surtout protéger de leurs sombres griffes le plus grand trésor du monde immatériel : les fameuses fontaines. Elles constituaient, de loin, le plus gros avantage que la nation céleste pouvait avoir sur toutes les autres races de sa sphère d'existence. Selon la légende, ces joyaux avaient été offerts par les chérubins en remerciement de l'aide des anges dans la lutte contre le fléau des dragons mystiques. Elles permettaient au peuple ailé d'être uni, quand les autres étaient divisés, et de disposer du savoir, quand les autres en étaient encore au stade de l'apprentissage et de la découverte. Les fontaines étaient la quintessence de la nation des Cieux ; son extrait de vie et l'ensemble de sa mémoire. Laisser cette lumière entre les mains de démons n'était pas une option envisageable. Car, même si personne ne savait dans quelle mesure le peuple des Enfers était compatible avec celui de l'Ethéménental, et s'il pourrait se servir de ces fontaines, il était impossible de prendre le risque.

A l'intérieur des bâtiments, les chefs de section assuraient donc l'ultime barrière, tous prêts à se sacrifier, pour que rien de leur civilisation ne soit détourné par les créatures des Enfers. Les portes de tous les rectorats avaient été scellées et transformées en forteresses. Les reliques ancestrales avaient été mises à l'abri dans les recoins les plus secrets du Temple et les archanges de puissance, toujours entravés par leur coma, étaient gardés dans l'amphithéâtre bleu dont les murs étaient auréolés de la plus grande énergie mystique.

Plus qu'aucun autre chef de section, Annauel souffrait dans tout son être de l'abandon forcé de son mentor. Elle veillait Raphaël sans relâche et son impuissance la rendait si triste. Elle, le soutien indéfectible du recteur des Archanges, le rouage le plus efficace de son administration, était parfaitement démunie face au drame. Elle avait, elle-même, supervisé la mise à l'abri de presque toutes les reliques sacrées des Cieux, car seuls les membres du rectorat de Raphaël et celui de Kamaël pouvaient les approcher sous le contrôle de Sariel. Mais une fois ces trésors cachés, il ne lui restait plus qu'à attendre qu'un miracle se produise. Et bien qu'elle disposât d'un très grand sens de la foi, le désespoir avait fini par atteindre le roc inébranlable de son âme. Après avoir passé un long moment auprès de Raphaël, elle se résigna à quitter la pièce où se reposaient les archanges de puissance, non sans leur jeter un dernier coup d'œil meurtri. Dans cette partie du Temple, et bien plus que dans toutes les autres, régnait un silence carcéral. Privés de leurs guides, tous les anges encore présents au cœur des bâtiments donnaient l'impression d'être autistes.

Lorsqu'Annauel fut hors de l'infirmerie de fortune et, surtout, lorsqu'elle fut hors de portée des yeux et des oreilles, elle s'arrêta et se retint au mur un bref instant. Le self-contrôle n'obligeait pas à la naïveté. Elle se rendait bien compte que, malgré les soins, l'état des archanges se dégradait. Les fontaines de connaissances étaient en train de se tarir et les frontières de l'Ethéménental se fissuraient de toutes parts. Leur temps était compté car, lorsque Lucifer aurait tué assez d'anges sur Terre, les armées infernales pourraient pénétrer les Cieux aussi sûrement qu'un couteau entrerait dans du beurre.

Elle se ressaisit lorsque des anges passèrent près d'elle. Ils allaient servir de figurants dans l'étrange procession artificielle voulue par Gabriel. Elle avait toujours trouvé cet archange farfelu et, parfois, aussi imprévisible que son frère Asmodée, dont il avait partagé l'œuf de création. Mais, là, il dépassait vraiment toutes les bornes. Le monde qu'elle connaissait, celui qui l'avait vue naître était sans dessus dessous. Elle reprit sa marche et décida d'aller voir cette procession de plus près, quand elle remarqua du mouvement dans l'ancien bureau de Tsadkiel. Fortement étonnée par l'indécence manifeste de celui qui se trouvait dans le bureau du défunt, Annauel fit un détour et entra avec précaution dans la grande pièce, jadis emplie de l'énergie bienfaitrice du recteur des Dominations. Elle fut encore plus surprise d'y découvrir Zahahiel.

— Que fais-tu là Zah…

Son attention fut immédiatement alertée par la gêne visible de son amie qui tenta, très maladroitement, de dissimuler derrière elle plusieurs parchemins. Zahahiel pinça ses lèvres et fut bien en peine d'afficher l'expression neutre et douce qu'elle avait d'ordinaire.

— Qu'est-ce que tu fais ? Répéta Annauel sur un ton un peu plus incisif car clairement suspicieux.

— Je… Eh bien, bafouilla l'ange lamentablement.

— Ecarte-toi, dit Annauel de façon plus autoritaire et tout en s'approchant de la table.

— Non… Ecoute, tu devrais…

— Ecarte-toi.

Annauel poussa son amie pour la décoller du bureau sur lequel elle découvrit des parchemins frappés du sceau sacré de Tsadkiel. Ils irradiaient encore de la puissance de l'ancien recteur qui rendait la surface des documents étrange et nuancée. Les scellés de Kamaël, entrelacés à ceux de Tsadkiel, témoignaient de leur caractère hautement sacré. Ils étaient recouverts de la poussière lumineuse que laissait toujours le paraphe de Kamaël et qui, en s'accrochant aux mains de celui qui touchait le papier, permettait d'identifier ceux qui avait ce privilège. Et cette prérogative était très rare en la matière, ce qui rendit leur présence hors de leur autel consacré, posés là sur un simple bureau, parfaitement impossible. Annauel n'en croyait pas ses yeux et osait à peine respirer en leur présence de peur de les souiller. Elle ne put s'empêcher de lire rapidement quelques uns des caractères incandescents et mouvants qui glissaient sur la surface des documents.

— C'est… C'est à propos des fontaines ? Crut comprendre Annauel à la brève lecture. Qu'est-ce que ces documents font hors de leur protection, es-tu devenue complètement folle ? Si quelqu'un te surprenait ? Tu n'as pas le droit de les toucher, ni de les prendre, et encore moins de les lire.

— Tu n'étais pas censée voir ça.

— Zah, je n'aime pas ce que j'entends. Explique-toi, maintenant. Tu risques le bannissement, voire la déchéance, pour avoir touché et lu ces documents sacrés. Pourquoi as-tu fait ça ?

— Ce… C'est compliqué, les apparences sont trompeuses. Mon Dieu, c'est si difficile à expliquer. Tu ne pourrais pas comprendre.

— Eh bien, tu vas faire comme si je pouvais.

— J'y suis obligée ! Lâcha enfin Zahahiel d'une voix presque déchirante qui cacha mal son émotion sous-jacente. Si tu savais comme c'est dur pour moi de voir… de vous voir dans cet état.

Annauel adoucit légèrement son regard en voyant la tristesse sincère de son amie dans ses pupilles d'encre.

— Je t'en prie, je peux t'aider, dit-elle finalement pour l'encourager à la confidence. Si tu as des problèmes, il faut m'en parler.

— C'est Lui qui le commande, murmura Zahahiel. Il n'y a pas d'autre choix. C'est pour nous sauver, tu comprends ? J'œuvre pour le renouveau de ce monde et de tous les mondes. Mais cela demande des sacrifices, nous sommes obligés d'en passer par là. Je n'avais pas le choix. Je n'ai pas le choix.

Zahahiel se tut à nouveau en contraignant son émotion derrière ses mâchoires serrées. Elle n'osa pas affronter le regard de son amie dont elle sentit le durcissement. Annauel venait de comprendre.

— Tu as quelque chose à voir avec la mort de Tsadkiel ? Demanda cette dernière d'une voix tremblante et après une minute interminable de silence. Non, ce n'est pas possible, ce n'est pas vrai. Tu ne peux pas avoir participé à ça ? Dis-moi que je me trompe.

— Tu ne comprends pas ! Il le fallait, Métatron en avait besoin pour mener son plan à terme. Il va changer le monde, il va le purifier afin de le rendre plus juste, plus simple, et plus doux pour nous. Nous serons libres et nous serons parfaitement unis ! Il faut avoir le courage

226

de tout arrêter maintenant et de repartir de zéro, en créant une nouvelle terre qu'on pourra façonner grâce à l'expérience des erreurs passées et aux fontaines.

Annauel eut un geste de recul qui la fit se cogner contre la chaise.

— Quoi ! Métatron ? Ce que tu dis n'a pas de sens, il n'a pas le pouvoir de créer, personne ne l'a, excepté Dieu. Penser le contraire est tout simplement un blasphème.

— Non, mais non, pas du tout ! Dieu veut notre bonheur, Il veut l'harmonie. C'est en faisant la Scission et en se disputant les faveurs de la Terre que nous blasphémons. Nous avons perverti Son idée en créant de la complexité là où l'œuvre de Dieu était si parfaite de simplicité et d'unité. Il faut reconnaître nos erreurs et accepter que ce monde ne mérite plus la bienveillance Divine.

— Mais de quel droit penses-tu à la place de Dieu ? Qui es-tu pour connaître Ses desseins et Sa vision de notre bonheur ? Comment Métatron et toi pouvez croire que vous détenez la seule vérité et… Oh… Non ! Ce n'est pas vrai ! Vous… Vous voulez réveiller Dieu ?

Silence.

— C'est impossible ! Cria presque Annauel, vous ne pouvez pas faire ça ! Vous allez déclencher un nouveau cycle de l'évolution en détruisant tout ce qui fait l'environnement de la Terre et le nôtre, par la même occasion.

— Voilà ! Tu as tout compris, ma sœur, s'exclama Zahahiel avec une pointe d'excitation d'embrigadée dans la voix. Depuis combien de temps règne cette ère, celle de l'oxygène, celle des hominidés, celle de la Scission, des anges et des démons ? Nous sommes arrivés au bout de notre cycle, c'est pourtant évident. Il y a tous les signes : la complexité irrationnelle du monde, sa mise en danger artificielle, notre incapacité à l'influer dans le sens d'une amélioration de l'humanité, nos guerres contre nos anciens frères reprennent… Ce cycle est dans sa phase de déchéance, cela arrive plus vite que Dieu ne l'avait prévu. C'est pourquoi Métatron va le réveiller. Mais, cette fois, nous allons garder quelque chose de l'ancien monde et l'emporter avec nous quand le renouveau du cycle aura eu lieu. Nous les garderons et les protégerons. Ce sera un avantage unique dans l'histoire de l'univers. Ainsi, lorsque Dieu se rendormira, nous pourrons faire de ce monde le chef d'œuvre après le brouillon.

D'un geste précis, Annauel claqua violemment sa main contre l'arrondi hâlé de la joue de Zahahiel.

— Pour qui tu te prends ? Lâcha l'agresseur d'une voix de silex. Parce que Métatron pense être plus puissant que les autres, il croit pouvoir faire mieux que des siècles d'histoire et de diversité des espèces voulues par Dieu ? Et qu'est-ce qu'un monde parfait ? Explique-moi la notion de bonheur.

— Quoi ? Mais… tu sais bien… enfin, c'est ne pas souffrir, vivre en une parfaite harmonie.

Annauel bouscula franchement Zahahiel qui heurta violemment le coin du bureau. Elle lâcha un hoquet de surprise.

— Je t'ai fait mal ? Poursuivit Annauel plus durement encore. Moi, ça m'a rendue heureuse de le faire. Ma conception du bonheur est-elle alors moins rationnelle que la tienne ? Est-elle plus méprisable et moins morale ? Certainement. Mais c'est ma vision du bonheur et Dieu m'a faite ainsi. La diversité et la complexité des émotions sont notre miracle et notre damnation. Nous pouvons faire le meilleur comme le pire, et peut-être même, provoquer notre propre anéantissement. Mais seul Dieu peut juger de l'heure à laquelle nous devrons disparaître car il est le Créateur.

Zahahiel respira plus fort tandis qu'elle s'était collée à la bibliothèque. Elle tremblait.

— Je… veux juste notre bonheur et notre survie. Une éternité de tiraillements, de trahisons et de guerres fratricides nous a éloigné de nos anciens compagnons. Comment peux-tu rester indifférente face à ce gâchis ?

— Par acte de foi ! ! Cria Annauel. La foi en notre libre arbitre. C'est la grande œuvre de Dieu : nous avoir dotés de la capacité d'influer sur le monde qui nous entoure et de disposer d'une totale liberté de choix. C'est ce qui nous définit Zah, c'est ce qui fait que nous sommes uniques, en bien ou en mal. Imposer un bonheur objectif, c'est tuer ce que nous sommes, c'est anéantir notre liberté, et c'est faire de nous des créatures sans conscience, des coquilles vides. La douleur, la trahison et la cruauté ne sont que les pendants obligatoires du courage, de l'espoir et du géni. Tu ne peux pas trier les choix que nous faisons, ou les émotions que nous ressentons, car c'est mépriser notre nature. Si vous allez au bout de votre idée, vous allez détruire l'une des créations les plus complexes de Dieu. Tu trahiras Sa volonté. Je ne crois pas que tu puisses vivre avec cette idée, il reste forcément encore un peu de raison en toi ! Il n'a pas pu t'endoctriner à ce point, je t'en prie.

— Je… Je ne peux pas le trahir, Ana.

— Alors laisse-nous nous battre avec nos armes. Laisse-nous défendre notre conception du monde. Remets de l'ordre dans ce chaos et laisse-nous une chance !

Zahahiel baissa la tête et crispa ses doigts sur sa robe blanche froissée.

— Zah !

— Il est sur Terre, chez un humain appelé Robert Duval qui dirige une église dédiée à Métatron appelée l'institut Humanité, en France. Il va se servir de Juliette pour réveiller Dieu. C'est… un Vaisseau de Lumière.

Annauel attendit à peine la fin de la phrase pour tourner les talons et se précipiter hors de la pièce. Zahahiel se laissa glisser au sol en position fœtale.

— Qu'est-ce que j'ai fait ? Demanda-t-elle dans un murmure, bien que personne ne soit plus là pour l'entendre et lui répondre.

— C'est pas… possible ? Dit tout haut Uriel, alors qu'il était tout seul dans son bureau.

Il n'en croyait pas ses yeux. Il reprit ses calculs et le décryptage des dernières pages du carnet volé à l'institut, pour être certain de ne pas se tromper. Il ne se trompait pas. Depuis le début, une impression de familiarité étrange accompagnait la lecture de ces notes sans qu'il ne put dire pourquoi. Et voilà qu'au dernier paragraphe, tout devenait clair. Comment avait-il pu passer à côté, lui qui avait passé tant de temps à l'écouter parler ?

— C'est la merde ! Se permit-il de lâcher non sans s'assurer qu'il était bien seul.

Il fit un bond hors de sa chaise et se précipita dans les couloirs de sa demeure en espérant que Mikhaël, ou Asmodée, serait encore dans les lieux et non pas déjà parti à la recherche de Mylène et Carrie. Il tomba heureusement sur le recteur des Vertus qui donnait une énième consigne à ses éclaireurs.

— C'est Métatron ! ! Cria Uriel en agitant le calepin comme si ce geste pouvait avoir un sens pour Mikhaël.

— Pardon ? Répondit ce dernier avec une expression fermée.

— Ces notes sont de lui ! Pas du prêtre. De lui !

— Et ?

— Et il s'agit des délires de Métatron, ses propres paroles. Voilà, pourquoi je n'avançais pas car je pensais qu'il s'agissait d'une logique et d'un esprit humains. En réalité, il s'agit des pensées de Métatron que le prêtre a retranscrites quand il a été possédé par lui. Le vieux a dû croire qu'il entendait la voix de Dieu dans sa tête et que c'était ses nouveaux commandements. Quand j'ai compris, je me suis rappelé les jeux d'esprit auxquels Métatron se livrait à l'époque et là, tout a été limpide. C'est comme si je lisais ses mémoires. J'aurai dû le deviner bien plus tôt.

— Droit au but, Uriel.

— Je sais ce qu'il veut faire ! Il veut réveiller Dieu pour provoquer une nouvelle phase de l'évolution des mondes matériels et immatériels. Le voilà, le moyen qu'il a trouvé pour créer un nouveau monde.

— Quoi ? ! Tonna Mikhaël en ayant peur de comprendre. C'est une plaisanterie ?

— Tu te rappelles le déroulement de notre évolution ? La mer d'énergie originelle, le grand tourbillon créateur, l'émergence des premiers œufs, les guerres titanesques, les dragons mystiques ? Et sur la Terre : la création de l'astre lunaire, des saisons, les changements d'atmosphère, le grand refroidissement, la création des continents, et j'en passe, je ne vais pas te faire un cours. Toute cette évolution qui a conduit jusqu'à nous, anges, puis démons et jusqu'à ce que l'Homme arrive, lui aussi. Cette phase est la nôtre, mais il va la détruire et compte, cette fois, échapper à la table rase traditionnelle, en emportant avec lui certaines choses de ce cycle pour pouvoir immédiatement reconstruire le monde à son image. Il va prendre Dieu à son propre jeu et se servir de lui pour s'ériger en créateur du nouveau monde.

— Asmodée ! ! ! Hurla Mikhaël. Viens ici tout de suite !

— C'est lui qui a enlevé Mylène et Carrie, poursuivit Uriel sans se formaliser du hurlement de son ami. Ce sont des appâts pour faire venir Juliette. Ce n'est pas Lucifer qui vous a attaqué, c'est pour ça que tu n'as pas reconnu ses généraux. C'est Métatron, depuis le début. Il a dû rassembler autour de lui, anges et démons, en une armée d'endoctrinés. Il va se servir de Juliette, non pas pour contacter les séraphins, mais pour réveiller Dieu. Il va augmenter sa puissance de Vaisseau en la nourrissant de ses propres pouvoirs et de son savoir-faire mystique. Il faut absolument empêcher qu'il s'approche d'elle ou elle de lui !

Quelques minutes à peine, après l'invective de Mikhaël, Asmodée dévala le second étage et parvint à leur hauteur, la mine très fortement contrariée.

— Quelqu'un a-t-il vu Juliette ? Fit-il avec inquiétude. J'ai voulu aller voir comment elle allait, mais je n'arrive pas à mettre la main sur elle.

— C'est une blague ? Non, ce n'est pas une blague. Avec elle, ce n'est jamais une blague, nota Uriel avec consternation.

— Elle n'a quand même pas été assez stupide pour imaginer qu'elle pouvait sauver ses amies, toute seule ? Demanda Mikhaël, bien que convaincu du caractère rhétorique de la question.

Et le « si », en chœur, de ses compagnons le conforta dans ses craintes.

— Sauf qu'elle n'aurait pas foncé tête baissée sans avoir un plan, ni sans savoir où elles sont retenues prisonnières, remarqua fort judicieusement le déchu, et pour cause, il pratiquait le monstre roux depuis un certain temps déjà. Donc : comment a-t-elle su où aller et, surtout, où est-elle maintenant ? On ne l'a pas quittée des yeux très longtemps, je ne vois pas comment elle aurait appris quelque chose qu'on ne sait pas.

— Elle ne sait rien du tout, fit Uriel sur un ton d'évidence. Métatron l'a appelée, voilà tout. Après avoir enlevé Carrie et Mylène, il s'est empressé d'aller l'expliquer à Juliette. En faisant pression sur ta rouquine, il sait qu'elle va se pointer chez lui, docile et consentante, et surtout, seule.

— OK, répondit Asmodée avec une certaine précaution dans la voix, car il savait plus que quiconque qu'il n'était jamais bon qu'un archange de puissance se mette à faire un résumé de la situation. J'ai peur de ne pas avoir tout suivi. Métatron veut Juliette pour … ?

— Pour réveiller Dieu qui provoquera un nouveau cycle de l'évolution de ce monde, genre gros cataclysmes, changement d'atmosphère, d'axe des pôles, destruction de l'Ethéménental et des Enfers, nouveaux terrains à bâtir, nouveaux propriétaires des lieux. Sauf que, comme c'est Métatron qui va le provoquer, il saura où, quand, et comment cela se produira. Ceci va lui permettre de se garder de côté une sorte d'arche dans laquelle il mettra tous ceux qu'il juge dignes de vivre dans la nouvelle utopie, ainsi que toutes sortes d'objets utiles à sa puissance. Ça ne peut pas être plus clair dans les notes du prêtre.

Asmodée baissa les yeux sur le carnet qu'Uriel agitait depuis cinq minutes sous son nez, sans grand résultat.

— C'est du délire, tu es certain de ça ? Demanda le déchu, les poings si serrés que l'épiderme était blême.

— Ben ce n'est pas aussi clair que ça dans les notes mais, crois-moi sur parole, je connais bien Métatron, je sais comment il fonctionne, je connais ses références et son langage. Et je suis formel.

— Il faut trouver où il se cache, coupa Mikhaël qui avait toujours à cœur d'éviter de perdre du temps en discussions inutiles. C'est forcément sur Terre, c'est là qu'il a fini par s'incarner, c'est son œuvre et son jouet. Prenons le raisonnement en sens inverse. Si on ne peut le trouver, car il brouille son signal, trouvons quels sont ses vrais centres d'intérêt, mettons-nous à raisonner comme lui.

Asmodée se tourna vers Uriel avec un regard d'insistance pesante.

— Quoi ? Lâcha ce dernier. Ce n'est pas à moi de trouver toutes les réponses. Je ne sais pas du tout où il peut être. Tout n'est quand même pas marqué dans ses notes.

— Fais un effort, persista très lourdement le déchu.

Uriel soupira de contrariété et réfléchit.

— Il a toujours aimé les grandes constructions, c'est peut-être la seule chose qui trouvait grâce à ses yeux sur Terre. Pour être plus exact, les temples et les édifices religieux, avec une prédilection pour l'Egypte. Peut-être est-il dans l'un de ces temples, comme symbole de son intronisation en tant que maître de l'univers ? Je verrai bien un site comme Philae, par exemple.

Ils furent interrompus par du bruit à l'extérieur de la pièce. Les voix de plusieurs anges s'entremêlèrent et avant qu'ils en identifient la raison, ils virent Annauel gravir les marches de l'escalier du hall d'entrée pour s'avancer rapidement vers eux. Quand elle aperçut Asmodée, elle parut fortement soulagée.

— Je suis contente de t'avoir enfin trouvé, dit-elle tandis que le déchu la dévisageait avec un complet étonnement. Je n'arrive pas à repérer Juliette, alors je me suis dit qu'elle serait forcément près de toi. Il faut absolument l'empêcher de rejoindre Métatron.

— Tu arrives après la fête, elle est déjà partie, répondit Asmodée, et on essaye justement de savoir où elle est maintenant.

— Alors il n'y a pas de temps à perdre. Aux Cieux, c'est la débâcle. Gabriel essaye de contenir l'armée de Satan, mais il n'a pas assez d'effectifs. Il va tenter un plan de dernière chance sauf que les informations à l'extérieur du Temple ne nous parviennent plus et j'ignore si ça va marcher. Mais ce n'est pas le pire, croyez moi. J'ai des information, je sais où Juliette se trouve et pourquoi elle s'y trouve. Métatron bloque toutes les énergies mystiques aux alentours, mais vous pouvez vous y rendre par les voies terrestres.

— En Egypte ? Lâcha Uriel, ça va prendre un petit moment même en business class.

— Non, pas en Egypte, mais dans un lieu nommé l'institut Humanité et qui se trouve non loin d'ici.

— Celle-là, je l'ai pas vu venir, nota Uriel un peu piqué de n'avoir pas fait le lien plus tôt.

— Faites chauffer le moteur de la voiture, je vous rejoins dans la cour, trancha Asmodée avant de filer hors de la pièce pour rejoindre Abigor.

— Anna, poursuivit Mikhaël, retourne aux Cieux et trouve le moyen de prévenir Gabriel de l'endroit où nous sommes. Si nous pouvons disposer d'un créneau avec Métatron, il devra en profiter et venir nous aider.

— Entendu, je vais faire mon possible.

— Une dernière chose. Comment vont-ils ?

— Mal, répondit Annuel sans avoir la force de mentir. J'ignore combien de temps ils vont pouvoir tenir. J'espère que le géni, ou la folie, dont fait preuve Gabriel quand il est sous pression fera un miracle, parce que s'il tombe, le Temple tombe.

Quand Asmodée entra dans la chambre d'Abigor, il fit signe aux anges qui le veillaient de les laisser seuls. Il s'assit sur le lit et resta quelques longues secondes à observer le visage de son ami. Lui annoncer que la suite des événements allait se dérouler sans lui risquait de ne pas être une partie de plaisir. Se sentant observé, le blessé émit un grognement singulier et ouvrit lentement ses yeux d'or vieilli.

— Tu viens m'annoncer que je meurs ? Dit le démon dans un souffle rauque.

— Mais non !

— Ben vu ta tête, on pourrait le croire.

— On sait où Carrie et Mylène ont été emmenées. On est certain qu'elles sont en vie et qu'elles vont bien. Nous allons les chercher et les ramener. Tu n'as plus à t'inquiéter de ça, maintenant.

— Je ne m'inquiète pas.

Abigor serra les mâchoires et se redressa lentement sur ses coudes puis parvint à s'asseoir après une bonne minute de manœuvres délicates. Asmodée recula légèrement en écarquillant ses pupilles et en rouvrant les hostilités.

— Tu ne t'inquiètes pas parce que je vais m'en charger, et que je suis efficace, et que je vais te la ramener, répéta le déchu qui savait bien, au fond de lui, qu'il parlait à un mur de près de deux mètres et que les murs, ça ne discute pas. Abigor, ne sois pas puéril, que tu viennes ou pas, ça ne changera rien, tu le sais. Carrie n'aurait rien à faire d'un infirme.

— Une simple question : si tu étais à ma place et moi à la tienne, qu'il s'agisse de Juliette, quelle réponse me donnerais-tu ?

Asmodée soupira à faire trembler les murs.

— Grouille-toi, Feula-t-il. C'est Mikhaël qui conduit, il ne va pas nous attendre !

◆◆◆

Juliette comprit qu'elle était arrivée à destination quand les feux follets iridescents laissés en traîne lugubre par Métatron, pour l'attirer à lui, s'étiolèrent peu à peu.

Elle se trouvait devant un énorme bâtiment assez austère dont le nom « Institut Humanité » était gravé en lettres de fer ostentatoires sur le grand portail de l'entrée. Il y avait des démons, même quelques anges que Juliette ne connaissait pas, et des humains qui s'affairaient dans la cour comme une drôle de fourmilière. Elle fut très vite repérée par deux démons devant lesquels elle se présenta avec la docilité des suppliciés. Elle savait que la partie allait être serrée et que sur la grande chaîne alimentaire des créatures immatérielles, elle ne valait pas grand chose à côté de Métatron. Mais il était possible qu'elle profite justement de cette vérité biologique. Il n'allait sûrement pas se méfier d'elle et, pendant qu'il croirait utiliser ses dons, elle le forcerait à la blesser assez pour qu'elle puisse entrer en contact avec les séraphins avant lui. Sur le moment, elle se persuada que c'était le dénouement le plus probable et le plus logique.

Ce fut donc portée par cette conviction, un brin suicidaire, que Juliette accepta d'être rapidement encerclée par les deux sbires démoniaques. Le plus nerveux des deux passa derrière elle et colla ses mains calleuses sur ses les épaules de l'ange pour la pousser à l'inté- rieur du bâtiment. Elle sentit une désagréable sensation de picote- ments sur sa nuque puis une légère douleur comme s'il lui avait tiré les cheveux.

— Ne me touche pas, sale démon ! Grogna-t-elle avec rage.

— Quand on embaume le déchu sur tout son être, on ne joue pas à la sainte, l'ange, railla-t-il avec une insupportable délectation.

Il la poussa plus rudement à l'intérieur. Les couloirs étaient interminables et jonchés de tapis anciens. Même désincarnée, elle pouvait en sentir l'odeur de vieille poussière et de vernis. Il y avait des tableaux accrochés sur tous les murs et chacun d'eux affichait le portrait d'un personnage, telle une galerie de morts suspendus. Quelques humains les croisaient sans savoir qu'ils étaient là. Ils portaient un étrange uniforme, quelque chose qui rappelait les stigmates d'une organisation sectaire.

Elle fut conduite dans une immense salle qui devait servir aux réceptions les plus solennelles. La table centrale pouvait réunir près d'une soixantaine de convives. Juliette gardait les yeux, grands ouverts, et tâchait d'observer les moindres détails de la scène. Mais elle se sentait faible comme si, soudain, toute la tension ressentie ces derniers temps s'écrasait sur elle et la vidait de son énergie. La tête lui tourna et elle se surprit à prier pour que cette brève faiblesse ne se voit pas et ne dure pas. La main rugueuse du démon pressa rudement son épaule pour la faire s'arrêter. Elle tourna la tête sur le côté et aperçut la silhouette impressionnante de l'ancien recteur des Séraphins. Elle avait déjà eu l'occasion de contempler les archanges de puissance sous leur forme complète, et c'était d'ailleurs un spectacle saisissant, mais Métatron était bien plus fascinant encore. Ce n'était pas tant la puissance de son auréole mystique qui forçait l'admiration mais plutôt sa lumière intérieure ; une lueur de pureté absolue qui avalait une partie des contours de sa silhouette. Ses quatre paires d'ailes, caractéristiques des archanges de puissance, l'entouraient en une corolle d'énergie oppressante. Le démon la lâcha, non sans la pousser une dernière fois en avant, puis quitta la pièce. Elle trébucha légèrement mais se ressaisit vite. Le regard étrange et sans pupille de Métatron se détourna d'elle pour se porter sur les quelques humains qui se trouvaient dans la pièce et qui œuvraient sans se douter de ce qui se jouait juste à côté d'eux. Il parla à leur inconscient et leur intima l'ordre de quitter la pièce.

« Pauvres créatures ignorantes et manipulées », pensa Juliette qui ne put s'empêcher de se voir tout aussi manipulée et misérable qu'eux.

— Maintenant que je suis là, dit Juliette en décidant d'attaquer la première, vous avez ce que vous voulez. Libérez mes amies.

Malgré la douleur insidieuse qui écartelait ses tempes, l'ange voulait donner le change et déployait quantité de ressources pour paraître parfaitement maître de ses émotions. Les mal nés sur la chaîne alimentaire disposaient quand même du droit de bluffer.

— Nous sommes encore très loin de ce que je veux, mon enfant, dit Métatron de sa voix singulière et multiple. Mais nous nous en approchons. Tes amies vont bien, ne t'en préoccupe pas tant. Tu dois comprendre que tu n'es pas comme elles, et que ta nature ne peut pas te laisser dans la même sphère d'existence que les autres. Tu as bien dû le ressentir au fond de toi ?

La poitrine de Juliette lui brûlait. Il touchait un point très sensible chez elle.

— Je ne sais pas de quoi vous parlez.

Bien sûr que si, elle savait de quoi il parlait. Depuis la mort d'Elvire, elle avait acquis la conviction de ne plus être à sa place nulle part. Coincée entre une Terre dont elle ne faisait plus partie et un paradis qu'elle ne reconnaissait plus, elle se sentait comme la plus délaissée des orphelines. Car il ne s'agissait plus de la perte d'un parent, d'une famille, mais bien de celle d'un environnement et d'une réalité. Et quand une créature était persuadée de n'être reliée à rien qui se rapproche d'un sentiment ou d'un monde, que lui restait-elle ? C'est pourquoi, la décision de venir se jeter dans la gueule du loup céleste avait été si facile à prendre. Elle se demandait si ce n'était pas cela, le don qu'elle pouvait faire aux siens : sa mort. Métatron et Lucifer pensaient pouvoir user et abuser d'elle, la réduire à l'état d'objet fragile. Mais, peu lui importait de savoir qu'ils la méprisaient. Elle savait qu'ils avaient un ego si démesuré que l'addiction à leur propre gloire leur ferait ignorer un principe fondamental propre à ceux qui n'ont plus rien à perdre : ils sont imprévisibles.

— Tu crois que tu vas pouvoir lutter ? Demanda Métatron, en s'avança vers elle d'un pas lent et sentencieux.

— Non, je ne pense pas. Je suis venue parce que je suis convaincue que vous ne nous voyez pas. Nous ne sommes rien à vos yeux. Vous tiendrez parole parce que mes amies ne représentent rien pour vous.

L'archange la considéra avec beaucoup d'attention. Cette créature, mi céleste mi terrienne, l'intriguait au plus au point.

— Bien raisonné. Toutefois, en venant ici, privée de protection, tu vas dans mon sens et me permets de gagner plus vite. C'est un peu stupide comme démarche.

— Vous avez tort. Contrairement à vous, je pense qu'une entreprise ne réussit que parce qu'elle est la somme de plusieurs volontés. C'est la solidarité des cœurs qui rend invincible. Je n'ai jamais cru que je pourrais vous arrêter. Mais ma famille, ma grande et puissante famille, finira par retrouver ma trace, et elle, elle parviendra à vous arrêter. Alors faites de moi ce que vous voulez et tenez parole. Vous êtes persuadé que personne ne peut vous arrêter alors que mes amies soient ici ou ailleurs, cela vous est égal. A moi aussi, tout ceci m'est égal, je suis fatiguée de cette histoire.

— Non, mon enfant, tu es fatiguée parce que tu meurs.

Elle fronça les sourcils. Ce regard sans pupilles était pourtant si implacable et sûr de lui. Elle eut un vif frisson qui secoua toute sa colonne. Le doute s'insinua en elle et elle prit un instant pour écouter les messages de douleur que son corps lui faisait parvenir depuis un moment. Se pouvait-il que le bouillonnement dans ses entrailles et le feu dans sa tête ne soient pas uniquement dus à sa peur et à son angoisse ?

— Quoi ? Lâcha-t-elle sur un ton un peu hébété.

— Si quelqu'un m'avait dit qu'un jour, je sacrifierai un de ces miracles rares que sont les Vaisseaux de Lumière pour une cause supérieure, j'aurais cru à de la démence. Mais depuis, j'ai appris que certaines circonstances commandent de revenir sur ce qu'on consi-dérait comme étant des convictions inébranlables. Pour t'utiliser à bon escient, Juliette, je n'ai d'autre choix que de te tuer, lentement. Si tu avais été plus mature, peut-être aurai-je pu me contenter de te vider de tes énergies. Mais cela, nous ne le saurons jamais.

— Qu'est-ce que vous m'avez fait ?

— Moi, peu de chose, mais le démon qui t'a amenée, ici, t'a empoisonnée sur mon ordre. J'ai travaillé une éternité sur ce poison unique qui n'a d'effet que sur toi. J'ai suivi les énergies divines résiduelles pendant des siècles en désespérant qu'elles s'incarnent. Puis, tu es enfin née. Et je t'ai amenée à être ce que tu es à cet instant précis. Tu es mon chef d'œuvre.

Elle passa la main sur sa nuque douloureuse et se remémora la désagréable sensation de piqûre au contact du démon. Soudain, elle ne sentit plus ses jambes et s'effondra à genoux. Elle n'avait pas prévu sa fin si vite, mais elle tenta de rassurer sa frayeur en se répétant que c'était ce qu'elle avait prévu depuis le début. Maintenant, le jeu commençait. Quand elle se sentirait partir, il faudrait qu'elle lutte de toutes ses forces pour garder autant de contrôle que possible sur son énergie et qu'elle trouve les séraphins. Il voulait qu'elle meure lente-ment pour contrôler son énergie, mais il ignorait que la lenteur de son agonie allait, aussi, lui servir pour devenir maîtresse de sa puissance. A ce jeu d'influence, elle avait l'intention d'être la plus forte. Uriel lui avait montré la voie, elle avait déjà senti sa puissance, elle la laisserait venir à elle, s'extraire d'elle et, au final, elle la posséderait.

— Inutile de lutter, Juliette. Tu ne parleras pas aux séraphins. Moi non plus, d'ailleurs.

— Hein, souffla-t-elle plus faiblement.

— Tu vas réveiller Dieu et tu provoqueras la fin de cette réalité.

Métatron se pencha légèrement au-dessus du corps de Juliette qui luttait pour rester à genoux. Elle baissa la tête et constata sur sa cuisse l'apparition d'une balafre qui, en entrouvrant sa chair, laissait apparaître un liquide iridescent. Elle gémit de peur en réalisant que ses énergies se manifestaient bien plus vite que prévu et bien plus fort.

— Tu es encore trop petite, mon enfant, fit-il en souriant.

Chapitre 17

Echec à la reine

— Parmi toutes les voitures qu'il y avait dans ce putain de garage, il a fallu que tu prennes la moins rapide ! ! ! Hurla Asmodée dans l'habitacle.

— Tu n'es pas satisfait de mon choix ? Cracha Mikhaël sur un ton exécrable et les mains crispées sur le volant, tu n'avais qu'à prendre la tienne.

— Est-ce que j'ai dit que j'étais malade à l'arrière ? Intervint Uriel, croyant détendre l'atmosphère par une boutade alors qu'il était, visiblement, le seul à avoir le sens de l'humour dans la voiture.

— Tourne à droite ! Tonna Asmodée en empoignant le volant.

— Ce n'est pas ce que dit le GPS.

— J'emmerde le GPS, je connais bien la route, prends à droite, ça ira plus vite.

— C'est avec ce genre d'attitude qu'un peuple entier s'est perdu quarante ans dans le désert. Je dis ça.

— Boucle-la, Uriel, trancha Mikhaël alors qu'il empruntait à vive allure le chemin qui menait à l'institut Humanité.

— Au fait, à part débarquer en force avec notre batmobile, on a un plan ? Je veux dire un vrai plan, demanda Uriel en guise de première question vraiment intelligente depuis les quatre dernières heures.

— Sous cette forme matérielle, Métatron ne nous percevra pas, répondit Asmodée qui louchait toujours, l'air mauvais, sur le volant. Il attend des créatures immatérielles. Nous allons donc profiter de l'effet de surprise. Une fois sur place, on se désincarne, on reprend la pleine capacité de nos pouvoirs, on lui met une grosse raclée, on sauve Juliette et on rebranche le courant.

— Ah oui, sur le papier, c'est drôlement vendeur. Tu as répété un peu, avant ?

— Annauel est retournée aux Cieux prévenir Gabriel, interrompit Mikhaël, lassé du petit jeu de ses compagnons. Lorsque nous aurons suffisamment affaibli Métatron, son brouillage ne tiendra plus et Gabriel pourra retrouver nos traces et venir nous prêter main forte. La priorité n'est plus le Temple, mais Métatron.

— Oui enfin, encore faut-il que Gabriel puisse venir à bout de l'armée de Satan, précisa Asmodée. On les connaît ses plans géniaux de dernière minute sur un champ de bataille.

— Du coup, bougonna Uriel, je me demande, pourquoi suis-je là ?

— Pour occuper Métatron et le déconcentrer, le cas échéant, répondit le recteur alors qu'il venait d'apercevoir le panneau indiquant l'institut.

— J'en ai de la chance.

— Bien, fit Mikhaël en apercevant le portail imposant de l'institut. Tout le monde s'accroche, je vais un peu rayer la peinture.

Le gardien de l'institut fut alerté par le bruit de l'accélération d'un véhicule. Toute la matinée, il avait eu fort à faire avec un défilé de personnalités invitées à l'étrange cérémonie qui s'organisait depuis plusieurs jours et il en avait plein les jambes de sortir vérifier leur identité. Mais quelle ne fut pas sa surprise quand il constata que la voiture, loin de ralentir, continuait sa rapide progression, faisant fi d'un détail essentiel : le portail était toujours fermé. Par réflexe, il appuya sur le bouton d'alarme avant de sortir de sa cabine de gardiennage pour tenter d'alerter les inconscients qu'il n'avait pas l'intention d'ouvrir le grand portail et qu'ils couraient vers la catastrophe. Peine perdue pour le pauvre gardien, le véhicule ne ralentit pas, bien au contraire. Il eut à peine le temps de se jeter à terre pour éviter d'être le dommage collatéral de la collision. Celle-ci eut lieu une fraction de seconde après sa chute et éventra radicalement le rutilant portail en fer forgé.

Uriel tourna la tête vers la vitre et regarda au dehors.

— C'était bob, fit-il remarquer à son voisin de banquette.

— Qui ? Répondit Abigor qui souffrait d'être plié en huit dans un véhicule trop petit pour lui, comme d'ailleurs presque tous les véhicules.

— Bob, le gardien. Le plus humain et le plus sympathique de toute la secte. S'il y en a un qui mérite de s'en sortir, c'est bien lui.

♦♦♦

Carrie fut alertée par un vacarme métallique qui semblait provenir de la cour. Elle alla rapidement entrouvrir les rideaux de la fenêtre et constata que le portail avait été entièrement défoncé par une voiture qui venait de faire un énorme dérapage, juste sous leur fenêtre.

Au volant du véhicule et sur le siège passager, elle reconnut immédiatement Mikhaël et Asmodée.

— Mylène ! Fit-elle avec un enthousiasme brutal, si peu habituel chez elle. Ils sont là.

L'ange blond qui, depuis une heure, charcutait en vain la serrure de la porte, courut vers elle pour vérifier ses dires.

— Je savais que Mikhaël viendrait, dit-elle avec triomphalisme.

Elle tenta d'ouvrir la fenêtre mais celle-ci disposait d'une sécurité incendie qui rendait l'entreprise impossible sans la bonne clé.

— Faut qu'ils sachent que nous sommes là, dit Mylène en regardant partout dans la chambre pour trouver quelque chose qui satisferait son imagination.

Elle jeta son dévolu sur une chaise qu'elle alla vite récupérer.

— Ecarte-toi de la fenêtre, dit-elle en soulevant la chaise bien au-dessus de la tête pour se donner de l'élan.

— Mylène ?

Carrie ne tenta pas davantage le diable blond et obtempéra en allant se réfugier à l'autre bout de la pièce. Mylène lança la chaise de toutes ses forces. Elle vint heurter la fenêtre en brisant à peine l'un des carreaux puis elle rebondit violemment avant de s'écraser au sol. Après quelques secondes d'observation dépitée, Mylène tordit sa bouche.

— Dans les films, ça marche toujours, lâcha-t-elle avec une grande déception, car si les films ne reflétaient pas au moins un peu la réalité, c'était tout le savoir de l'ange qui fichait le camp.

— C'est du chêne massif, Mylène, il faudrait bien plus de force que nous sommes capables d'en avoir sous cette forme. Aucune chance qu'on arrive à briser quoique ce soit, ici.

— Il y a un carreau en moins, je peux hurler ? Je sais hurler très fort.

— Les gardes de cette demeure vont leur tomber dessus d'une seconde à l'autre, ils n'entendront rien. Il faut trouver un autre moyen. Attends, peut-être qu'avec l'alerte qu'ils viennent de provoquer, les démons qui nous gardent vont devoir sortir pour les arrêter ?

— Brillante remarque chère collègue, glapit Mylène. Le seul ennui, c'est que nous n'avons pas droit à l'erreur. Si des molosses sont encore dans le couloir, nous ne ferons pas le poids contre eux.

— C'est un risque qu'il faut prendre.

Carrie s'approcha de la chaise et constata que celle-ci avait été légèrement abîmée par l'impact. Elle donna plusieurs coups sur les pieds jusqu'à en briser deux sur quatre. Elle en lança un à Mylène puis s'empara du sien qu'elle brandit comme un pieu. Elle fit un signe de tête à sa complice qui alla se placer juste à côté de la porte d'entrée. Elle prit une profonde inspiration et hurla de toutes ses forces, ce qui fit fortement sursauter Carrie. Effectivement, la blonde savait hurler.

— Mieux que Jamie Lee Curtis dans Halloween, chuchota Mylène en faisant signe de faire silence car elle perçut un bruit dans le couloir.

Le cliquetis de la clé dans la serrure retentit et la porte s'entrouvrit. Un jeune homme entra assez rapidement mais n'eut pas le temps de comprendre ce qui lui arrivait. Mylène le poussa violemment en avant. Il vint écraser son visage juvénile contre le parquet en laissant échapper un juron. Il se retourna sur le dos pour faire face à son assaillant mais, déjà, Carrie fondait sur lui pour l'assommer d'un coup de poing rageur et définitif. Le geste arracha à l'ange incarné une grimace de douleur. Taper faisait mal quand on était humain. Précepte qu'il conviendrait, plus tard, de graver sur une tablette en pierre juste après un paragraphe sur les fenêtres en chêne massif. Mylène alla à la porte et jeta un œil dans le couloir déserté.

— Pas de démon en vue, affirma-t-elle, on peut y aller.

— Laisse-moi une minute, nota Carrie en fouillant le jeune homme inconscient afin de trouver une arme, ou quelque chose d'approchant car, en temps de crise, il ne fallait pas se montrer difficile.

— C'est un vrai prêtre, tu crois ? Dit Mylène en observant la sorte de soutane que portait l'homme.

— Je n'en sais rien, pourquoi cette question ?

— Ben parce que cogner sur un prêtre, c'est pas interdit ?

— Mylène, essaye de rester avec moi, s'il te plait.

A présent, il était indéniable que Mikhaël savait maîtriser l'art subtil de la conduite sportive. Après son exceptionnel dérapage, il fit piler le véhicule juste en face de l'entrée principale de l'école.

— Uriel ! Lâcha-t-il avec autorité, alors qu'une bonne trentaine d'hommes armés se précipitait déjà dans la cours.

L'archange interpellé sortit rapidement du 4x4 et tendit son bras, droit devant lui, en direction des assaillants. Une violente déflagration invisible contorsionna l'air comme une onde de choc. Elle frappa si fort les hommes qu'ils furent projetés plusieurs mètres en arrière.

— Maintenant ! Cria Asmodée en se désincarnant et en déployant ses ailes immenses sans penser à se cacher aux yeux des humains qui composaient une partie de la garde de l'institut.

— Dans le bâtiment, fit Uriel en venant aider Abigor à sortir du véhicule.

Ils s'élancèrent tous en direction de l'entrée mais, si le cortège des humains ne fit guère le poids contre les assaillants célestes, il fut bientôt rejoint par celui de Métatron, composé majoritairement de démons des premiers cercles et de quelques anges. Mikhaël fit un signe entendu à Asmodée pour que le petit groupe se sépare et glisse ainsi plus rapidement entre les mailles du filet tendu par leur ennemi. Après avoir tranché têtes et membres de toutes les créatures qui pensaient pouvoir arrêter la course du recteur des Vertus, ce dernier parvint à percer la mêlée des combattants. D'un tournoiement parfait de sa longue épée bâtarde, flanquée d'une garde en écailles de dragon mystique qui avait fait sa réputation, il se débarrassa du dernier démon qui lui barrait le passage, juste devant l'entrée de la maison. Il se retourna pour voir où se trouvait le reste de ses compagnons. Uriel était resté près du véhicule afin d'aider Abigor et s'arrangeait pour désorganiser au maximum les rangs serrés des ennemis, en les repoussant de ses ondes de choc. Asmodée, quant à lui, jouait à saute-démon sur la gauche, excellant dans l'art de la charcuterie militaire.

— Tu veux des vitamines pour aller plus vite ? Railla miraculeusement le recteur, ce qu'il n'avait plus fait sur un champ de bataille, ou à tout autre endroit, depuis des temps immémoriaux

Le déchu leva sa hallebarde couleur sang dans sa direction, comme s'il trinquait à sa santé, puis s'avança vers lui. Mais une soudaine et puissante décharge d'énergie incendiaire le projeta à terre en lui arrachant son arme des mains et en la faisant rouler sur plusieurs mètres. Mikhaël leva les yeux pour voir d'où venait cette attaque et aperçut la silhouette si singulière de Lucifer, suspendue dans les airs, à quatre ou cinq mètres au-dessus d'Asmodée. Il avait presque oublié cette lumière, les contours étonnants de son énergie astrale et la puissance de ses ailes. Déstabiliser suffisamment Métatron pour sauver le Vaisseau de son emprise était une chose, mais si Lucifer s'en mêlait, le plan risquait de se compliquer fortement. Il lâcha un juron étouffé et fit mine de rejoindre Asmodée. Mais ce dernier le stoppa en faisant un geste aussi ample que les meurtrissures de son corps pouvaient le lui permettre.

— Ne t'occupe pas de moi et continue ! Hurla-t-il. Je me charge de lui !

Mikhaël serra les mâchoires de colère et maudit le sens du devoir. Le temps leur était compté et l'essentiel était d'atteindre Juliette, quelque soit le prix à payer pour la course. Néanmoins, au lieu d'entrer immédiatement dans la demeure, il s'élança sur la gauche, en glissant sur le gravier de la cour. D'un mouvement rapide et précis, il se laissa tomber à terre pour récupérer l'arme d'Asmodée. Il plissa ses yeux mordorés pour apprécier la distance le plus précisément possible, puis la lui lança. Il n'attendit pas de savoir si son tir était juste car des démons se pressaient déjà autour de lui. Il se précipita à l'intérieur du bâtiment sans pouvoir se retourner, une dernière fois, sur les compagnons qu'il était contraint d'abandonner.

◆◆◆

— Qu'essayes-tu de faire ? Demanda Métatron en observant l'étrange manège de Juliette.

Cette dernière était toujours à genoux, malgré l'extrême agonie à laquelle le poison la contraignait. Elle tenait bon. Ses cuisses, ses bras et son abdomen étaient striés de balafres qui suintaient un liquide épais et iridescent. Elle souffrait et serrait de toutes ses forces un des pieds d'une chaise qui se trouvait à côté d'elle.

— Pourquoi t'infliges-tu tout ceci, mon enfant ? Tu es condamnée, il n'y a aucun antidote. Attendre que tes compagnons parviennent jusqu'à toi pour assister à ton dernier souffle est si incompréhensible et vain.

L'archange s'accroupit juste en face d'elle et pencha la tête sur le côté comme un observateur curieux. Il pensa qu'elle était une créature fascinante et bien singulière. Stupide, à bien des égards, mais fascinante. Elle était consciente de l'imminence de sa mort et, au lieu de se laisser aller pour rendre l'instant supportable, elle préférait lutter contre un mal qui aurait, quoi qu'il arrive, le dernier mot. Juliette tremblait de plus en plus. Elle eut à peine la force de redresser le visage pour planter ses pupilles de joyaux dans les yeux de son bourreau. Il y avait tant de détermination en elle et tant d'orgueil que l'ancien recteur des Séraphins fut troublé bien malgré lui. Savait-elle quelque chose qu'il ignorait ?

Non, Juliette ne savait rien de plus, elle ne savait même pas grand chose des forces qui œuvraient dans l'univers et en elle. Elle attendait juste le moment précis où elle pourrait reprendre le contrôle sur la diffusion de son énergie divine pour un ultime message qu'elle enverrait aux séraphins. Pour l'instant, elle sentait comme une sorte d'ondée ravageuse qui distillait dans ses organes le feu et la glace. Contrairement à l'épisode avec Bélial sur l'île, ou Uriel aux Enfers, elle gardait encore le contrôle. Elle pouvait suivre le sillon de ce liquide étrange qui remplaçait peu à peu chaque sinuosité des éléments composant son organisme pour faire d'elle autre chose. Elle savait exactement quelle part d'ange, il lui restait encore et quelle part de Vaisseau s'était immiscée en elle. Et elle était encore « elle ». C'était tout ce qui comptait. Elle était convaincue qu'elle saurait quand lâcher prise pour filer droit vers le ciel sans que Métatron ne se rende compte de la supercherie. Mais pour cela, elle avait bien compris qu'il lui fallait du temps, beaucoup de temps. Elle ne devait pas permettre que son énergie, ainsi contrainte par sa volonté seule, explose hors d'elle et de son contrôle. Or, le poison, que Métatron pensait parfait pour pouvoir utiliser à son avantage l'énergie de Juliette, était en train de la servir. Le coup de poignard d'Uriel avait été si violent qu'elle avait perdu connaissance trop vite mais, au contraire, la lenteur de l'empoisonnement lui permettait de dialoguer avec les puissances qui grandissaient en elle. Juliette venait de faire le choix d'agoniser le plus longtemps possible pour que son corps exhale l'énergie petit à petit. Et à ce jeu de volonté et de sang froid, l'ange fragile et inexpérimenté était en train de gagner.

— Tu vas perdre, martela Métatron à court de répartie et tout en goûtant, soudain, aux feux de la frustration.

— Oui, gémit l'ange, mais toi aussi.

Il fronça ses sourcils et s'approcha plus encore du visage de l'agonisante comme s'il pouvait lire en elle à cette distance. Il tressaillit fortement et recula en comprenant subitement le plan de Juliette. Il ne pouvait croire qu'elle ait assez de prétention pour penser réussir son entreprise. Il se redressa plus vite qu'aucun des précédents mouvements qu'il avait faits jusqu'alors et laissa filer son aura d'archange de puissance. Elle était son instrument et un instrument ne pensait pas.

— Je ne te laisserai pas faire, dit-il d'une voix qui se fit étonnamment menaçante pour une créature qui n'avait jamais craint personne.

Il fit vibrer ses ailes mystiques et porta un coup en direction de l'ange pour précipiter une mort qu'il avait voulu calme pour ne pas risquer de libérer trop violemment son énergie. Mais, il n'était plus temps de faire dans la subtilité. Mieux valait gérer la puissance Divine brute que de laisser l'inconsciente avoir le contrôle sur ce qu'il imaginait être son dû.

Cependant, l'énergie de son attaque fut absorbée par une sorte de mur luminescent qui se matérialisa juste entre Juliette et lui. Il recula à nouveau. C'était la deuxième fois. Le mur, constitué d'un liquide blanchâtre lumineux, semblait couler sans fin à la verticale, et prenait sa source au sol dans la flaque du fluide divin qui s'échappait des plaies de Juliette. L'énergie de Dieu protégeait son porteur. Le Vaisseau était en train de naître. Pour autant, Métatron n'était pas décidé à perdre la partie. Trop longtemps, il avait attendu la chance unique de pouvoir être, à son tour, le Créateur. Il serra les poings. Voici qu'il subissait, lui aussi, les morsures de la rage et de l'impuissance. C'était cela, le cadeau fait par Dieu aux créatures de ce cycle : le sentiment.

— Je te plierai ! Gronda-t-il d'une voix qui se fit lugubre et puissante. Tu es à moi et tu vas me servir !

L'air se crispa, écrasé par la soudaine puissance que l'archange déploya. Sa colère, la première qu'il ressentait en une éternité d'existence, décupla ses forces qui firent voler en éclats toutes les baies vitrées de la grande salle. Le sol se mit à trembler en fissurant le parquet laqué sur toute la longueur de la pièce. L'énergie était si puissante qu'elle passait les barrières de la réalité immatérielle.

◆◆◆

Alertés par les bruits d'éclatement du verre et les vrombissements du sol, les religieux, restés au premier étage pour terminer la cérémonie, sortirent des salles dans un mouvement de panique. En entendant des cris horrifiés venant du rez-de-chaussée, ils tentèrent d'emprunter l'escalier central afin d'aller voir, par eux-mêmes, l'étendue des dégâts. Mais, les tremblements du sol redoublèrent comme une nouvelle expression d'une toux divine et de fulgurantes lézardes apparurent sur les murs en faisant tomber les nombreux tableaux. Par réflexe, les moines se ramassèrent au centre du couloir puis descendirent prudemment les marches tapissées de velours rouge. Une nouvelle secousse leur fit brutalement dégringoler l'escalier et les précipita au sol en un tas disgracieux de corps meurtris.

Robert Duval se précipita hors de son grand bureau qui, en temps normal, lui servait de tour d'ivoire Il se demanda si c'était, là, le signe tant attendu de l'Apocalypse. Pourtant, selon ses savants calculs, il était encore trop tôt et les préparatifs n'étaient pas terminés. Il y avait tant à faire encore pour accueillir le reste des élus. Convaincu que quelque chose clochait, il se mit à courir dans le couloir bien que son immense toge, créée tout spécialement pour l'occasion avec un excès de coquetterie et de vanité, entravait ses mouvements. Il se tint à la large rambarde pour descendre les escaliers et éviter de finir en bas comme ses malheureux compagnons dont certains présentaient de lourdes fractures. Il porta son regard au-delà du hall d'entrée et vit une lumière intense émaner de la grande salle de réception. Il pensa qu'il ne pouvait s'agir que de l'apparition de Métatron, ou du moins, des signes annonciateurs de sa venue. Il allait enfin pouvoir le voir, son Dieu, l'œuvre de toute une vie, ce pour quoi il était né sur cette Terre. Durant des siècles avant lui, de grands hommes avaient travaillé dans l'ombre pour permettre la réalisation de cet instant historique qui devait, à jamais, changer l'histoire. Il releva encore sa toge glissante d'un geste nerveux digne d'un collégien amoureux et courut aussi vite que son âge le lui permit. Le sourire radieux aux lèvres, il sentait son cœur cogner fort dans sa poitrine. Il pria pour que tous ses ancêtres soient, d'une manière ou d'une autre, reliés à lui en ce jour de félicité. La lumière était à présent si proche, il pouvait sentir la puissance de son maître et presque la toucher.

Mais un craquement brutal retentit si fort que les murs tremblèrent franchement sur leurs fondations. La lourde porte massive donnant sur la salle de réception fut arrachée de ses gonds par la puissance de l'énergie de Métatron. Comme après la déflagration d'une bombe, elle fut projetée dans le couloir en une masse de bois épais tractant dans son sillage débris et morceaux de mur. La vitesse avec laquelle elle traversa le couloir ne laissa aucune chance au prêtre qui fut, en une brève et ultime seconde, écrasé et emporté sur son passage. Il suffit d'une unique et singulière circonstance pour qu'il en soit à jamais fini du grand patron de la secte de l'institut, intronisé par des centaines de prêtres dévoués avant lui. Car, malgré toute la force de la dévotion de ces hommes et toute l'étendue de leur amour…

… L'Apocalypse ne faisait jamais dans la reconnaissance.

Chapitre 18

Echec au roi

— Mylène, à terre ! ! Cria Carrie, alors qu'elle sentit une brusque secousse sous ses pieds.

L'ange blond fut déséquilibré et heurta le mur du couloir. Un énorme tableau frôla dangereusement son épaule quand il vint s'écraser au sol dans un bruit de craquement sec.

— C'est quoi ce bordel ? ! Résuma-t-elle avec beaucoup d'élégance.

— Je… je sais pas, sûrement Métatron. Ecarte-toi des murs, c'est dangereux !

La panique était telle qu'aucun des prêtres qui couraient en direction des escaliers ne remarqua leur présence. Elles suivirent donc le mouvement mais, en empruntant l'escalier après la première secousse, elles redoublèrent de prudence. Avec le mouvement au dehors et ce tremblement de terre surnaturel, c'était la panique dans l'institut.

— Oh mon Dieu, fit Mylène en enjambant la dizaine de corps de prêtres enchevêtrés douloureusement au bas des escaliers.

— Mais que se passe-t-il, poursuivit-elle, la mine effarée.

— Je n'en sais rien, mais il vaut mieux ne pas traîner ici. Sortons de là et … C'est pas vrai, My …

Carrie eut juste le temps de saisir le col de Mylène pour la jeter violemment à terre. Elle plaqua son corps contre celui de son amie en les aplatissant au maximum. Le souffle créé par la course de la porte fouetta le dos de Carrie en le frôlant presque. L'objet vint terminer sa course contre l'escalier et explosa littéralement sous la force de l'impact. Carrie redressa le visage et tordit sa bouche devant le spectacle d'horreur des corps des prêtres aplatis par les débris de bois, parfois empalés par des morceaux tranchés nets durant la traversée de la porte. Les cris et les gémissements des hommes perçaient l'air chargé de particules de plâtre et de tapisserie.

— C'était moins une, souffla-t-elle en se décalant sur le côté pour laisser respirer Mylène.

Celle-ci gémit de douleur et releva la tête, la main appuyée en compresse contre son front qui présentait une vilaine balafre.

— Ça va ? Demanda Carrie sur un ton coupable.

— Oui, c'est bon, c'est juste que c'est ma tête qui a amorti la chute. Mes fesses auraient été plus efficaces. Mais c'était quoi ce boucan ?

— Une porte.

— Hein ?

Carrie lui montra du doigts le résultat de la catastrophe.

— Nom de D…

— Pas mieux, coupa Carrie. Traînons pas ici, ça commence vraiment à sentir mauvais. Si ça continue de trembler, le château va s'effondrer, c'est certain. Tant qu'on ne peut pas se désincarner, on est vulnérable. Espérons que, dehors, ils se débouillent mieux que nous.

— Attends, regarde, c'est Mikhaël !

Le recteur des Vertus sortit d'un couloir, l'épée sanglante à la main et sembla chercher quelque chose. Son regard se porta finalement sur les deux anges et il les rejoint rapidement à coup d'immenses enjambées.

— Ça va, anticipa Carrie pour ne pas faire perdre de temps à son mentor et bien que Mylène aurait eu deux ou trois choses à ajouter. Qu'est-ce qui se passe ? Je n'ai jamais ressenti pareille vibration.

— Il faut vous mettre à l'abri. Asmodée et les autres sont dehors, essayez de les rejoindre. Il faut tenir la ligne le temps que je vois ce que fabrique Métatron et que Gabriel puisse nous aider. Dis à Uriel de me rejoindre le plus vite possible, j'ai besoin de lui, ici.

Carrie fit un bref signe d'acquiescement et, sans attendre que Mylène puisse dire quoi que ce soit, elle s'élança vers la sortie en rasant les murs de la bâtisse.

Au dehors, c'était l'Enfer sur Terre. Il y avait des démons de tous les cercles, des anges rebelles, incarnés ou non, des humains, armés ou non, et tout ce beau monde semblait ne pas vraiment savoir pourquoi il était là. Carrie ne put s'empêcher de se demander si une guerre ressemblait toujours à ça ? En définitive, quelque soit le bord de moralité dans lequel on se trouvait, ceux qui faisaient la guerre, les pions de mort, les chairs bon marché, étaient tous mus par la même motivation : s'en sortir en faisant le meilleur choix.

Tandis qu'elle tentait de contourner le plus gros des troupes ennemies pour essayer d'apercevoir Uriel dans la mêlée, elle entendit une voix rauque crier son nom.

Elle aurait pu reconnaître cette voix entre mille.

Tandis que Mikhaël essayait d'atteindre Métatron, les troupes démoniaques continuaient de se densifier à l'extérieur. Il ne s'agissait plus du menu fretin facile à trancher des débuts. L'ancien recteur des Séraphins était parvenu à endoctriner des généraux majeurs de Satan, ainsi que des anges guerriers à la solide expérience. Et tuer l'un d'entre eux était un exercice bien plus difficile que de découper de simples démons fantassins. Uriel avait beau faire beaucoup de dégâts dans les rangs ennemis, certains généraux avaient réussi à passer au travers de ses foudres et étaient entrés dans la maison, à la suite de Mikhaël.

Ayant hélé Carrie suffisamment fort pour être entendu, Abigor fit signe à Uriel qu'ils disposaient de renforts supplémentaires pour lui permettre d'aller rejoindre Mikhaël. L'archange acquiesça et prit une profonde inspiration pour se donner du courage. Il fallait se rendre à l'évidence, tenir la ligne extérieure n'était plus une priorité pour lui. La priorité était Métatron dont l'énergie prenait des proportions alarmantes. Il fallait rejoindre Mikhaël qui, pris en tenaille par les généraux du grand malin, ne tiendrait pas longtemps dans la maison. Et Uriel savait qu'il était le plus à même de lui venir en aide. Il connaissait parfaitement le mode de fonctionnement de son ancien mentor. Il devait donc se résoudre à abandonner ses compagnons dans cette cour aux allures de tableau de guerre. Il fit, néanmoins, un dernier effort d'observation pour tenter de voir où se trouvait Asmodée. Mais dans le chaos généralisé de la bataille, il lui était impossible de le localiser. Peu importait, il était temps pour lui de remplir sa mission en laissant à Abigor le soin de trouver son ami. Uriel exhala de nouvelles salves d'énergie pour se frayer un chemin vers le château et s'élança dans sa direction en occultant, autant que possible, tout ce qui se passait autour de lui.

Asmodée se trouvait la tête plantée dans le sol, pile entre un joli bosquet taillé en forme de cerf et une statue baroque représentant la vierge. La lutte acharnée entre Lucifer et lui les avait entraînés un peu plus loin dans les jardins qui jouxtaient la cour. Quelques explosions incendiaires et démolitions de statues plus tard, ils en étaient toujours à échanger des mondanités. Après une nouvelle frappe, Asmodée vint s'écraser lourdement sur la pelouse et lâcha un juron de douleur. Il avait beau être le meilleur dans son domaine, il n'était pas assez fou pour croire qu'il avait une chance contre le maître des Enfers. Pourtant, que cet espoir lui aurait plu ! Il devait trouver très vite un autre moyen de court-circuiter le Malin. Et soudain, l'idée lumineuse, comme il en avait rarement, jaillit du tréfonds de son corps, toujours vissé au gazon.

— Ça te plait de jouer avec moi, railla-t-il sciemment. Je suis flatté mais tu ne crois pas qu'il est temps que nous ayons une vraie conversation ?

— Je connais tes ruses par cœur, répondit Lucifer en posant élégamment ses pieds au sol. Tu penses qu'en provoquant ma colère, tu vas me pousser à l'erreur.

— Oh je t'en prie, on se connaît depuis un moment déjà. Tu perds tout bon sens dès que tu piques une grosse colère. Toute cette histoire en est la preuve criante. Regarde-toi, Lucifer ! Tu es un second rôle.

La réaction ne se fit pas attendre et le déchu, à la langue décidément trop pendue, fut décollé à quatre mètres du sol avant d'aller s'effondrer en travers d'une fontaine en pierre blanche. Il lâcha un nouveau râle de douleur et secoua la tête ruisselante d'eau. A bien y réfléchir, et avec un peu de recul, sa brillante idée ne l'était peut-être pas tant que ça.

— Je te signale, poursuivit-il entre deux quintes de toux, que ce n'est pas moi qui t'ai évincé de ton super plan de conquête. Comment as-tu pu croire que tu pourrais jouer d'égal à égal avec Métatron ? Réalise-le, à la fin ! Tu vas aider à précipiter le monde dans le chaos et tu t'imagines que tu vas pouvoir dévorer une partie du nouveau gâteau? Métatron ne partage pas.

— Est-ce que j'ai l'air de me soucier de ton analyse géopolitique ? Persifla le Malin sur un ton de serpent hypnotique.

— Non, et c'est bien le problème. Que tu sois mégalomane, prétentieux et cyclothymique, passe encore, ça fait partie de ton charme. Mais tu n'as jamais été stupide, alors ne le deviens pas. Métatron a toujours su que Juliette était un Vaisseau et il a toujours voulu l'utiliser. Il veut réveiller Dieu pour tout détruire et créer une nouvelle arche dont il sera le maître absolu !

Lucifer fondit sur Asmodée mais il s'immobilisa brusquement sur le rebord de la fontaine.

— Dieu ? Répéta-t-il d'une voix soudain plus claire.

— Oui, Dieu ! Il avait besoin de toi pour mener une guerre fratricide contre les Cieux. Ça lui laissait le champ libre pour faire ses petites affaires. Parce que, si on avait su ce qu'il tramait, dès le départ, nous aurions peut-être signé une trêve pour notre survie. Il avait peur de ça. Alors, il t'a menti sur son véritable objectif pour te pousser à occuper les Cieux et à affaiblir tes armées.

— Tu mens. Comme toujours, d'ailleurs. Maintenant qu'un ange t'a chamboulé les sens, tu as retourné ta veste comme une vulgaire collégienne. Ta déchéance t'a rendu versatile et idiot.

Asmodée parvint à s'asseoir et plaqua ses cheveux trempés en arrière de son visage tuméfié.

— Je t'en prie, Lucifer, regarde-moi attentivement. Je suis là, le postérieur planté dans cette fontaine, je suis à ta merci. Tu pourrais me tuer d'un claquement de doigts. J'ai tourné le dos à nos anciens frères et je n'ai jamais été vraiment de ton côté. Comme tu l'as dit, je n'appartiens à aucun monde et je n'ai rien à perdre.

Lucifer croisa les bras sur sa poitrine et, l'espace d'une fraction de seconde, son regard changeant se fit presque doux.

— Toi et moi, reprit Asmodée en tentant de trouver une position plus confortable contre la pierre, on n'est pas si différents. On aime le jeu, quelque soit le résultat. On ne supporte aucune autorité, ni aucune barrière, parce que ce sont des entraves à notre appétit de chaos. Mais il y a une chose que nous ne pouvons accepter : c'est que le jeu soit truqué d'avance. Et, il l'a été. Alors que tu veuilles mettre une raclée à Mikhaël, ou Raphaël, pour leur rappeler combien ils se trompent sur le sens de la vie, soit ! Mais, je t'en prie, ne te trompe pas d'ennemi. C'est Métatron qui tire les ficelles et qui te fait jouer dans sa cour.

Asmodée haleta de douleur en passant sa main sur son abdomen. Lucifer gardait toujours le silence, ce qui n'était pas forcément bon signe.

— Ne le laisse pas nous couper nos ailes, poursuivit le déchu. Ne le laisse pas gagner. Métatron…

Il ne put terminer sa phrase. Lucifer venait de prendre son envol, en irradiant tant d'énergie destructrice, qu'Asmodée en fut écrasé contre la pierre. Quelques battements d'ailes démoniaques suffirent à créer une crevasse de plusieurs mètres de circonférence, autour de la fontaine. Le regard plus mauvais qu'il ne l'avait jamais été, Lucifer fondit en direction du château.

Après quelques minutes de suffocation, Asmodée parvint à se redresser sur ses coudes en exhalant un grognement rauque et plaintif. Il venait de lâcher le terrible chien, il n'y avait plus qu'à espérer que la fureur de Lucifer lui fasse attaquer Métatron et le déstabilise assez pour que ses compagnons puissent sauver Juliette. Seulement si son idée lumineuse tendait à tenir toutes ses promesses, il réalisa qu'il allait la payer cher. Après un effort crispé et vain, lors duquel il tenta désespérément de localiser Abigor, ou Uriel, il tourna de l'œil et s'effondra à nouveau dans le bac de la fontaine.

Quand une idée avait l'air trop brillante, il fallait s'en méfier.

Chapitre 19

Une dernière danse

Ignorant ce qui se tramait à l'extérieur du bâtiment, Mikhaël tentait toujours d'atteindre le cœur des vibrations de l'énergie de Métatron. Il était près du but. L'air était électrique et des crépitements d'étincelles faisaient rougir les extrémités de son armure céleste. Il n'avait guère réfléchi à ce qu'il ferait quand il atteindrait enfin sa cible. Mikhaël évitait d'encombrer son esprit de choses qui n'impliquaient pas une décision immédiate. Pour l'instant, il se focalisait sur les ennemis qui essayaient par tous les moyens de l'empêcher de progresser davantage. Il espérait, qu'au dehors, ses compagnons s'en sortaient mieux que lui et ne tarderaient pas à venir lui prêter main forte.

Tandis qu'il pourfendait méthodiquement les ennemis qui encombraient son passage dans le couloir, il reconnut de vieilles connaissances qui lui rappelèrent les grandes guerres d'après la Scission. Lorsque Lucifer avait su trouver et rassembler la race étrange des démons, bien qu'à ce jour encore, personne ne savait comment il s'y était pris, il avait déjà le projet d'occuper les Cieux. Espérant bâtir son empire en lieu et place de ses anciens frères, il avait livré quantité de batailles avant de réaliser que, les deux camps étant de forces égales, l'entreprise était vaine et suicidaire. L'ère de ce tâtonnement stratégique avait coûté très cher à la nation immatérielle. Quelques noms, de part et d'autre du champ de bataille, étaient entrés dans la légende pour leurs faits de guerre. Parmi ces seigneurs de mort, Mikhaël avait une place de choix ainsi que le démon majeur Baal. Le recteur des Vertus avait déjà eu à faire à cette créature infernale et il en avait gardé un très mauvais souvenir. Or, voilà que, juste derrière quelques têtes démoniaques prêtes à être tranchées, il reconnut la silhouette épaisse et toute en muscles de ce héros inversé. Baal identifia, aussi, son fameux ennemi et bomba son torse épais avec triomphe. Le sourire du guerrier invincible sur les lèvres, le grand général narguait son homologue céleste.

— Cela faisait longtemps, tueur de dragons, fit le démon de sa voix rauque et désagréable.

— Pas assez.

Le recteur des Vertus n'était pas du genre à attendre qu'on l'invite à danser. Il s'élança sur son adversaire, l'épée légendaire en avant, comme un dard meurtrier. Baal eut un rictus jouissif et d'un revers de bâtarde, balaya cette entrée en matière. La gloire venait de la qualité de l'adversaire vaincu et s'il ramenait à son maître noir la tête du tueur de dragons, il aurait à jamais ses faveurs. La danse fut brutale. Tandis que tout ce qui les entourait continuait de vibrer crescendo à mesure que la puissance de Métatron et de Juliette bataillait pour gagner l'ascendant sur l'autre, les corps des deux guerriers abîmaient plus encore l'environnement. Ne prenant plus la peine de rester dans leur sphère d'existence, les éclats de leurs ailes et les volutes de leur aura mystique explosaient dans la réalité matérielle et donnaient aux humains survivants un spectacle de couleurs, de lumières et de sons effrayants.

Mikhaël fut projeté à terre par un brutal coup d'épaule de son adversaire. Contrairement au recteur, Baal avait souvent eu l'occasion de pratiquer l'art de la guerre depuis la Scission. Le climat des Enfers n'était guère propice à la paix et les luttes entres généraux pour gagner leurs privilèges étaient incessantes. Cela rendait ces machines de guerre parfaitement huilées et opérationnelles car il en allait de leur survie. Ceux qui parvenaient à tirer longtemps leur épingle du jeu sanglant disposaient de réflexes redoutables. Or, Baal était un très vieux démon. L'archange payait une éternité de confiance aux Cieux et ses automatismes de guerrier n'étaient plus aussi bons que jadis. Il roula sur le dos puis sauta sur ses jambes alors que la puissance du démon repoussait son corps en l'obligeant à lutter pour revenir à la charge.

— Tu es rouillé, l'archange ! Railla Baal sur un ton agressif et salace.

Joignant le geste à la parole, il leva les bras en croix en ouvrant totalement ses immenses ailes de cuir brun. On eut dit un paon qui faisait la roue pour impressionner la galerie. Les murs du couloir volèrent en éclats sous la pression de son aura. Les plus gros débris furent transformés en projectiles lancés à pleine vitesse sur Mikhaël. In extremis, ce dernier fit barrage de sa propre aura. Mais la chute avait abîmé l'une de ses ailes et il avait bien du mal à canaliser ses énergies mystiques. Les ailes étaient le principal vecteur de la puissance des créatures immatérielles et elles étaient aussi leur talon d'Achille. Et dans ce domaine, le peuple des Cieux était bien moins doté que le peuple des Enfers car les ailes des anges étaient plus fragiles. Entravé par ce handicap, Mikhaël ne put éviter tous les débris. L'un des plus gros heurta violemment son torse et le fit lourdement tomber. Au jeu de guerre, il y avait deux principes sacrés : ne jamais tourner le dos à son adversaire et ne jamais se retrouver à terre. A ce niveau d'art du combat, l'approximation et l'erreur étaient fatales.

Baal fondit sur l'archange et alors qu'il allait lui asséner le coup de grâce, une vive lumière les aveugla tous deux. Mikhaël se tassa au sol en protégeant son visage de cet éclat violent. Si la déflagration qui suivit la lumière frôla son corps de près, elle vint heurter de plein fouet celui du démon qui fut emporté bien plus loin. Sous la force du jet, Baal traversa le mur de la dernière pièce et fut écrasé par la puissance du feu qui venait de souffler les restes du couloir de la demeure. Mikhaël redressa la tête, les étoffes roussies par la chaleur de cette brutale ondée et aperçut Lucifer qui se rendait à son tour dans la salle où se trouvaient Métatron et Juliette. Il ne faisait pas bon se trouver sur le passage du grand Malin quand celui-ci piquait ses fameuses colère, et cela valait pour tous, même pour l'un de ses plus fidèles serviteurs.

Mikhaël se garda bien de bouger et d'attirer l'attention du fou furieux et quand ce dernier fut hors de portée, il s'assit une seconde pour reprendre ses esprits. Si Lucifer était ici, il craignit qu'Asmodée ait finalement succombé à ses coups. Alors qu'il prenait une seconde pour rassembler ses esprits, il sentit qu'on l'attrapait par les épaules pour le relever.

— Ça s'appelle avoir chaud aux fesses, nota Uriel fort objectivement et tout en époussetant par provocation l'armure du recteur des Vertus.

— Lucifer est allé retrouver Métatron, fit ce dernier en faisant rouler ses épaules douloureuses.

— Oui, j'ai failli être écrasé quand il est passé en trombe dans le hall. Grand bien lui fasse, au point d'énergie auquel sont arrivés Métatron et Juliette, Lucifer va se faire balayer comme un fétu de paille. C'est trop tard.

— Uriel, Est-ce que tu sais si Asmodée est …

— Je n'en ai aucune idée. Dehors, c'est un tel chaos, on ne voit rien à deux mètres. Je peux juste te dire qu'Abigor, Carrie et Mylène étaient en un seul morceau quand je suis rentré dans le bâtiment.

— Que faisons-nous ? Fit Mikhaël, sans plus se donner la peine de faire semblant de ne pas être dépassé par la situation.

— Juliette est peut-être encore là, je veux dire, consciente de ce qui l'entoure. Je peux essayer de la ramener à nous.

— Alors ne perds pas de temps à me parler !

Mikhaël poussa brutalement Uriel en avant alors qu'il se mettait en travers de ce qui restait du couloir pour empêcher tout autre démon d'atteindre la salle.

◆◆◆

Non sans peine, Abigor finit par rejoindre les deux anges. Carrie eut un douloureux frisson lorsqu'elle réalisa à quel point son grand général était physiquement marqué. Son visage était balafré sur la joue gauche et, malgré ses efforts, il ne pouvait cacher qu'il boitait.

— Abigor, que s'est-il passé ? Demanda-t-elle dès qu'il fut assez proche.

— Ce n'est rien, il faut vous désincarner, maintenant, vous êtes trop vulnérables sous cette forme et j'ai besoin de vous.

— Mais nous avons essayé, quelque chose nous en empêche.

— Plus maintenant. Métatron est absorbé par la libération de son énergie, il a laissé tomber les barrières mystiques qu'il avait instaurées tout autour de l'établissement.

Carrie se tourna vers Mylène qui tentait toujours de contenir le sang de son front pour qu'il ne trouble pas sa vue en se répandant sur son visage.

— Essayons. Mylène, tu t'en sens capable ?

— A fond.

Les deux anges se concentrèrent et parvinrent à se dématérialiser. Sous cette forme, elles purent se rendre compte de la masse de démons qui entourait la maison ainsi que l'énergie diffuse qui nappait le toit du bâtiment en une sorte de lent mouvement circulaire.

— Mais c'est quoi ? Demanda Carrie, la voix légèrement éraillée par l'angoisse. Nous avons rencontré Métatron, il a dit qu'il voulait Juliette. Je crois que c'est grave.

— Il l'a eu, répondit Abigor avec sa diplomatie habituelle. L'énergie que tu perçois est la combinaison de la sienne et de celle de Juliette. Il va se servir d'elle pour réveiller Dieu et ça va provoquer la fin de notre monde.

— Quoi ? Mais il faut aller la sauver ! Intervint Mylène.

— Mikhaël et les autres s'en chargent. Nous devons faire en sorte de limiter l'intrusion des démons dans la maison et pour ça, il faut récupérer Asmodée qui se trouve quelque part dans la cour.

Carrie posa une main ferme sur son torse.

— Nous ferons de notre mieux.

Abigor la toisa de son regard dur, et mêlé de fierté, puis se retourna pour faire face à la masse ennemie.

— Alors, tâchons de faire le plus de dégâts possible.

Ils s'élancèrent, tous trois, dans la mêlée et tranchèrent autant de chair de démons que leurs bras et leur volonté pouvaient le permettre. Gardant toujours un œil sur Carrie et Mylène, Abigor n'en oubliait pas son compagnon de guerre. Après une méticuleuse et difficile observation du terrain, il finit par distinguer une silhouette couverte de rouge, enclavée dans une fontaine à moitié détruite. Profitant de la couverture remarquablement efficace que les deux anges lui assuraient, Abigor put s'approcher assez vite du jardin et constater qu'il s'agissait bien d'Asmodée. Il le saisit par les épaules et le redressa, tout en répétant son nom plusieurs fois. Au bout de quelques minutes, Asmodée ouvrit les yeux et sa reprise de conscience s'accompagna d'un nouveau râle de douleur qui lui rappela à quel point il était vivant.

— Je suppose que tu ne me réveilles pas pour fêter la victoire ? Lâcha-t-il en toussant plusieurs fois et en s'aidant de l'épaule du démon pour extraire ses fesses du bassin.

— Au dernier décompte, tout le monde est entré dans le bâteiment et Métatron est toujours là. On peut supposer que Juliette aussi.

Une fois sur ses jambes, Asmodée prit quelques secondes pour retrouver son plein équilibre et son centre de gravité.

— Tu peux me couvrir ? Il faut que j'aille voir.

— Nous allons faire ce qu'il faut. Va la sauver.

Asmodée fit quelques pas hésitants et fixa la ligne formée par les ennemis qui se trouvaient entre lui et l'entrée de l'institut.

— J'espère que tu es sûr de ton coup, lança Asmodée, parce que je n'ai plus d'arme.

— C'est la différence entre toi et moi, je n'ai pas besoin d'accessoires pour faire la fête.

Le déchu lui jeta un œil atterré.

— C'est de l'humour, tu sais ?

— Vas-y.

Asmodée s'élança, droit devant lui, sans se retourner. Abigor le suivit en tranchant tout ce qui faisait mine de s'approcher du déchu, de sorte de lui créer un passage sécurisé. Il attira l'attention de Carrie et lui fit un signe entendu. L'ange comprit immédiatement et redirigea ses efforts pour prendre en tenaille les ennemis. Ainsi pris au piège de part et d'autre, ces derniers durent laisser tomber la chasse de leur proie, apparemment sans défense, pour se concentrer sur l'agression de ses deux compagnons d'armes. Carrie et Abigor étaient autant accordés sur un champ de bataille qu'entre les draps froissés d'une couche. Ils se répondaient en écho dans une chorégraphie meurtrière qui permit au déchu d'atteindre l'entrée avec une facilité presque surréaliste.

Une fois ceci accompli, le grand démon savait bien, qu'à présent, il était de leur responsabilité d'éradiquer définitivement ce qui restait d'ennemis dans la cour. Carrie et Mylène faisaient honneur à leur rectorat et, bien que Mikhaël n'avait nul besoin d'espionner pour connaître la vraie valeur de ses soldats, il aurait eu de quoi être fier. Carrie dansait si vite entre les corps ennemis qu'elle ne leur laissait aucune chance de la toucher. Frapper la première, encore et toujours, frapper non pour tuer, mais pour casser et immobiliser, étaient les premières règles qu'elle avait apprises. La mêlée se moquait bien de la stratégie, il s'agissait d'en estropier un maximum sans jamais prendre un seul coup. Dans ce domaine, il fallait reconnaître que l'ange jouait de sa lame courbe comme un virtuose. Et quand par manque d'expérience et de sang froid, ses flancs s'exposaient trop dangereusement, le talent de Mylène entrait en scène. Cette dernière n'entendait, peut-être, pas grand chose à l'art de l'épée mais elle savait, mieux que quiconque, contrôler les apparitions célestes. Les monstres tirés de son imagination lui servaient d'armée personnelle. Leur vivacité de réaction et la surprise qu'ils généraient dans les rangs des adversaires assuraient au couple d'anges une supériorité stratégique certaine.

Les minutes assassines passant, la masse des opposants diminua de façon assez significative pour envisager d'abandonner les lieux.

Et comme à la fin d'un bal réussi, quand tous les invités sont partis et qu'il ne reste plus que les organisateurs pour fermer la salle, Abigor, Carrie et Mylène, jetèrent sur l'endroit dévasté un dernier coup d'œil rempli de la fierté des vainqueurs, avant de fermer définitivement derrière eux la porte de la demeure.

◆◆◆

Après avoir laissé Mikhaël derrière lui, Uriel s'était dépêché de profiter de la diversion pour atteindre enfin la pièce de réception.

La première impression qu'il eut, au seuil de l'entrée, était que tout dans la pièce semblait être enrobé dans une bulle de puissance, une sorte de cocon laiteux et luminescent. Il n'y avait plus aucun bruit, plus aucun frémissement. Tout paraissait figé comme s'il s'était retrouvé dans l'œil d'un formidable cyclone. Métatron était debout, face à Uriel, et non loin d'une imposante table. A ce degré de concentration et de contrôle, l'ancien recteur des Séraphins n'était plus en capacité de percevoir quoi que ce soit, autour de lui, pourvu que ce quoi que ce soit se montre un peu discret. Ce qu'Uriel ne manqua pas d'être. Sans un son, ni aucun geste qui aurait trahi sa présence, il s'imprégna du spectacle étonnant qui se déroulait juste sous ses yeux.

Des tentacules d'énergie sortaient du corps de Métatron et confirmaient les craintes d'Uriel. Il était allé au bout de ses forces mystiques et s'était transformé en une bombe, flanquée de l'une des quatre paires d'ailes les plus puissantes du royaume céleste. Rien ne semblait plus compter autour de lui, si ce n'était sa cible. Ces sortes de bras d'énergie, qui s'étaient extraits de lui, s'agitaient lentement et pointaient en direction de ce qui semblait être un mur d'énergie liquide coulant à l'envers. Ce flot inversé de liquide divin retombait en arrière en créant un dôme très arrondi. Sous cette singulière corolle, Uriel ne distinguait pas grand chose car la luminosité était trop vive. Mais, il se douta bien que Juliette ne devait pas être très loin, probablement juste en dessous, car elle était au centre de la manifestation énergétique. Pour en avoir le cœur net, Uriel se mit à avancer prudemment. Il ne devait pas risquer d'indiquer sa présence aux protagonistes. Tandis qu'il marchait avec une infinie précaution, il remarqua le corps inerte de Lucifer, de l'autre côté de la table. La dépouille du Malin était presque entièrement recouverte par le même lait iridescent que celui du dôme. Uriel perçut, néanmoins, un souffle de vie en lui bien qu'il fût très ténu. Lucifer avait beaucoup de chance de respirer encore, car personne ne pouvait survivre face à la rage d'un archange de puissance de l'envergure de Métatron, et encore moins, face à l'énergie divine d'un Vaisseau de Lumière. Il ne commit pas la même erreur et contraint son aura jusqu'à ce qu'elle soit quasi imperceptible.

A présent plus près de Métatron, il remarqua que les tentacules sortant de son corps ne cherchaient pas à attaquer le mur iridescent, elles étaient plutôt collées à sa surface. Métatron était soudé à la puissance du Vaisseau, comme si ce dernier le retenait à lui, comme si son énergie divine absorbait celle de l'ancien recteur. Les deux puissances étaient ainsi étroitement liées, dépendantes l'une de l'autre, et sans qu'aucune des deux ne parvient à prendre le contrôle sur l'autre. Uriel s'agenouilla très lentement et colla sa joue au sol pour tenter de voir sous le dôme. Avec un peu d'effort et de contorsion, il aperçut enfin le corps de Juliette, protégé et parfaitement enrobé dans ce cocon de puissance. Elle était allongée sur le dos, la tête tournée vers lui. Son corps se distinguait à peine. La même substance laiteuse qui alimentait le mur et la corolle suintait par tous les pores de sa peau, mieux elle les alimentait. L'extrémité de ses membres disparaissait peu à peu, happée par cette énergie pure et presque entièrement libérée. Dans quelques instants, il ne resterait plus rien de l'ange. Le Vaisseau prendrait définitivement consistance et existerait par lui-même. Uriel jeta un coup d'œil rapide en direction de Métatron. Difficile de voir quoi que ce soit avec toute cette lumière mais il n'avait pas de mal à imaginer son sourire jubilatoire. Il était sur le point d'avoir ce qu'il désirait depuis si longtemps : le contrôle d'un Vaisseau et sa fusion avec lui.

En rampant légèrement à plat ventre, Uriel se rapprocha de Juliette autant qu'il put. Les yeux de l'ange étaient ouverts mais semblaient vides.

— Juliette ? Dit-il tout bas. Je sais que tu peux m'entendre, je sais que tu es encore là. Je t'en prie, reviens vers nous. Ne le laisse pas prendre les commandes. Tu es plus forte que lui. Juliette…

Au bout de quelques secondes, pendant lesquelles il ne cessa de l'appeler sans résultat, les pupilles de Juliette finirent par tressaillir légèrement. Une première fois, puis une deuxième. Enfin, elles se fixèrent sur Uriel. Elle le voyait. L'archange soupira de soulagement. Elle semblait si fragile, en victime désignée des puissances incompréhensibles de l'univers. Le phénomène lui extrayait des entrailles tout son fluide vital. Ce n'était, ni plus ni moins, qu'un dépècement à vif. Uriel prit sur lui pour la rassurer. Il n'avait aucune idée de ce qu'elle pouvait endurer, personne ne pouvait savoir, mais il était là.

— Hey, fit-il de sa voix la plus veloutée et la plus charmante, content que tu sois encore là. Comment tu te sens ?

Juliette cligna lentement des yeux.

— Je suis en train de partir, murmura-t-elle de façon à peine audible.

— Non, attends, il faut que tu tiennes. Tu ne peux pas le laisser gagner, Juliette. Tu ne peux pas le laisser abuser de toi, comme il le fait, et se servir directement dans tes entrailles. Il te pille, je t'en prie, tu peux être plus forte que ça.

— Tu ne comprends pas.

Elle inspira douloureusement et mit quelques secondes à reprendre le fil de la conversation.

— Je sais ce que je fais, articula-t-elle avec peine.

— Quoi ?

— Où est-il ?

Uriel la fixa avec insistance.

— Il va arriver, j'en suis sûr, ne t'inquiète pas. Tu sais comme il est : toujours en retard et quand on l'attend le moins.

— Tu lui expliqueras.

— Lui expliquer quoi, Juliette ? Que tu baisses les bras et que tu nous abandonnes ?

— Non, que j'ai compris ce pour quoi j'étais faite. C'est ce que je veux.

— Mais de quoi tu parles ?

Les yeux de l'ange changèrent. Ils devinrent fixes et si pâles qu'on distinguait à peine les contours de ses pupilles.

— J'ai gagné, murmura-t-elle dans un souffle qui rendit son propos presque incompréhensible. Il ne le sait pas. Mais moi, je le sais. C'est mon cadeau, le don que je fais à ce monde.

— Je... Je ne comprends pas.

— Il ne me possède pas. C'est moi qui le possède.

Il fit une légère grimace puis tourna la tête vers Métatron. De quoi voulait-elle parler ? Avec la plus grande attention, il observa la silhouette de l'ancien recteur des Séraphins, si concentré dans son bras de fer qu'il ne percevait plus rien, ni personne autour. Il n'y avait aucune faille. Il avait l'air tout puissant, nimbé du roc inébranlable de son énergie mystique déployée. Pourtant, le Vaisseau grandissait encore et encore.

Puis, Uriel comprit brutalement ce qu'elle essayait de lui dire. L'énergie de Métatron n'était pas collée au dôme, comme il le croyait, elle n'avait pas fusionné avec l'énergie, elle ne la contrôlait pas. C'était tout l'inverse. En réalité, le Vaisseau, apparemment docile et tranquille, absorbait le pouvoir de Métatron et s'appuyait sur cette puissante béquille pour achever sa croissance. C'était bien l'archange qui se trouvait pillé et vidé peu à peu de son souffle de vie. Mais l'ancien spécialiste des séraphins était trop égocentrique et sûr de lui pour l'avoir remarqué, et au lieu de s'inquiéter de cette dangereuse glu, il continuait de déployer toutes ses forces qui agissaient comme un lait nourricier pour le Vaisseau.

Soudain, tout devint clair dans l'esprit d'Uriel. Si Juliette rendait peu à peu les armes en laissant le Vaisseau prendre l'ascendant sur elle, c'était parce qu'elle savait que lorsqu'elle serait pleinement transformée, et qu'elle quitterait ce plan d'existence, elle pourrait entraîner l'énergie de Métatron. Elle était sur le point d'avaler son être et l'archange ne supporterait pas le changement de réalité. Il n'était pas fait de la même matière qu'elle, aucune énergie Divine ne coulait dans ses veines. Plus il l'attaquait, plus elle se laissait frapper, plus il devenait impossible pour lui de se défaire de cette étreinte mortelle qui, à terme, le ferait totalement disparaître.

— Je lui expliquerai, murmura Uriel en lui souriant plus gravement qu'il ne l'avait jamais fait. Envole-toi, mon ange. Montre-lui l'étendue de ta formidable lumière.

Chapitre 20

Et partout, des champs de ruines

Gabriel avait beau faire tous les efforts du monde, il ne pouvait s'empêcher de rire. Tandis que Sariel continuait de vociférer des choses incompréhensibles et peu flatteuses pour lui, il se délectait du spectacle de désolation qui s'offrait à sa vue. Surplombant une étroite rizière encastrée entre deux buttes irrégulières et encombrées d'arbres, les corps brisés des soldats de Satan jonchaient le sol humide comme autant de fleurs piétinées. Les chairs carbonisées de ceux qui s'étaient trouvés sur la trajectoire des projectiles d'Haniel prouvaient qu'un démon savait fort bien brûler quand on le lui demandait avec les formes. Cris et grognements éparpillés attestaient de la déroute du reste des guerriers infernaux qui, en bons esprits individualistes, fuyaient pour sauver leur peau. Un fantassin infernal n'avait aucune notion de fidélité et n'obéissait que par peur du châtiment de ses chefs. Si l'espace d'un instant, il pensait que le commandement était faible, ou hésitant, alors l'intégrité du bataillon volait en éclat. Pariant sur cette grande vérité sociologique, Gabriel avait réussi le tour de force de déstabiliser tellement les généraux de Satan que les ordres avaient tardé à claquer dans les rangs inférieurs des fantassins et des cavaliers. La panique et le doute s'étaient alors répandus entre les soldats comme une peste noire. Ne restait plus à l'armée des Cieux, certes moins nombreuse mais redoutablement disciplinée, qu'à appliquer la procédure de mise à mort à la lettre.

L'archange n'était, cependant, pas dupe du résultat de cette miraculeuse victoire. Lucifer finirait bien par taper du poing sur la table lorsque Bélial, ou Belzébuth, lui rapporterait les faits. Alors, l'assaut reprendrait de plus belle et avec encore plus de détermination. Les Cieux ne pourraient plus compter sur un nouveau subterfuge. Gabriel espéra donc que cette déroute temporaire donnerait suffisamment de temps à Mikhaël, et aux autres, pour contrecarrer Métatron et empêcher ce dernier de soutenir davantage Lucifer.

— Plus jamais, Gabriel, tu m'entends ? Plus jamais ! Tonna Sariel dont l'allure générale n'était pas sans rappeler celle d'une vieille serviette trop longtemps resté dans un sèche linge.

— Tout va bien, rassura le recteur des Anges en jouant négligemment avec son trident. Tu es en un seul morceau, ça n'a pas été si terrible.

— Pas si terrible ? Est-ce que je te demande d'examiner les mouvements des astres divins ? Non, et pourquoi ? Parce que tu n'es pas fait pour ça. Tu es un archange de guerre, tu fais la guerre. Je suis un archange de puissance, je fais dans les puissances. C'est comme ça, c'est dans l'ordre des choses. Ce que tu m'as fait faire est contre nature. J'ai servi d'appât !

— Ça me fait beaucoup de peine ce que tu dis.

— Ne me prends pas pour un imbécile.

— En fait…

Gabriel s'interrompit quand il aperçut Annauel venir vers lui d'un pas rapide, ce qui ne laissait rien présager de bon. Elle ralentit quand elle vit, en contrebas, l'étendue des dégâts infligés à l'armée ennemie. Même sa légendaire mauvaise foi concernant Gabriel ne pouvait l'empêcher de reconnaître que, cette fois, son idée avait plus relevé du génie que de la folie.

— Pas mal, non ? Lança Gabriel en devinant les pensées de celle qui aurait préféré mourir plutôt que d'avouer qu'il avait eu raison.

— Il y a des choses plus urgentes à régler, dit-elle en éludant rapidement l'éventuel compliment.

— Plus urgentes que repousser l'armée de Lucifer qui menaçait l'intégrité du Temple ? Tu rigoles, j'espère.

— Non.

— Non, tu ne rigoles pas. Que se passe-t-il ?

— Il faut que tu ailles aider Mikhaël sur Terre. Il faut que tu y ailles maintenant et avec autant d'anges que tu peux.

— Quoi ? Mais je n'ai fait que repousser l'armée de Lucifer. Ses généraux vont se reprendre et ils vont revenir à la charge, je ne peux pas déserter les enceintes de l'Ethéménental, c'est de la folie.

— La folie serait de ne pas le faire, Gabriel. Métatron va utiliser un Vaisseau de Lumière pour réveiller Dieu et détruire notre cycle. Si personne ne l'arrête, crois-moi, lutter contre un nouvel assaut des armées de Lucifer sera vraiment le dernier de nos soucis. Ils ont besoin de toi, là-bas.

— Laisse-moi, au moins, donner quelques ordres et prévenir les autres.

— D'accord, mais fais vite, il n'y a pas de temps à perdre.

— J'espère que tu sais ce que tu fais parce que faire tomber des démons de seconde zone dans un traquenard grossier n'a quand même pas grand chose à voir avec la destruction du plus grand archange de puissance. Je veux bien faire dans l'ingéniosité mais je suis loin de faire dans le miracle.

◆◆◆

— Qu'est-ce que …

En entendant ces mots, Uriel sursauta et chercha du regard l'inconscient qui venait d'ouvrir la bouche en ce lieu et cet instant si crucial. L'inconscient en question ne pouvait être qu'Asmodée car lui seul, parlait toujours plus vite qu'il ne réfléchissait. Uriel lui fit un grand signe qu'il espéra assez clair pour faire comprendre à ce fou furieux que, d'une part, il devait impérativement la boucler et, d'autre part, il devait s'accroupir. Après une demi seconde de flottement dans la pièce, Asmodée parut comprendre et s'exécuta, non sans mal. Il avança à quatre pattes et, quand il fut à la hauteur d'Uriel, ce dernier lui désigna le corps de Juliette avec beaucoup de précaution. Peine perdue, lorsque le déchu vit son ange à terre, il fit un bond pour l'extirper du dôme. Mais avant qu'il n'aille au bout de son geste, Uriel se jeta sur son dos et parvint à le plaquer au sol.

— Du calme, chuchota Uriel. N'attire pas l'attention des forces qui sont en présence.

Asmodée avait le regard rivé au corps de Juliette. Ses traits racés se crispèrent d'angoisse et il serra les poings sur le paquet abîmé.

— Elle… Elle peut m'entendre ? Parvint-il enfin à articuler.

— Oui, mais plus pour longtemps.

— Comment ça, plus pour longtemps ? Alors qu'est-ce que tu fous, planté là, au lieu d'intervenir ?

Le déchu n'attendit pas la réponse et malgré la pression exercée par Uriel, il parvint à tendre assez la main pour presque toucher le bras de l'ange. Révélant un talent certain pour le plaquage au sol, Uriel aplatit encore une fois Asmodée sur les lattes en bois.

— Asmodée, je t'en prie, tu dois m'écouter. Elle sait ce qu'elle fait.

— N'importe quoi ! Elle n'a jamais su ce qu'elle faisait.

— Laisse-la faire. Il n'y a pas d'autre solution.

Uriel lâcha un soupir navré.

— Je suis désolé, Asmodée. C'est trop tard.

— C'est des conneries !

Le déchu tordit violemment ses épaules, et en cabrant soudain son corps comme un monture ombrageuse, fit rouler Uriel sur le côté.

266

Il bondit en direction de Juliette et lui saisit le bras. La puissance qui l'envahit fut si brutale qu'il manqua de s'étouffer. Il se figea, en déséquilibre sur ses appuis. Il n'avait jamais rien ressenti de tel. C'était comme s'il avait touché du doigt l'essence de Dieu. L'énergie pénétra son corps, envahit ses organes et se déploya en lui, sans lui laisser la moindre chance de reprendre le contrôle sur lui-même. Privé de réaction, il bascula sur le côté et tomba au sol, aussi raide qu'une branche morte. Mais ses pupilles frissonnantes, qui trahissaient toute sa colère et son impuissance muselées, demeurèrent tournées vers celles de son ange.

— Juliette, murmura-t-il sur un ton déchirant.

Elle bougea lentement les paupières et ouvrit ses grands yeux d'eau claire. Elle fronça ses fins sourcils arqués lorsqu'elle vit la main du déchu accrochée à son bras.

— Laisse-moi partir, dit-elle d'une voix blanche.

— Dans tes rêves.

— Tu ne peux pas me sauver.

— D'accord. Je peux pas te sauver. Alors, je viens avec toi.

— C'est un voyage que je dois faire seule, dit-elle après un moment de silence douloureux.

— Tu n'es pas fichue de t'incarner dans le bon pays, alors je ne te laisse pas partir, je ne sais pas où, sans moi.

— Asmodée, j'ai choisi d'être là. Ce n'est pas ta faute. Je ne t'ai pas attendu pour que tu me sauves. Je t'ai attendu pour te dire au revoir. Je voulais te dire au revoir.

— N... non.

— Garde-moi dans un coin de ton cœur.

Asmodée retint son souffle, la mâchoire horriblement crispée.

— Je sais, répondit-elle en tentant d'esquisser un sourire. Dis-leur que je les aime et qu'elles me pardonnent.

N'y tenant plus, elle dégagea brusquement son poignet de la main d'Asmodée. Le Dôme devint si lumineux que toutes les créatures présentes dans la pièce, et encore conscientes, durent se cacher le visage.

— NON ! Hurla Asmodée, bien qu'il soit déjà trop tard.

— Ne regarde pas ! Tonna Uriel qui savait donner de la voix quand les circonstances l'exigeaient.

Un bruit assourdissant accompagna l'explosion du plafond de la pièce et de toute la partie de la demeure qui se trouvait au-dessus de la salle de réception. Une sorte d'orage entoura les lieux et le ciel se mit à vrombir de colère en tordant de rage ses sombres nuages. Tout s'accéléra soudain, comme si lassées par leur immobilisme, les forces en présence se libéraient enfin. Le sol trembla plus encore, lorsque le dôme se fit spirale ascendante comme une tornade qui prit vie sous les yeux des spectateurs impuissants et qui emporta dans son sillage tout ce que la pièce comptait encore de débris.

Métatron réalisa, soudain, qu'il n'avait plus aucun contrôle sur le Vaisseau. Ce dernier achevait sa métamorphose en dehors de toutes limites. Le spectacle du déchaînement des énergies lui glaça le sang, bien qu'il fût incapable de comprendre cette nouvelle sensation qui lui étreignait le cœur. Le tourbillon grossissait et avait presque rejoint les nuages les plus hauts dans le ciel pour créer une sorte de pont entre deux mondes. Il se sentit irrésistiblement attiré par ce tourbillon luminescent. Alors, il comprit le danger qu'il courrait s'il se laissait happer par le Vaisseau. Il tenta de rompre le lien entre le dôme d'où naissait le tourbillon et lui-même. Mais rien n'y fit. Son énergie était aspirée par la rotation de la spirale Divine. Il réalisa que le Vaisseau allait l'entraîner avec lui dans son ascension. Pour la première fois, il ressentit l'horrible sensation de brûlure au cœur de ses entrailles comme si tous ses organes se liquéfiaient. Il sentit l'effroi si violent qu'il paralysait l'âme toute entière. L'ancien recteur des Séraphins dût bien se rendre à cette impossible évidence : il ignorait quoi faire et ne pouvait qu'assister à sa destruction en spectateur contraint. Il voyait les mains de son bourreau s'avancer vers lui juste avant d'appliquer la sentence. Alors, il fit comme toutes les créatures du monde, il lutta, même si c'était vain. Il paniqua, même si c'était vain. Et il pria, même si c'était vain.

Son corps glissa inexorablement vers le tourbillon malgré toute la résistance qu'il lui opposa. Les plumes de ses ailes légendaires furent arrachées par poignées avant d'être absorbées par le Vaisseau. Il batailla, tant qu'il put, avec l'énergie du désespoir des créatures qui savent bien qu'elles ne peuvent gagner. Que pouvait-il faire contre une extraction de Dieu ? D'instinct, il sut qu'il ne supporterait pas la transformation, ni le voyage. C'était la limite de sa nature d'archange qui justifiait qu'il n'avait jamais pu prétendre à être sur le même pied que ceux qu'il servait jadis.

— Tu ne peux pas…

Il ne put terminer sa phrase car son essence ne lui appartenait déjà plus. Ses ailes lui furent brusquement arrachées, happées par l'appel d'air. Privé de ses antennes mystiques, le corps de Métatron n'en avait plus pour longtemps. Il continua de glisser irrémédiablement vers la spirale, l'expression hébétée de l'incompréhension tragique sur ce qui restait de son visage. Il fût broyé totalement quand son corps toucha le Vaisseau qui emporta, en une seconde et par morceaux, ce qui avait été tantôt le plus intouchable des archanges de puissance.

Dieu avait ainsi parlé.

◆◆◆

— Mon Dieu ! Lâcha Carrie en se redressant le plus vite possible. C'est quoi cette…

Quand dans la salle de réception, l'explosion arracha la moitié du toit et du premier étage de la demeure, Carrie, Mylène et Abigor furent projetés au sol par la déflagration.

— C'est une… tornade ? Fit Mylène parfaitement incrédule. Ca vient de Juliette, ou de Métatron ?

— Je l'ignore, mais allons voir, coupa Abigor en ouvrant à nouveau la marche au milieu des décombres et des cadavres.

Ils n'avancèrent pas longtemps avant de tomber sur Mikhaël qui se remettait lentement du formidable souffle porté par l'explosion. Au moment où, ils aperçurent enfin la source de toute cette puissance, la lumière aveuglante qui emporta Juliette et Métatron dans l'ascension du Vaisseau les força à couvrir leur visage.

Quand le choc fut passé et pour la première fois depuis des heures, un lourd silence pénétra les lieux comme si tout mouvement et toute vie avaient déserté l'ancien institut. Il ne restait plus que les murs vacillants et meurtris qui donnaient directement sur le ciel sombre mais, à présent, en paix et exempt de tornade. Des flocons étranges, faits de cendres, se mirent à dégringoler lentement des nuages gris et nappèrent assez vite les décombres du bâtiment. Dans ce qu'il restait du couloir, Carrie fut la première à retirer ses mains de devant ses yeux. Elle prit le temps de contempler le champ de ruines qui s'offrait à elle. Le spectacle de désolation silencieuse et blanche lui comprima le cœur. Autour d'elle, tout respirait la mort et sa main glacée venait de les étreindre. Dans ce carnage figé de douleur et de silence, que restait-il d'eux ? Elle ouvrit machinalement la main sur laquelle vint se poser un des flocons de désolation. Elle l'observa avec un soin de chirurgien mais fut bien incapable de comprendre d'où le phénomène pouvait venir. Etait-ce des bouts d'éternité arrachés au monde qu'ils avaient abîmé ?

Toutes les lumières avaient disparu et ne restait qu'un étrange et blafard clair obscur, le même que celui qui se produit avant un orage, lorsque les nuages se pressent les uns contre les autres et s'épaississent en attendant l'explosion. A leur tour, Abigor et Mylène bougèrent et époussetèrent leurs vêtements et armures de tous les débris qui se trouvaient sur place et les avaient recouverts en partie. Ils se relevèrent avec une infinie précaution comme s'ils avaient craint que quelque chose ne se rappelle leur présence et ne se déchaîne à nouveau. Avec la même expression de stupéfaction, ils contemplèrent les décombres sur lesquelles reposaient leurs pieds. Un rayon de soleil perça brusquement la voûte nuageuse en un trait de lumière blême qui frappa un coin de cour comme un projecteur de salle de théâtre. Un autre fit son apparition, puis un autre encore, comme autant de fils lumineux, reliant la terre meurtrie au ciel contrarié. Le démon majeur savait bien que le silence signifiait la fin. Encore fallait-il connaître la fin. Laissant les deux anges à leur contemplation fébrile, il s'avança en direction de la salle d'où était partie la lumière aveuglante et dont il ne restait rien qu'un bout de mur guère plus haut que cinquante centimètres. Rapidement, il distingua les silhouettes d'Uriel qui n'avait pas l'air en meilleur état. En approchant, plus encore, il vit aussi Asmodée à genoux près d'un grand tas de bois laqué.

Uriel fut le premier à se retourner dans la direction d'Abigor, bientôt rejoint par Carrie, Mylène et Mikhaël. Uriel leur fit un léger « non » de la tête puis regarda Asmodée. Abigor laissa filer un lourd soupir et marcha lentement jusqu'à son acolyte. Il se pencha et posa sa large main sur l'épaule du déchu qui ne broncha pas.

— Où… Où est Juliette ? Demanda Mylène avec toute la naïveté touchante qui la caractérisait.

Carrie était suspendue aux gestes d'Abigor. La main lasse et crispée qui s'attarde sur l'épaule fatiguée d'Asmodée, le visage baissé et nimbé d'une tristesse si lourde qu'elle en était muette, tout chez lui résumait le drame. Elle n'avait pas besoin de plus de discours pour comprendre que le deuil allait les atteindre à nouveau. Elle pivota et s'approcha de Mylène pour l'entourer doucement de ses bras. La candeur naturelle de l'ange blond la rendait encore sourde à la tragédie.

— Quoi ? Insista Mylène. Qu'est-ce q…

Elle manqua un battement du cœur.

— Merde, est-ce que quelqu'un va me dire ce qui s'est passé, ici? Cria-t-elle de colère.

Uriel croisa les bras sur sa poitrine et prit un élan sinistre.

— Elle est partie.

— Comment ça, elle est partie ? Ça veut rien dire ça : elle est partie.

— Juliette a libéré ses forces divines, poursuivit-il en méprisant la neutralité à laquelle l'explication le contraignait. Elle s'est transformée en Vaisseau de Lumière et elle a emporté Métatron avec elle. Il a été désintégré lors de leur ascension et c'était ce qu'elle voulait. Il ne reste plus qu'à espérer qu'en quittant son enveloppe d'ange, elle a réussi à entrer en contact avec les séraphins.

— D'accord, oui... Mais elle va revenir, n'est-ce pas ? Elle va revenir ?

Uriel se sentit soudain bien seul et se dit que ce n'était pas parce qu'il était l'archange des mauvaises nouvelles, des ultimes nouvelles, que cela faisait de lui le spécialiste du genre. Il répugnait à briser le cœur d'un ange aussi pétri d'illusions humaines.

— Mylène, reprit-il finalement devant le silence général. Il faut que tu comprennes qu'elle n'était pas encore mature et qu'elle a poussé trop loin son énergie divine. Elle n'a pas pu contrôler le Vaisseau en elle et il a eu le dessus. A présent, elle fait partie de lui et elle a rejoint une autre sphère d'existence.

— Je... Désolée, votre charabia magico- angélique, moi j'y comprends rien.

— Elle est morte ! C'est plus clair comme ça ?

Après avoir haussé le ton, Asmodée se releva en donnant un grand coup de pied dans les débris de la table de salon.

— Morte... ? Bégaya Mylène.

— Oui, morte. Désintégrée, anéantie, pulvérisée, disparue dans les immenses gouffres du ciel !

— Asmodée, tenta de calmer Abigor.

— Quoi ? Tu penses à d'autres mots, peut-être ? Des mots qui voudraient dire la même chose mais en plus politiquement correct ? Parce que faire dans la métaphore, ça change la fin de l'histoire, c'est bien connu.

— Privé de leur guide spirituel, et Lucifer toujours inconscient, je pense que les hordes de démons vont se disperser, tenta Mikhaël bien maladroitement. Même si Juliette n'a pas réussi à contacter les séraphins, nous allons bénéficier d'une trêve.

— Merveilleux ! Claqua le déchu. Tu parles d'une victoire. Tels qu'on est, là, on a de vraies têtes de vainqueurs. On peut peut-être même sabrer le champagne et boire à notre gloire, sans plus attendre.

L'air se froissa, soudain, chuintant un léger bruit diffus de battement d'ailes. Gabriel apparut, suivi d'un contingent d'anges guerriers d'une fraîcheur toute relative.

— Je suis désolé de ne pas être arrivé plus tôt, dit-il assez bas, mais là-haut c'était l'apocalypse. Annauel m'a prévenu et m'a dit de venir en renfort

Il prit le temps de regarder tout autour de lui.

— Sauf que j'ai l'impression d'arriver après la fête.

Mikhaël acquiesça et lui désigna, d'un haussement de menton, le corps de Lucifer. Gabriel se pencha au-dessus de lui en laissant filer un léger sifflement d'admiration.

— D'accord, on a celui-là. Et l'autre ?

— Métatron a été détruit aussi, répondit Mikhaël.

— Comment avez-vous réussi ce tour de force ?

— C'est Juliette qui a réussi.

— Juliette ? Répéta Gabriel sans y croire.

— C'est une longue histoire et ce n'est pas le moment de la raconter.

Gabriel conserva le silence comme le reste de l'auditoire. Il se rendit bien compte que l'issue, visiblement bénéfique, avait dû leur coûter plus cher encore qu'aux Cieux. Souhaitant en finir avec ce sous-entendu malsain et pesant, il porta à nouveau son attention sur le corps de Lucifer. Cela faisait longtemps qu'il rêvait de le voir le nez planté dans la poussière.

— Qu'est-ce qu'on va faire de lui ? Demanda-t-il.

— On lui arrache ses putains d'ailes et on les lui fait bouffer, ça me paraît déjà être un bon début ! Cracha Asmodée.

— Immobilise-le, répondit froidement le recteur des Vertus. On le ramène aux Cieux pour qu'il soit jugé par ses anciens frères. Il devra répondre de ses actes.

Gabriel s'exécuta avec un zèle tout particulier bien qu'il regrettât l'inconscience et l'inertie du Malin. Il aurait adoré lui faire sentir la douleur des entraves qu'il lui imposa. Il fit signe à deux de ses anges qui vinrent soulever le corps et attendirent que leur archange leur ouvre la voie vers les Cieux.

— Sans vouloir me montrer indélicat, interrompit Uriel, je pense que nous devrions partir d'ici. Les humains ne vont pas tarder à débarquer, ici, en force. Ils voudront des réponses.

— Tu as raison, rétorqua Mikhaël. Je vais faire le tour et m'assurer qu'aucun ange, ou démon, n'est encore en vie. Ne laissons aucune trace de notre présence ici.

Mylène sursauta à ces mots. Elle fit un « non » inconscient de la tête comme si elle n'était pas encore prête à rompre définitivement le lien avec la seule chose qu'elle avait encore en commun avec le souvenir de Juliette : le lieu du drame. Elle s'imaginait qu'en restant à l'endroit où son amie avait disparu, quelque chose se produirait, comme un juste retour des choses, une fin logique et attendue, la récompense des bons contre les méchants. Elle craignait qu'en partant, Juliette ne retrouve jamais son chemin.

— Ça va aller Mylène, fit Carrie avec un automatisme désincarné. Ils ont raison, il faut partir. Ça ne sert plus à rien de rester là, tu comprends ?

— Ça va aller ? Suffoqua l'ange blond, assaillie par des larmes acides. Non, ça ne va pas aller du tout. Ça ne va plus jamais aller. Regarde autour de toi, Carrie ! Que reste-t-il de nous après tout ça ? Que reste-t-il de notre monde ? Est-ce que tu crois que, parce qu'il est encore debout, nous l'avons sauvé ? Est-ce qu'il vaut ces ruines, est-ce qu'il vaut celles de nos cœurs ?

Mikhaël fronça les sourcils. Les paroles de Mylène le ramenaient à la dure réalité. Si Juliette avait échoué, ils n'auraient plus une occasion si belle de pouvoir utiliser un Vaisseau avant très longtemps. La nation céleste avait peut-être survécu à cette guerre mais elle n'en demeurait pas moins toujours aveugle et sourde. Un peuple handicapé avait moins de chance de survivre dans le temps et, tôt ou tard, avec ou sans Lucifer, une nation concurrente tirerait profit de cette tare. Il faudrait trouver comment vivre autrement. Mais Mikhaël ne put s'empêcher de se demander si son peuple serait capable d'une pareille remise en question. Il leva les yeux au ciel, en pensant y trouver des réponses, et sans réaliser à quel point ce réflexe naïf était humain. Les cendres, vestiges de Métatron, de Juliette et de l'espoir accablé par tant de pertes, rebondirent sur son épiderme sali et fiévreux de peine. Lui, qui avait connu tant de guerres, savait bien les cicatrices que causait chaque vie sacrifiée sur son autel.

Mais alors qu'il se surprit à se laisser aller à la vague brûlante du chagrin et du deuil, quelque chose se produisit en lui. Quelque chose d'infime, de ténu et pourtant déjà si fort. Il n'osa y croire. Cependant, il ne pouvait ignorer longtemps cette main tendue dans le noir et ce halo d'espoir naissant. Se pouvait-il que…

— Elle a réussi, murmura-t-il en fixant toujours le ciel.

Uriel fût le plus prompt à entendre son murmure. Il se concentra immédiatement et il réalisa qu'il pouvait sentir les énergies mystiques de toutes les créatures des Cieux. Le lien invisible de leur conscience collective était bien là, solide, vibrant, et unique. Le cœur de la nation céleste battait à nouveau à l'unisson.

— Est-ce que vous voyez le chemin qui mène à l'Ethéménental ? Demanda-t-il à Carrie et Mylène.

Après une seconde de silence, Carrie laissa filer un soupir fébrile.

— A présent, oui, je le vois, répondit-elle tandis que Mylène était toujours incapable de bouger.

A son tour, Asmodée fixa le ciel arrogant qui avait figé ses gros nuages sombres en une danse lente et amère. Comme il aurait aimé cracher au visage de cette voûte toute l'étendue de son courroux. L'espoir, il n'en avait que faire, son existence ne lui rappelait que trop le prix qu'il en demandait.

La brise légère se leva, imperceptible et douce, pour souffler sur la destinée des protagonistes un chant de ruines, un chant de courage et de survie. Elle souffla la promesse d'un lendemain, pour le meilleur et pour le pire. Elle souffla sur leurs corps et leurs blessures aussi chaude et légère qu'une main attendrie et compatissante.

Et lorsqu'elle vint souffler sur le visage du déchu, elle fut comme une dernière caresse et un ultime adieu.

Chapitre 21

Ne criez pas, quelqu'un pourrait vous entendre : principe divin

Elle volait. Vite. Elle sentait comme une sorte de force la tirer en avant tandis que ce qui l'entourait défilait rapidement tout autour d'elle. Elle en éprouvait un vertige étrange, celui que l'on ressent en pleine descente d'un manège à sensations fortes. Elle était certaine d'avoir les yeux ouverts, et pourtant, elle ne voyait rien. Tout ce qu'elle ressentait passait directement par le corps et le cœur sans qu'elle puisse le percevoir par la vision ou l'ouïe. Elle avait le sentiment de n'être plus une, mais d'être intégrée à un tout vertigineux.

Peu à peu, cependant, elle aperçut des lueurs intermittentes qui la frôlaient avant de disparaître aussi vite. Ces points de lumière grossirent au fur et à mesure qu'ils passaient moins vite autour d'elle. Certains, les plus éloignés, du moins en eut-elle l'impression, commencèrent à se stabiliser. Elle avait l'impression que ses pupilles allaient sortir de leurs orbites tant elles voulaient voir les choses et les identifier pour se rassurer. Les lumières tantôt statiques, tantôt mouvantes, constituèrent peu à peu un enchevêtrement complexe de formes qui l'engloba entièrement. Etrangement, elle pouvait tout voir à présent, comme si elle n'avait plus eu de corps, même astral. Elle était énergie, sans commencement, ni fin, sans haut ni bas, sans tête ni pieds. Cet étrange paysage qui prenait de plus en plus l'allure d'un espace infini perlé de constellations, d'étoiles, de soleils, et de nébuleuses, sembla défiler moins vite autour d'elle. Elle n'entendait plus son souffle, elle n'avait plus d'enveloppe : si insignifiante dans l'immensité de cet univers, et pourtant, si reliée à lui, intégrée à lui. Etait-ce son ultime passage, la fulgurance du dernier voyage avant de n'être plus rien ?

Elle pensa que si elle était encore dotée de sa conscience, si elle savait qu'elle était bien encore elle, Juliette, c'était peut-être qu'elle n'était pas encore totalement anéantie. Il lui restait encore un peu de temps. C'était sa chance, son seul créneau pour contacter les séraphins. Elle ignorait si Métatron avait survécu, ni s'il y avait des survivants, mais elle devait aller au bout de ce qu'elle avait prévu. C'était sa dernière représentation, son ultime salut et il était hors de question qu'elle recule maintenant. Elle concentra ses forces, rassembla l'ensemble de ses énergies, comme si c'était la première et la dernière fois, puis elle appela les séraphins de toute son âme restante. Elle ne disposait pas de voix, ni de bouche, mais son esprit était encore là pour s'exprimer. Alors elle pensa, encore et encore, aussi fort qu'elle le pouvait, martelant le même message de demande d'aide, de supplication et de compassion envers les siens restés dans l'autre plan d'existence. Asmodée, Abigor, Carrie, Mylène, ses compagnons, ses amis, ses amours, elle visualisa chacun de leur visage, les replis de leurs cœurs, les pliures de leur âme. Elle intégra ses souvenirs à ses pensées. Les créatures immatérielles supérieures qu'étaient les séraphins devaient comprendre, elles devaient les sauver. Et s'ils se trouvaient au-dessus de la compassion et de l'empathie, alors elle continuerait de leur jeter au visage son amour pour les siens, jusqu'à ce qu'ils soient vaincus par l'usure.

Elle pensa jusqu'à en avoir le vertige, jusqu'à ne plus savoir comment elle s'appelait, pleurant sur l'immensité du silence qui lui répondait en écho cruel. Elle ne pouvait pas échouer !

Et enfin, elle perçut une réponse qui vint la frapper de toutes parts comme émergeant de l'univers entier qu'elle traversait. Une voix multiple et unique, indéfinissable et essentielle, qui parla à son âme plus qu'à sa raison. Quelque chose d'évident, de primordial, et d'irréversible. Quelque chose qui donna à la tessiture des paroles distillées l'immensité de l'effroi et du mystère de l'existence.

Je t'ai entendue.
Etes-vous un séraphin ? pensa-t-elle.
Je suis.
Allez-vous m'aider ?
Je t'ai entendue.
Suis-je…morte ?
Tu me sers.
Etes-vous… Dieu ? laissa-t-elle filer hors d'elle avec une soudaine horreur.

Je suis.
Je viens.

Chapitre 22

Et mat

Les jours suivant la catastrophe de l'institut Humanité virent un défilé impressionnant de voitures officielles. Police scientifique, démineurs, enquêteurs, services du procureur, personnalités politiques, membres du gouvernement, ils s'étaient tous croisés sur les ruines de l'ancienne école dont il ne restait plus rien. Tout avait été passé au peigne fin des spécialistes sous les regards fébriles et excités du gratin de la presse. Tous voulaient savoir ce qui s'était passé entre les murs de ce prestigieux établissement. Les rumeurs les plus folles coururent dans la mediapshère, des rumeurs de secte, de glorification de l'Apocalypse, de pressions politiques, de groupuscules religieux millénaires et infiltrés. Tous y allaient de leur version sur un fait divers dont le mystère était si épais qu'il passionnait le monde. Au bout de quelques semaines, durant lesquelles aucun agent de police ne put dormir plus de trois heures d'affilée, les lieux furent lentement désertés. Commencèrent alors les premières auditions des quelques membres de l'institut ayant survécu à la destruction du bâtiment. Henri Charlenoir ne dormit guère plus mais, au moins, économisait-il son dos en trajets devenus inutiles. D'autant que c'était bien dans le registre des auditions qu'il excellait le plus. Comme un chien qui aurait flairé le plus gros os de sa carrière de chien, il était bien décidé à ne laisser personne percer le mystère de cette secte à sa place. Il allait finir par comprendre que la tentation et l'orgueil coûtaient cher, parfois.

Lorsque les lieux retombèrent dans l'oubli des Hommes, d'autres créatures reprirent la visite. D'abord des anges. Plusieurs fois, Carrie et Mylène vinrent se recueillir sur ce tombeau couvert de cendres. Elles y vinrent régulièrement, au début, pleines d'un espoir fou, d'une idée stupide de rédemption puis, lorsque le silence du lieu étouffa tout espoir d'une fin heureuse, elles vinrent simplement partager leur peine et leur deuil. Elles n'étaient plus que deux. Deux anges qui devaient porter en leur cœur l'amputation de leurs compagnons d'ascension. Après un temps, elles comprirent que le respect des morts et leur célébration ne dépendaient pas d'un endroit, ou d'une stèle. Ils dépendaient du souvenir qu'on garde dans le cœur. Nul besoin de se rendre quelque part, il suffisait de pousser la porte du cimetière de chaque âme et de soulever le couvercle des tombeaux du souvenir.

Une fois, Mikhaël se rendit sur place, à un moment où il était certain de ne croiser personne. Mais c'était sans compter l'instinct irréprochable d'Uriel qui, comme un fait exprès, se présenta sur les lieux en même temps que le recteur. La circonstance n'allait pas arranger les rapports houleux de ces deux archanges mais, l'espace d'un recueillement discret, ils communièrent comme si la Scission n'avait jamais eu lieu.

Et quand, enfin, plus personne ne vint en ces lieux maudits, quand ils furent abandonnés de tous, Asmodée en prit possession. Il passa de longues heures assis contre la même souche d'arbre brûlée. Il restait là, à contempler ce champ de ruines grisé de cendres et se laissait envahir par une mélancolie tendre qui devint familière. Parfois, le soleil parvenait à éclairer assez l'espace pour faire briller le manteau de cendres. Alors, un halo d'argent perlait sur les reliefs fracassés de l'ancien bâtiment et donnait à l'ensemble une impression de divin et d'habité.

Ce jour-là, était un de ces jours de lumière. Il avait plu toute la matinée mais le ciel s'était calmé dans l'après-midi pour laisser échapper de magnifiques éclaircies. Asmodée referma son recueil de sonnets shakespeariens et contempla le jeu des ombres rampantes et des lueurs argentées qui commençait. Mais les traits de lumière, reliant ciel et terre, se firent de plus en plus intenses. Et soudain, un jet frappa le cœur des ruines avec une violence inouïe. Le reste des fondations souffrirent plus encore de ce coup de grâce et volèrent en éclat en un cercle concentrique.

Asmodée fut décollé de la souche contre laquelle il était assis et projeté plusieurs mètres plus loin. Il sauta sur ses pieds aussi rapidement qu'il put, car ces derniers temps, les circonstances avaient bien malmené son corps de guerrier. Craignant une nouvelle attaque de factions démoniaques rendues nerveuses depuis la capture de leur chef, il fit immédiatement apparaître sa hallebarde. La pellicule de cendres accumulée au sol vola dans les airs en volutes étranges qui fit ressembler le décor à l'intérieur d'une boule à neige. Tandis qu'il attendait l'attaque de l'ennemi qui venait de se manifester, rien ne paraissait se produire. Une fois la vive lumière disparue, le silence envahit à nouveau ce paysage désolé et éventré. Après quelques secondes d'hésitation, il rangea son arme et s'avança prudemment vers le lieu d'impact. Il lâcha un hoquet bruyant de stupéfaction.

Au milieu des miettes volatiles et des débris poussiéreux, le corps de Juliette avait repris forme. Lovée dans ce cocon d'Apocalypse, en position fœtale, elle semblait si transparente et si fragile. Asmodée tomba à genoux juste à côté d'elle, osant à peine respirer.

— Juliette ? Articula-t-il avec peine et crainte de la voir s'évaporer comme la cendre.

Elle ne bougea pas, mais au bout de plusieurs minutes, elle se mit à trembler fortement. Trembler, c'était vivre, c'était exister. C'était tout ce qui importait au déchu. Il retira rapidement ses gans rouges, libérant la surface laiteuse de ses longues mains de pianiste qu'il prenait tant soin de dissimuler. Il tendit les doigts en les approchant avec une infinie lenteur pour ne pas rompre le mirage. Il frôla l'épaule de l'ange. Elle était si froide, si lisse, comme du marbre parfait. Il retira son manteau épais et recouvrit le corps de Juliette. Elle se mit à tousser fortement et convulsa avec tant de panique qu'il eut peur qu'elle ne se brise en deux. Il arrondit ses bras en un étaux de douceur et l'enroba complètement. Il la berça légèrement en attendant que les spasmes se calment.

— Tout va bien, Juliette, tout va bien. Je suis là, tu es parmi nous. Tout va bien.

— N… non, finit-elle par murmurer, la voix tremblante et cassée.

— Bien sûr que si, tu es vivante, tu es là et tu as réussi. Les séraphins t'ont entendu. Le lien est rétabli, un nouvel archange de puissance est né et assure à nouveau l'intégrité des Cieux. Tu as réussi.

— Non… Tu ne comprends pas. Je n'ai pas parlé aux séraphins… Ce n'était pas les séraphins.

— Quoi ?

Elle se mit à sangloter.

— Je crois que j'ai réveillé Dieu.

Epilogue du kinésithérapeute

— Cette histoire est vraiment incroyable, dit la jeune femme en frottant ses mains entre elles pour les réchauffer.

— Ça c'est sûr que c'est pas une chose qu'on voit tous les jours, fit le vieux commissaire de police, le nez fixé sur ses chaussettes et gêné de se déshabiller devant une si jolie fille. La dernière fois qu'Henri s'était retrouvé en pareille posture, on venait à peine d'inventer le téléphone portable. Le métier de policier était un sale métier pour la vie privée.

— Allez, allongez-vous que je regarde un peu l'état de vos lombaires.

Elle posa ses mains fines sur le dos fatigué du policier et fit quelques points de compression pour juger de l'étendue des dégâts causés par une vie dédiée au service de l'ordre sur le terrain et une discipline sportive toute relative.

— A-t-on su le fin mot de l'histoire ? Souffla-t-elle de sa voix d'hôtesse de l'air qui berçait déjà l'oreille d'Henri. Dans la presse, ils disent que cet institut abritait une sorte de secte et que ses membres se sont entretués ?

— C'est ça. Vous savez, les mouvements sectaires infiltrent souvent les écoles, les associations, bref toutes les communautés. Il faut être très vigilent avec ça. Ils se nourrissent de l'esprit communautaire et de la solidarité. Et quel meilleur moyen de propager leur dogme que de le faire par le biais d'un enseignement apparemment légal.

Henri ronronna sans s'en rendre compte. Pour une fois, il devait bien reconnaître que son adjoint avait eu raison de le pousser à consulter. Il aurait dû le faire depuis bien longtemps. D'ailleurs, tous les policiers de terrain devraient pouvoir bénéficier d'une kyné. La sienne était en plus jolie, ce qui permettait de joindre l'utile à l'agréable. Il ignorait à quoi pouvait bien ressembler une séance de ce genre, mais cette jeune femme avait plus les mains de masseuse thaïlandaise que de professionnelle du corps médical. C'était exactement ce qu'il lui fallait après les semaines de stress liées à toute cette rocambolesque histoire. Une secte, à ce point redoutable, qu'elle préférait commander à la mère d'un enfant handicapé le meurtre de son fils, pour continuer son rêve de perfection, c'était quelque chose qu'on ne voyait pas souvent. D'autant plus quand la mère, en question, était l'épouse d'un ministre et qu'elle s'était suicidée pour que la police remonte jusqu'à la secte meurtrière. Au final, ses membres s'étaient entretués pour une histoire de querelle autour de la date de fin du monde et ils n'avaient rien trouvé de mieux que de faire sauter le bâtiment tout entier.

— Et ils n'ont pas dit pourquoi ils avaient fait exploser leur école ?

— Vous voulez parler des survivants ? Marmonna Henri déjà somnolant.

— Oui, la presse parlait d'une quinzaine de membres encore en vie. Quand on y pense, heureusement qu'il y avait peu d'élèves ce jour-là.

— Oh vous savez, ce sont des gens qui sont endoctrinés. Il est impossible de discuter avec eux. Quand ils ont décidé de se murer dans le silence, ce n'est pas avec le code pénal que vous réussirez à les faire craquer. Ils sont convaincus que l'existence sur Terre n'est qu'une mascarade, une énorme hypocrisie qui fait croire aux Hommes qu'ils sont maîtres de leur destin, alors qu'en réalité, des forces obscures œuvrent à décider à leur place. Vous voyez le genre ? Alors quand vous les menacez d'un procès, ça les fait doucement rigoler.

Le jeune femme remonta ses doigts encore froids et blêmes le long de la colonne sinueuse du policier pour agripper ses épaules.

— Je vois tout à fait, susurra-t-elle. Les Hommes sont bien peu de choses.

— Oui. On croit que les progrès de la civilisation vont finir par tuer toute spiritualité et c'est l'inverse qui se produit. On se rend compte que, même si on explique de plus en plus de choses, l'Homme se réfugie toujours dans des croyances irrationnelles et dans une quête de puissances supérieures qui le protégeraient. Et ça ne s'arrange pas avec le contexte actuel de crise.

— Comment leur en vouloir ? Plus ça va, et plus la science nous dit qu'elle ne comprend pas ce qui se passe. Les dérèglements climatiques, les tremblements de terre et autres catastrophes des dernières semaines laissent tous les spécialistes perplexes. Aucun d'entre eux n'est capable d'expliquer ce qui est en train de se passer sur notre bonne vieille Terre. A croire, que le monde devient fou et fait n'importe quoi. Comment blâmer les personnes qui se tournent vers l'invisible pour espérer et croire en la destinée des Hommes.

— Pardon ? Fit Henri, décidément sous le charme de la jeune femme ou tout au moins de ses doigts savants.

— Rien, rien, détendez-vous. L'enquête est close j'imagine et nous n'avons plus à craindre quoi que ce soit de cette secte ?

— Oh, sûrement pas. Cette histoire n'est pas finie. Mais rassurez-vous, le vieux policier que je suis a plus d'un tour dans son sac. Je ne suis pas tombé de la dernière pluie et quand je flaire une affaire, je ne lâche rien. Quoi qu'il se soit passé dans cette école, je trouverai toutes les réponses et je mettrai un coup de lumière là-dessus.

Il gloussa légèrement, ce qui lui fit tousser ses quarante cigarettes journalières. Les mains de la kinésithérapeute enrobèrent une dernière fois ses épaules puis glissèrent vers les cervicales avant d'enserrer le cou du commissaire. La pression se fit progressive mais implacable.

Faustina rangea son matériel après avoir nettoyé ses traces. Elle avait toujours un petit pincement au cœur chaque fois qu'elle étranglait quelqu'un car elle avait gagné ses galons de nonne démoniaque grâce à cette technique. Lors de son premier assassinat, elle avait choisi ce procédé contre l'avis de ses professeurs. Ils pensaient qu'elle était trop frêle pour réussir mais l'étranglement n'avait rien à voir avec la corpulence. Il avait à voir avec la maîtrise de son corps et le contrôle absolu de la volonté, ajoutés à une abnégation totale.

Elle referma sa redingote noire à dentelles précieuses avec son maniérisme habituel. Elle avait fait appeler un taxi quelques instants auparavant. Toute cette histoire, qui sonnait comme un échec pour son clan, lui avait pourtant valu une impressionnante promotion. Maintenant, elle s'adressait directement aux grands généraux du Malin. Et même si son nouveau maître était très difficile à cerner, elle entendait bien être irréprochable. Car, elle avait dans l'idée d'être la première humaine à voir le Père de tous les vices.

Elle jeta un dernier coup d'œil sur le cadavre du patient et fit une moue désolée. Il aurait dû consulter un spécialiste bien plus tôt car le pauvre homme avait vraiment les lombaires dans un sale état.

Fin

Table des matières

www.ingramcontent.com/pod-product-compliance
Lightning Source LLC
Chambersburg PA
CBHW052018020726
47501CB00004B/1117